新 潮 文 庫

# 本当の翻訳の話をしよう

増 補 版

村 上 春 樹
柴 田 元 幸 著



新 潮 社 版

11464

# 本当の翻訳の話をしよう　増補版＊目次

# 本当の翻訳の話をしよう

増補版

# まえがき

柴田元幸

この本は、作家で翻訳者である人間（村上）と、翻訳者で雑誌の編集などもしている人間（柴田）とが、翻訳という仕事、小説を読むこと・書くこと、また自分たちが読んできた作品や作家などをめぐって行なった対話を集成したものである。二〇一九年にスイッチ・パブリッシングから出した単行本『本当の翻訳の話をしよう』が元になっているが、文庫化にあたって大幅に増補した。単行本には、主として雑誌『MONKEY』に掲載された対話が七本、柴田の独演が一本の計八本が収められていたが、この増補版では、《村上柴田翻訳堂》と題した新潮文庫の名作新訳・復刊シリーズのために行なった対話六本と、村上さんの独演を一本、さらには新たに行なった「シメ」の対話を加えて、合計十六本、ちょうど倍になっている。

自分たちが読んだり訳したりしてきた作家・作品が話の出発点になっていることが多いので、話題としては二十世紀アメリカ文学が中心だが、小説の読み方・書き方、翻訳のやり方などをいろんな角度から語っているので、そういった問題に関心をお持ちの読者が、何かしら糧《かて》になる着想や刺激を見出《みいだ》してくだされればと願っている。

対話といっても、まあ翻訳に関しては柴田もそれなりに実践してきたので、経験則に基づく意見のようなものも一応言えるけれど、創作については、自分が小説を書けるわけではないので、柴田が読者代表として、村上さんの小説観や創作技法を伺ったインタビューという色彩が強い。どうしてこれ訊《き》かないんだよとか、なんでそこもっと突っこまないんだよとか、ご不満もあろうかと思うが、僕としては、自分では百年考えても出てこないであろういろんな発想や見方を伺うことができて、総じて大変刺激的な体験であった。

素晴らしい小説の作者として、それからやがて翻訳チェックの依頼者として、そして当方が雑誌を始めてからは貴重な寄稿者として、数々の恩恵を与えてくださった村上春樹さんにはいくら感謝してもしきれない。まえがきで共著者にお礼を言うのは変かもしれないが、ここでぜひお礼を申し上げておきたい。ありがとうございます。今後も創作や翻訳発表の場として『MONKEY』を活用していただければ幸いです。いくつかの対話に関してご協力いただいた新潮社の寺島哲也さん、中央公論新社の横田朋音さん、石川由美子さん、単行本『本当の翻訳の話をしよう』を作ってくれたスイッチ・パブリッシングの皆さん、快適な対話の場所を提供してくださったRainy Day Bookstore & Cafe の小田優子さんと新潮社クラブの柳《やなぎ》勝子さん、そしてこの増補版を寺島さんとともに製作してくださった新潮社の菊池亮さんにお礼を申し上げる。

そして last but not least《最後になりますが》、この本を読んでくださる読者の皆さんにもお礼を申し上げます。楽しんでいただけますように。

# OPENING SESSION 帰れ、あの翻訳

この対話は二〇一四年十一月二十一日に新潮社クラブで行なわれ、『MONKEY』7号（二〇一五年十月、特集「古典復活」）に掲載された。当時、村上・柴田は、絶版になった古典を新訳・復刊する企画を立案中で、この対話もそのプロジェクトの方向性を確認すべく行なわれた。そして二〇一六年四月、《村上柴田翻訳堂》が始動し、新潮文庫から村上・柴田による新訳が四冊刊行され、旧訳が六冊復刊された。（柴田記、以下同）
注作成＝柴田元幸

## 流行《はや》りすたりの中で——ロンドン、マッカラーズ

**柴田**　長年書店の棚で目にしていて、この文庫は定番だよなと思っていても、気がつくと「あれ、これもうないな」と思うものってありますね。

**村上**　やっぱり流行りすたりはあって、たとえばアメリカの小説で言うと、サローヤンとか、スタインベックとか、いまはそんなに読まれないですよね。そういうものはいつの間にかカタログから落ちちゃうことになる。[1]

**柴田**　本国アメリカだとジャック・ロンドンあたりも、完全にカタログから落ちはしないにしても、サローヤン、スタインベックとだいたい同じような感じに見られていて、僕が「いまジャック・ロンドン訳してるんだ」とアメリカの友人に言うと、「うーん、子供の頃読んだっけな」というのが普通の反応です。でも日本だと、村上さ

**1**　ウィリアム・サローヤン（一九〇八—八一）アルメニア系移民の暮らしを中心に、素朴な英語で温かい物語を書いた作家で、日本では小島信夫、三浦朱門、伊丹十三といった文人たちが訳したので特に愛された。現在も『人間喜劇』（原書一九四三、小島信夫訳、晶文社、著者表記サロイヤン）など何冊かは邦訳で読める。

　ジョン・スタインベック（一九〇二—六八）『怒りの葡萄』（一九三九）、『エデンの東』（一九五二）などの大作で（それぞれ映画版の人気も高いこともあり）一世を風靡したが、晩年は、ベトナム戦争を支持するような発言が批判されたり、かならずしも幸福なものではなかった。日本では『エデンの東』が土屋政雄（二〇一四）、『怒りの葡萄』が黒原敏行（二〇一四）と、定評ある翻訳者による新訳が刊行され、依然として根強い人気を感じさせる。

　ちなみに高橋源一郎は最近『怒りの葡萄』を、アメリカにおける父性の崩壊を先取りした作品として高く評価している（『マグナカルタ』六号、二〇一四年夏）。

**2**　ジャック・ロンドン（一八七六—一九一六）四十年の短い生涯で世界各地を旅し膨大な著作を遺した作家。特にアラスカを舞台とする、苛酷な自然と人間

んがあちこちで言及されたり、辻井《つじい》榮滋《えいじ》さんのように高校の先生をやりながらコツコツ訳していた人がいたりしたおかげで、僕が短篇を選んで一冊訳しても、もうすでに読者がある程度知っていてくれる。[2]

**村上**　ジャック・ロンドンはリバイバルの価値があると思います。僕、昔から好きなんですよ、たまたま誕生日も一緒だし。毎年誕生日には、かつてジャック・ロンドンが所有していたワイナリーでいまも作ってる、ラベルに狼《おおかみ》の顔が入ってるワインを一本空けるのが習慣になっています[3]（笑）。

日本でも一時は、『荒野の呼び声』『白い牙《きば》』くらいしか読まれてませんでしたよね。[4]ほかにもいい作品、いっぱいあるのに。『マーティン・イーデン』なんて実に良い小説だと思うんだけど、あれは日本で出てるんですか。

**柴田**　はい、まず五〇年代に『絶望の青春』というタイトルで出て、八〇年代に辻井訳で『ジャック・ロンドン

との闘いを描いた物語群が有名。

辻井榮滋（一九四四―　）　日本ジャック・ロンドン協会名誉会長、立命館大学名誉教授。一九八三年よりジャック・ロンドンの翻訳を刊行しはじめる。本の友社の『ジャック・ロンドン選集　決定版』全六巻はこの人の個人訳。

柴田編訳ロンドンは『火を熾す』、スイッチ・パブリッシング刊。

**3**　**誕生日も一緒だし**　ロンドンは一八七六年一月十二日、村上は一九四九年一月十二日。

ジャック・ロンドンが所有していたワイナリー　ロンドンがカリフォルニア州ソノマ郡に所有していたワイナリーは一九〇六年の地震で破壊されたが、それを引き継いだKenwood Vineyardsが狼ラベルの「ジャック・ロンドン・シリーズ」を作っている。シラー20ドル、カベルネソーヴィニヨン35ドルなど。

**4**　『荒野の呼び声』はいまも複数の邦訳があり、柴田も『MONKEY』4号ロンドン特集号で「野生の呼び声」の題で訳した（のち『犬物語』（スイッチ・パブリッシング）に収録）。『白い牙』は深町眞理子訳が光文社古典新訳文庫で読める。

自伝的物語』として出て、いまは辻井訳が本の友社の『ジャック・ロンドン選集』にやっと『マーティン・イーデン』のタイトルで入っています。ちょっと高価なんですが。

**村上** 『マーティン・イーデン』、僕は英語で読んで心を打たれたし、翻訳でも読まれるといいなと思いました[5]。『どん底の人びと』や『試合』は？

**柴田** 『どん底の人びと』は岩波文庫がまだ生きてます。『試合』はロンドンのボクシング小説四本を集めて一冊にした本ですが、このうち二本は僕が『火を熾《おこ》す』に入れました[6]。

**村上** ロンドンはあと、ハンセン病の患者を扱った悲しく美しい小説がいくつかありますよね。

**柴田** ええ、そのあたりも辻井さんが『ジャック・ロンドン　多人種もの傑作短篇選』に収めています。ハワイでの、白人と現地の人との関係と、いわゆる健康な人と

**5** 『マーティン・イーデン』（一九〇九）『絶望の青春』斉藤数衛・木内信敬訳、新鋭社／『ジャック・ロンドン自伝的物語』辻井榮滋訳、晶文社。二番目の邦題『ジャック・ロンドン自伝的物語』が示すとおり、ロンドンが作家になるまでの過程を小説化した作品。国民的人気を誇った人物の自伝的作品でありながら、非常に暗い面もあるのが印象的。〔この対談後の二〇一八年、辻井訳が白水社から、それほど高価でなく再刊された〕

**6** 『どん底の人びと』（一九〇三）ロンドンが労働者に変装し、（イギリス首都の）ロンドンのスラムに潜入して書いた、下層階級の悲惨な状況を訴えたルポルタージュ。岩波文庫は行方昭夫訳。
『試合』（一九〇五）辻井榮滋訳、現代教養文庫。
このうち二本は……　革命のために戦うボクサーを描く「メキシコ人」と、落ち目のボクサーの悲哀を描く「一枚のステーキ」。

**7** 『ジャック・ロンドン　多人種もの傑作短篇選』芳川敏博と共訳、明文書房。病者を扱っているのは「さよなら、ジャック」と「ハンセン病患者クーラウ」の二作。〔この対談が収められた『MONKEY』7号で、村上は後者を

病者との関係がロンドンのなかでは明らかにパラレルなので、「多人種もの」という枠組みにすんなり収まるんですね。[7]

ロンドンはハワイの病者のコロニーに行って、彼らの楽隊の写真なども撮っていますよね。

**村上**　僕もあそこの、モロカイのコロニーに行ったことあるんですよ。いまもまだその病にかかっている人たちが少しいるんだけど、よそから人が来ると身を隠してしまいます。

あと、どこかに閉じ込められた男のSFっぽい話もありましたね。

**柴田**　『星を駆ける者』ですね。キリストが生きていた世界とか、空想のなかでいろんな世界に行くんだけど、妙に閉塞感《へいそくかん》があるんですよね。[8]

**村上**　うん、孤絶感みたいなのがけっこうすごい。まあ、一般的に見ればそんなに大した作品ではないけど。

「病者クーラウ」の邦題で翻訳した）

**8**　『星を駆ける者』（一九一五）　森美樹和訳、国書刊行会。各章がそれぞれ別個の中篇小説という観があり、晩年のロンドンが持っていたアイデアを片っ端から詰め込んだような印象を受ける。

**9**　F・スコット・フィッツジェラルド（一八九六―一九四〇）　一九二〇年代の若者の風俗を描いて時代の寵児となり、晩年は妻の狂気やアルコール依存症といった問題を抱えながらも『夜はやさし』（一九三四）などの秀作を遺した。『グレート・ギャツビー』はもっともよく知られた作品で、邦訳多数、村上も二〇〇六年に翻訳刊行。

『グレート・ギャツビー』と短篇が少し出ているぐらいで　荒地出版社のフィッツジェラルド作品集が中心だった。荒地出版社は一九六〇～七〇年代、ほかにもサリンジャー、マラマッドといった重要作家を地道に出版していた。

**10**　カーソン・マッカラーズ（一九一七―一九六七）　社会のはずれにいる人の孤独を独特の叙情とともに描いたアメリカ南部の作家。

**11**　『心は孤独な狩人』（一九四〇）　マ

僕がフィッツジェラルドを訳しはじめた頃も、『グレート・ギャツビー』と短篇が少し出ているぐらいで、あとはほとんど出ていなかった。[9] でもその後、多くの人の手に取られるようになったし、ジャック・ロンドンもこうして復活してきているし、まだまだ余地はあると思うんですが。

たとえば、カーソン・マッカラーズもずいぶん過小評価されてますよね。

**柴田** かつては英文科の女子学生のあいだでけっこう人気があったんですけどね。いまはあまり知る人もいないかなあ。[10]

**村上** マッカラーズ、個人的に大好きで、『心は孤独な狩人《かりゅうど》』が絶版なのはすごく残念で、自分で訳したいくらいなんだけど、何せ長いからなあ……。でも、哀《かな》しみにあふれた、すべてがいい本です。ああいう寂しさはマッカラーズにしか書けない。[11]

ッカラーズのデビュー作で、「町には二人の聾唖者がいて、彼らはいつも一緒だった」という印象的な一文からはじまる。河野一郎訳（新潮文庫）。〔その後村上訳が新潮社から刊行された〕

**12** 『愛すれど心さびしく』 ロバート・エリス・ミラー監督、一九六八年、アラン・アーキン主演。

**13** 『結婚式のメンバー』（一九四六）「それはフランキーが十二歳だった、あの緑の、狂った夏の出来事だった」ではじまる、十二歳の少女が兄とフィアンセの新婚旅行に同行することを夢想する話。渥美昭夫訳、中央公論社。福武文庫版の邦題は『夏の黄昏』（加島祥造訳）。〔その後村上訳が新潮文庫から刊行された〕『悲しき酒場の唄』（一九五一） かつて西田実訳で白水Uブックスから出ていた。「町そのものが荒涼としている――綿織工場、労働者たちの住む二部屋の家々、桃の木が何本か、色つき窓が二枚ある教会、百メートルくらいしかないみすぼらしい本通り、それでほとんど全部だ」ではじまる（以上、マッカラーズ引用はすべて柴田試訳）。マッカラーズの書き出しはいつも印象的である。

**14** フラナリー・オコナー（一九二五―

**柴田**　映画にもなってますね。邦題は〈愛すれど心さびしく〉。悪くなかったけど、映画だと聾啞《ろうあ》者《しゃ》二人の物語が前面に出て、一番マッカラーズ本人に近い少女ミックの物語がどうしても薄くなりますね。[12]

**村上**　やっぱり書き込み方が違うよね。マッカラーズは隅々まできっかりと書き込んでいます。

**柴田**　『結婚式のメンバー』はどうですか。

**村上**　あれも好きですね。今僕が訳しているところですが、あれも絶版かな？

**柴田**　マッカラーズ、全部絶版です。『悲しき酒場の唄《うた》』も。

**村上**　『心は孤独な狩人』『結婚式のメンバー』『悲しき酒場の唄』の三冊はつねに出版リストに入っているべきだと思うんだけどなあ。[13]『黄金の眼に映るもの』『針のない時計』も個人的には好きだけど。

**柴田**　『心は孤独な狩人』は、かつての新潮文庫をその

六四）　カトリック信者として強い宗教観に支えられた小説で知られる。その強烈な個性は、昨今の創作科出身の作家のイメージとはずいぶん違うが、実はオコナーは（そして実はマッカラーズも）創作科からいち早く世に出た作家である。

**15**　**『賢い血』**（一九五二）　オコナーの最初の長篇小説。「キリストなき教会」を唱えるヘイゼル・モーツを主人公に、逆説的に宗教の意味を問う。須山静夫訳。**『烈しく攻むる者はこれを奪う』**（一九六〇）　オコナー第二の、最後の長篇。預言者になれとの声を聞いたターウォーター少年がその運命から逃れようとする、これも宗教的要素の強い作品。佐伯彰一訳。

**16**　**「善人はなかなかいない」**　A good man is hard to find――これは一種の決まり文句であり、陳腐な決まり文句を陳腐に使う人たちを通して、逆に言葉本来の意味を問うあたりにオコナーの真骨頂がある。対してマッカラーズの「心は孤独な狩人」「悲しき酒場の唄」はもう少しストレートに叙情的、感傷的なフレーズであり、このあたりに二人の差がはっきり見てとれる。『フラナリー・オコナー全短篇』は横山貞子訳、ちくま文庫、上下巻。

まま復刊しても……

**村上** いや、せっかく出すんならやっぱり新しい訳にしたいです（笑）。

**柴田** 『悲しき酒場の唄』は僕もやりたいですね（笑）。研究者のあいだでは、同じアメリカ南部の女性作家ということで、マッカラーズはフラナリー・オコナーとよく較《くら》べられて、オコナーの方がすごいと言われがちです。もちろんオコナーには強烈な宗教的ビジョンがあって、誰とも違った鬼気迫るところがあるんだけど、マッカラーズにはマッカラーズの、情緒的なよさがありますよね。[14]

**村上** ジム・モリソンとポール・マッカートニーを較べるようなものですよ、それは（笑）。

**柴田** そのオコナーは二長篇とも、『賢い血』がちくま文庫、『烈《はげ》しく攻むる者はこれを奪う』が文遊社から復刊されていますね。[15]

**村上** 「善人はなかなかいない」などの短篇は？

17 トマス・ウルフ（一九〇〇―三八） 長大な自伝的作品を何冊か、短いキャリアのなかで遺した巨体の作家。ウィリアム・フォークナーが、作家の値打ちは失敗の大きさで決まる、同時代ではその意味でトマス・ウルフが一番偉大で、次が自分だ、と言ったことでも知られる。第一作『天使よ故郷を見よ』の編集者抜きバージョン *O Lost*（二〇〇〇）も柴田は読んだが、長いものがさらに長くなった（五百数十ページが七百数十ページ）ということはわかったけれど、少し時間が経ってからの印象はそんなに変わらなかった気がする。パーキンズによる編集の手が入っても十分迫力は残っていたのだと思う。『天使よ故郷を見よ』は大沢衛訳、新潮文庫、上下巻。〔その後講談社文芸文庫から再刊〕

18 シャーウッド・アンダソン（一八七六―一九四一） アメリカの小さな町に住む人々の孤独を描いた『ワインズバーグ・オハイオ』（一九一九）は、ジョイスの『ダブリナーズ』と並んで、共同体を描いた連作短篇の代表としてしばしば名が挙がる。一九二〇年代に入り、モダニズムの時代が訪れるとその作風はやや古く感じられるようになり、のちにヘミングウェイに揶揄されることになるが、

**柴田**　オコナーは短篇が大事ですよね。全短篇が二〇〇三年に筑摩書房から新訳で出て、いまはちくま文庫に入っています。[16]

**村上**　トマス・ウルフなんかも、アメリカではおおむね忘れられつつあるんじゃないかな。かつてはアメリカ文学の巨星みたいな扱いでしたが。

**柴田**　しばらく前にひとつ大きな動きはありました。『天使よ故郷を見よ』は編集者のマクスウェル・パーキンズが大々的に手を入れたものだからということで、パーキンズの手が入る以前の原稿を研究者が発掘して別タイトルで出したんです。ただまあ、大学出版局から出たハードカバー本で、広く一般読者に伝わったという感じはないですね。[17]

**村上**　シャーウッド・アンダソンは？

**柴田**　代表作『ワインズバーグ・オハイオ』が小島信《のぶ》夫《お》・浜本武雄《たけお》訳でいまも出ています。[18] 前は新潮文庫もあ

アンダソンがヘミングウェイに与えた影響は大きく、また彼の作家としてのキャリアもアンダソンに大いに助けられた。

小島・浜本訳は講談社文芸文庫。

作家小島信夫（一九一五―二〇〇六）は長年明治大学で英語教師をしていたので、明大の同僚と何冊か共訳書があるが、注1で触れたとおりサロイヤン『人間喜劇』などは単独訳。

19　新潮文庫版『ワインズバーグ・オハイオ』と『アンダスン短編集』は橋本福夫訳〔その後上岡伸雄訳が新潮文庫から刊行された。邦題『ワインズバーグ、オハイオ』〕。橋本福夫はリチャード・ライト、ジェームズ・ボールドウィンなどの黒人作家の翻訳・研究で知られ、またサリンジャーの『キャッチャー・イン・ザ・ライ』（一九五一）をいち早く、原書刊行の翌年に訳した（J・D・サリンガー『危険な年齢』ダヴィッド社、一九五二）。その書き出しを引用すると――

諸君がほんとうに僕の話を聞きたがっているとしても、諸君の知りたがるのは、きまつて、第一に、僕がどこで生まれ、幼年時代はどんなふうだつたとか、両親はどんな職業についていて、僕を生む前はどんな生活をしていたとか、何だとかいつたような、デーヴィッド・カッパーフィールド式の身の上話なんだろうが、

りましたよね。『ワインズバーグ・オハイオ』以外の短篇を集めた『アンダスン短編集』もあったし。新潮文庫のあの「○○短編集」はよかったよなあ。オコナー、アンダスン、フォークナー……ああいう緩いシリーズ、復活してほしいですね[19]。

でもまあフォークナー、スタインベック、キャサリン・マンスフィールドなどはまだ出ているし[20]、ポー、トウェイン、ヘミングウェイといった超定番は別個に出ていますしね。そう思うと新潮文庫、依然健闘してますね。もうひとがんばりしてホーソーン、メルヴィル、ヘンリー・ジェームズあたりも入れてくれると嬉しい[21]。

## 何が昔と違うのか

**柴田**　で、忘れられる人もいれば、そうでない人もいる。忘れられる人には、何か共通したものがあるんでしょう

正直なはなし、僕はそんなことを喋りたてる気にはなれないんだ。第一に、そんな話は、こつちがうんざりさせられるし、第二に、僕がおふくろやおやぢのうちあけ話なんかしようものなら、どつちも喀血ぐらいはしかねない人たちなんだからね。二人ともそういうことがひどくこたえるほうで、ことにおやぢのほうがたいへんだ。いい人たちなんだけど――これはなにも僕が言つているんじやないんだぜ――神経質なことも相当なものだ。それに、僕は自分のくだらん一生のことを何もかも喋りたてて、これを自叙伝めいたものにしようなどとは思つてもいないのだ。僕はただこの前のクリスマス前頃の、僕が気狂いあつかいにされた時のことだけを話すつもりだ。僕がすつかりへばつて、ここへ休養にくるようなことになつてしまつた時のことなのだ。D・Bにだつてそれだけしか話しやしなかつた。D・Bというのは、実は、僕の兄きなんだが、今ハリウッドにいる。このけちな町からはそう遠くもないので、兄きは週末にはきまつたように見舞いにきてくれるんだ。もう一ケ月もして退院できるようになつたら、僕を自動車に乗せて家まで連れて帰つてくれるそうだ。兄きのやつジャグァーを買つたばかしなんだからな。例の、一時間二百哩ぐらいは出せるイギリス製の自動車さ。四千ドル近くか

か。

**村上**　うーん、それはないんじゃないかな。むしろチャンスにうまく恵まれなかったということじゃないでしょうか。チャンスさえあれば、復活しうる人はいっぱいいると思うんですよ。

　でもなんでこの人が売れないんだろうって人っていますよね。たとえば、同じミステリーでも、ロバート・B・パーカーはよく読まれるんだけど、エルモア・レナードは駄目なんです。どの出版社に訊《き》いても「レナードは売れません」って言う。だからすぐ絶版になっちゃうんです。『ラブラバ』も面白いし（鷺村達也《さぎむらたつや》訳、ハヤカワ・ミステリ文庫）、『ミスター・マジェスティック』（高見浩《ひろし》訳、文春文庫）なんてほんと面白いんだけど、あまり読む人もいない。チャールズ・ブロンソンが主演して映画にもなったのに、それでも売れない[22]。僕も知り合いに勧めるんだけど、もうひとつ反応は良くないです。

かつたと言っていた。兄きも近頃ではふんだんに金がはいるらしいんだ。以前はそうではなかつたんだがね。家にくすぶっていた頃には、まあ一応は認められた作家というくらいなところだつた。

　――最初の「諸君」はちょっとなあと思うけど、全体としては、しっかり声の定まった、いい訳じゃないでしょうか。『オコナー短編集』は須山静夫訳、『フォークナー短編集』は龍口直太郎訳。

**20**　『スタインベック短編集』は大久保康雄訳、『マンスフィールド短編集』は安藤一郎訳。

　大久保康雄は個人の翻訳者というよりは「大久保康雄」という名の翻訳工房であり、面倒見のよい個人・大久保康雄（一九〇五―八七）の統括の下、総じて良質の翻訳が大量に生産された。代表的翻訳としてはミッチェル『風と共に去りぬ』（一九三六、初邦訳一九三八）、『ヘミングウェイ短編集』全二巻（邦訳一九五三）など。ウラジーミル・ナボコフ『ロリータ』（一九五五）の大久保康雄による初訳は長年悪評だったが、二〇〇五年に新訳を出したナボコフ研究の第一人者若島正によれば、「今回、新訳を試みるにあたって、新潮文庫版をゆっくり読んでみたところ、細かいところまで正確な読みが行き届き、しかも日本語として

**柴田**　それがなぜかは、見当がつかない？

**村上**　つきませんね。

**柴田**　僕も基本的には機会のあるなしの問題かなと思うんですが、しいて傾向みたいなものを探すとすると、古典的にストーリーで読ませる人は置き去りにされがちかなという気もする。ジャック・ロンドンにしてもそうだし、イギリスだったらトマス・ハーディなどもかっちりとしたスタイルがあって……

**村上**　トマス・ハーディはいま読むとすごく新鮮ですよね。ジョン・アーヴィングもハーディはいい、と言っている。

**柴田**　アーヴィングはそもそも十九世紀のイギリスに生まれたかった人だと思うけど、ハーディの運命観は特に通じるものがありそうですね。[23]

**村上**　それで僕もリスト（五二ページ以下参照）に、ハーディの短篇集『魔女の呪《のろ》い』を挙げたんだけど、この

こなれた上質の翻訳であることを発見して驚いた（どうも初版本の評価を耳にしていたのが誤解のもとだったようだ）。教えられるところも沢山あったことをここに記しておきたい」（若島訳『ロリータ』新潮社ハードカバー版の訳者あとがき。大久保訳『ロリータ』は三バージョンあり、河出書房新社から出た第一バージョンは一九五九年刊、最終版は新潮文庫から一九八〇年刊）。近年、さまざまな作品に関し大久保康雄訳に代わる新訳がいくつか出ているが、柴田も個人的に、大久保訳の方がよかったのではと感じることがある。

21　ナサニエル・ホーソーン（一八〇四―六四）ピューリタン的な（十ピューリタンによる）罪の意識を主要テーマとした、アメリカ最初の――そしてもしかしたら最高の――本格的な短篇作家。ポール・オースターは彼が遺した膨大な量の「ノートブック」を特に高く評価する。南雲堂から國重純二による個人訳『ナサニエル・ホーソーン短編全集』が刊行中で、二〇一五年秋、第三巻が刊行されて完結の予定。〔その後無事完結した〕

ハーマン・メルヴィル（一八一九―九一）船乗りの体験を活かして海洋小説家として出発したが、じきにそうした範疇に収まらない、世界の謎と真っ向から

タイトルストーリー、原題はなんていうんですかね。

**柴田**　"The Withered Arm"（萎《な》えた腕）ですね。ハーディの短篇のなかで一番よく知られているでしょうね。僕も大好きで、これから作るイギリス・アイルランド小説のアンソロジーに入れたいと思っています。[24]

**村上**　短篇集全部となると、いま読むとちょっとだるいのもあるけど、これ一本だけでも本を手に取る価値はあると思いますね。こういうタイプの話って、いまはなかなかないから。

**柴田**　で、その「いまはなかなかない」タイプというのは、何が違うんでしょうね。

**村上**　語り口ですね。

**柴田**　なるほど。たしかにこういうふうに、全知の語り手が全体を俯瞰《ふかん》したような語りはいまは流行らないですからね。

**村上**　それがかえって新鮮なんだと思う。ハーディ、長

向きあう作家に変貌した。特に『白鯨』（一八五一）は、おそらく比較的オーソドックスな海洋小説としていったんは完成したものの、ナサニエル・ホーソーンとの出会いを契機に全面的に改稿され、神、悪、世界の意味といった問題を直視する大作となった。本来、短篇作家ではないが、「書写人バートルビー」（柴田編訳『アメリカン・マスターピース　古典篇』〔スイッチ・パブリッシング〕所収）、『ビリー・バッド』（飯野友幸訳、光文社古典新訳文庫）など、長めの短篇や中篇に重要な作品が多い。

ヘンリー・ジェームズ（一八四三—一九一六）　緻密な心理描写の技巧を究め、the master と称された。個人的には、怪奇ものの短篇・中篇に非常にすぐれたものが多いと思う。邦訳に『ねじの回転——心霊小説傑作選』（南條竹則、坂本あおい訳、創元推理文庫）など。

22　エルモア・レナード『ミスター・マジェスティック』　映画版は〈マジェスティック〉、リチャード・フライシャー監督、一九七四年。〔『ラブラバ』はその後田口俊樹訳で、ハヤカワ・ポケット・ミステリから刊行。レナードの『オンブレ』はその後村上訳で新潮文庫から刊行〕

篇はどうなのかな？

**柴田** 『テス』は岩波文庫がありますが、新潮文庫の『帰郷』は絶版ですね。

**村上** 『帰郷』も絶版？ それは犯罪ですよ。[25]

現代小説でも、一般にイギリスの小説の描写は品がいい。アイルランドのウィリアム・トレヴァーなんかも描写が上手《うま》い。[26] 上手い人は、描写を書き込んでるのに話が止まらない。アメリカの小説は、動きすぎて描写が抜けちゃうか、描写で止まったりしがち。そこはイギリスの方が上手いですね。頭でっかちのところがない。

**柴田** 漱石《そうせき》なんか読んでると動き方がイギリスですよね。『文学評論』を読むとスウィフトなどを実に的確に論じていますね。[27]

**村上** 丸谷才一さんもそういうところを目指してますね。「樹影譚《じゅえいたん》」なんかはすごくいい。[28]

**柴田** イギリスの小説が描写で読ませるとすれば、アメ

23 トマス・ハーディ（一八四〇―一九二八） ヴィクトリア朝末期を代表するイギリスの作家で、ディケンズが大都会ロンドンを中心に描いたのに対し、ハーディは近代化の波に流されつつあるウェセックスの田舎を主に描いている。
ジョン・アーヴィング（一九四二― ） しばしば同時代のポストモダン作家たちを糞味噌にけなし、ディケンズやハーディへの親近感を口にしている。

24 ……と思ったものの、スペースの関係で断念せざるをえなかったので、今号（『MONKEY』7号）で訳すことができて嬉しい。
『魔女の呪い』は高畠文夫訳、角川文庫。

25 『テス』『帰郷』 どちらも一行で話をまとめようとすると、ただ暗いだけの、とうてい作品のよさを正当に伝える紹介にならないので控える。両者ともイギリスの田舎の自然描写が――それが失われつつあるもの、すでに失われたものとして描かれているがゆえにいっそう――見事であることだけ申し添えます。
『帰郷』は『キャッチャー・イン・ザ・ライ』のホールデン君の好きな一冊である。「[サマセット・モーム]に電話をかける気にはなれないけれど」僕はむしろトマス・ハーディに電話をかけてみたい

リカの小説は声で読ませるんだと思う。マーク・トウェインからはじまって、リング・ラードナーもそうだし……与太話をべらべら喋《しゃべ》ってるだけなんだけど、そこに魅力がある。

そういえば、ラードナーのように、田舎町の床屋の親《おや》爺《じ》とか、ルーキーの野球選手とかがべらべら喋りまくって、そうやって語るなかで語られていることとは全然違う真実が見えてくるといった仕掛けがあったりもするんだけど、基本的にはとにかく声のイキのよさで勝負するようなものも、いまは少ない気がします。

**村上**　古いものとして片付けられがちですよね。ラードナーは加島祥造訳で読むと実はいまでも読ませるけどね。『メジャー・リーグのうぬぼれルーキー』なんかもすごく楽しかった。「ワールド・シリーズ」をずっと「ワールズ・シリアス」って言い違えてたり。[29]

**柴田**　ラードナーに限らず、昔の短篇は、書き手が「自

と思う。なんせユースティシア・ヴァイ〔『帰郷』のヒロイン〕にぞっこんなんだよ」（村上訳）。
『テス』岩波文庫版は井上宗次・石田英二訳、ほかに『トマス・ハーディ全集第12巻　ダーバヴィル家のテス』（高桑美子訳、大阪教育図書）がある。『帰郷』新潮文庫版は大沢衛訳、ほかに『トマス・ハーディ全集第6巻　帰郷』（深澤俊訳、大阪教育図書）がある。

26　ウィリアム・トレヴァー（一九二八―二〇一六）　アイルランドの小説家。特に短篇作家として英語圏では非常に評価が高い。アイルランド、イングランド両方を舞台に小説を書き、両国の、そしてカトリック／プロテスタントの緊張関係を扱った作品も多い。日本では栩木伸明が系統的に短篇を訳している。『聖母の贈り物』『アイルランド・ストーリーズ』（国書刊行会）など。

27　スウィフトなどを実に的確に……　諷刺家スウィフトを百ページ以上にわたって仔細に論じた末に、漱石は「スヰフトと厭世文学」を次のように締めくくっている。「以上述べ来つた所で、文学者としてのスヰフトの立場を先づ大体は評論した積りである。此人は欠点もあるには相違ないが、大家である。『ガリヴー

分は物語を語れるんだ」という信念から語りはじめていて、読み手も「自分は物語を読む／聴くんだ」という信頼のようなものを持っている。そういう関係がいまは薄いような気がします。

**村上**　結局、そういう時代は短篇小説の発表の場があって、作家は雑誌に合わせて書くわけですよね。そういう雑誌を毎号きちんと読む人がいて、彼らが小説をしっかりと読む。読み手はおおむね健全な中産階級の人々です。それで作家も生活していける。そのような場所がいまはないから、上手な、ウェルメイドの小説の行き場がないんですね。

**柴田**　書き手も、読み手がどこにいるのかよくわからないような状態で書いている感じですよね。そこはずいぶん違うと思う。[30]

旅行記』は名著の一つである。彼は最強大なる諷刺家の一人である。彼は理非の弁別に敏く、世の中の腐敗を鋭敏に感ずる人である。病的に人間を嫌忌したといふ名を博したに係らず、親切な人である、正義の人である、見識を持つた人である。見識が無ければ諷刺は書けない。妄りに悪口を吐いたり、皮肉な雑言を弄することは誰にでも出来るが、真に諷刺とも云ふべきものは、正しき道理の存する所に陣取つて、一隻の批評眼を具して世間を見渡す人でなければ出来ないことである。スヰフトの諷刺は堂々たる文学である、後代に伝ふべき述作である。彼は愛蘭土の愛国者で、故国の為めには危きを辞せずして応分の力を尽した志士である。白眼にして無為なる庸人〔世の中を白眼視して無為に過ごす凡庸な人物〕ではなかつた」（『文学評論』、二〇一八年刊『定本漱石全集』第15巻）

**28**　「樹影譚」　丸谷才一、一九八七年発表の代表的な短篇。村上『若い読者のための短編小説案内』（文春文庫）で詳細に論じられていて、こう結ばれている。「丸谷才一という人は小説家として、『芸が勝っている』という言われ方をよくされるようですが、僕は実はそうは思いません。今回、作品を系統的に読んでみて、その思いをあらたにしました。たしかに

## 短篇集は日本編集で――チーヴァーもやりたい

**柴田**　僕のなかではここ数年、古典復活の兆《きざ》しがあります。そのきっかけのひとつとして、東日本大震災を機に通勤ルートを変えて、御《お》徒町《かちまち》から本郷キャンパスまで、二十〜二十五分かけて歩くようになったんですが、そうするとiPodで英語の朗読を聴くのにちょうどいい。で、何を聴くかというと、やっぱりストーリーのしっかりした古典じゃないと駄目なんですね。ストレートに直球で話が進む作品の方が、街を歩きながら聴くにはよくて、現代小説の、「はずす」ことに力点があるやつは駄目ですね。

**村上**　じゃあ、ポストモダン駄目なんだ。

**柴田**　はい、すごく保守的になる（笑）。

**村上**　ジョン・アーヴィングもね、ニューヨークとロン

うまいことはうまいです。僕がこんなことを言うのも僭越だけれど、小説の書き方はそりゃうまい。でも更につきつめて読み込んでいくと、この人は本質的には、うまいという以上に実は不器用な作家なんじゃないか。そう思わざるをえないのです。僕は出身地がどこだから性格がどうこうというようなステレオタイプな考え方をあまり好まない人間ですが、でもそういう意味ではこの作家はいかにも『東北人』らしいな、と感じるところがないではない。／でもその不器用さが、不器用なるが故に読者の心をときとしてきわめて深く刺すし、『樹影譚』はその特質がもっとも有効に出てきた見事な例のひとつだと、僕は考えています」

　丸谷才一は東大英文科出身で、ジェイムズ・ジョイス『ユリシーズ』（全四巻、高松雄一・永川玲二と共訳、集英社文庫）など英米文学の翻訳も多く、翻訳を通して文章修業を積んだ作家とも言える。

**29**　リング・ラードナー（一八八五―一九三三）　駆け出しの野球選手の書く間違いだらけの英語で笑わせる作品などで知られるユーモア作家。『キャッチャー』のホールデンはラードナーを兄のD・Bの次に好きな作家として挙げている。「D・Bにプレゼントしてもらったラードナーの本には」いつも速度違反ばかり

グアイランドを往復するのに、運転しながらずーっとディケンズ聴いてるって言ってましたね。ディケンズがちょうどいいんだって。これはわかる気がする。僕も飛行機の中でよく『雨月物語』を聴きます。白石加代子さんが読んでるやつ。このあいだは『罪と罰』を聴いた。ダイジェストだけど面白かった。[31]

**柴田**　そう思うと、文学がどんどん洗練されていくなかで、何か置いてきちゃったものもあるのかなあ、という気もする。ただ、そんなにはっきり白黒つけられるものでもなくて、現代小説でも、ご本人を前にしてアレですけど、村上さんの小説だったら、ストーリーもしっかりあって、朗読を聴きたくなる。

**村上**　けっこう売れるんですよ、オーディオブック。

**柴田**　やっぱりそうですか。あとは、たとえばフィリップ・ロスの作品、僕はけっこう好き嫌いがあるんですが、好きなのは自分で訳すくらい好きで、ああやってとにか

していするごくキュートな娘と恋に落ちた交通巡査を主人公にした短編小説も入っていた。でもこの警官はもう結婚しているんで、娘と結婚するとかそういうことはできない。結局この娘は、いつもスピードを出しすぎているせいで死んでしまう。この小説にはかなり参っちまったね」（村上訳）。これは「微笑がいっぱい」（"There Are Smiles"）という作品で、『アリバイ・アイク』（加島祥造訳、新潮文庫）に収められていた。〔その後新潮文庫から再刊〕

『メジャー・リーグのうぬぼれルーキー』は加島祥造訳、ちくま文庫。

**30**　フィッツジェラルドも『サタデー・イヴニング・ポスト』などに短篇を書くことでまず生活（＋放蕩）資金を確保し、長篇はじっくり腰を据えて書く、というやり方をしていた。

そしてアメリカでは、文芸誌のみならず総合誌でもかつてはかならず小説が載っていた。たとえば一九五三年に創刊された『プレイボーイ』第一号は、むろんマリリン・モンローのピンナップが売りだったとはいえ、記事十三点のうち三点は小説だった（ボッカチオ『デカメロン』抜粋、コナン・ドイル『四つの署名』抜粋、アンブローズ・ビアス「空中の騎手」）。現在、総合誌で毎号小説を載

く、実務的、プラクティカルという感じにストーリーを進めていく力みたいなのは、ひとまず「古典的」と言っていい気がする。[32]

**村上**　『素晴らしいアメリカ野球』なんてどうですか。

**柴田**　あれも大好きです。久しく絶版ですね。

**村上**　へー、それはもったいないな。すごく面白い小説なのに。[33]

**柴田**　あの頃のロスは、ストーリーをぐいぐい進めるというより、『われらのギャング』とか『乳房になった男』とか、パロディに凝っていて、悪ふざけだとか言われたけど、僕は悪ふざけが好きなので面白かった。[34]『素晴らしいアメリカ野球』も、原題は *The Great American Novel* で、ヘミングウェイなんかがとことんコケにされているんですが、単純に常敗野球チームの話として読んでもメチャクチャ笑えます。[35]

**村上**　うん、僕もあれは好きだった。野球小説でいえば、

せているのは『ニューヨーカー』と『ハーパーズ』くらい。

**31**　どちらも新潮CDから出ている。『罪と罰』縮約版朗読は江守徹。

**32**　フィリップ・ロス（一九三三―二〇一八）　アメリカに生きるユダヤ人であることの意味を粘度の高い文章で綴り、メタフィクション的でも私小説的でもあるがとにかくねちっこく書く作家。柴田訳は五十代の作家が八十代の父を介護するノンフィクション『父の遺産』（集英社文庫）と、もしリンドバーグが戦時中に大統領になってナチと結託していたらという設定の『プロット・アゲンスト・アメリカ』（集英社）。

**33**　『素晴らしいアメリカ野球』（一九七三）ロスの爆笑野球小説（中野好夫・常盤新平訳、集英社文庫）。（その後新潮文庫から再刊）

**34**　『われらのギャング』（一九七一）当時の大統領ニクソンを徹底的にコケにした作品（青山南訳、集英社）。原題 *Our Gang* は、一九二〇～三〇年代に人気があった、日本でも戦後『ちびっこギャング』としてテレビ放映されたコメディの題をそのまま借りている。

マラマッドの『汚れた白球』も好きだったんだけど、絶版かな？

**柴田**　はい、もうだいぶ前に。原書は *The Natural* の題で一九五二年に出て、七〇年に鈴木武樹《たけじゅ》訳で出たときが『汚れた白球』、八四年にロバート・レッドフォード主演で映画化されたときは映画題は〈ナチュラル〉なのにそれに合わせて出した新訳はなぜか『奇跡のルーキー』[36]。

**村上**　短篇集でいま読むとちょっと辛《つら》いのもあるって話をさっきしましたけど、短篇集を翻訳で出す場合、英米で出てるのをそのまま出すより日本の読者向けにアレンジして出した方がいいと思うんですよね。最近はわりと原典尊重の流れがあるみたいだけど。

**柴田**　手前味噌《てまえみそ》になりますが、僕はロンドン、マラマッド、ヘミングウェイについては自分のセレクションで出しました[37]。ロンドンなどは明らかに書き飛ばす人だった

『乳房になった男』（一九七二）　ある男が目覚めたら乳房になっていた……むろんカフカ『変身』のパロディ（大津栄一郎訳、集英社文庫）。

**35**　原題は *The Great American Novel* で……「偉大なるアメリカ小説」とは、アメリカ的精神を体現している大作を言い表わす言葉で、『白鯨』や『ハックルベリー・フィンの冒険』などを指したりもするが、むしろ、いまだ書かれていない、理念としての完璧なアメリカ小説を表わすことの方が多い。ロスのこの小説でも、「偉大なるアメリカ小説を書くのはこの俺だ」とヘミングウェイが豪語して読者の失笑を誘う。

**36**　バーナード・マラマッド（一九一四―八六）　*The Natural* は中世の聖杯伝説を下敷きにした、常敗球団に現われた天才バッターの栄光と挫折の物語で、貧しいユダヤ人の苦難を主として描いたその後のマラマッド作品とは（少なくとも題材は）相当違った異色のデビュー作。*The Natural* には「生まれながらの天才」と「白痴」両方の意味がある。映画版はバリー・レヴィンソン監督。『奇跡のルーキー』は真野明裕訳、ハヤカワ文庫NV。

から、出来はまちまちだし。

**村上**　フィッツジェラルドでさえそうだと思いますよ。玉石混淆《ぎょくせきこんこう》というか。

**柴田**　短篇は彼の場合生活の手段でしたからね。

**村上**　専門に研究している人はともかく、一般の読者に向けては、翻訳者が判断して作品を選ぶべきだと思いますね。

**柴田**　このあいだ新潮文庫でマーク・トウェインをやらせてもらったときには、「馬鹿《ばか》話のマーク・トウェイン」という側面をはっきり強調して選びました。いままでいろんな形で出ているから、ただ漫然と選んでも意味がないと思って。「マーク・トウェイン傑作選」という副題を出版社が付けてくれましたけど、ほんとは「馬鹿話選」が正しい（笑）。

**村上**　「農業新聞」の話、最高におかしかったです。それから柴田さんが編訳したマラマッドの短篇集はよかっ

37　マラマッドは『喋る馬』、ヘミングウェイは『こころ朗らなれ、誰もみな』（いずれもスイッチ・パブリッシング）。

38　『アシスタント』／『店員』　流れ者のイタリア人青年が貧しいユダヤ人食料品店主との交流を通して人の道に目覚める話、とまとめてしまうとつまらないのだが、名作である。『レンブラントの帽子』（一九七四）はマラマッドが「ユダヤ貧乏叙情」から抜け出そうとしていろいろ試している興味深い短篇集。『魔法の樽』岩波文庫版は阿部公彦訳。

39　アイザック・バシェヴィス・シンガー（一九〇二―九一）一九三五年にポーランドからアメリカに移住してニューヨークに落着き、毎日街を散歩し鳩に餌をやり、やがては自身がニューヨークの風物のひとつとなったが、作品は生涯イディッシュ語で書きつづけ、大半の作品はまずニューヨークで発行されるイディッシュ語新聞に載り、のちに本人も積極的にかかわった英訳が出された。特に短篇小説の評価が高い。一九七八年、ノーベル文学賞受賞。

40　ジョン・チーヴァー（一九一二―八二）　戦後アメリカで急激に広がった

たですね。
**柴田**　ありがとうございます。マラマッドは長篇では『アシスタント』が素晴らしくて、近年、加島祥造さんの昔の訳が『店員』と改題されて、さっき出たオコナー『烈しく攻むる者はこれを奪う』を復刊した文遊社という小さな出版社が二〇一三年に復刊したし、小島信夫も訳者に入っている『レンブラントの帽子』はこれまた一人だけでやっている夏葉社が復刊して、ベストの短篇集『魔法の樽』[38]は岩波文庫で新訳が出たし、まあわりと幸福な状況ですね。
**村上**　同じユダヤ系で言うと、シンガーは？
**柴田**　吉夏社という出版社が何冊か出していて、あとは河出から『不浄の血』という作品集。この『不浄の血』は英訳からじゃなくてイディッシュ語原文から訳しているという点で特筆ものです。訳者の西成彦《まさひこ》さんはシンガーの全短篇をイディッシュ語から訳そうと考えたんです

「郊外」に住む、それなりに裕福ながら不安を抱えた人々を描く作家として知られる。「巨大なラジオ」は「非常識なラジオ」の邦題で早川書房刊『異色作家短篇集』第18巻に収められていた（鳴海四郎訳）。〔村上訳『巨大なラジオ／泳ぐ人』は二〇一八年に新潮社から刊行された〕

41　ジョイス・キャロル・オーツ（一九三八―　）　おそらく現在、世界中でもっとも多産な作家。これまでに長篇四十冊強、短篇集四十冊弱、エッセイ集約二十冊、別名で約十冊……ツイッターもマメにやっていてこの二十四時間（二〇一五年八月六日）でも十数本ツイート。著作の一〇〇分の一くらいを読んだ限りでは、女性によるゴシック小説の伝統の正統的な継承者という印象。河出から出たのは『とうもろこしの乙女、あるいは七つの悪夢――ジョイス・キャロル・オーツ傑作選』栩木玲子訳。

ミュリエル・スパーク（一九一八―二〇〇六）　木村政則訳による河出の選集では、キレ味の鋭いブラック・ユーモア作家としての側面が前面に出ている。

パトリック・マグラア（一九五〇―　）　ニューヨーク在住のイギリス人作家。デビュー当時から「ニューゴシック」の旗手と称され、「信用できない語

が、もう原文がなくて英訳しか残っていない作品がいくつかあったこともあって、実現には至らなかったようです。[39]

**村上**　僕がやりたいのはチーヴァー傑作集だなあ。

**柴田**　十本〜十五本くらいに絞ったらすごくいい一冊になるでしょうね。「泳ぐひと」とか「巨大なラジオ」とか。[40]

**村上**　チーヴァーは長篇もけっこう書いていたけど、やっぱりいいのは短篇ですね。いずれやりたい。ひとつ真《ま》面目《じめ》に考えよう。

あと、フィッツジェラルド後期の短篇にはまだ手をつけてないものがあるので、そのへんもやりたい。

**柴田**　そういうやり方で、ジョイス・キャロル・オーツあたりも膨大な短篇群があるので、一冊にまとまるといいなあと思ったら、河出書房新社がやってくれた。河出

り手」の手法を使った折り目正しいゴシック小説を現代において書いている人。『失われた探険家』をはじめ日本では主に宮脇孝雄が訳している。

**42**　**世界ユーモア文庫**　一九七七年から刊行、全十巻。前出ラードナー『メジャー・リーグのうぬぼれルーキー』もこの「文庫」に『おれは駆けだし投手』として入っていた（中村雅男訳）。ほかには『ボートの三人男：犬は勘定に入れません』（丸谷才一訳、現在は中公文庫）、エーリッヒ・ケストナー『雪の中の三人男』（小松太郎訳、現在は創元推理文庫）など。

ブラック・ユーモア選集　一九七〇年から刊行、全六巻。ほかにイーヴリン・ウォー『囁きの霊園』（吉田誠一訳、現在は『愛されたもの』の邦題で岩波文庫、中村健二・出淵博訳／『ご遺体』の邦題で光文社古典新訳文庫、小林章夫訳）、テリイ・サザーン『怪船マジック・クリスチャン号』（稲葉明雄訳）などもあった。

『幻の下宿人』（一九六四）　榊原晃三訳、現在は河出文庫。一九七六年にロマン・ポランスキーによって、〈テナント／恐怖を借りた男〉の題で映画化もされている。作者トポール（一九三八—九七）は奇抜な絵画、アニメーションでも知られ

はほかにも、ミュリエル・スパークの傑作選（『バン、バン！　はい死んだ』）とか、パトリック・マグラアの全短篇（『失われた探険家』）とか、けっこうがんばって出してますよね。[41] 文庫ではちくま文庫、ハヤカワ epi 文庫、単行本では河出、国書刊行会あたりが復刊・発掘に熱心です。

**村上**　シリーズってことでいうと、むかし筑摩書房から出ていた〈世界ユーモア文庫〉はいいシリーズでしたね。ピエール・カミの『エッフェル塔の潜水夫』（吉村正一郎訳）とか。

**柴田**　早川書房から出ていた〈ブラック・ユーモア選集〉もよかったです。ローラン・トポールの『幻の下宿人』とか。[42]

**村上**　そうそう、ボリス・ヴィアンの『北京の秋』とかね。ヴィアンは『墓に唾《つば》をかけろ』もよかったな。[43]

**柴田**　……と、一昔前の小説の話をすると、やっぱりフ

る。

**43**　ボリス・ヴィアン（一九二〇―五九）　フランスの前衛的な小説家としてのみならず、ジャズ・トランペッター、歌手としても知られ、また脱走兵の黒人作家と称して別名でハードボイルド小説を発表したりもした。レイモンド・チャンドラーを初めてフランス語に訳した。『北京の秋』は岡村孝一訳、『墓に唾をかけろ』は伊東守男訳、いずれものちに『ボリス・ヴィアン全集』（早川書房）に収められた。

**44**　ジョン・バース（一九三〇―　）　一連の長大なメタフィクション小説で知られる作家。一九六〇年刊の『酔いどれ草の仲買人』は十八世紀の擬古文で書かれた実に愉快な小説で、かつ野崎孝の訳業としてもおそらく最高。「十七世紀の末葉、ロンドンのいわゆるコーヒー・ハウスにたむろしては、たわいもないおだをあげている洒落者どもの中に、エベニーザー・クックという背高のっぽのひょろひょろしたのが一人まじっておった」という一文で始まる野崎訳が刊行された当時、この「……おった」がいいのだ、とこの時期朝日新聞の文芸時評を担当していた井上ひさしが絶賛した。あまりに見事な訳なので、続けて段落の終わりま

ランスの名前が並びますね。

## 訳しやすさ／訳しにくさ

**村上**　ジョン・バースの『酔いどれ草の仲買人』はどうかな。

**柴田**　もともと集英社の〈世界の文学〉シリーズで出て、そのあと〈集英社ギャラリー　世界の文学〉に入ったので、いちおう絶版ではないです。訳もいいから、そのまま文庫にしてほしいですけどね。

**村上**　あの野崎訳は素晴らしいですよね。[44]

**柴田**　はい、原作も訳文も大傑作です。素晴らしい訳といえば藤本和子《かずこ》さんの訳も素晴らしいんですが、『アメリカの鱒《ます》釣り』をはじめとするブローティガンはだいたい出ているけど、ほかにもたとえば、中国系のマキシーン・ホン・キングストンの『アメリカの中国人』などご

で引用する――「才よりはむしろ野心がまさり、しかしその才とても思慮よりはまだしもましというこの男、馬鹿騒ぎの仲間どももはいずれも、オックスフォードかケンブリッジか、どちらかの大学で学問をしておることになっておったが、彼もまた御同様、おのが国語の英語相手に、その意味をめぐって苦労するよりも音を弄ぶ面白さを覚え、ために労多き学の道にいそしむよりも詩をこしらえる呼吸を呑みこみ、時流に従いながら、ジョーヴやらジュピターやらといった言葉がやたらと出て来て、耳にさわる韻もかまびすしく、無理して結びつけた喩えの無理がぎごちない腰折れを集めた冊子をば、次から次とひねり出しておったのである」（〈集英社ギャラリー　世界の文学〉18　アメリカ3）。

45　リチャード・ブローティガン（一九三五―八四）　前述の「偉大なるアメリカ小説」の概念を脱臼させるような、飄々とした独特の幻想とユーモアに貫かれた作風で、一九六〇～七〇年代、若い読者の圧倒的な支持を得た。日本では、藤本和子による、原文の味わいを存分に伝えた革命的な翻訳でも知られる。『アメリカの鱒釣り』『芝生の復讐』（いずれも新潮文庫）など。

マキシーン・ホン・キングストン（一

本人も好きだと言っているので、ぜひ復刊してほしいですね。あと、変わったところでは『やつらを喋りたおせ！――レニー・ブルース自伝』とか、一九七七年に晶文社から出たとき「カッコいい訳題だなあ」と思いました。[45]

**村上** ブローティガンはだいたいほとんど全部藤本訳ですよね。

**柴田** 小説では『愛のゆくえ』だけ青木日出夫《ひでお》訳です。『愛のゆくえ』は藤本さんもあまりお好きではないようですね。[46]

**村上** やっぱり一人の作家を全部やるときついですよね。音楽でもそうだけど、死後に未発表のとか出てきたりすると、けっこうしんどいことが多いですね。CDのボーナストラックなんかと同じで、正直言って、ない方がよかったのに、と思ったりする（笑）。

九四〇― ）の『アメリカの中国人』は、アメリカに渡ってきた中国系移民の喜びと苦しみをどこか神話的な語り口で語る。これと『チャイナタウンの女武者』（藤本和子訳、晶文社）がキングストンの代表作。（『アメリカの中国人』はのち、原題どおり『チャイナ・メン』の邦題で新潮文庫から刊行）

レニー・ブルース（一九二五―六六）ナイトクラブのコメディから出発し、政治、宗教、性風俗等々をめぐって痛烈な諷刺を展開して一世を風靡した漫談家。『やつらを喋りたおせ！』の原題は*How to Talk Dirty and Influence People*（汚い喋り方で人を動かす法）で、明らかに、デール・カーネギー著の超ロングセラー自己啓発書 *How to Win Friends and Influence People*（友を作り人を動かす法＝邦題『人を動かす』）のもじり。

**46** 『愛のゆくえ』（一九七一） 現在はハヤカワepi文庫。原題は*The Abortion: An Historical Romance 1966*で、タイトルどおりメキシコへ中絶に行く後半はブローティガンにしてはいまひとつかもしれないが、前半の幻想的な図書館（誰もが自分の書いた本を持ち寄る）の話はなかなか素敵。

**47** 上だけ生きていて…… と思ったら

**柴田**　あと迷惑なのは、ローレンス・スターンの『トリストラム・シャンディ』。あれがなかったら漱石の『猫』もなかったんじゃないかというくらい影響力のある傑作十八世紀小説ですけど、朱牟田《しゅむた》夏雄《なつお》名訳の、上・中・下巻のうち上だけ生きていて中・下は絶版[47]（笑）。

**村上**　そういうの困るんだよな。僕もギリシャに行ったとき『デイヴィッド・コパフィールド』の新潮文庫版を持っていったんだけど、全四巻なのにうっかり第二巻までしか持っていかなくて、続きが読みたくて仕方なくなって、アテネに行ったとき英語版を買って後半は英語で読みました。勉強になってよかったけど[48]（笑）。

あとね、モームの中篇・長篇が出てないのは寂しいですね。いままだ出てるのは『人間の絆《きずな》』と『月と六ペンス』だけですかね……。『かみそりの刃』（中野好夫《よしお》訳、ちくま文庫）、『五彩のヴェール』（上田勤訳、新潮社）も絶版ですね。けっこう面白いんだけどなあ……。モー

現在では上巻も品切れ状態のようです。やれやれ。

漱石は明治三十年（一八九七）発表の「『トリストラム、シャンデー』」と題した文章を、「今は昔し十八世紀の中頃英国に『ローレンス、スターン』といふ坊主住めり、最も坊主らしからざる人物にて、最も坊主らしからぬ小説を著はし、其小説の御蔭にて、百五十年後の今日に至るまで、文壇の一隅に余命を保ち、文学史の出る毎に一頁又は半頁の労力を著者に与へたるは、作家『スターン』の為に祝すべく、僧『スターン』の為に悲しむべきの運命なり」と切り出し、「『シャンデー』程人を馬鹿にしたる小説なく、『シャンデー』程道化たるはなく、『シャンデー』程人を泣かしめ人を笑はしめんとするはなし」と評している（『定本漱石全集』第13巻）。

48　『デイヴィッド・コパフィールド』（一八四九―五〇）イギリスの文豪チャールズ・ディケンズの代表的長篇。小説の「王道」がしっかりと定まった時期と見えるヴィクトリア朝期のなかでも、ジョージ・エリオット『ミドルマーチ』（一八七一―七二）と並んでひときわ「王道」的貫禄をたたえた作品。

49　サマセット・モーム（一八七四―一

ム、みんな短篇の方がいいって言うけど、僕は長篇の方が個人的に好きです。高校時代に新潮社のモーム全集、全部読みました。『劇場』あたりはそんなに好きじゃないけど、いいのもいっぱいあると思う。

**柴田**　すみません、僕は新潮文庫の『雨・赤毛』と『人間の絆』『月と六ペンス』くらいしか読んでないです。

**村上**　『人間の絆』はそんなに面白くないでしょう。

**柴田**　うーん、読んだのが四十年前だからなあ……でもまあ、『人間の絆』『月と六ペンス』『雨・赤毛』の三冊はずっと出続けているというだけでもけっこうすごいですよね。[49]

**村上**　コンラッドはどうですか。

**柴田**　コンラッドはもっと訳したいです。河出の池澤《いけざわ》編世界文学全集で『ロード・ジム』をやらせてもらえたのは非常にありがたかった。それに、ほかにも案外いまも翻訳が出ていますよね。『闇《やみ》の奥』はいくつもあるし、

九六五）イギリスの小説家。長年、諜報部員としても活躍。かつては日本でも書店に行けばモームの作品が並び、英文和訳の参考書を開けばモームの文章が課題文として載っていた。受験生だった柴田はMaughamをモームと読むとは知らず、このモーガムという男の文章はなかなかいい、と言ってあれはモームと読むんだぜと理系志望の同級生に直された。直してくれた男は対談当時東京大学理事・副学長を務めていた。

『人間の絆』（一九一五）モームの自伝的な教養小説。中野好夫によるかつての定番訳が二〇〇七年に復刊（新潮文庫）、行方昭夫訳が二〇〇一年、岩波文庫。

画家ゴーギャンをモデルとする『月と六ペンス』はなぜか二〇〇五年以降新訳・復刊ラッシュ（岩波文庫・行方昭夫新訳二〇〇五、光文社古典新訳文庫・土屋政雄新訳二〇〇八、角川文庫・厨川圭子訳復刊二〇〇九、新潮文庫・金原瑞人新訳二〇一四）。

**50**　ジョゼフ・コンラッド（一八五七―一九二四）ポーランド生まれの英国作家で、船乗りの体験を活かし主として海洋小説を書いた。英語を母語としないにもかかわらず――あるいは、ウラジーミル・ナボコフの例もあわせて考えると、母語としないからこそ、と言うべきか

『密偵』や『西欧人の眼に』といった準代表作も岩波文庫が堅実に出している。[50]

**村上**　『ノストローモ』は？

**柴田**　あれは絶版ですね。コンラッドは英語が相当難しいので、そのスピリットをしっかり摑《つか》んで咀嚼《そしゃく》した上で訳さないと非常にわかりにくくなる――なんて、ひとごとみたいに言ってられないですけど。とにかくまだまだ訳に改善の余地があると思いますね。実はすごくユーモアも豊かだし。『ノストローモ』みたいに重厚なメガノヴェルを、原文の精神を裏切らない形でできるだけ敷居を低くした訳が出来ればなあと思います。[51]

でも『ロード・ジム』一冊やって思い知りましたけど、コンラッドの翻訳は本当に難しいですね。とにかくひとつのセンテンスにやらせていることが、あまりに多い。長さだったらフィリップ・ロスなんかもそんなに変わらないけど、コンラッドの方がずっと錯綜《さくそう》しているから。


――非常に複雑な英語を駆使する。

『ロード・ジム』（一九〇〇）　自己の奥にひそむ弱さ、あるいは過去の呪縛といった問題を、無垢な青年ジムと冷徹な観察者マーロウを通して描いた小説。フィッツジェラルドはコンラッドを尊敬していて、一九二三年にコンラッドがアメリカを訪れた際、前述のリング・ラードナーと連れだって、コンラッドの気を惹こうと彼が宿泊している屋敷の前で酔っ払って踊って管理人に叩き出された。フィッツジェラルドの『グレート・ギャツビー』のギャツビー／ニック・キャラウェイの関係は、『ロード・ジム』のカーツ／マーロウの関係にも通じるものがある。

コッポラの映画〈地獄の黙示録〉（一九七九）にインスピレーションを与えた『闇の奥』（一八九九）は、古典的な訳が岩波文庫の中野好夫訳、標準的（？）新訳が光文社古典新訳文庫の黒原敏行訳、物理学者による意欲的な改訳としては藤永茂訳（三交社）。『闇の奥』のカーツがコンゴで見た「闇」を、コッポラはベトナムに移しかえた。

『密偵』や……　『密偵』（一九〇七）は土岐恒二訳、『西欧人の眼に』（一九一一）は中島賢二訳。どちらもテロリズムの問題をいちはやく取り上げている。

51　『ノストローモ』（一九〇四）　南米

**村上**　『ロード・ジム』は、読んでいてさっぱり意味がわからないという翻訳がかつてありました。僕がこのあいだ訳していたノルウェイの作家、ダーグ・ソールスターなんかもそういうところがあって、コンサバなポストモダンというか、センテンスがすごく長くて、カッコがいっぱい入った数式みたいな複雑さがあるんです。そういうのをふうふう言いながら訳してると、柴田さんはこういうのきっと得意だろうなと思う[52]（笑）。

**柴田**　いや、村上さんの翻訳ですごいのは、感情的に複雑な長い段落が見事に訳されてるところです。あれはちょっと翻訳家プロパーには真似《まね》できない。

**村上**　僕はなんか、論理的に整合性のある長い文って苦手なんですよね。

**柴田**　普通は整合性がある方が楽だと思うんじゃないですかね（笑）。

**村上**　でも上手い作家が書くと、整合性がなくても、気

---

の架空の国コスタグアナを舞台とした壮大な小説で、半世紀以上前に英語で書かれたラテンアメリカ小説、などと称されたりする。上田勤・日高八郎・鈴木建三訳、『筑摩世界文学大系50（コンラッド）』所収、筑摩書房。（現代ラテンアメリカの作家がこれを語り直したのがフアン・ガブリエル・バスケス『コスタグアナ秘史』（久野量一訳、水声社）

**52** ダーグ・ソールスター（一九四一— ）ノルウェイの作家。村上訳は二〇一五年四月に刊行された『Novel 11, Book 18』（中央公論新社）。

**53** 田中小実昌さんの訳がありまして、これがけっこういい……　その書き出しは——

その家は、パサデナ市のオークノール・セクションにあり、ドレスデン・アヴニューに面していた。ワインレッドのレンガ壁に、白い石でふちをとった赤褐色のタイルの屋根、大きな、がっしりしたつくりの、おちついた建物だ。階下の窓枠には鉛をつかい、ロココ式まがいの石材の飾りがやたらにくっついていた。（ハヤカワ・ポケット・ミステリ、一九五九）

一方、村上訳は——

パサデナのオーク・ノル地区、ドレス

持ちとか勢いでわかるんだよね。

**柴田**　やっぱりそこはさすがですね。村上訳フィッツジェラルドを読むと特にそう思う。

**村上**　カポーティもそうだし、フィッツジェラルドなんか理屈で考えるとこっちとあっちで全然合ってないのに、不思議と読ませるんですよ。

僕はこの前チャンドラーの『高い窓』の翻訳を出したんだけど、『高い窓』はいつもの清水俊二訳以外に、田中小《こ》実《み》昌《まさ》さんの訳がありまして、これがけっこういいんです。よく見てみると細かいとこけっこうあらっぽく間違えてるんです。だけど読んでてやたら楽しい。楽しけりゃいいじゃないか、って思いますね。ただ、フィリップ・マーロウのIを「俺」と訳してるんでマニアからは排斥されちゃうんですね。[53]

困るのは、いくら正確でも三度読まないと意味が頭に入ってこない、というようなタイプの訳文ですね。そう

デン・アヴェニューにその家はあった。大きくてがっしりした、いかにも涼しげなかまえの屋敷で、赤葡萄酒色の煉瓦塀が巡らされ、屋根はテラコッタ・タイル、白い石の回り縁がついていた。一階正面の窓には鉛線が入っており、二階の窓はコテージ風で、ロココ調を模した数多くの石細工でその周囲を飾られていた。
（早川書房、二〇一四）

半世紀以上前の田中訳の方がむしろカタカナが多いのが興味深い。

54　ちなみに『夜はやさし』は二〇〇八年に森訳が出た二月前に、もうひとつ新訳が出ている。こちらは大阪教育図書刊で、訳者の岡本紀元氏は対談当時日本スコット・フィッツジェラルド協会会長。

55　『レス・ザン・ゼロ』（一九八五）エルヴィス・コステロの音楽を背景に響かせつつ、頽廃的な暮らしを送る金持ちの少年たちを描いたブレット・イーストン・エリス（一九六四―　）のデビュー作。中江昌彦訳。

56　『レス・ザン・ゼロ』は映画版も……マレク・カニエフスカ監督、一九八七年。
『アメリカン・サイコ』も女性監督が……メアリー・ハロン監督、二〇〇〇

いうのはやっぱり改訳しないとね。

**村上**　あと、フィッツジェラルドの『夜はやさし』も文庫化してほしいよね。森慎一郎さんの訳に僕が解説を書いたんだけど、あの訳はいいと思う。某文庫で昔出ていたのでは、ツール・ド・フランス〔自転車のロードレース〕のことを「フランス大旅行団」と訳してましたからね（笑）。

**柴田**　いやー、昔は調べようにも手立てがなくて、大変だったですよね。

**村上**　森訳は二〇〇八年にホーム社から出て、一四年に作品社から改版が出てるんですね。いずれぜひ文庫にしてほしい。[54]

だいぶ新しいところに飛びますけど、ブレット・イーストン・エリスの『レス・ザン・ゼロ』は？

**柴田**　もう絶版でしょう……いや、ハヤカワ epi 文庫が二〇〇二年に再刊してますね。[55] さすが。

年。

**57**　『アメリカン・サイコ』はシリアルキラーのヤッピーを主人公にした小説で、その残虐な殺人シーンゆえにアメリカでは販売を拒否する書店が続出。が、物を所有することで自己を組み立てようとするアメリカ的志向への痛烈な批判として実に読ませる。小川高義訳、角川文庫。

**58**　ジェイ・マキナニーとかと仲よかったけど……　エリスやマキナニーが一九八〇年代なかばに都会的な若手作家として続々登場したときは、「ニュー・ロストジェネレーション」「ブラット・パック（ガキ連。フランク・シナトラ、ディーン・マーティンらを指して言った〈ラット・パック〉のもじり）」といったレッテルでひとまとめに見られた。

**59**　チップ・キッド（一九六四―）　いまアメリカでもっとも人気のある装幀者。村上春樹英訳版の装幀も近年はもっぱらこの人が手がけ、時として実に大胆。余談ですがスシ桶を持ってスシをエリスたちに配って回っていたのは、アメリカ最強の文芸エージェントの一人で村上さんの担当エージェントでもあるアマンダ・アーバンさんでした。

**村上**　『レス・ザン・ゼロ』は映画版も面白かった。ロバート・ダウニー・ジュニアが出てるやつ。

**柴田**　『アメリカン・サイコ』も女性監督がクールなタッチで撮ってましたね。[56]

それにしても『レス・ザン・ゼロ』でエリスの凄《すご》さを見抜いた村上さんはすごいと思う。僕は『アメリカン・サイコ』でようやくこの人の凄みがわかりました。好きじゃないけど、凄さは認めざるをえない。[57]

**村上**　本人に会ったこともあるけど、とにかく身銭を切って書いている気がする。最近の創作科出の作家たちは、身銭を切ってる感が薄いけど、エリスはそうじゃない。身銭を切って切って、切りすぎて痛々しくて、ジェイ・マキナニーとかと仲よかったけど、いまじゃマキナニーが引いてるよね。[58] 彼はどちらかといえば安定路線の方に移行しつつあるから。エリスは破滅型路線をまっしぐらっていうか。

**60** ラッセル・バンクス（一九四〇―　）当初は実験的な作品を書いたりもしていたが、その後はもっぱら、『大陸漂流』（一九八五）をはじめアメリカ小説の王道を行くようなロード・ノベル的大作で知られる。

**61** 黒原敏行（一九五七―　）一筋縄では行かない作品の代表的翻訳例を挙げれば、コーマック・マッカーシー『ブラッド・メリディアン』（早川書房）、リチャード・パワーズ『エコー・メイカー』（新潮社）、アン・マイクルズ『冬の眠り』（早川書房）。

コーマック・マッカーシー（一九三三―　）『ブラッド・メリディアン』（一九八五）をはじめ、叙事詩のようなスケール、神話のようなトーンで暴力と自然の世界を描く、現代アメリカ文学最重要作家の一人。

**62** 『彼らは廃馬を撃つ』は〈ひとりぼっちの青春〉（一九六九）としてシドニー・ポラック監督、ジェーン・フォンダ主演で映画化された。原作の翻訳は古風なタイトルとともに消えていくかと思いきや、どっこい一九八八年王国社による再刊を経て、二〇一五年、白水Uブックスに収められた。

**柴田**　そういえば村上さんの『神の子どもたちはみな踊る』の英訳が出て、デザイナーのチップ・キッドの豪華アパートメントの屋上でパーティをやったときにたまたま僕も呼ばれて、マキナニーやエリスが一緒にスシ食べてる姿を見て、まるっきり『アメリカン・サイコ』の冒頭そのままで怖かったです[59]（笑）。

**村上**　このあいだラッセル・バンクスと会って話したんだけど、彼の本もだいたい絶版ですよね。

**柴田**　代表作の『大陸漂流』とか、いちおう書籍総目録には残っていますが、品切れ状態のようですね[60]。

**村上**　『大陸漂流』もいいし、好きなのいっぱいあるんだけどなあ……。*Rule of the Bone* も良いですよ。『大陸漂流』はどこから出たっけ。

**柴田**　早川書房から、黒原敏行《としゆき》訳ですね。黒原さんって、長いもの、難しいものを積極的に訳す奇特な翻訳者です

**63**　『わが心の川』　酒本雅之訳、新潮社。『脱出』はジョン・ブアマン監督、ジョン・ヴォイト主演、一九七二年。『わが心の川』はその後『救い出される』と改題されて新潮文庫から再刊された

**64**　ジム・ハリスン（一九三七―二〇一六）『死ぬには、もってこいの日。』の原題は *A Good Day to Die*、訳者は大嶌双恵。『レジェンド・オブ・フォール』は佐藤耕士訳、ハヤカワ文庫NV。

**65**　「足もとに流れる深い川」は現在三バージョンすべて村上訳で読める。オリジナル原稿が『ビギナーズ』、編集者ゴードン・リッシュにより改変された版が『愛について語るときに我々の語ること』に、カーヴァー本人により書き直された版が『ファイアズ（炎）』に収録されている（いずれも村上春樹翻訳ライブラリー、中央公論新社）。

**66**　「無頭の鷹」　高校生だった村上春樹を圧倒した"The Headless Hawk"はこうはじまる――

Vincent switched off the lights in the gallery. Outside, after locking the door, he smoothed the brim of an elegant Panama, and started toward Third Avenue, his umbrella-cane tap-tap-

よね……コーマック・マッカーシーとか。[61]

**村上**　マッカーシーが日本でこれだけ受けてるんだから、ラッセル・バンクスももっと読まれていいと思うんだけどなあ……。いまタイトルは思い出せないんだけど、彼の短篇ですごく好きなのがあって、バンクスと食事会で隣りあわせになったときにその短篇の話をしたら、いや俺もあれは好きなんだ、あれは全部本当のことなんだよって言ってましたね……若いときにフロリダに行って、デパートの飾り付けをする話なんだけど。

**柴田**　うーん、残念ながらそれは知らない。

あとまだまだ何冊も、リストに挙げてくださっていますね。

**村上**　ホレス・マッコイの『彼らは廃馬を撃つ』とか、よかったですよ。

**柴田**　常盤《ときわ》新平訳、一九七〇年角川文庫というから、これは映画絡《がら》みでしょうね……角川はひところ、映画の原

tapping along the pavement. A promise of rain had darkened the day since dawn, and a sky of bloated clouds blurred the five o'clock sun; it was hot, though, humid as tropical mist, and voices, sounding along the gray July street, sounding muffled and strange, carried a fretful undertone. Vincent felt as though he moved below the sea. Buses, cruising crosstown through Fifty-seventh Street, seemed like green-bellied fish, and faces loomed and rocked like wave-riding masks. He studied each passer-by, hunting one, and presently he saw her, a girl in a green raincoat. She was standing on the downtown corner of Fifty-seventh and Third, just standing there smoking a cigarette, and giving somehow the impression she hummed a tune. The raincoat was transparent. She wore dark slacks, no socks, a pair of huaraches, a man's white shirt. Her hair was fawn-colored, and cut like a boy's. When she noticed Vincent crossing toward her, she dropped the cigarette and hurried down the block to the doorway of an antique store.

当時彼がこれをどう訳したかは知るよしもないが、作家になったのち、彼はこれをもう一度、こう訳すことになる——

作の翻訳を実にマメに出してましたから――それも文庫で。

この『彼らは廃馬を撃つ』というタイトルが古風で、いまとなってはかえって味がありますね。原文にあたってみると、「だって馬だって撃つじゃねえかよ」という殺人犯の開き直り台詞《ぜりふ》なんですね。[62]

**村上**　ジェイムズ・ディキー『わが心の川』は文庫化なしなんだ……。これは映画〈脱出〉の原作です。とてもいい本です。ぜひ文庫化してほしい。ディキーはレイモンド・カーヴァーとも飲み友だちです。[63]

あと、もう一人カーヴァーの友だちのジム・ハリスン『死ぬには、もってこいの日。』――これ、柏艪舎《はくろしゃ》から出ていて――

**柴田**　北海道の出版社ですね。

**村上**　――これも文庫化してほしいですね。

**柴田**　同じハリスンの『レジェンド・オブ・フォール』

ヴィンセントは画廊の電灯を消した。外に出てドアの鍵をかけ、小粋なパナマ帽のつばを指でならしてから、三番街に向けて歩きはじめた。ステッキがわりの雨傘がコツコツと舗道に音を立てた。夜が明けたときから、いつ雨が降りだしてもおかしくなさそうな暗い一日で、むっくりとしたぶ厚い雲が空を覆い、午後五時の太陽を鈍く翳らせていた。しかし気温は高く、熱帯のもやのように蒸していた。灰色に染まった七月の街路にざわめく声は奇妙にこもった響きを持ち、苛々したアンダートーンを含んでいた。ヴィンセントは、まるで海の底を歩いているような気分だった。五十七丁目の通りを走る市内横断バスは、緑色の腹をもった魚みたいに見えたし、人々の顔は波間に浮かぶ仮面のようにおぼろに浮かび上がり、ゆらゆらと左右に揺れた。彼は通行人の顔をひとつひとつたしかめるように眺めていったが、捜し求める相手はほどなくみつかった。緑色のレインコートを着た若い娘だ。娘は三番街と五十七丁目の交叉点のダウンタウン側に立っていた。ただそこに立ち、煙草を吸っていた。どことなく唄でも小さく口ずさんでいるような雰囲気があった。レインコートは透明だった。黒いズボンに靴下もはかずかかとの低いサンダルをはき、白い男もののシャツを着ている。髪は淡い黄褐色で、は一度文庫化されていますね。

**村上**　『レジェンド・オブ・フォール』もよかった。ジム・ハリスンは過小評価されていると思いますね。男気のある、いかにもアメリカの西部っぽい作家です。[64]

**柴田**　最後に、村上さんにとってのベスト・オブ・ベスト短篇を挙げるとしたら何ですか。

**村上**　カーヴァーの「足もとに流れる深い川」ですね。あれが初めて読んだカーヴァーの小説で、とにかく雷に打たれたような体験だった。それまでフィッツジェラルドもヘミングウェイも読んでいたけど、まったく違うものが出てきたと思った。それでカーヴァーに会いに行って、全部訳そう、と一気に決めた。自分が求めていたというか、こういうのを書けたらすごいだろうなあ、というのにまさに出会った気がしましたね。[65]

あともう一本挙げるとしたら、カポーティの「無頭の

男の子みたいにカットされていた。ヴィンセントが通りを越えて自分の方にやってくるのを見ると、娘は煙草を捨てて足早に、そのブロックにある一軒のアンティック・ショップの戸口まで行った。
（『小説新潮臨時増刊 '85 SUMMER』初出、その後『誕生日の子どもたち』〔文春文庫〕に収録）

鷹《たか》」。高校のときに買ってきた英文和訳の参考書に入っていて、訳してみてこれはすごい文章だと思った。

**柴田**　カポーティが入ってる参考書っていうのもすごいなあ（笑）。そういうの、いつか作ってみたいです。[66]

## 復刊してほしい翻訳小説100

＊このリストは二〇一五年九月、対話「帰れ、あの翻訳」にあわせて作成された。その後復刊された作品に◎印を付す。
＊この翻訳のまま出してほしい、という意味とは限りません。あくまで、この作品が復刊されるといいな、という意味です。出版社名は、最後に出た版の社名を挙げています。（柴田）

### 復刊してほしい翻訳小説50選＝村上春樹

『アメリカン・サイコ』ブレット・イーストン・エリス、小川高義訳、角川文庫
『或る男の首』ジョルジュ・シムノン、堀口大學訳、新潮文庫
『ウォーターメソッドマン』ジョン・アーヴィング、川本三郎・岸本佐知子・柴田元幸訳、新潮文庫
『宇宙ヴァンパイアー』◎コリン・ウィルソン、中村保男訳、新潮文庫、二〇一六年再刊（新潮文庫）
『エッフェル塔の潜水夫』ピエール・カミ、吉村正一郎訳、ちくま文庫
『同じ一つのドア』ジョン・アップダイク、宮本陽吉訳、新潮文庫
『凧はどこへ』ニコラス・ガガーリン、岡本浜江訳、角川文庫
『カチアートを追跡して』ティム・オブライエン、生井英考訳、新潮文庫
『悲しき酒場の唄』カーソン・マッカラーズ、西田実訳、白水Uブックス
『かみそりの刃』サマセット・モーム、中野好夫訳、ちくま文庫
『帰郷』トマス・ハーディ、大沢衛訳、新潮文庫
『傷だらけの青春』ケン・コルブ、小菅正夫訳、角川文庫

『禁じられた惑星』ロバート・シルヴァーバーグ、中村保男訳、創元SF文庫
『くちづけ』◎ジョン・ニコルズ、榊原晃三訳、ハヤカワ文庫NV、二〇一七年、村上春樹訳で『卵を産めない郭公』として刊行（新潮文庫）
『結婚式のメンバー』◎カーソン・マッカラーズ、渥美昭夫訳、中央公論社、二〇一六年、村上春樹訳で刊行（新潮文庫）
『ケロッグ博士』T・コラゲッサン・ボイル、柳瀬尚紀訳、新潮文庫
『荒野を歩め』ネルソン・オルグレン、三谷貞一郎訳、晶文社
『心は孤独な狩人』◎カーソン・マッカラーズ、河野一郎訳、新潮文庫、二〇二〇年、村上春樹訳で刊行（新潮社）
『五彩のヴェール』サマセット・モーム、上田勤訳、新潮社
『さらば友よ』ダリル・ポニクサン、武富義夫訳、角川文庫
『サン・ルイス・レイ橋』ソーントン・ワイルダー、松村達雄訳、岩波文庫
『試合　ボクシング小説集』ジャック・ロンドン、辻井榮滋訳、現代教養文庫
『死ぬには、もってこいの日。』ジム・ハリスン、大嶌双恵訳、柏艪舎
『シングル・マザー』メアリー・モリス、斎藤英治訳、文藝春秋
『素晴らしいアメリカ野球』◎フィリップ・ロス、中野好夫・常盤新平訳、集英社文庫、二〇一六年再刊（新潮文庫）
『大陸漂流』ラッセル・バンクス、黒原敏行訳、早川書房
『地下道』ハーバート・リーバーマン、大門一男訳、角川文庫
『天使よ故郷を見よ』◎トマス・ウルフ、大沢衛訳、新潮文庫、二〇一七年再刊（講談社文芸文庫）
『ドラキュラの客』ブラム・ストーカー、桂千穂訳、国書刊行会、一九九七年新装版刊（国書刊行会）
『囚われて』メアリー・モリス、斎藤英治訳、文藝春秋
『眠れない時代』リリアン・ヘルマン、小池美佐子訳、ちくま文庫
『ノストローモ』ジョゼフ・コンラッド、上田勤・日高八郎・鈴木建三訳、『筑摩世界文学大系50（コンラッド）』

所収、筑摩書房
『破壊者ベンの誕生』ドリス・レッシング、上田和夫訳、新潮文庫
『初恋、その他の悲しみ』ハロルド・ブロドキー、森田義信訳、東京書籍
『修理屋〔フィクサー〕』バーナード・マラムード、橋本福夫訳、早川書房
『ブラックウッド怪談集』アルジャーノン・ブラックウッド、中西秀男訳、講談社文庫（創元推理文庫は『ブラックウッド傑作選』紀田順一郎訳）
『僕が戦場で死んだら』ティム・オブライエン、中野圭二訳、白水Uブックス
『魔女の呪い　ハーディ短編集』トマス・ハーディ、高畠文夫訳、角川文庫
『マッシュ』リチャード・フッカー、村社伸訳、角川文庫
『ミスター・マジェスティック』エルモア・レナード、高見浩訳、文春文庫
『ミュージック・スクール』ジョン・アップダイク、須山静夫訳、新潮社
『メジャー・リーグのうぬぼれルーキー』リング・ラードナー、加島祥造訳、ちくま文庫
『夜は千の目を持つ』◎ウィリアム・アイリッシュ、村上博基訳、創元推理文庫、二〇一八年再刊（創元推理文庫）
『裸者と死者』ノーマン・メイラー、山西英一訳、新潮文庫
『ラブラバ』◎エルモア・レナード、鷺村達也訳、ハヤカワ・ミステリ文庫、二〇一七年、田口俊樹訳で刊行（ハヤカワ・ポケット・ミステリ）
『レジェンド・オブ・フォール　果てしなき想い』ジム・ハリスン、佐藤耕士訳、ハヤカワ文庫NV
『ロック・スプリングズ』リチャード・フォード、高見浩訳、河出書房新社
『ロング・マーチ』ウィリアム・スタイロン、須山静夫訳、晶文社
『わが心の川』◎ジェイムズ・ディキー、酒本雅之訳、新潮社、二〇一六年、『救い出される』と改題して再刊（新潮文庫）
『魔術師』ジョン・ファウルズ、小笠原豊樹訳、河出文庫

## 復刊してほしい翻訳小説50選＝柴田元幸

『改訳　アウステルリッツ』◎W・G・ゼーバルト、鈴木仁子訳、白水社、二〇二〇年再刊（白水社）
『赤い小馬』ジョン・スタインベック、西川正身訳、新潮文庫
『アメリカの中国人』◎マキシーン・ホン・キングストン、藤本和子訳、晶文社、二〇一六年、『チャイナ・メン』と改題して再刊（新潮文庫）
『アメリカの果ての果て』ウィリアム・ギャス、杉浦銀策訳、冨山房
『アメリカの息子』リチャード・ライト、橋本福夫訳、ハヤカワ文庫NV
『アリバイ・アイク　ラードナー傑作選』◎リング・ラードナー、加島祥造訳、新潮文庫、二〇一六年再刊（新潮文庫）
『アンダスン短編集』シャーウッド・アンダスン、橋本福夫訳、新潮文庫
『いなごの日』◎ナセニエル・ウェスト、板倉章訳、角川文庫、二〇一七年、柴田元幸訳でナサニエル・ウエスト『いなごの日／クール・ミリオン　ナサニエル・ウエスト傑作選』として刊行（新潮文庫）
『ウィーランド』チャールズ・ブロックデン・ブラウン、志村正雄訳、国書刊行会
『飢え』クヌウト・ハムスン、宮原晃一郎訳、角川文庫
『帰れ、カリガリ博士』ドナルド・バーセルミ、志村正雄訳、国書刊行会
『皮商売の冒険』ディラン・トマス、北村太郎訳、晶文社
『川底に』ジャメイカ・キンケイド、管啓次郎訳、平凡社
『口に出せない習慣、不自然な行為』ドナルド・バーセルミ、山崎勉・邦高忠二訳、彩流社
『クール・ミリオン』◎ナセニエル・ウェスト、佐藤健一訳、角川文庫、『いなごの日』の項参照
『コペルニクス博士』ジョン・バンヴィル、斎藤兆史訳、白水社

『詐欺師』ハーマン・メルヴィル、原光訳、八潮出版社
『サローヤン短篇集』ウィリアム・サローヤン、古沢安二郎訳、新潮文庫
『死者の百科事典』◎ダニロ・キシュ、山崎佳代子訳、東京創元社、二〇一八年再刊（創元ライブラリ）
『七破風の屋敷』◎ナサニエル・ホーソーン、大橋健三郎訳、筑摩書房、二〇一七年、青山義孝訳で刊行（デザインエッグ）
『ジョヴァンニの部屋』ジェームズ・ボールドウィン、大橋吉之輔訳、白水Uブックス
『諸国物語』森鷗外訳、ちくま文庫
『ジョン・ランプリエールの辞書』ローレンス・ノーフォーク、青木純子訳、創元推理文庫
『西欧人の眼に』ジョゼフ・コンラッド、中島賢二訳、岩波文庫
『青春・台風』ジョゼフ・コンラッド、田中西二郎訳、新潮文庫
『大転落』イーヴリン・ウォー、富山太佳夫訳、岩波文庫
『旅する帽子　小説ラフカディオ・ハーン』ロジャー・パルバース、上杉隼人訳、講談社
『誰がドルンチナを連れ戻したか』イスマイル・カダレ、平岡敦訳、白水社
『チャイナタウンの女武者』マキシーン・ホン・キングストン、藤本和子訳、晶文社
『月は沈みぬ』ジョン・スタインベック、龍口直太郎訳、新潮文庫
『東欧怪談集』沼野充義（編）、沼野充義ほか訳、河出文庫
『床屋コックスの日記・馬丁粋語録』ウィリアム・メイクピース・サッカレ、平井呈一訳、岩波文庫
『トリストラム・シャンディ』ロレンス・スターン、朱牟田夏雄訳、岩波文庫
『ハザール事典　夢の狩人たちの物語』◎ミロラド・パヴィチ、工藤幸雄訳、東京創元社、二〇一五年再刊（創元ライブラリ）
『ビリー・ザ・キッド全仕事』◎マイケル・オンダーチェ、福間健二訳、国書刊行会、二〇一七年再刊（白水Uブックス）

『フィデルマンの絵』バーナード・マラマッド、西田実訳、河出書房新社
『フェンス』マグナス・ミルズ、たいらかずひと訳、DHC
『フロベールの鸚鵡』ジュリアン・バーンズ、斎藤昌三訳、白水Uブックス
『ヘンリー・アダムズの教育』ヘンリー・アダムズ、刈田元司訳、八潮出版社
『星を駆ける者』ジャック・ロンドン、森美樹和訳、国書刊行会
『ホークライン家の怪物』リチャード・ブローティガン、藤本和子訳、晶文社
『ポートノイの不満』フィリップ・ロス、宮本陽吉訳、集英社文庫
『マウス　アウシュヴィッツを生きのびた父親の物語』◎アート・スピーゲルマン、小野耕世訳、晶文社、二〇一〇年再刊（パンローリング）
『密偵』ジョゼフ・コンラッド、土岐恒二訳、岩波文庫
『無垢の時代』イーディス・ウォートン、佐藤宏子訳、荒地出版社
『女中《メイド》の臀《おいど》』ロバート・クーヴァー、佐藤良明訳、思潮社
『野生の棕櫚』ウィリアム・フォークナー、大久保康雄訳、新潮文庫
『やつらを喋りたおせ！　レニー・ブルース自伝』レニー・ブルース、藤本和子訳、晶文社
『らりるれレノン　ジョン・レノン・ナンセンス作品集』ジョン・レノン、佐藤良明訳、筑摩書房
『我が名はアラム』◎ウィリアム・サローヤン、三浦朱門訳、福武文庫、二〇一六年、柴田元幸訳で『僕の名はアラム』として刊行（新潮文庫）

# 僕たちはこんな（風に）翻訳を読んできた（Ⅰ）

# 饒舌《じょうぜつ》と自虐《じぎゃく》の極北へ

## ――フィリップ・ロス『素晴らしいアメリカ野球』をめぐって

《村上柴田翻訳堂》で復刊した一冊、フィリップ・ロスの『素晴らしいアメリカ野球』の解説として、二〇一五年十月二十七日に新潮社クラブで行なった対話。村上さんがロスの書き方と自分の書き方を対比させて話すのを聴いて柴田はかなり興奮した。

**村上**　柴田さんがこの小説を初めて読んだのはいつですか？

**柴田**　たしか学部生の頃にフィリップ・ロスのデビュー作『さようなら　コロンバス』を読んで、それが一九七〇年代後半。大学院生になって『ポートノイの不満』と、この『素晴らしいアメリカ野球』、それに『乳房になった男』、『われらのギャング』だとかを立てつづけに読みました。どれもペーパーバックになってから読んでいるので、リアルタイムよりもちょっと遅れて追いかけた感じです。

**村上**　僕は『さようなら　コロンバス』は日本で翻訳が出てすぐに読んだんです。すごくよかったな。大学生の頃だと思うんだけど、主人公とだいたい同い年だったから、ちょっと特別な思い入れをもって読みました。映画〈卒業〉が封切られたのもだいたい同じ頃で。

**柴田**　苦味のある青春小説っていうのがいくつかありましたね。

**村上** 音楽も流行《はや》ったんだよね。アソシエイションっていうバンドの"Goodbye, Columbus"っていう主題歌がヒットして。『素晴らしいアメリカ野球』はそういう青春小説のあとに読んだから、あまりの違いにかなりひっくり返りました。

**柴田** フィリップ・ロスって時期によってやることが全然違っていて面白い。最初に『さようなら コロンバス』（一九五九年）でほろ苦い青春小説から出発して、「狂信者イーライ」のようなユダヤ人を戯画化した短篇をいくつも書き、ユダヤ・コミュニティにすごく叩《たた》かれました。それで少しは大人しくなるかと思うと、もっと自虐的になって一人の男の性体験や妄想をえんえん綴《つづ》った『ポートノイの不満』（一九六九年）を書く。この小説は全米の年間ベストセラーになるんですが、一番ユダヤ人を戯画化している作品。そして七〇年代に入ると、ほとんど悪ふざけといっていい作品を次々書きます。ニクソンを皮肉った『われらのギャング』（一九七一年）だとか、カフカのパロディ『乳房になった男』（一九七二年）、そして一番度を越した悪ふざけなのがこの『素晴らしいアメリカ野球』（一九七三年）。そのあとはロス版私小説のようになってきます。ザッカーマンという架空の人物がロスの分身として出てきて、現実と執筆との重なり合いみたいなことがテーマになってくる。それがしばらく続いた後、九〇年代から二〇〇〇年代にかけて、*American Pastoral*（一九九七年）とか『ヒューマン・ステイン』（二〇〇〇年）、『プロット・アゲンスト・アメリカ』（二〇〇四年）など、社会を重厚に書いた作品が続きます。ブッシュ政権やアメリカの現状全般への怒りみたいなものが後ろ盾になっている気がします。この後の、書くのをやめると宣言した（二〇一二年）直前に書いた数冊は、さすがにちょっと苦しい感じがします。老いをテーマにすると、ちょっと弱いというか……。

**無理か法螺《ほら》か**

**村上**　ロスの作品を読んでいていつも思うんだけれど、すべての小説に「無理」があるんですね。

**柴田**　うんうん。なるほど。

**村上**　その無理を通すところがロスの真骨頂で、面白いところであり、また欠点でもあると思うんだけれど、個人的にはその無理がきついなと思うことの方が多いんです。ただ、それはもう個人の好みの問題。小説っていうのは無理があるのが当たり前だから。小説家として読むと、フィリップ・ロスの場合は自虐的にその無理を目立たせようとしているところがなくはない。

**柴田**　たぶん一番評価の高い作品のひとつに *The Counterlife* っていう作品があるんですが（邦題『背信の日々』）、あれなんかは登場人物がイスラエルに飛んでイデオロギー的な話を延々と聞かされたりするあたりは、とてもねちっこいんですね。ほかの作品でも半端《はんぱ》でなく過剰に走るところがある。この『素晴らしいアメリカ野球』ではその過剰さが悪ふざけに行っていて僕はすごく好きですが、これも過剰だ、やりすぎだという声は当時大きかったみたいですね。

**村上**　すごく過剰で、めちゃくちゃに無理がある。ありえない話なんだけれども、ここまで来るともう「法螺話」になるんですね。リング・ラードナーとかマーク・トウェインとか、ああいう法螺話の楽しい系譜の延長上という流れで、すらすら読めちゃう。*The Great American Novel*（偉大なるアメリカ小説《ザ・グレート・アメリカン・ノヴェル》）という原題が示している、一種の系譜みたいなものを踏まえているところもあるし、それはそれで意味があるんじゃないかなと思います。読むたびにそう感じる。

**柴田**　もともとこれは一種のファルス（farce＝茶番）ですよね。過剰であることこそ命で、肉を切らせて骨を断って、もちろん自分まで斬《き》っちゃっているという、そういう「やり過ぎ感」がこの作品の命という気がします。

**村上**　考えてみると、マラマッドの *The Natural*（邦題『汚れた白球／ナチュラル／

奇跡のルーキー』）もユダヤ人の書いた野球小説ですよね。あれも一種の法螺話ではあるんだけれど、ロスに比べるとマラマッドの方はすごく真面目《まじめ》に見える。ロスの方がずっと面白いと僕は思うけど。

**柴田**　『ナチュラル』はよくも悪くもマラマッドの求道的なところが出ていますよね。倫理観みたいなものが出ている。一般に、小説でも野球でも、アメリカでは偉大なことを達成するんだという信念のようなものが根底にあります。それに対して『グレート・アメリカン・ノヴェル』でロスはそれを全部コケにして、依って立つところが何もなくなるまでやっちゃっているという感じ。その痛快さがありますよね。

**村上**　実はユダヤ人って野球からはずいぶん排斥されていたんです。ユダヤ系の選手ってほとんどいないと思う。野球の世界ではかなり苛《いじ》められていたはずなんですけれど、どうしてバリバリのユダヤ系であるロスもマラマッドも、野球を取り上げたんだろう。ちょっと不思議な感じがします。広島にシェーン（リッチー・シェインブラム）っていう選手が来てたことがあるんだけど、僕が覚えているなかでは彼くらい。彼はたしかユダヤの祭日に試合を休んだんですよ。

**柴田**　『炎のランナー』みたいな話ですね。

**村上**　そうそう。広島のファンはびっくりしたと思うなあ。ユダヤ教徒がどういうものなのかって、普通の日本人はよく知らないから。

**柴田** マラマッドもロスも、野球が好きで好きで書いたっていうわけでもなさそうです。

**村上** とはいえ好きでないと、ここまで書けないですよね。

**柴田** ロスはある程度好きだと思うんです。ただ、ストレートに野球が好きだというポール・オースターなんかとは少し違う気がしますね。オースターの小説なんかだと、「つい」という感じで野球の話が出てくるんですよ。床屋談義みたいに。『グレート・アメリカン・ノヴェル』の場合はそうではなくて、アメリカの偉大さ、グレートネス、神話性、そういうものを解体するのに、野球を素材にするのが最適だったのではないでしょうか。

**村上** アメリカという国家の「神話」と、プロ野球、メジャーリーグ・ベースボールの「神話」が重ねられている。

**柴田** ええ。バスケットボールだとかフットボールが人気だといっても、アメリカ神話、アメリカの「グレートネス」を考えるとしたら、やっぱり野球でしょうね。

**村上** 「一塁と二塁の間は九十フィートであり、それは一インチも譲ってはならない」って話が出てきますが、これじゃ信仰の世界、神話の世界だもんね。

**柴田**　大リーグは黒人もなかなか入れなかった。黒人リーグが別にあったわけですね。いまは日本人でもヒスパニックでも、実力があれば入れるフェアな場所になったように見えますが、昔からそうだったわけでは決してない。ロスもマラマッドも、アメリカについて考えていたら、野球にたどり着いたという感じなんじゃないかと思うんです。野球について考えると、それはアメリカについて考えることになりそうだと。

## 訳題について

**村上**　訳題についてはどう思われます？

**柴田**　そこは本当に微妙ですね。まず「グレート」っていうのは「素晴らしい」っていうこともなくはないんですが、やはり「偉大なる」ということなんですよね。この小説が書かれた頃って、アメリカの強さ、正しさ、偉大さみたいなことが大いに疑われていた頃であるわけです。そうした流れの中で出てきたタイトルですから。

**村上**　アメリカ人であればタイトルだけ見て、あぁ、これはすごく冗談かました、ふざけた小説なんだなっていうのはすぐわかるでしょうね。

**柴田**　ええ、そう思います。問題はあえて「野球」と変えた「ノヴェル」の部分ですよね。この小説は集英社の「世界の文学」のために訳されたんですが、この全集の編集委員だった丸谷才一さんが、『素晴らしいアメリカ野球』にしたらどうか、と提案されたそうです。「偉大なるアメリカ小説」という概念をからかっている、という含みは日本では通じないだろうから、ということで。

**村上**　『偉大なるアメリカ小説』では日本人にはピンと来ないでしょうね。

**柴田**　アメリカには「偉大なるアメリカ小説」という確固たる観念がありますからね。「アメリカン・ドリーム」という言い方がある一方で「フレンチ・ドリーム」とか「ジャパニーズ・ドリーム」という言葉がないのと同じで、「偉大なるアメリカ小説」も独特の概念です。この本は、そういうアメリカの理想と直結した概念をタイトルに堂々据えておきながら、ほぼ全篇野球の話にしてしまうことでその概念をからかっている。

**村上**　これだけ立派な国をほとんどゼロから築いたわけだから、文学においてもグレートな仕事がなされなくてはならない、グレートなノヴェルが書かれなくてはならないというところから始まっているんですよね。アメリカは新しく作った国だから、小説にしてもなんにしても、ゼロから作らなきゃいけなかった。「偉大なるアメリカ小説」も当然モニュメンタルなものでなくてはいけない。そういうものを我々はまだ持っていないとアメリカ人は思っているんでしょうね。

**柴田**　『白鯨』など既存の作品を指して「あれは偉大なるアメリカ小説だ」という言い方をする場合もありますけれども、たいていは、いまだ書かれていないものを指しますよね。もっともっとグレートな、まだ見ぬ偉大なるアメリカ小説というものがイデアのようにあって、ヘミングウェイでも誰でもそれを書きたいと思ってきた。アメリカってなんでもそうですよね。まだ達成されていないけれども、とにかく理想があって、そっちに向かって進んでいく。

## 綜合《そうごう》小説の可能性

**村上**　でも、僕は思うんだけれども、六〇年代にヘミングウェイが自殺しちゃって以降、そういうものが書かれる可能性ってもはや消えちゃっているんじゃないかな。その前ならば、あるいはそういう理想を信じ得たかもしれないけれど、もうアメリカという国自体にそういうものを生み出す力はなくなっているんじゃないか。

**柴田**　この作品は七三年に書かれていますけど、たしかにこの時代、そういう理想が素直に信じられていたとは考えにくい。七三年というと、ベトナム戦争の傷はもちろん深かったし、ウォーターゲート事件もすでに起きていて、アメリカの理想そのものが大いに揺らいでいました。

**村上** 音楽の話でいえばビートルズが出てきた時点で、「偉大なるアメリカ音楽」というものはありえなくなってしまったんだと思います。七〇年代のはじめというのは、アメリカン・ドリームであるとか、「偉大なるアメリカの何らか」が生まれる可能性が死んでしまった時代なんじゃないかと思う。ある種、その幕引きとしてこういう作品をロスが書いたという意味は大きいですよね。

**柴田** 僕がアメリカ文学の勉強をはじめたのが七〇年代のなかばですから、自分の実感というよりは、上の世代が言っていたことではありますが、ノーマン・メイラーについては、そういう小説がまだ書けるかもしれないと目されていました。

**村上** そうそう。ただ、六〇年代なかば以降って実質、メイラーはもう力を落としていたと思う。

**柴田** ええ、今から思うとそうなんです。「まだやるんじゃないか」という感じだけがあった。

**村上** アメリカ文学っていうのはもちろんその後も今も書かれているわけだけれども、突出した誰かが突出した何かを書くというのは、もう終わってしまって、その後は作家が大学の文芸科で創作を教える文芸科小説の時代になっていきます。僕は個人的にはロスというよりはアップダイクの方が同時代的には好きだったけれども、アップダイクがまさかそういうものを書くわけがない。「ウサギ」シリーズを全部合わせても、「偉大なるアメリカ小説」にはならないですから。

**柴田**　階級的にも地域的にも限定されすぎていますよね。

**村上**　アップダイクはとても優れた作家だけど、綜合的に全部包み込もうというタイプの人ではない。『ニューヨーカー』派の人だったし。サリンジャーはあのとおり、ひき籠《こも》り型で。そういう意味では「おれが書いてやる」とヘミングウェイが思ったのは、無理からぬことなんです。

**柴田**　トマス・ピンチョンの『重力の虹《にじ》』はある意味で「偉大なるアメリカ小説」と言い得る最後の作品だと思うんですが、やはり七三年、『グレート・アメリカン・ノヴェル』と同じ年に出ているんです。

**村上**　なるほど、『重力の虹』もこの頃なんだ。

**柴田**　政治的・思想的に熱い六〇年代があって、それが一気に七〇年代に醒《さ》める。文学や小説は書くのに時間がかかるから、やっぱり時差があって七二年、七三年くらいまでは熱さがあるんですね。グロリア・スタイネムが雑誌『ミズ』（*Ms.*）を創刊してフェミニズムが出てきたりして。

**村上**　ピンチョンに関しては時間が必要だと思うんです。あと何十年か経《た》たないと、ポジションが定まらないと思う。僕はわりに好きで読んでいるけど「偉大なるアメリカ小説」たりえるか決まるには時間が必要だと思う。二十年とか三十年という単位で。

**柴田**　ジョン・アーヴィングの『ウォーターメソッドマン』が七二年なんですが、『グレート・アメリカン・ノヴェル』の一年前って、ちょっと信じられない。

**村上**　へぇ、それはたしかにちょっと信じられない。

**柴田**　ティム・オブライエンも七三年に『僕が戦場で死んだら』でデビューしています。世間的にはエリカ・ジョングの『飛ぶのが怖い』がベストセラーになった年でもある。『われらのギャング』『乳房になった男』『グレート・アメリカン・ノヴェル』とロスがこの時期立てつづけに悪ふざけ的作品を書いたのには、時代背景ということもあったと思います。アーヴィングが七二年に書いた『ウォーターメソッドマン』は比較的実験的じゃないですか。マラマッドが『テナント』という彼にしては実験的な作品を書いたのもこの頃です（一九七一年）。小説を書くうえで、型を外す、型を壊すのは当然だという空気があった時代だという気がします。

**村上**　僕が「偉大なるアメリカ小説」にラインとして近いと思うのは、オブライエンの『ニュークリア・エイジ』ですね。あれは綜合小説的な、何もかも抱え込むぞという意欲があって、「偉大なるアメリカ小説」の器があると思う。資質的には不足している部分もあるけれども、とにかく全部を書くんだという気概がある。アップダイクにはそれがなかった。アーヴィングの場合はある種の偏狭さ、文学的な狭さがあるから、外に伸びていくパワーがない。ピンチョンはその辺のところがまだ不確定というか、判断しきれない。

**柴田**　ピンチョンとドン・デリーロは考えるべき対象ですね。

**村上**　もの凄《すご》く大きなものを抱え込もうとするパワー、器ということでいえば、ガルシア＝マルケスにはそれがあるでしょう。六〇年代まではアメリカの作家が持っていた器というのは、その後はガルシア＝マルケスの方面に移ってしまったという気がするんですよ。ドイツでいえばギュンター・グラス。「偉大なるアメリカ小説」がこれから出てくるのは難しいんじゃないかな。どんどん多民族国家になってきているから、それを包括するというのは、コンセプトとして不可能だと思う。五〇年代後半まではまだ、アングロ＝サクソンが文化的にも政治的にも主導権を持っていて、そこにはアンクル・トム的な黒人は存在を許されているんだけど、やっぱり基本は白人の世界だった。ＷＡＳＰ（ホワイト・アングロ＝サクソン・プロテスタント）がこの国を作ったんだという自信があったと思うんだけど、たぶんいまはもうなくなってしまったでしょう。

**柴田**　アメリカにも知識人の世界があって、五〇年代に「アメリカ文学のアメリカ性とは何か」みたいなことが議論されているんですが、そこでは圧倒的にユダヤ系中心なんですよね。レスリー・フィードラーとかライオネル・トリリングとかアルフレッド・ケイジンとか。そういう人たちがロスを持ち上げたり叩いたりに忙しかったりするんだけれど、そういう人たちにとってアメリカというのは、半分は自分たちのものではないというような感覚だし、一方で「我々アメリカ人は」という言い方もする。そのあたり屈折が感じられて興味深いです。それとは違って黒人作家たちは「我々アメリカ人は」とはなかなか言いづらい。憤《いきどお》りをこめて「あいつらのもの」という感覚。いまはさらに周縁的な、マージナルなアメリカ人というのがいっぱい出てきて、そうすると「アメリカとは」というような包括的な括《くく》り方は不可能になってきますよね。

**村上**　メジャーリーグからして多民族化してきてるからね。いま大リーグの主力選手はもう完全にヒスパニックでしょう。最初は白人ばっかりだったのが黒人が入ってきて、黒人に乗っとられるんじゃないかと言われたんだけど、黒人はバスケットボールとかフットボールの方に行った。代わりにヒスパニックがどんどんやってきて、おまけにアジアからもどんどんやってくる。いまはもう、ほとんど様変わりしちゃった。お客さんもすごく多民族だしね。『ニューヨーカー』だって小説を書いているのは外国の作家がものすごく多いんです。

**柴田**　『ニューヨーカー』に毎週掲載される短篇でここ数年一番見かけるのは、ロベルト・ボラーニョとアリス・マンロー、それに村上さんですからね。ボラーニョはチリ、マンローはカナダ出身ですから英語圏の作家ではありますけれど、アメリカ人ではない。

## ユダヤ人性と自虐と饒舌と

**村上**　ロスの話に戻るけど、後期の『ヒューマン・ステイン』とか『プロット・アゲンスト・アメリカ』のような作品は、すごく「凝縮」はされていると思う。だけど「拡散」はしていかない。凝縮されつつ拡散していけば、この人はもっとすごい作品が書けたんではないかなと思う。

**柴田**　後期の作品はどれも、ぎゅうっと絞り込んでいくんですね。ものすごく絞り込んでいった中に、強いストーリーと強い言葉がある。広がりはたしかにないかもしれないですが。

**村上**　はちゃめちゃさがない。『グレート・アメリカン・ノヴェル』みたいに、はちゃめちゃに羽目が外せるんだったら、ぎゅっと絞りながらもはちゃめちゃになっていくという、もっと柄の大きな小説が書けたんじゃないかという気がする。『グレート・アメリカン・ノヴェル』にはいろんな話やらキャラクターがぶちこまれていって、ねちっこさでつないでいくんだよね。それがほんとに面白い。ユダヤ人的なねちっこさがある種の接着剤になっているといってもいい。だけどそのねちっこさだけ取り出されると、しんどいかなあと。これだけバラバラなものを持ち込んで、ひとつにまとめちゃうというのは、僕にはできない。僕のストーリーテリングとは違いますね。ただ、彼には自分はアメリカ社会におけるユダヤ人なんだという気持ちが強くあって、その軸があまり動かないんですね。もっと軸を動かしていければすごく面白い小説世界ができたんじゃないか。ユダヤ人の問題を持ち出さなくても「ユダヤ人性」というのは書けるんじゃないのかなって、個人的には思うんですが。

**柴田**　ザッカーマンという人物を設定して書く作品が続いて、ますます「ユダヤ人性」という軸が固まっていった。

**村上**　その辺の作品、苦手ですね。面白いと思わなかった。

**柴田**　僕もその辺はやりすごしたという感じです。それをくぐりぬけたあとの『父の遺産』なんかは素晴らしかった。あれはもう拡散も凝縮も考えずに、父親のことをストレートに書いてみようという作品ですね。彼にはいろんなモードがあって、『父の遺産』の前にも *The Facts* という作品がありますが、これは若い頃の自伝なんですね。作家になる前のことをかなりストレートに書いています。ただし、あとがきがまた自虐的で、ここでもザッカーマンが出てくる。ロスに宛《あ》ててザッカーマンが書いた手紙というスタイルで書かれていて、「こことここがおかしい、ロス、こんな本を出すのは止《よ》せ、考え直せ！」とか言ってくるんです。本体のストレートな感じが僕は大好きだけど、いわゆるロスらしさはこっちにあるんでしょうね。

**村上**　ロスって、今でもアメリカで読まれているんですか。

**柴田**　ええ、読まれています。自分の作品が日本でこれしか訳されていないっていうのは、彼にしてみれば信じられないんじゃないかな。

**村上**　オースターがあれだけ訳されているのにね。「シバタが翻訳してくれないせいだ」って思ってるんじゃないですか（笑）。

**柴田**　オースターと初めて会ったときに、「フィリップ・ロスと地元が近くってさあ」とか言ってまんざらでもないみたいに話してたんですよ。九〇年頃のことですけれど。

でもだんだん「いや、おれはロスとは違うから」みたいになっていきました（笑）。オースターからすると、おれはアメリカンだけどロスはジューイッシュ＝アメリカンだよというような思いがあるんじゃないでしょうか。

**村上** オースターはユダヤ人性って全然出してこないですね。

**柴田** そうですね。出さないですね。

**村上** なんとなくカラーとしては感じるんですけどね。

**柴田** 彼としては、親近感を感じるのはヨーロッパのユダヤ人なんだと思うんです。カフカとかエドモン・ジャベスとか。アメリカのユダヤ人ということには、あまり興味がないと思う。ちなみに七〇～八〇年代のロスの大きい仕事として、東ヨーロッパの現代文学を発見するんですよ。ペンギンの"Writers from the Other Europe"というシリーズの編集主幹を務めて、ミラン・クンデラにインタビューしたり、ブルーノ・シュルツやダニロ・キシュをアメリカに紹介して。紹介者としての功績も大きいです。

## ほとばしるアイデアと言葉

**村上** しかしこの作品、どのくらい時間をかけて書いたんだろう。見当もつかないな。

**柴田**　この頃はほとんど毎年のように作品を書いていますね。『ポートノイの不満』が六九年、『われらのギャング』が七一年に刊行されて、同じ七一年に『グレート・アメリカン・ノヴェル』と『乳房になった男』を一気に書いちゃったらしいですね。

**村上**　この時期はものすごく創作意欲にあふれていたんだ。

**柴田**　そのあとも一九七五年に *Reading Myself and Others*（邦題『素晴らしいアメリカ作家』）というエッセイ集を出していて、これもカフカの秀逸なパロディがあったりして気合いが入ってる。七六年に女優のクレア・ブルームと一緒に住みはじめます。このあたりから私小説くささが出てくる。

**村上**　書きすぎじゃないかなあ。他人事ながら、もう少し溜《た》めて書いた方がいいんじゃないかという気がしなくもない（笑）。ほとばしってたんだろうね、アイデアと言葉が。

**柴田**　『グレート・アメリカン・ノヴェル』はページを開いたときの落着きのなさったらないですよね。「?」や「!」だらけで、本当に騒々しくて。ユダヤ人が出てくればめっちゃくちゃに訛《なま》らせるし。会話では太字を多用して。高橋源一郎さんの書き方がこれに通じますよね。『さようなら、ギャングたち』とか『優雅で感傷的な日本野球』とか、形式上のことにすぎない話ではあるんですが、見た目の影響はすごくありそうです。マラマッドの静かな字面《じづら》と対比すると本当に違う。マラマッドの書く会話って、ほとんど「!」がないんです。出てくる人がみんな元気ないから(笑)。ユダヤ人作家といえばマラマッドとロスがいて、ソール・ベローを加えて「ユダヤ三羽烏」という感じで。ベローが一番偉いとされていましたが。

**村上**　僕は全然面白いと思わなかった。

**柴田**　僕もベローのよさがわからなくて、ユダヤ系アメリカ文学を専攻するのをあきらめたようなところがあります。当時はずいぶん評価されていました。襟を正してアメリカ文学から「思想」を学ぶというような姿勢がありましたね。サリンジャーを読んでいても、「この会話がいいよね」とかいう読み方ではなくて、「サリンジャーにおける禅の思想」とか、そんな風な問題の立て方をみんなしていた。

## ロスのベスト作品は?

**村上**　僕はこれ、一種のキャラクター小説だと思うんです。とにかくどんどんキャラクターをぶちこんでいって、物語がどうなるかなんてもう知ったことではない、行き先は彼らに聞いてくれという。整合性なんてどうでもいいんですよね。読んでる方は面白いキャラクターが出てきたり、ここが面白いという部分がいくつかあれば納得して読んでいけちゃうんだよね。それは小説の力だと思う。小説って、何かを五つ書いて、三つが効いていれば、あとの二つは外れてもいいんですよ。力さえあれば。

**柴田**　批評家はその外れた方の二つを取り上げる傾向があって、それはよくないですよね。

**村上**　この人はほんとに、このまま伸びていけば、スケールの大きな総合的な作家に化けることもできたんじゃないのかな。今回読み直してみて、そう思いましたね。『ヒューマン・ステイン』だとかザッカーマンものだとか、作品があちこちバラバラにほどけていっちゃったというのは惜しい。

**柴田**　僕は『ポートノイの不満』か、この作品のどちらかですね、ベストは。饒舌・自虐・笑いというのがユダヤ系文学の真骨頂だとして、一冊を挙げよとなれば、このあたりだと思います。大学院の先輩に「なんであんなものがいいんだ！」って怒られましたけれど、最高に面白かったです。多分この人、「真面目にやれ」って言われると、ますます不真面目になってしまうんだと思うんですよね。その後はちょっと「偉い人」になっちゃいましたけど、この頃は一種の恐るべき子供《アンファン・テリブル》なんですよね。

**村上**　悪ガキだよね。

**柴田**　ユダヤ系独特の饒舌と自虐。その点ではナサニエル・ウエストという先達がいました。早死にしたんで作品の数はあまり多くないんですが、『クール・ミリオン』なんかはアメリカン・ドリームの徹底的なパロディになっていて、『グレート・アメリカン・ノヴェル』と似ています。アメリカの強さ、正しさを徹底的に笑いのめすという。このあとになると、笑いのめす対象としてのアメリカのグレートネスというものが成立しなくなり、たとえばレイモンド・カーヴァーの時代になる。カーヴァーがジェイン・アン・フィリップスの作品について「アメリカン・ドリームから何光年も離れた世界」と評しましたが、カーヴァー自身の作品にもそれは当てはまります。

「偉大なるアメリカ」なんて聞いたこともないという人たちの時代になる。

**村上**　僕はロスの作品の中では、結局この『グレート・アメリカン・ノヴェル』が一番好きだな。この作品を読んだときの気持ちの昂《たかぶ》りは本当に大きかった。彼の中で一番好きな作品です。その頃は僕は小説を書こうなんて思ってもいなかったから、ただ「すごいなあ」と感心しながら夢中になって読んでいました。この潔《いさぎよ》いまでの「トゥー・マッチさ」は永遠に不滅です。いつでも人が手に取れるようにしておいてほしい作品ですね。

初出　フィリップ・ロス『素晴らしいアメリカ野球』（中野好夫・常盤新平訳、新潮文庫、二〇一六）

# ハーディを読んでいると小説が書きたくなる

――トマス・ハーディ『呪《のろ》われた腕　ハーディ傑作選』をめぐって

イギリス小説について村上さんと話すことはそれまであまりなかったので、この対話はいつにも増して新鮮だった。イギリスは描写で勝負、アメリカは声で勝負、というひとまずの結論はもちろんごく大まかな一般論にすぎないが、出発点としてはそれなりに使えるのではないかと思う。《村上柴田翻訳堂》で復刊した『呪われた腕　ハーディ傑作選』の解説として、二〇一五年十月二十七日、新潮社クラブで行なった。

**村上**　僕はハーディは高校時代からけっこう好きで読んでいました。長編が主ですけどね。最初に読んだのが『帰郷』で、それから映画にもなった『テス』でしょう。そして『カスターブリッジの市長』と、その長編小説の世界に引きずり込まれていったんです。ハーディって中毒になるんですよね。

**柴田**　中毒、というと？

**村上**　風景なんですね。風景描写がいいんです。人が風景のなかに融《と》けこんでいます。なんといってもイギリスのドーセットシャーのヒース畑だとかハリエニシダの情景なんか読んでいると、もうそれだけで、その世界にはまっちゃう。ドストエフスキーが描くペテルブルグの風景にはまっちゃうと抜けられなくなるのと同じですね。映画の連続ものを見るのがやめられなくなるみたいに。

**柴田**　『帰郷』でもヒロインのユーステイシアが登場するシーンは、最初にまず風景があって、女性の影がちらっと見えて、そこからだんだん人物として浮かび上がってきますね。

**村上** 短編でもそうですよね。

**柴田** この短編集のなかで一番有名な「呪われた腕」でも、ヒロインの女性が首吊《くびつ》りの場所まで行くその途中の情景を描くのにけっこう気合が入っている。

**村上** 羊飼いの話も、読んでるだけでそこにある情景がありありと浮かび上がってくるんですよね。うまいなあと思う。

**柴田** ハーディは二十世紀まで生きた人だから、厳かな風景や自然が失われていくなかで書いている。描く風景自体は全然違うけどマーク・トウェインにも似たところがあって、彼の描くアメリカの情景でいいなあと思うのは南北戦争後に彼が書いた、戦前の、なかば失われた風景なんですよね。

**村上** 僕は同じイギリスの作家ではチャールズ・ディケンズとかジェーン・オースティンなんかも大好きで読んでいるんだけれども、彼らの時代っていうのは十九世紀の前半から半ばまでだから、イギリスが揺れ動いている時期ですよね。ハーディが生きた時代はもう少しあとなんですが、第一次大戦までは大きな動きがある時代ではない。

**柴田** 動きがあるというよりは、失われていく、という感じですね。

**村上**　そういう小康状態の静けさみたいなものが好きなのかなあ。

**柴田**　同じヴィクトリア朝作家といっても、ディケンズは新しいロンドンを書いたのに対して、ハーディは時代が少しあとの分、失われていくものを書いている度合いが強い。

**村上**　ディケンズとかオースティンって読んでいて面白いじゃないですか。筋を追っちゃうというか。ハーディはちょっとそういうのとはちがう。面白くてどんどん続けて読んでしまうというよりは、流れのなかでゆるゆると読み続けちゃうという感じ。

**柴田**　たしかに。『テス』なんか悲しい話だから読んでいてつらいですけれど、それでも引き込まれます。ストーリーというよりは農作業だとか、「呪われた腕」でいえば農民が乳搾《ちちしぼ》りをする情景があって、そこに風が吹いていて……ついつい読んでしまうのはそういうシーンだったりします。

**村上**　読んでいると小説を書きたくなる小説と、そうならない小説があるんですけれど、ハーディを読むと書きたい気持ちがかき立てられるんです。ディケンズを読み終えると小説を書きたくなるかっていうと、ならない。オースティンもならない。でもハーディを読み終えると、小説を書いてみたいなあという気持ちになるんですよ。どうしてだろうって不思議に思うんだけど、たぶん「細部」じゃないかと思うんです。

細部が心に残るんです。細部って、人をかきたてるんです。僕の場合は小説を書きたくなる。ディケンズとかオースティンの作品って、全体として力を持っているんであって、細部がいいっていう作家じゃないでしょう。そのちがいじゃないかなあと思います。映画でも同じです。筋を忘れていても、妙に細部だけ覚えているっていう映画、あるでしょう。

**柴田**　この短編集に「幻想を追う女」っていう短編がありますけれど、これも会えない詩人に憧《あこが》れるというストーリーそのものよりも、海辺の家の描写であるとか、ベッドのうしろの壁紙に何か書いてあるのが見つかる情景とか、印象的なのはそういう細部ですよね。

**村上**　結末が暗いことが多いけど、あんまり気にならないんですよね。結末はただあるというだけで、細部を読んでるから。僕の場合はということだけど。

## 超自然の使い方

**柴田**　ハーディの短編って、二十ページとか三十ページで人の一生を書いちゃうじゃないですか。これはいまの書き手はやらないことですよね。

**村上**　やらないですね。

**柴田**　なんだかそれは、もったいないなという気がするんです。

**村上**　いまの書き手にそれができないのは、偶然の邂逅《かいこう》のような超自然的なものをうまく扱えないからだと思う。そういうものがうまく書ければ、人の一生くらい、短いなかでも書けちゃうという気がします。でも整合性を保ったままそれを書くというのは、とてもむずかしい。ハーディの時代は整合性なんてそんなに気にしていなくて、ばったり道端で人と会って、次のシーンではまた偶然に別の人と会ってというのをどんどん書いてしまえば、話を進めていけたわけじゃないですか。ハーディのそういう書き方っていうのは二十世紀に入ると通用しない。それは作り話であるってことになってきたんです。

**柴田**　たしかに偶然に頼ってはいけないっていう方向になりますね。ハーディの場合は山道でばったり会ってというのが多い。

**村上**　僕はそういうの好きなんですよね。ずいぶんあとの時代になって、アーヴィングがそういうのはあり
なんだと言い出したわけです。彼が堂々とそう宣言して、僕らはすごく楽になった（笑）。『ガープの世界』の出現で僕らがどれだけ楽になったことか。ハーディの小説の魅力って、僕にとってはそこですね。

**柴田**　村上さんの短編小説も、人生の一断片《スライス・オブ・ライフ》を切りとるっていうよりは、もうちょっと長いタイムスパンのものも多いですよね。

**村上**　そうかもしれません。

**柴田**　「トニー滝谷」(『レキシントンの幽霊』所収)なんかそうですね。お父さんの短めの伝記・プラス・トニー滝谷の半生が描かれます。

**村上**　「ハナレイ・ベイ」(『東京奇譚集《きたんしゅう》』所収)っていう短い小説を書いたことがあるんだけれど、お母さんが夫と巡り合って、子供が生まれ、サーファーになって死んで、幽霊になるというところまで書いたんだけれど、枚数は短いですよね。あれも超自然や巡り合い、因縁《いんねん》みたいなものがあるから、けっこうすんなり一生を書ける。

**柴田**　整合的なリアリズムで書こうとすると、短いタイムスパンに限定されちゃうんだ。

**村上**　学校で教えられるいわゆる文芸科小説、創作科小説にはそういうタイプの作品が多いですよね。まあ、そうとしか教えられないというところもあるんだけど、そういう作品って、上手ですねで終わってしまうことが多い。読み終わって何か書きたいという気持ちにならない。インスパイアされないんだよね。

**柴田**　ハーディに限らず、イギリスの古い短編集なんか読んでいると、いまの書き方

いないなと思うんですよね。禁じ手が多くなっているけど、わりに最近になってそういうのもあ

**村上**　「ガープ以降」って僕は呼んでいるけど、わりに最近になってそういうのもあ

りだっていう、一種のテーゼができたんです。もちろんみんながそれに従っているわけじゃないけれども、もう一方でアーヴィングが登場し、ガルシア＝マルケスが登場して、物語の自律性が見直されてきたわけです。ハーディが死んで、アーヴィングやガルシア＝マルケスが登場するまでの間というのは、特殊な例外をのぞけば、いわば「整合性の時代」だった。

**柴田**　モダニズム、ポストモダニズムの時代でもあったから、ストレートに物語を語ってもいけないわけですね。でも整合性はなくちゃいけないという……。

**村上**　そう。それでみんなリアリズムを解体するという方向に行っちゃったけど、過去から物語をひっぱってきて再生するという方向にはなかなか行かなかった。

**柴田**　「外す」ということにみんなエネルギーを使った感じですね。メロディーをそのまま弾いてはいけない、壊さないといけないという。

**村上**　ジャズでいえばセブンス、ナインス、イレブンス、サーティーンスってどんどん、どんどん和音を広げていくっていう方向に行ったけれども、別に普通でいいじゃ

ないかっていうことですよね。もちろん響きは違うんですよ。昔の普通の三音の和音とはちがう響きなんだけれども。無理してむちゃくちゃな和音を使わなくてもいいんじゃないかっていう考え方が出てきた。ハーディの短編を読んでいると、Cに行って、G行って、F行って、Cに戻るだけだったりするんだけど、けっこう読ませるんですよね。

**柴田**　超自然の使い方なんかは、いまの怪奇小説を読んでいる人からすると原始的なんでしょうね。

**村上**　そうでしょうね。

**柴田**　むろんそれなりの複雑さはある。「呪われた腕」では、女の人の腕に痣《あざ》ができます。誰かが彼女を恨んでいるから痣ができるっていうんならわかりやすいんですけれども、夢のなかで誰かが悪意をもって彼女を呪っていて、それを振り払った跡として痣が残る。だけれども現実にはその誰かは彼女にぜんぜん悪意を持っていない。

**村上**　スティーブン・キングだったら、腕の萎《な》え方だけで五ページは書くよね。でもハーディは数行しか書かない。どんな風に萎えているかわからないんですよね。手の形の跡があるっていうだけで。いまの小説だったら、それじゃすまない（笑）。いい時代だったかもしれないですよ。この時代の読者は「腕が萎えてきた」って言われたら、どんな風に萎えたんだろうって想像したと思うんですよね、本をちょっと膝《ひざ》の上で閉じたりして。そういう「間合い」みたいなものが本のなかにあった。いまはなかなかそういう間合いがある本ってない。読者の側に時間的な余裕がなくなってきたのかもしれないけど。ハーディの場合は細部の書き込みはあるんだけど、一方でそういう空白もあるから、読者が自分で細部を補充する。ハリエニシダの描写は長いけど、腕の萎え方の描写はあっさりと短くて、そのバランスが絶妙なんです。

**柴田**　映画が登場して以降、そうやって細部を示唆《しさ》的に描写して、読むほうがしっかり想像してということがやりづらくなってきているということもあるかもしれない。

## 細部と描写と作話と

**村上**　小説っていうのは描写と会話を織り交ぜていくものなんですよね。会話ばっかり続くと小説にならないし、描写ばっかり続いてもやっぱり小説にならなくて、どういうバランスで、どうやって描写と会話を織り交ぜていくかということが、どの時代にあっても小説を書くことの根本的なテーマになります。フィッツジェラルドを読んでいても、すごく長い描写があって、テンポのいい会話があって、そしてまた長い描写がある。チャンドラーでも同じですよね。やたら長い描写がある。家に入ると、その家の描写が三、四ページ続く。でもそれを全部きちんと読む読者っていないと思うんです。読み飛ばしていく。僕はいつも思うんだけど、その読み飛ばしていくスペースがないと、小説って落ち着かないんですよ。細部を全部読ませる必要はないんです。とにかくスペースとして必要なわけ。なかばビジュアルな感じとして。ハーディにはそのスペースがある。ハーディにしかできない、ハーディなりのペースで。それをいまの人が真似《まね》をしようと思ってもできないでしょうね。ヒース畑だとかハリエニシダの茂り方を描写しても同じことは書けないし、書いても人は読まないからね。そういう意味では彼は自分の世界をよく知っていたし、それをどう書けばいいかよくわかっていたと思う。ビジュアル的にも、音的にも。だから説得力を持つんでしょうね。

**柴田**　僕は自分では小説を書けないし、感覚としてそう思うというだけですけれども、ジャック・ロンドンやハーディを読んでいると、この目の前の自然を言葉で描写しなくてはいけないという、使命感みたいなものがある気がするんです。ところが映画が出てきた後の作家はもっと「選択的」になる。

**村上**　ヘミングウェイはそうですよね。

**柴田**　都会を舞台にすると、描写が記号的になるし。

**村上**　そしてシニカルになる。建物を描写するのでも、ただ美しいというだけではなくて、アイロニカルになる。だけどハーディの場合は自然に対してシニカルになる必要はまったくなかった。ナチュラルで率直な描写になる。僕はそれも好きなのかもしれない。チャンドラーみたいに奇抜な比喩《ひゆ》を使ってどんどん描写していくのも面白いんだけど、ハーディの静かな描写って好きです。勉強になるというか。自分でもそういう自然描写ができるといいだろうなと思うけど、現代ではなかなかむずかしいし、ハーディの場合はごくナチュラルにできていたことだからね。真似はできない。

**柴田**　アメリカ文学では、自然を描くと神話的になるんですよね。ホーソーン、トウェイン、フォークナー、神話の中身は違うけどみんなそうです。

**村上**　イギリスの現代の作家はそういう資質を部分的に引き継いでいる気がします。

**柴田**　カズオ・イシグロはどうでしょう。

**村上**　彼の場合は描写というよりは、もう少し作話という意識が強い。ハーディみたいに目の前のものを静かに描写して話を進めるというよりは、作話的なものを打ち立てていこうという意思がもっと強い。

**柴田**　たしかに世界を語るというより、一人称で自分の思いを語るという観が強いですね。

## 日本人はハーディが好き？

**村上**　ハーディの作品って、どのくらい日本で紹介されているんですか。

**柴田**　明治末期から翻訳されていて、「呪われた腕」なども大正時代すでに紹介されています。「ハーディ協会」というのが世界に先駆けて日本で設立されているくらいですから、わりあい受容ははやかったようです。本国のイギリスでも安定して長く読まれている印象です。アンソニー・トロロープのように、自伝が出た影響でがくっと評価が落ちて、ヴィクトリア朝に対するノスタルジアのなかで再評価され、というような浮き沈みはなさそうです。ハーディには運命の大きさと人間のちっぽけさに焦点を当てたような作品も多いので、日本でいちはやく受け入れられたというのは、なんとなくわかります。福澤諭吉がフランクリンの自伝に入れ込んだのは進取の精神、自己創造、個人主義を学ぼうという意志の反映でした。ハーディの場合は西洋にもけっこう日本と似たもの、東洋的なるもの、「諦念《ていねん》」の感覚みたいなものがあるんだという発見の仕方だったんじゃないかと思うんです。日系アメリカ人の小説には「シカタガナイ」という日本語がしょっちゅう出てきます。どうにもならない運命を前にして

「仕方がない」で済ませる世界というのは、日本人には納得しやすい世界なのかもしれない。ディケンズの『オリヴァー・ツイスト』で、オリヴァー少年が救貧院で「おかわりください」と主張する世界とはちょっとちがう。

**村上**　教科書にもけっこう載ったのかな。僕らの時代はモームが多かったけど、ハーディがよく載ったという時期があったのかもしれない。英語としてはどうなんですか？

**柴田**　やさしくはないですね。理詰めで端正というより、密度がある感じがします。淡々としているけど、世界をきちんと描いたらこのくらいは重くなるよねという密度です。

**村上**　本人はずいぶん長生きですよね。

**柴田**　一八四〇年に生まれて一九二八年に亡《な》くなってますから、だいたい八十八歳まで生きたということですね。

**村上**　晩年まで書いていたのかな？

**柴田**　一八九〇年代にはもう、小説の執筆はやめているんです。詩人としての自分がベストだと考えていたみたいです。小説はお金のために書いているんだという意識があって。とくに雑誌のために書いていた短編はそうですね。詩では食べられないですから。

**村上**　僕は短編ってあんまり読んでいないんです。

**柴田**　最近はハーディのユーモアであるとか、コミック・スピリットみたいなところに焦点をあてた研究もあるみたいです。今回のこの短編集もどちらかというと暗い作品が多いですし、ハーディといえば真面目《まじめ》で暗いっていう印象があったんですが、いろいろ読み返してみるとコミカルな作品がけっこうあります。

**村上**　庶民の描き方なんか、けっこうコミカルですよね。話自体は暗い結末ではあるんだけど、人々の会話とか受け答えとか、なかなか楽しめる。

**柴田**　そういう意味ではちょっとだけカズオ・イシグロと似ているかもしれない。笑える話とかそんなに書かないんだけど、会うとユーモラスな人だし、その印象で作品を見ると、本当は笑わせようと思えばいくらでも笑わせられるんだろうなと思います。ハーディのこの短編集にも、ユーモリストという面が隠れている。

## 風景の中にある人

**村上**　ハーディの短編って、これがベストだというのを選びにくい。複数の作品でひとつの風景を作っているような感じなので。突出して素晴らしいっていうのをひとつ選ぶのが難しい。たしかに「呪われた腕」はきちんとおちもできているし、そこまで引っ張っていく力もあるし、よく書けているとは思うけれど。でも個人的にどれが一番好きかというのは選べないな。キャラクターも風景の中の一部分という感じだから、ひとりひとりについて論じても仕方ないと思う。

**柴田**　『嵐が丘』なんかも風景をしっかり書いていきますけど、ちょっと違いますよね。風景だけれども心象風景に近い。まずヒースクリフがいて、キャサリンがいるからこそ、ヒースもあるという。人物と風景が表裏の関係ですよね。

**村上**　ハーディは風景がまずあって、そのなかに人がいる。人が風景に負けているんですよね。負けているというか、組み込まれてしまっているというか。オースティンにしてもディケンズにしても人が立っている。キャラクターが立っていて、みんな自分を表出するんだけど、ハーディの描く人物は自分を表出しようなんて気がない。その辺がイギリス的だと思うし、はまっちゃうんだよね。

**柴田**　アメリカ的ではないですね。

**村上**　でも『キャッチャー・イン・ザ・ライ』のホールデンが『帰郷』を愛読していたりして面白いんですが。

**柴田**　主人公のユースティシア・ヴァイのことが好きだっていうんですよね。

**村上**　アメリカの雑誌にも書いていたのかな。それとも教科書か何かで読んだんだろうか。

**柴田**　晩年にはアメリカの雑誌に載るようになります。

**村上**　ホールデンみたいなハイパーな人にはハーディが意外にぴったりはまったのかもね（笑）。ハーディの作品は風景にはまっちゃいたい人にはすごくいいですよ。自分のキャラクターをどんどん立ち上げていきたい、表出したいという人ははまりにくいかも。フェミニストが読むと腹を立てるかもしれないし。

**柴田**　『テス』なんて腹が立ってしょうがないでしょうね。

**村上**　オースティンの方が時代としては古いわけだけど、女性がもっと頑張ろうという気概を持っていますもんね。この時代には女性が夫を見つける、決めるというのは一大事業じゃないですか。ハーディの世界ではヒエラルキーは確固たるものとしてあって、そのなかで収入のいい男を見つけるのは至難の業《わざ》で、それはひとつのテーマになっていますけれども。

**柴田**　逆に上の階級の人と結婚して、それが不幸のもとになってしまうという作品もありますね。

## テキストか、分析か

**村上**　「呪われた腕」なんかはいろんな風に現代的に解釈したり、分析したりできる話です。ちょっと変わった書き方をしていますね。夢の中で女が重くのしかかってきて、それを振りほどこうとした結果、相手の腕をつかんで投げ飛ばしてしまう。彼女は最初は被害者なわけですが、成り行きで結果的には加害者になってしまう。普通の書き方をすれば、被害者と加害者はもう少しきっちり分離して描かれるものです。でもこんな風に「因縁話」的な展開になると、どっちが良くてどっちが悪いのか、読者としてはわからなくなってしまいますよね。そのへんがとても興味深いです。

**柴田**　「呪われた腕」では、あとから来た若い妻は年上の女性に対して最初は何の悪意も恨みも持っていなかったのに、夢のなかでその若い女性の方が彼女に対して悪意をもった存在に変身して現れて、最終的には若い女が年上の女性に対して悪意をもつことになり、夢が現実になります。もちろんそういうふうに構想はしたんでしょうけど、緻密《ちみつ》に計算して書いたという感じは薄い。

**村上**　計算してはいないですね。彼はたぶん感じたままに話を書いていったんじゃないのかな。現代的に解釈すれば、女の潜在的な怒りが、夢の中で露《あら》わなかたちをとって顕在化して、暴力によって終わるということになるんだろうけど、それはあくまで「お話」であって、解釈のためのテキストではないですよね。そういうかたちの批評を意識してはいない。ただの因縁話です。

**柴田**　そしてそれが若い女のほうに、腕の痣として残る。「短編とは記録（record）ではなく夢（dream）みたいなものだ」と本人も言っていますが、短編の方が怪奇的なものや超自然を入れやすいんでしょうね。長編は基本的にリアリズムですから。ディケンズもその点は同じですね。短編ではけっこう幽霊の話を書くのが好きだった。

**村上**　『クリスマス・キャロル』とかね。読み終えると、ドーセットシャーという土地に興味が湧《わ》くんです。行ってみたくなる。ホールデンくんが電話をかけたくなるのと同じように。こんな風に自分のよく知っている土地について何度も書き続ける作家って、日本にもいるでしょうね。

**柴田**　紀州を書き続けた中上健次にはそういうところがありますね。ただ、フォークナーがヨクナパトーファという架空の土地を書き続けて大きな物語、総合的な世界を作ろうとしましたが、ハーディはそういう方向をめざしてはいないですね。

**村上**　それはないでしょうね。総合的っていうよりは並列的といってもいいかもしれない。ストーリーが終わっても、終わっている感じがしないんですよね。すうっと流れていく感じで、ここでおしまい、っていうものではない。水彩画的というのかな。流れていくんだよね。最後が悲劇的でも、それほどひどく悲劇性が残らないのはそのせいかもしれない。

初出　トマス・ハーディ『呪われた腕　ハーディ傑作選』
（河野一郎訳、新潮文庫、二〇一六）

INTERLUDE

# 公開翻訳　僕たちはこんな風に翻訳している

二〇一七年四月二十七日、紀伊國屋サザンシアターで行なわれた、『村上春樹　翻訳（ほとんど）全仕事』（中央公論新社）刊行記念イベント「本当の翻訳の話をしよう」の第三部。『MONKEY』12号（二〇一七年六月）に掲載された。この本に収められたなかで唯一《ゆいいつ》公開で行なわれた対話である。お客さんの反応がとても温かだった。

**私？　俺？　僕？**

**柴田**　では今から翻訳講座を始めたいと思います。村上さんが訳書のなかから三冊選んで、それぞれから一カ所を課題文として選んでくださいました。三冊のうち二冊は、僕が以前翻訳のチェックを請け負ったので、ずっと前には見てるんですけど、それを見直したりはせずに今回自前の訳を作りました。ここからは原文と二人の訳を並べて、お互いの訳を肯定したり、なじり合ったりしたいと思います（笑）。まずはレイモンド・チャンドラーの『プレイバック』。

**村上**　これは僕が去年出した翻訳書で、チャンドラーの最後の長篇です。例の「タフでなければ生きていけない、優しくなければ生きている資格がない」という有名な台詞《せりふ》が出てくる小説です。小説としても全然悪くないんだけど、その台詞だけが有名になっているんですね。その部分をどう訳すかというのを今から僕と柴田さんでやってみます。

**柴田**　この部分は小説のかなり後ろの方で、ヒロインと主人公のフィリップ・マーロウとの会話です。問題になりそうなところを太字にしてみました。ここは、いろんな翻訳で問題になる一人称の「I」をどう訳すかという話題ですね。でもまずその前に、村上さんと僕の訳で違うところというと、「夜の叫び」と「夜の求めの声」ですね。

**村上**　a cry in the night というのは、具体的にどうとるかによってけっこう違ってきますよね。

**柴田**　マーロウは男女間の話をするとき、はっきり言わないことが多い。これもその一例だと思うので、あんまりはっきり訳したくない。夜の求めとか夜の叫びとか、抽象的にならざるをえない。

**村上**　フィリップ・マーロウは奥歯に物が挟まった言い方をするときがあるんです。a cry in the night は、昼間は出てこないけど、夜になると心の中から絞り出すように出てくるものということだから、叫びでも求めでもどちらでもかまわないんだけど、「俺」と「私」は違いますね。

**柴田**　はい。村上さんはチャンドラーのフィリップ・マーロウシリーズの長篇を全訳されたわけですけど、マーロウの一人称はすべて「私」ですか。

**村上**　すべて「私」です。

**柴田**　その決断はどういうふうに？

**村上**　割にそれは楽でした。最初からこれは「私」だよなって思っていたんです。僕がチャンドラーをやるって言ったときに、ミステリーファンの人は「ひょっとしてフィリップ・マーロウが『僕』って言うんじゃないか」って思ったらしい（笑）。

**柴田**　（笑）

**村上**　チャンドラーを訳しているうちに、僕も『騎士団長殺し』では「私」という一人称を使うようになり、うつったのかな。田中小実昌さんが訳しているチャンドラーは「俺」なんですよね。本当は「私」と「俺」の中間くらいが一番いい。

**柴田**　そうなんですよね。僕が「俺」と訳した最大の理由は、村上さんが「私」と訳しているから（笑）。村上訳を見ないで訳すといっても、さすがに村上さんがチャンドラーを何冊も訳されていて、一人称は「私」を使われているということは知っていたので、では僕はそれとは違うものを、と。でも「俺」の方が絶対いいと思っているわけではなく、今おっしゃったように、訳語を選ぶとき、選択肢がここと ここにあって、正解はその中間のこのへんなんだけどなあっていうことが多いですよね。これが百パーセントの正解だ、と思えることは実は案外少ない。

**柴田訳**

「ホテルに連れて帰ってくれる？　クラークと話したいの」

「あいつに恋してるのか？」

「あなたに恋してると思ったのに」

「あれは**夜の叫び**だったのさ」と**俺**は言った。「大げさに考えるのはよそう。キッチンにまだコーヒーがある」

「いいえ、要らないわ。朝食までは。あなた、恋をしたことないの？　一人の女と、毎日、毎月、毎年一緒にいたいと思うくらい恋したこと、ないの？」

「行こう」

**村上訳**

「ホテルに連れて帰ってくれる？　クラークに話があるの」

「彼に恋しているのか？」

「私はあなたに恋していたつもりだったんだけど」

「そいつは**夜の求めの声**だったのさ」と**私**は言った。「ただそれだけのことにしておこうじゃないか。キッチンにはもっとコーヒーがあるよ」

「いいえ、もうけっこうよ。朝食まではね。あなたはこれまでに恋したことってある？　私の言うのは、その人と毎日、毎月、毎年ずっと一緒にいたいと思うくらいってことだけど」

「さあ、もう行こう」

## *Playback* by Raymond Chandler

"Will you take me back to the hotel? I want to speak to Clark."

"You in love with him?"

"I thought I was in love with you."

"It was **a cry in the night**," **I** said. "Let's not try to make it more than it was. There's more coffee out in the kitchen."

"No, thanks. Not until breakfast. Haven't you ever been in love? I mean enough to want to be with a woman every day, every month, every year?"

"Let's go."

*Playback* (1958)

『プレイバック』
レイモンド・チャンドラー著
早川書房刊

**村上**　チャンドラーが『プレイバック』を書いたのは一九五八年で、最初に書いた『大いなる眠り』は一九三九年。『プレイバック』は最初の小説からはずいぶん年月が経《た》っているんです。フィリップ・マーロウの年齢はよくわからないんだけど、『大いなる眠り』と比べて『プレイバック』の頃は、老成、円熟している。だからやっぱり一人称は「私」じゃないかな、と。『大いなる眠り』のあたりは「俺」でも全然不思議はないんですけど。

**柴田**　マーロウは私立探偵で、アウトローではないけどアウトサイダーではある。そのアウトサイダー性がちょっとは欲しい。それは『プレイバック』でも変わらないと思うので、それを反映させようと思うと、「俺」になる。でも実は「俺」だと、アウトサイダー性がちょっと重すぎます。日本語に「俺」と「私」の間があったらいいのにって本気で思いますけど、それはない。

**村上**　清水俊二さんがずっとチャンドラーを「私」で訳してこられて、そのおかげで日本のハードボイルドファンの雰囲気が決まっちゃったんですよね。「私」的な美学ができた。トレンチコートの襟を立てて、「私は……」と呟《つぶや》くとか（笑）。

**柴田**　なるほど。でも村上さんは清水訳に同意して「私」にしたというより、村上さんのマーロウ像があって、それが「私」に一番近いということですよね。

**村上**　そうですね。選択肢という意味においては、消去法的に言って、これは「私」だなと。サリンジャーの『キャッチャー・イン・ザ・ライ』は完全に「僕」に決まっていたんですけど、一番難しいのはカーヴァーでした。カーヴァーの小説は、「僕」と訳している場合が多いんですけど、それを批判する人もいる。労働者階級の話なのになんで「僕」なんだ、カーヴァーに「僕」は合わない、と言う人もいる。カーヴァー自身はたしかに労働者階級の出身だけど、彼自身はインテリで、苦労して大学まで行っているし、教養もある。労働者階級の出身だからといって「俺」じゃなくちゃいけないということはないだろうと思うんです。

**柴田**　そこでも「僕」と「俺」の間の言葉があればいいのになと思いますよね。

**村上**　そうですね。本当は翻訳のバージョンを二つ作れたらいい。

**柴田**　あるいはカーヴァーくらい短篇がたくさんあれば、この短篇は「俺」、この短篇は「僕」みたいな「分業」もありえますよね。

**村上**　うん。あと、Kindleかなんかでボタン押すと変わるとか（笑）。

**村上**　次は『プレイバック』の肝の部分ですね。

**柴田**　日本ではチャンドラーの一番有名な一節です。

## 「名文句」をどう訳す？

**柴田**　有名なバージョンでは、太字にしたところが「タフでなければ生きていけない、優しくなければ生きている資格がない」となっています。

**村上**　そもそもハード（hard）とタフ（tough）は違いますよね。

**柴田**　はい、違います。hardは「無情」「非情」という完全に否定的な意味ですが、日本語の「タフ」はそうでない。だから、もしhardを「タフ」と訳すと、彼女の最初の問いが成り立たなくなる。hardな人間がgentle（優しい）という逆説に彼女は驚いているわけだから。タフ＝強い人間が優しくなるというのは全然逆説ではない。

**村上**　あと、ここに二回出てくるaliveという言葉が大事だと思うんです。「生きていけない」のところは原文ではI wouldn't be aliveですが、これは「生き続けてはいけない」という意味ですよね。

**柴田**　ええ、ロサンゼルスの厳しい裏社会で今ごろ生きちゃいないだろう、ということですね。

**村上**　そういう意味では「タフでなければ生きていけない」というのはかなりの意訳

なんですが、響きとしてはいいんですよ。

**柴田**　かっこいいですよね。

**村上**　読む方としては気持ちいいんだけど、翻訳としてはちょっとまずい。翻訳者としては難しいところです。僕はhardを「厳しい心を持つ」というふうに置き換えている。ずいぶん迷って何度も書き直し、ゲラの段階でも何度も書き直して、やっとこの訳に落着いたんだけど。

**柴田**　たぶん「無情」ではネガティブすぎると思われたのでは。

**村上**　というか言葉の響きがあまり好きじゃない。

**柴田**　この文脈をいったん離れて考えると、人をhardだ、というのはすごく否定的です。たとえば"You are a hard man, Mr. Murakami."と言ったら「村上さん、あんたは血も涙もない人だ」みたいな意味だから、ここでもhardはかなりネガティブに訳す方が妥当です。それで僕は「無情でなければ」と否定的な感じを強調して訳したんですが、さすがにこれでは読者がマーロウを好きにならないだろうなという自覚はあります（笑）。

**村上**　そうですね（笑）。

**柴田**　村上さんがhardを「厳しい心を持つ」と訳したのは、そのあたりをやや和ら

**柴田訳**

「そんなに無情な男が、どうしてこんなに優しくなれるわけ？」納得できない、という顔で彼女は訊いた。

**「無情でなければ、いまごろ生きちゃいない。優しくなれなければ、生きている資格がない」**

俺は彼女にコートを着せてやり、二人で俺の車のところへ行った。ホテルへの帰り道、彼女は一言も喋らなかった。

**村上訳**

「これほど厳しい心を持った人が、どうしてこれほど優しくなれるのかしら？」、彼女は感心したように尋ねた。

**「厳しい心を持たずに生きのびてはいけない。優しくなれないようなら、生きるに値しない」**

私は彼女にコートを着せかけてやり、我々は車のあるところまで歩いた。ホテルに戻る途中、彼女は一言も口をきかなかった。

## *Playback* by Raymond Chandler

"How can such a hard man be so gentle?" she asked wonderingly.

**"If I wasn't hard, I wouldn't be alive. If I couldn't ever be gentle, I wouldn't deserve to be alive."**

I held her coat for her and we went out to my car. On the way back to the hotel she didn't speak at all.

*Playback* (1958)

『プレイバック』
レイモンド・チャンドラー著
早川書房刊

げた感じでしょうか？

**村上** うん。ちょっと引き延ばして訳したんですね。もう少しネガティブな要素があった方がいいかもしれない。

**柴田** ただ、ここで大事なのはhardとgentleのコントラストであって、村上さんの訳では、「厳しい」と「優しい」というふうに漢字一文字＋「しい」のペアになっていてコントラストがきれいにわかる。そこはさすがだと思いました。

**村上** I wouldn't be aliveのところですが、僕はこのaliveを「生きていけない」と訳すのはちょっと荒っぽいと思うんですよね。「生きてはいなかっただろう」というニュアンスがないといけないと思う。

**柴田** なるほど。で、村上さんの訳は「生きのびてはいけない」となっているんですね。

**村上** でも、僕の訳も柴田さんの訳も口には出しにくいですね。有名な「タフでなければ……」の方が覚え易《やす》い。

**柴田** 僕の訳を今見ると、「タフでなければ」に対抗して作ったという印象ありありですね。

**村上** 喧嘩《けんか》を売っている（笑）。

**柴田**　はい（笑）。でも新訳作るんだったら、何らかの意味で旧訳に喧嘩を売らないと意味ないですよね。

**村上**　そうですね。では次に。これは『グレート・ギャツビー』の冒頭の部分です。

## 原文を忘れるのが翻訳の肝

**柴田**　スコット・フィッツジェラルドの代表作です。フィッツジェラルドやレイモンド・カーヴァーの村上訳は、すべて中央公論新社刊の「村上春樹翻訳ライブラリー」に収められています。

**村上**　この書き出しは訳すのが本当に難しかった。好きな文章なんですけど、これをうまく訳せるようになるまでは『ギャツビー』は訳せないなあとずっと待っていて、五十代後半にやっと、そろそろできるかなって。

**柴田**　以前は六十になったらやるっておっしゃっていたから、前倒ししましたね。

**村上**　そう。これは僕にとっては試金石のようなものです。

**柴田**　チャンドラーの『プレイバック』はIをどう訳すかとか、「タフでなければ」をどう訳すかとか、問題がかなり個別的なんですが、これからの二つは、このへんの訳文に全体として二人の違いが見えるかなあ、という箇所を太字にしてみました。で、この書き出しの訳を比べて思ったのが、僕は割と単語レベルで考えているということです。たとえば「一見よそよそしいようでも」は原文の in a reserved way に対応します。「並外れて」は unusually に、「深く思いを伝えあって」は communicative に対応している。それに対して、村上さんの「多くを語らずとも何につけ人並み以上にわかりあえるところがあった」という訳は、どこがこの単語に対応するというのではなく、フレーズ全体の本質を大づかみに捉《とら》えて訳されている気がします。そのあたりどのように意識されていますか。

**村上**　僕が翻訳するときはまず、英語から日本語に訳し、それを何度かチェックして、合っているかどうか確かめて、ある段階で英語を隠して、日本語を自分の文章だと思って直していくんです。固い言葉があると少しずつ開いていく。だからどうしても柴田さんの訳より、僕の方が長くなっちゃう。

**柴田**　今回見てみて、長さ、けっこう違うなあと思いました。

**村上**　原文を忘れて、直して、もう一回原文にあたって、不正確なところがないか確かめる。そういうことはやらないですか。

**柴田**　やります。それで最後の最後は、また原文を忘れて日本語を練る。

**村上**　そうですよね。だから逆に言えば、テキストを忘れちゃうところが僕の翻訳の肝みたいになっている。村上の文体は原作の味を損なっているとか言われることもあるんですけど、僕はなるべくそういうことがないように丹念に訳しているだけなんです。

**柴田**　作家の訳だから創作が入ってるだろう、というのは根拠のない先入観ですよね。

**村上**　僕は最初の、In my younger and more vulnerable years my father gave me some advice ... というところが好きなんです。

**柴田**　ええ。つくづくフィッツジェラルドの翻訳は難しいなあと思いました。フィッツジェラルドはジョゼフ・コンラッドの影響を受けていて、コンラッドほどではないにせよ気合いが入ると抽象的な重たい言葉を使いがちですが、ここでも vulnerable とか……

**村上**　vulnerable はすごく難しいですよね。

**柴田**　はい。そういう難しい言葉はイギリスの土着的なアングロ＝サクソン語ではなく、ラテン語・フランス語から来ているので、日本語でいう漢語に対応するわけですよね。そのことも訳語を選ぶときに僕は意識します。

**村上**　あと、ここではないですけど、フィッツジェラルドの文章は出だしと終わりが

村上訳

　僕がまだ年若く、心に傷を負いやすかったころ、父親がひとつ忠告を与えてくれた。その言葉について僕は、ことあるごとに考えをめぐらせてきた。

「誰かのことを批判したくなったときには、こう考えるようにするんだよ」と父は言った。「世間のすべての人が、お前のように恵まれた条件を与えられたわけではないのだと」

　父はそれ以上の細かい説明をしてくれなかったけれど、**僕と父のあいだにはいつも、多くを語らずとも何につけ人並み以上にわかりあえるところがあった。だから、そこにはきっと見かけよりずっと深い意味が込められているのだろうという察しはついた。**

『グレート・ギャツビー』
スコット・フィッツジェラルド著
中央公論新社刊、村上春樹翻訳ライブラリー版

## *The Great Gatsby* by F. Scott Fitzgerald

In my younger and more vulnerable years my father gave me some advice that I've been turning over in my mind ever since.

"Whenever you feel like criticizing any one," he told me, "just remember that all the people in this world haven't had the advantages that you've had."

He didn't say any more, but **we've always been unusually communicative in a reserved way, and I understood that he meant a great deal more than that.**

*The Great Gatsby* (1925)

**柴田訳**

いまより若く、傷つきやすかった年月に、僕は父から忠告を受けた。これまでずっと、何かにつけて僕はその忠告を思い返してきた。

「誰かを批判したくなったら」と僕は父に言われた。「思い出すといい、世の中誰もがお前と同じように恵まれて育ったわけじゃないことを」

父はそれ以上何も言わなかったが、**僕たちはいつも、一見よそよそしいようでも並外れて深く思いを伝えあってきたので、もっといろんなことを父が言おうとしているのが僕にはわかった。**

うまく結びついていないことがあって、きれいな言葉やいい言葉をどんどん並べて、通して読むと話が通じないこともある。そういうのが好きなんです（笑）。

**柴田**　フィッツジェラルドに限らず、筋が通らなかったり力が入りすぎてやたら重たくなっている、普通の翻訳者ならきっと苦労する箇所が、村上訳だとすごくしっかりした訳文になっていて、翻訳チェッカーとしては口を出すところがあまりない。反面、すごく簡単なところでは、たとえば liver が腎臓になっていたり、kidney が肝臓になっていたり（笑）。

**村上**　肝臓と腎臓、間違うんだよね（笑）。数字も間違えるし、いくつか必ず間違えるところがある。

**柴田**　たぶんそこは小説の肝ではないところですね。

**村上**　不注意です（笑）。

**柴田**　そういうのは第三者が見ればいい。すべての翻訳で第三者のチェックが入るといいんですけどね。

**村上**　僕が最初に翻訳した文芸作品がフィッツジェラルドでした。「群像」の新人賞をとってすぐに訳したんです（短篇「哀しみの孔雀」、『カイエ』一九七九年八月号）。何も勉強せずにフィッツジェラルドを訳したんだけど、今考えるとおっかないですね。

**柴田**　僕はそのときまだ大学院生で、その訳を拝読して、あ、こういう訳がありうるんだ、という発見の気持ちでした。そう思ったのは、藤本和子さん訳のリチャード・ブローティガン（『アメリカの鱒釣り』一九七五年、晶文社）を読んだとき以来でした。

**村上**　よくそんな無謀なことをしたなあ、よくこんな難しいものをあの時にやったなあと感心しちゃうんです。面白かったですか？

**柴田**　面白かったです。文章が生きてると思った。そのとき、フィッツジェラルドの文章はこういうふうに思いきってやってもいいと思った記憶があります。抽象的な言葉が並んで、対象から距離を置いたような文章をすぱっと訳す手もあるんだと思った。原文が対象から距離を置いているからといって、意図的に距離を置いたように訳すと、たぶん訳では、それ以上に距離が開いてしまうと思うんです。でも村上さんの訳はむしろその距離を縮めるような訳になっていた。何がポイントなのかわかる訳になっていて、それがすごくいいなと思いました。

## 翻訳の長さの違い

**柴田**　abnormalという言葉とnormalという言葉が原文に出てきますが（一三一ページ三、五行目）、そのあたりのコントラストが村上さんの訳では「あたりまえの人間」「あたりまえとは言いがたい魂」というところで活《い》かされている。

**村上**　柴田さんの「かくして大学時代の僕は、狂おしい、知られざる者たちの隠れた悲哀に関知したせいで、不当にも『策士』と非難されるに至った」はジョゼフ・コンラッドの文章みたいですね。

**柴田**　うん、やっぱり僕はフィッツジェラルドをコンラッド寄りに考えているんだと思います。べつに「コンラッドっぽく訳そう」と決めてる訳じゃなくて、抽象的な言葉はなるべく漢語に訳した方が言語的には対応するだろうと考えてこうなってるんですが、「隠れた悲哀に関知した」はたしかにコンラッドみたいですね。こういう訳はあまり愛されないかなあ。

**村上**　僕は柴田さんの訳されたコンラッドの『ロード・ジム』（河出書房新社、のち河出文庫）がすごく好きで、あの小説は本当に読みにくいんですけど、柴田さんの訳で僕は理解できました。

**柴田**　ありがとうございます。さっき訳の長さの話が出ましたが、二人のこの長さの違い、すごくないですか（笑）。こっちはどこか抜けてるのかと思ってしまいました。

**村上**　すごいですね。今見ると、柴田さんが短い言葉で訳しているところを、僕はけっこう開いているんですよね。「取り乱した（そしてろくに面識のない）」とカッコで結んだのはイージーだったなあ。ここはもっと工夫するべきでした。

**柴田**　この文体だとどうします？　カッコをやめる？

**村上**　「取り乱した、ろくに面識のない人々」とするとちょっとわかりにくく、二回読まないとわからない。翻訳のコツは二回読ませないことで、わからなくて遡《さかのぼ》って読ませるようじゃ駄目だと僕は思っていて、二回読ませないということを一番の目的にして訳しているところはある。だからこういうとき、カッコに頼りがちになる。でももう少し上手《うま》いやり方があったかもしれない。

**柴田**　原文は wild, unknown men となっていて、unknown の方が長いので、ここはあまり短く訳したくないですよね。たしかにこれ、カッコを使わないとわかりにくいですね。

I was unjustly accused of being a politician は「食えないやつだといういわれのな

村上訳

おかげで僕は、何ごとによらずものごとをすぐに決めつけないという傾向を身につけてしまった。そのような習性は僕のまわりに、一風変わった性格の人々を数多く招き寄せることになったし、また往々にして、僕を退屈きわまりない人々のかっこうの餌食にもした。このような資質があたりまえの人間に見受けられると、あたりまえとは言いがたい魂の持ち主はすかさず嗅ぎつけて近寄ってくるのである。

**そんなこんなで大学時代には、食えないやつだというわれのない非難を浴びることになった。それというのも僕は、取り乱した（そしてろくに面識のない）人々から、切実な内緒話を再三にわたって打ち明けられたからだ。**

『グレート・ギャツビー』
スコット・フィッツジェラルド著
中央公論新社刊、村上春樹翻訳ライブラリー版

## *The Great Gatsby* by F. Scott Fitzgerald

In consequence, I'm inclined to reserve all judgments, a habit that has opened up many curious natures to me and also made me the victim of not a few veteran bores. The abnormal mind is quick to detect and attach itself to this quality when it appears in a normal person, and **so it came about that in college I was unjustly accused of being a politician, because I was privy to the secret griefs of wild, unknown men.**

*The Great Gatsby* (1925)

柴田訳

その結果僕は、あらゆる判断をまずは保留しがちな人間になっている。この習慣のおかげで、多くの奇妙な性格が僕に向かって開かれることになったし、僕は少なからぬ数の、筋金入りの退屈な連中の餌食にもなってきた。こういう特質が正常な人物に現われていると、異常な精神はそれを目ざとく見てとり、ぴったり貼りついてくるのだ。**かくして大学時代の僕は、狂おしい、知られざる者たちの隠れた悲哀に関知したせいで、不当にも「策士」と非難されるに至った。**

い非難を浴びることになった」と訳されている。このあたりの訳は、僕はほぼ完成段階で拝見しているわけですけど、もう最初からこういうふうに開いた、達意の日本語が出てくるんですか。

**村上** この一文に限ってはこのままだったと思う。ただ、ここの部分はむちゃくちゃ書き直しています。やっぱり大事な部分だから。

**柴田** 『1973年のピンボール』の冒頭にもこの一節のエコーが聞こえます。

**村上** この『グレート・ギャツビー』という小説の最初の部分は悲しみに満ちている。切なさがある。その切なさを訳文にも出したいなと思ったんです。フィッツジェラルドは小説の中でニック・キャラウェイという語り手に自分を投射していると同時に、ジェイ・ギャツビーという派手な、ミステリアスな人物にも自分を投影している。その両方に投影しているのがこの小説なんです。ここに出ているのは、ごく平凡なミネソタの田舎から出てきた一人の貧しい青年がニック・キャラウェイに投射している一種の悲しみとか切なさ。

**柴田** え、原文を一読して、ここを読んだだけで、その悲しみが伝わってくるんですか。

**村上** 伝わってくる。やっぱりね。

**柴田**　そうなんだ……僕は二度目だったらわかるけど、一度目でそこまでわかる気がしないので、ちょっと悲しくなってるんですけど（笑）。

**村上**　最初の「僕と父のあいだにはいつも、多くを語らずとも何につけ人並み以上にわかりあえるところがあった」というあたりから、なんとなくじわっと、切なさがね。親子の在り方みたいなのが切ない感じがする。

**柴田**　なるほど。今回初めて実感したんですけど In my younger and more vulnerable years my father gave me some advice（一二五ページ）と過去形で始まって、we've always been unusually communicative は現在完了になっている。ということは、父とはいまだにそういう関係が続いているということですね。これは意外と見えにくいところです。

**村上**　そういえばそうだね。まだ生きていて関係はちゃんとあるんだ。

**柴田**　In consequence, I'm inclined to reserve all judgments は今でもそういう性質があるということだから、過去の自分を振り返っているわけではないんですね。

次はカポーティですね。

## 翻訳を始めるきっかけになった文章

**村上** 高校時代に英文和訳の参考書を自分で買ってきて訳していたのですが、その中にカポーティの「無頭の鷹《たか》」の最初の部分が載っていて、こんなに素晴らしい文章があるのか、とすごく感動しました。これはその一節です。僕が翻訳をやるようになったのはこれがあったからかもしれないというくらい好きです。

**柴田** 早い頃からいい文章を見ていらしたんですね。

**村上** 早熟な高校生だったんです。

**柴田** カポーティの短篇は、ニューヨークを舞台にした緊張したものと、南部を舞台にしたゆるいものがあるけど、僕はどっちかというと南部の方が好きです。でも「無頭の鷹」はニューヨークものの中でも図抜けていると思います。この一節は、作品冒頭の、画廊に勤めているヴィンセントという男が一日の仕事を終えてニューヨークの街中に出るところです。原文を少し読むとニューヨークだとすぐにわかる。訳を比べると、A promise of rain had ...あたりは随分違いますね。「明け方から雨の気配があたりを暗くしていて、空に広がる膨れ上がった雲が五時の太陽を滲《にじ》ませていた」と僕が訳したところを、村上さんは「夜が明けたときから、いつ雨が降りだしてもおかしくなさそうな暗い一日で、むっくりとしたぶ厚い雲が空を覆《おお》い、午後五時の太陽を鈍く翳《かげ》らせていた」。僕の方がこの小説世界を暗く捉えているのかなと思いました。たとえば bloated は、「膨らんでいる」といっても、おまんじゅうが美味《おい》しそうに膨らんでいるのではなく、魚の死骸《しがい》のお腹《なか》がぷくっと膨らむような、いやな印象がある言葉です。それに合わせて、blurred も「(太陽を) 滲ませていた」といやな感じを押し出したのですが……なんか自分の訳を正当化してるだけですけど (笑)。

**村上**　そう言われてみればそうですね。不気味な印象がする。僕は bloated clouds を「むっくりとしたぶ厚い雲」と訳していて、blurred を「鈍く翳らせていた」としている。違いますね。

**柴田**　もし「鈍く翳らせていた」を平仮名にすると印象がまた違うけど、「鈍」と「翳」の二つの漢字で重苦しいイメージはかなり伝わっています。

**村上**　僕は正確な言葉より、ちょっと文章としていいなと思ったらそっちの言葉の方に行っちゃう傾向があるね。柴田さんはやっぱり先生だから、どうしても正確な方を選ぶ傾向がありますよね。

**柴田**　そうかもしれないですね。正確に訳して、そこで双六《すごろく》はあがりというか、それ

村上訳

ヴィンセントは画廊の電灯を消した。外に出てドアの鍵をかけ、小粋なパナマ帽のつばを指でならしてから、三番街に向けて歩きはじめた。ステッキがわりの雨傘がコツコツと舗道に音を立てた。**夜が明けたときから、いつ雨が降りだしてもおかしくなさそうな暗い一日で、むっくりとしたぶ厚い雲が空を覆い、午後五時の太陽を鈍く翳らせていた。**しかし気温は高く、熱帯のもやのように蒸していた。**灰色に染まった七月の街路にざわめく声は奇妙にこもった響きを持ち、苛々したアンダートーンを含んでいた。**

「無頭の鷹」
トルーマン・カポーティ著
『誕生日の子どもたち』(文春文庫)所収

## “The Headless Hawk” by Truman Capote

Vincent switched off the lights in the gallery. Outside, after locking the door, he smoothed the brim of an elegant Panama, and started toward Third Avenue, his umbrella-cane tap-tap-tapping along the pavement. **A promise of rain had darkened the day since dawn, and a sky of bloated clouds blurred the five o'clock sun**; it was hot, though, humid as tropical mist, and **voices, sounding along the gray July street, sounding muffled and strange, carried a fretful undertone.**

“The Headless Hawk” (1946)

**柴田訳**

ヴィンセントは画廊の明かりを消した。外へ出て、入口に鍵をかけてから、優雅なパナマハットのふちを整え、ステッキ代わりの傘で歩道をコツコツ叩きながら三番街の方へ歩き出した。**明け方から雨の気配があたりを暗くしていて、空に広がる膨れ上がった雲が五時の太陽を滲ませていた。**とはいえ気温は高く、熱帯の靄のように蒸し蒸しして、**灰色の七月の街を歩く人びとの声は籠もった奇妙な音に聞こえ、苛立った響きを底に忍ばせていた。**

をさらによくする術《すべ》は僕にはないです。そこはすごく羨《うらや》ましい。

**村上**　でも、正確ということで言えば、柴田さんの訳の方が正確なんですよね。

**柴田**　どうですかね。センテンス単位でとったらそうかもしれないですけど、単語単位、センテンス単位の正確さはそんなに大事じゃないんじゃないか、少なくともそれがすべてじゃない、という気がこの頃していますす。

**村上**　あと、僕の場合、目で見た感じ、レイアウトが割と大事で、レイアウトで訳を考えちゃうところがなくはないです。

**柴田**　この後の原文は and voices, sounding along the gray July street, sounding muffled and strange ... となっていますが、sounding が二回って変ですよね。普通英語で反復する場合、二つ目の方がだいたい長く、それでリズムを作るんだけど、これはむしろ一つ目の方が長くて、反復としてぎくしゃくしている。反復の綺麗《きれい》なリズムというのとは違う気がするんですよ。こういうふうに時々すわりが悪いセンテンスが入ってくる。そのあたりを二人とも、訳では直接出していない。

**村上**　出していないですね。

**柴田**　でも村上訳は「灰色に染まった七月の街路にざわめく声は奇妙にこもった響きを持ち、苛々《いらいら》したアンダートーンを含んでいた」とバランス的には頭の方が重い感じで、すわりの悪さが再現されている。全体的に人を和ませる語りではないということはパッセージ全体から伝わってきます。

**村上**　うん。言葉の選び方もいいんだけど、結局僕がカポーティで好きなのは、独特のリズムですね。整合性よりはリズムを先に持ってくるという彼のテクニックは素晴らしい。そういうのを訳で出したいなと思うんですけど、本当に難しいですね。

**柴田**　ええ。カポーティの最初の長篇小説は訳さないんですか。

**村上**　『遠い声　遠い部屋』は素晴らしいですね。いつかやりたいと思います。

**柴田**　では次をお願いします。

## 体言止め、ダッシュ、カタカナ

**柴田**　今度の二人の訳は、どこも違うといえば違うけど、決定的に違うことはないですね。太字にした部分で、a girl in a green raincoat と独立しているところを、僕は「見えた――緑のレインコートを着た若い女」というふうに、体言止めを使いました。体言止めが好きなんで、ついやっちゃうんですけど、村上さんは翻訳でも自作でも体言止めは……

レインコートは透明だった。黒っぽいスラックスに靴下ははかず編み革のサンダル、男物の白いシャツ。髪は子鹿色で、男の子のようなカットである。ヴィンセントが道を渡ってやって来るのに気づくと、彼女は煙草を投げ捨て、そそくさと道を下って骨董品店の戸口まで行った。

**村上訳**

ヴィンセントは、まるで海の底を歩いているような気分だった。五十七丁目の通りを走る市内横断バスは、緑色の腹をもった魚みたいに見えたし、人々の顔は波間に浮かぶ仮面のようにおぼろに浮かび上がり、ゆらゆらと左右に揺れた。**彼は通行人の顔をひとつひとつたしかめるように眺めていったが、捜し求める相手はほどなくみつかった。緑色のレインコートを着た若い娘だ。**娘は三番街と五十七丁目の交叉点のダウンタウン側に立っていた。ただそこに立ち、煙草を吸っていた。どことなく唄でも小さく口ずさんでいるような雰囲気があった。

レインコートは透明だった。黒いズボンに靴下もはかずかかとの低いサンダルをはき、白い男もののシャツを着ている。髪は淡い黄褐色で、男の子みたいにカットされていた。ヴィンセントが通りを越えて自分の方にやってくるのを見ると、娘は煙草を捨てて足早に、そのブロックにある一軒のアンティック・ショップの戸口まで行った。

「無頭の鷹」
トルーマン・カポーティ著
『誕生日の子どもたち』（文春文庫）所収

## "The Headless Hawk" by Truman Capote

Vincent felt as though he moved below the sea. Buses, cruising crosstown through Fifty-seventh Street, seemed like green-bellied fish, and faces loomed and rocked like wave-riding masks. **He studied each passer-by, hunting one, and presently he saw her, a girl in a green raincoat**. She was standing on the downtown corner of Fifty-seventh and Third, just standing there smoking a cigarette, and giving somehow the impression she hummed a tune.

The raincoat was transparent. She wore dark slacks, no socks, a pair of huaraches, a man's white shirt. Her hair was fawn-colored, and cut like a boy's. When she noticed Vincent crossing toward her, she dropped the cigarette and hurried down the block to the doorway of an antique store.

"The Headless Hawk" (1946)

**柴田訳**

　なんだか海の中を動いているような気分だ。東西に走る、いまは57丁目を横切るバスは緑色の腹の魚のようで、乗客の顔が波間に浮かぶ仮面みたいにぬっと現われては揺れた。**ヴィンセントは通行人一人ひとりの顔を眺め、ある人物を探し、やがて彼女が見えた――緑のレインコートを着た若い女**。57丁目と三番街の、南東の角に立ち、ただつっ立って煙草を喫っている彼女の姿は、なぜかハミングでもしているような印象を与えた。

**村上**　あまりやらないですね。僕はこの部分がすごく好きなんです。最初はずっと凝った街の描写が続いて、くねくねした描写なんだけど、突然緑のレインコートを着た女が出てくる。それがすごく印象的だった。緑のレインコートがカラフルでビジュアルで、情景がぱっと浮かんでくる。カポーティはそういうところが本当に上手いなと思うんだけど、僕は体言止めはあまりしないですね。柴田さんの訳で、ダッシュは必要だったんですか。

**柴田**　僕、使っちゃうんですよね。

**村上**　原文にはないですよね。

**柴田**　原文にあっても使うし、なくても使うからすごく編集者に嫌がられます（笑）。そう言われてみると、ここは使わなくてもいいかなあ。でもしいていえば、原文のエコノミー（簡潔さ）を残すにはダッシュって有効なんですよね。

このあたり村上訳は、「そのブロックにある一軒のアンティック・ショップの戸口まで行った」とカタカナが多いですね。

**村上**　そうですね。ここが南部の田舎町だったら僕も骨董店《こっとう》としただろうけど、ニューヨークのマンハッタンのど真ん中だから、骨董店よりアンティック・ショップの方が合う気がする。それにカポーティのこの小説の流れからいって、アンティック・シヨップの方がすわりがいいかなという気がしたんですよね。ディケンズの小説だったらアンティック・ショップとは言わない（笑）。

**柴田**　なるほど。南部だったらそうしないというのは説得力がありますね。

**村上**　カーソン・マッカラーズの小説でもしないです。というかこの女の子自体の格好がちょっとエキセントリックなので、その描写を読んでいると、なんとなくアンティック・ショップという言葉が似合う世界のような気がしちゃう。

**柴田**　ええ。彼女は中性的で、次の段落を読めば、もっと変な人というのがわかりますね。

## 歌詞を訳すことから始まった

**柴田**　テキストを使った翻訳講座はここまでです。ここからは翻訳全体に関する話をします。

**村上**　僕は柴田さんにいくつか質問したいことがあるんです。

**柴田**　なんで僕が質問されるんですか（笑）。

**村上**　最初の英文和訳は、ポップソングをやらなかったですか？　僕はそうなんだけど。

**柴田**　やりました。

**村上**　最初は何をやりました？

**柴田**　ええと、ビーチ・ボーイズの「グッド・バイブレーション」とか。あと、結局さっぱりわからなかったけど、プロコル・ハルムの「青い影」。

**村上**　難しいのをやりましたね。歌詞を覚えたの？

**柴田**　いいえ、レコードの歌詞カードを見て。今から思うと、あれって間違いだらけだったから、一生懸命訳しても意味なかったですね（笑）。

**村上**　僕もアメリカのロックンロールの歌詞を覚えるところから始まったんですよね。でもなかなかわからなかった。

**柴田**　うちの親父《おやじ》が仕事でタイプライターを家に持ってかえってきたので、そのタイプライターで歌詞を打って遊んでました。

**村上**　僕が今でも覚えているのは、ポール・アンカの「ダイアナ」の最初が"I'm so young and you're so old/This my darling I've been told"で、その This my darling I've been told がわからなかった。

**柴田**　倒置ですね。

**村上**　あとになって「ダーリン、僕はそう言われたんだよ」という意味で、I have been told this, my darling をひっくり返しているんだとわかった。old と told の韻を踏ませるためなんだよね。中学生にそんなことわかるわけないよ（笑）。

**柴田**　まあ向こうも、日本の中学生のために歌作ってないですからね（笑）。

**村上**　あと、中学の頃にレイ・チャールズの“What'd I Say”がずいぶん流行《はや》ったんですが、あのタイトルの意味がわかんなかった。What would I say なのか、What did I say なのか。

**柴田**　日本の中学生にとっては「ワライセイ」って音だけですよね。でも村上さんはその頃から、歌を聴いて音を耳に入れるだけじゃなくて、どういう意味なのか探ろうとしたんですね。

**村上**　そうです。一生懸命考えてたんだけど、ビートルズが出てきてもっとわからなくなった。

**柴田**　たしかに。特に『ラバー・ソウル』のあとは。

**村上**　そうそう。キンクスなんか覚えなかった？

**柴田**　キンクスは高校生の終わり頃から聴きはじめたので、だいたいどういうこと言っているか目で見ればわかるようになってからです。

村上さんが最初に読み通した英語の小説って何なんですか。

**村上**　えっと、ロス・マクドナルドのなんだっけな、短篇集でした。神戸の古本屋で船員が置いていったようなものを一山買ってきて、わけのわからないうちにごりごりと読んでいって、けっこう楽しかったです。周りの人は、カッコつけて読んでるふりしてるだけだと思ってるみたいだったけど、ちゃんと読んでたんだよね。

**柴田**　へえ。以前、神保町にペーパーバックがずらっと並んでる東京泰文社という古本屋があって、もうなくなりましたけど、あんな感じの本屋ですか。

**村上**　神戸の普通の古本屋だったです。東京泰文社も面白かったね。お店の人が古本一冊一冊に帯を巻いて、無茶苦茶な邦題つけてたじゃないですか。

**柴田**　そうなんですよ、あれが楽しくて。

**村上**　『鷲《わし》は舞い降りた』という映画にもなった本があって、英語だと *The Eagle Has Landed* なんだけど、あれを『鷲は土地を持っていた』と訳していて、それはないだろうって思った（笑）。

**柴田**　フォークナーの *As I Lay Dying* は『死の床に横たわりて』と訳されているんですが、泰文社では『私が寝そべって死にかけているので』（笑）。

**村上**　音楽でも変な題があるよね。“Any Place I Hang My Hat Is Home”は「どこでも

私が帽子をかければそこが我が家」という意味だけど、「帽子を脱ぐのはいつも家の中」って（笑）。

**柴田**　それは不思議な思考回路ですね。昔のヒットソングは、太陽のナントカとか恋のナントカとか、関係ないのに太陽や恋が出てきました。

**村上**　一九八〇年代に『ガープの世界』映画版の試写会に行ったら、川本三郎さんと青山南さんがいて、題名の *The World According to Garp* をどう訳したらいいか、みんなで話したんです。『ガープに沿った世界』はどうかとかなんとか。僕は『愛は夜霧に濡《ぬ》れて』でいいんじゃない？と（笑）。

**柴田**　青山さんは『ガープが世界を見れば』だって言ってましたね。村上さんは今、翻訳小説のタイトルをつけるときにどれくらい迷われるんですか。

**村上**　すごく迷いますね。たとえば『キャッチャー・イン・ザ・ライ』を訳してるとき、野崎さんの『ライ麦畑でつかまえて』はいい訳だと思ったし、みんなそれで覚えているけど、それは野崎さんがつけた題であって、僕がそれを使うのはフェアじゃないっていう気がした。それに *The Catcher in the Rye* と『ライ麦畑でつかまえて』はニュアンスがちょっと違う。その違いが気になって、どうしようかと思ったけど、どうしようもないんですよね。だから『キャッチャー・イン・ザ・ライ』とそのままで行こうと。長すぎるなら『キャッチャー』って言ってくれればいいし、だいたいアメリカ人も『キャッチャー』って言いますよね。

**柴田** たぶん野崎訳が『キャッチャー・イン・ザ・ライ』とつけていたら、村上さんは『ライ麦畑でつかまえて』のようなタイトルを思い付いたでしょうね。新しい訳というのはそういうものですよね。

**村上** うん。誰かがそれまで訳した題をそのまま使うというのは、難しい。

**柴田** ええ。では最後に、これからの翻訳について。

**村上** 訳したいものは山ほどあるんですけど、時間がどれくらいあるか。マッカラーズの *The Heart Is a Lonely Hunter* はいつか訳したいなと思っているんですけど、長いんですよね〔二〇二〇年に実現し、『心は孤独な狩人』として刊行された〕。

**柴田** ほかにはどういう作家を？

**村上** チャンドラーは今 *The Lady in the Lake* の第一稿を見直しているところで、今年中に出ると思います（『水底の女』早川書房、二〇一七年十二月）。それでチャンドラーは終わり、グレイス・ペイリーも今年で終わり。あとはフィッツジェラルドの晩年の、落ちぶれた時代の小説を集めた短篇集を出したい。暗い本になりそうですけど。

**柴田** 今週、アメリカでフィッツジェラルドの未発表短篇集が出るそうです。主として三〇年代の、雑誌の買い手がつかなかったものを集めた本だそうです（*I'd Die for You: And Other Lost Stories*）。

**村上**　そうなんだ。フィッツジェラルドの短篇は、いいのは三割くらいで、あとはお金のために書き飛ばしたものなので、訳したいという気持ちになれるかどうかわからないですね。

**柴田**　ほかもやっぱり現代ではなく、ちょっと前の作家でしょうか。

**村上**　ノルウェイのダーグ・ソールスターが『Novel 11, Book 18』（中央公論新社刊）の続編を書いたらしいんだけど、まだ英語になってないから、ノルウェイ語を習うしかないんですよ。

**柴田**　それってリディア・デイヴィスみたいじゃないですか。英語に訳されていないソールスターの小説をノルウェイ語がまったくわからないのに辞書の助けを借りずに読んだというあのエッセイ、村上さんも読んで面白かったとおっしゃってましたけど、あれ、僕が訳して『MONKEY』〔12号〕に載るんです。

**村上**　それはいい。ソールスター、『Novel 11, Book 18』を英語から訳して本当に面白かったので、続編もぜひ訳したい。

**柴田**　まだまだいろんな村上訳が読めそうですね。楽しみにしています。

# 僕たちはこんな（風に）翻訳を読んできた（Ⅱ）

# 雑然性の発熱

## ――コリン・ウィルソン『宇宙ヴァンパイアー』をめぐって

コリン・ウィルソンの『宇宙ヴァンパイアー』は、《村上柴田翻訳堂》で新訳・復刊した十冊のなかでもっとも意外なセレクションに思えるのではないか。この対話（といっても柴田はもっぱら聞き手に回っているが）を通して、こういう本が入ることを「意外」と思ってしまう思考の硬さを村上さんがほぐしてくれる。二〇一六年一月十九日、新潮社クラブで行なった。

**村上**　僕らが大学生のとき、コリン・ウィルソンは文字通り一世を風靡《ふうび》した作家で、翻訳書がそれこそ何十冊も出ていました。でも今は代表作の『アウトサイダー』以外はほとんど手に入らないみたいですね。このあいだ書店に行ってびっくりしました。あんなにたくさん出ていたコリン・ウィルソンはどこへ行っちゃったんだろうと。だからコリン・ウィルソンの小説を一冊復刊したかったんです。何にしようか、すごく迷いました。『賢者の石』とか『スクールガール殺人事件』、『精神寄生体』……。

**柴田**　その中でも、今回、村上さんが『宇宙ヴァンパイアー』を復刊候補にしたのはなぜですか？

**村上**　コリン・ウィルソンはジャンルも幅広いしテーマも多岐にわたるので、小説で読みやすい作品が一番いいと思ったんです。僕はこういう小説って、けっこう好きなんですよ。

**柴田**　「こういう小説」というと……。

**村上**　ある種の観念があって、それを小説《フィクション》に結び付けようとする試みは昔からありますよね。ヘルマン・ヘッセの『シッダールタ』、サルトルの『嘔吐《おうと》』、カミュの『異邦人』もそうです。思想っぽい小説というか、純粋なフィクションではなく、観念を敷衍《ふえん》するために小説を利用するわけです。ただ僕は、そういうのはあまり好きじゃないんです。フィクションと思想の流れは呼応してるんだけど、作品の中でうまく混じりあっていないんですよね。

**柴田**　思想とかテーマが、小説の中で物語から浮いてしまうということですね。

**村上**　そうなってしまうのは、たぶんヘッセやサルトルが純文学を目指していたからだと思う。純文学と思想って合わないんですよ。ドストエフスキーやカフカは例外中の例外だと思うけど。余程のものじゃないと残らないです。

**柴田**　たしかに、文学というのは、その中では簡単に答えを出すものじゃないですよね。一方、思想はできるだけ答えを出そうとする。

**村上**　小説《フィクション》は小説《フィクション》自体として浮かび上がってこないと力を持てないというのが僕の考えなんだけど、この『宇宙ヴァンパイアー』はなかなかうまく行ってるんです。ダイナミズムがあります。エンターテインメントのフォームと思想って意外に合うんですよ。

**雑然としたものが生み出す発熱のようなもの**

**柴田**　村上さんはコリン・ウィルソンの思想自体には、どこまで共鳴しているんでしょうか？　学生時代にかなり読まれたと思いますが。

**村上**　いや、全然共鳴してない（笑）。

**柴田**　じつは、僕が監訳者になって『わが青春　わが読書』（一九九七年　学習研究社刊、二〇〇〇年九月に学習研究社の意向で『超読書体験』と改題されて文庫化）というコリン・ウィルソンの読書遍歴を綴《つづ》った本を何人かと翻訳しているんです。内容は、要するに、「人間は意志の力でもっと高い次元に上がれる」という思想に貫かれています。

**村上**　柴田さんがコリン・ウィルソンを翻訳しているのは知りませんでした。僕は七〇年代にはコリン・ウィルソンをよく読んでたんです。『オカルト』も『至高体験——自己実現のための心理学』も面白く読んだ記憶があります。

**柴田**　コリン・ウィルソンは、人間はアウトサイダー状況を脱しなければならないと説いているわけですが、村上さんは『アウトサイダー』をどう読まれたんでしょう。

**村上**　じつは当時、あの本にはあまり感心しなかったたし、興味を持てなかったんだけど、実際、今の若い人にはまったく響かないんじゃないかな。もう「アウトサイダー状態」が普通にとり込まれてますからね。でも当時は、その命題をめぐって若い世代は考え込んじゃったたし、手応《てごた》えもあったんです。何よりマルクシズムに対抗するものとして価値があった。

**柴田**　たしかに、そのマルクシズムというのが、今は力を持たないわけですからね。

**村上**　とにかく色々な意味で、コリン・ウィルソンは印象に残っている作家で、思想書のほかに小説もけっこう読んだ記憶があります。

**柴田**　今回、この作品は初めて読みましたが、すごく面白かったです。と同時に、半分はなぜこの作品を村上さんが選んだのか考え込んでおりまして（笑）。一人の人間の中で二つの力が拮抗《きっこう》しているとか、村上さんの小説の中でも出てくる発想であるわけですけど、こうしたコリン・ウィルソンの小説的な発想をどう思っていらっしゃるのか興味があります……。

**村上**　うーん。たとえばこの小説では、ある種のイデアの在り方が象徴的に現れていると思うんです。イデアが人間の肉体という容《い》れ物《もの》を行き来できる、身体がイデアを取り換えられるというのが、思想ではなく小説《フィクション》の在り方として面白いと思うんですよ。純文学の容れ物に入れちゃうと、身体性とは何か、イデアとは何かという問題になりますよね。でも、『宇宙ヴァンパイアー』を読んでいると、なんでもありのエンターテインメントなんだから、真剣に考え込まないで済むんです。娯楽として楽しめるのがいい。その雑然感、拡散する感覚こそがコリン・ウィルソンの魅力ですね。

**柴田**　村上さんは、ご自身でこういう小説は書こうと思われますか。

**村上**　書かないですね。僕は思想的なことではなく、個人的に内在するもの、その源泉から出てくるものから物語を書いています。はじめから「こういう文脈《コンテクスト》で書こう」とはまったく思わない。僕が考える世界観とか宇宙観とかはまったくないんです。そういう意味では、僕はコリン・ウィルソンとは対極にいる人間かもしれません（笑）。創作的な源泉から物語を拵《こしら》えていくわけですが、その物語から自分の宇宙観や世界観を俯瞰《ふかん》することはできるかもしれない。

**柴田**　村上さんの創《つく》り出した物語に、批評家や研究者が何らかの世界観を感じることはできるということですよね。

**村上**　もちろんそうです。僕の物語からいくつかの世界観や宇宙観を部分的に引き出せるかもしれない。既成のパースペクティブを持たないというのが僕の小説家としてのやり方ですが、それとはまったく違う方法で書かれたコリン・ウィルソンのSF小説は新鮮に映るし、興味を惹《ひ》かれるんだと思う。

**柴田**　ほかにSFで特に惹かれる作家は誰かいるでしょうか。

**村上**　ロバート・シルヴァーバーグとか……。フィリップ・K・ディックも割に好きですね。

**柴田**　J・G・バラードはどうですか。

**村上**　読みます。でも、ディックやバラードに深い思想や哲学などは求めないし、SF小説で深く考えてゆくということはないです。ただ、融通の利《き》く容れ物に物語をぶち込んでゆく面白さがすごく好きなんです。チャンドラーの小説が好きなのも同じ理由です。

**柴田**　なるほど、そういうことなんですね。

**村上**　チャンドラーはハードボイルドのディテクティブ・ストーリーの中に作家の生き方や世界観をどんどん放り込んで行きますよね。それらをどう混ぜ合わせるか、じつにスリリングです。

**柴田**　チャンドラーの場合、村上さんが主人公のフィリップ・マーロウの姿勢とか生き方に共鳴することはありませんか。

**村上**　生き方というより、チャンドラーの書く物語性に惹かれますね。僕は学生時代から、いわゆる純文学という容れ物そのものに対してはそれほど興味がなかったんです。むしろ雑然として融通が利いて動きのある器に何を入れてゆくか、それが大事なわけです。コリン・ウィルソンの小説の在り方は、僕のやり方とはずいぶん違いますが、雑然性や物語の動かし方はとても面白いと思います。

**柴田**　純文学より、むしろジャンル小説ならではの自由さがあるということですね。

**村上**　僕はジャンル小説は書かないし、思想性にも興味はないんです。コリン・ウィルソンは思想家ですが、その思想は一貫した深みがあるものではなくて、とにかく雑多なもの、さまざまな知識を寄せ集めて詰め込んで、思想をモザイクみたいに拵えた人ですよね。

**柴田**　雑多な寄せ集めだから、最後に何を持ってきても話は同じというところはありますよね。

**村上**　たとえばサリンジャーの『フラニーとズーイ』もそうです。結局、その東洋思想なんかも寄せ集めで無理があるんだけど、サリンジャーはコリン・ウィルソンと違って小説家だから語りが上手《うま》いんですよ。無理の通し方にも魅力がある。

**柴田**　さきほど、ヘッセやサルトル、カミュの話も出ましたが……。

**村上**　そうですね、個人的に言えばヘッセやサルトルはちょっとしんどいけど、コリン・ウィルソンの小説なら、まだ読めるなと思うんですよ。彼の思想書は時代を経ると古びちゃうと思うけど、小説《フィクション》は意外と古びないんじゃないかな。

**柴田**　たしかにストーリーとして面白いし、訳がわからない変な小説です。

**村上**　どうしてだろうと考えていたんですが、たぶん雑然としたもの同士が組み合わされて生まれる発熱のようなものが効《き》いてるんじゃないかと思いますね。

**柴田**　「宇宙人」と「ヴァンパイアー」が強引に結びつけられる、それが雑然としたものによる発熱ということでしょうか。

**村上**　そうだと思う。この小説は、僕が割と好きなトビー・フーパー監督で映画化されてるんですよ。

**柴田**　面白い映画ですか？

**村上**　これがひどい映画でね（笑）。その昔ホノルルの場末の映画館で見たんだけど、まあ、とんでもない映画で。

**柴田**　たしかに、「映画では原作の真の精神を生かし切れていない」とわざわざ原書ペーパーバック版の裏表紙に書いてありました（笑）。

**村上**　作品の雑多性を映画が表しきれなかったんですね。ストーリーは弱いけど、なぜかいい加減な思想がその脆弱《ぜいじゃく》性を補っているという変な組み合わせの小説ですよね。

**柴田**　さきほどのサリンジャーとの比較は面白いですねえ。サリンジャーは、たぶん自分で自分の答えを信じていない小説家的な部分がありますから、物語をそっちで引っ張らない。答えは一応出すけど確信を持っていない。『宇宙ヴァンパイアー』では、小説の中の答えと作者の答えがすっきり合致してるんだけど、そこに物語としての面白さの核はない。さらに言えば、ストーリーが強いわけでも、マキシーン・ホン・キングストンのように魅力的な文章に出会うわけでもない。雑多さが不思議な面白さを醸《かも》し出しているように思います。

**村上**　まったくその通りです。コリン・ウィルソンの本はどれもすらすら読めるし、なかなかエピソードも面白いし、蘊蓄《うんちく》もある。でも読み終わると何も残らない（笑）。僕はそこが割に好きなんだけどね。「あ、そうだな」と腑《ふ》に落ちたり、読んで何かが残っちゃうと、意外に古びるんですよ。訳がわからない分、作品として長持ちするんじゃないかなあ。そんな気がします。

**柴田**　蘊蓄は分かりやすくて面白いし、人間はこう生きるべきだとか、そのへんは伝わってきますよね。でも、この訳のわからなさの正体はなんでしょうね。

**村上**　ある種の意味のなさ、意味の通らなさは、ポストモダニズムに近いものがありますね。意味がわかっちゃうとモダンになってしまう。一九七〇年代の小説は多くがけっこう古びてるけど、コリン・ウィルソンは意外に残るんじゃないかなと考えているんですが。

**柴田**　『宇宙ヴァンパイアー』のようなSF小説や犯罪小説も残りますか……。

**村上**　たとえば、カート・ヴォネガットはSFを土台にして、彼の世界観や哲学をそこに放り込んでいってますよね。コリン・ウィルソンの小説も原理としてはそれと似ています。ただコリン・ウィルソンは小説家じゃないから、ヴォネガットみたいな文芸的味わいを出すことはできません。どんどんばらけていくところがある。うまくまとまらないんですよね。でもその拡散感が好きなんですよ。

**柴田**　なるほど。拡散する話という意味ではリチャード・ブローティガンも同じですね。

**村上**　ブローティガンは詩人であり小説家だから、作品の生理は違うけれども、原理は同じかもしれません。カウンター・カルチャーという時代性でくくってみると、コリン・ウィルソンとも共通性があるんじゃないかと思う。

**柴田** ヴォネガットとブローティガンは二人とも小説家として自分の文体で枠をつくり、「ヴォネガット」というジャンル、「ブローティガン」というジャンルを作っていますが、コリン・ウィルソンはそうではありませんよね。

**村上** そうです。コリン・ウィルソンはあくまで小説も書ける思想家であって、作品自体のレベルは作家の書いたものにはやはり及ばない。でも、十分面白く読めますよね、決して名作ではないですが、僕がコリン・ウィルソンの小説を支持したいと思うのはそこなんです。

## いい小説が残るとはかぎらない

**村上** 今から思うと、六〇年代はマルクシズムの流れがかなり強かったんだけど、コリン・ウィルソンは反マルクシズムというか、マルクシズムを蹴《け》とばしたという感じがありました。僕たちは、オカルトとか精神世界とかも含めて、その軽さや雑然さによって一息つけたんです。『アウトサイダー』を読めば分かるけど、あの時代にマルクシズムというのがまったく出てきませんよね。「アウトサイダー」という存在が一段上に行くための政治的な解答が示されていないんです。これは、あの時代にすごいことだと思うんです。

**柴田**　たしかに、個人の意志の話しかしないですね。

**村上**　マルクシズムの影響を受けた六〇年代、七〇年代の強い言説のさなかでコリン・ウィルソンを読む体験は、今とはまったく比較できないものです。かなり違う。

**柴田**　僕は村上さんとそんなに歳《とし》が違わないけれども、なぜ先行する世代に『アウトサイダー』がバイブルのように読まれるのか、よくわからなかったんです。でもきょう、ちょっとわかったような気がします。

**村上**　『アウトサイダー』は政治的解決を蹴とばしたのは評価できるけど、欠点が多いんです。「感じるけど思考しない」感情的なファン・ゴッホ、「思考はするけど感じない」知的なT・E・ロレンス、この両極端のアウトサイダーの間に何かしら解決があるはずだとコリン・ウィルソンは定義するんだけど、僕はこの二つをつなぐのはモラリズムしかないと思うんですよ。ところが、コリン・ウィルソンはこのモラリズムという概念を出して来られなかった。この時代には、まだそれを持ち出せなかったということもあるかもしれないですが。

**柴田**　でも、小説《フィクション》ならモラリズムという言葉を出さなくても、その概念を書くことができる……。

**村上**　『アウトサイダー』に出て来る芸術家は、みな自我と超越のぎりぎりのところで悩んでいます。でも僕自身に引きつけて言えば、そこに職能的モラリズムがあればうまく越えられると読みながら思いました。毎日仕事をすればいいじゃないか、ということですね。

**柴田**　個人的に解決するしかないということですね。政治的な答えの場合、ある程度汎用性《はんよう》が必要ですが、小説ならば汎用性がなくても文脈の中で登場人物に関して具体的に解決すればいい。

**村上**　物語の中で解決しちゃうことはあるんです。思考の中では解決に至らなくても、フィクションの中では流れに乗れば解決をつけられるんですね。この『宇宙ヴァンパイアー』の中で言うと、自殺してしまうとか……。これは一種のモラリズムだと思います。哲学だと、その結論に行くことは難しいけど、フィクションだとできる。哲学だと突っ込まれる結論でも、小説だと「だって宇宙人だもんなあ」で終わっちゃう。それが小説の強みだと思います。たとえば、ヴォネガットの世界観や哲学なんて、そのまま書いたら五ページで終わっちゃうし、誰も納得しない（笑）。でも小説になっていると、そうだよなと納得できる。

**柴田**　ヴォネガットも自分のエッセイで書いています。友人が彼の全作品を五時間くらいで通読したあとに、「要するに、お前の言いたいのは“You've got to be kind.（人間、優しくなくてはいけない）”ってことなんだよな」と。俺もそう思ったと書いています（両人、笑）。

**村上**　僕はいい小説にはいい小説の強みがあるし、あんまりよくない小説にも強みはあるとつねづね思ってるんです。コリン・ウィルソンの小説ははっきり言ってあまり「いい小説」ではないかもしれない。でも、こういう本もなくちゃいけないという重みがあるんです。良い本がどんどん消えて、つまらない本が残るということはあるけど、僕はコリン・ウィルソンの小説は残ってほしいと思いますね。この本を読んで、「なんだつまらないじゃないか」と言う読者がいてもいいんだけど、僕は残っていって欲しいと強く思ってます。だからこそ推薦したわけだけど。

**柴田**　それは音楽で言えば、クラシックがあって、ジャズやポップスがあるのと似てますか。映画ならB級にいいのがあるみたいな……。

**村上**　そうですね、レコード・アルバムに似ているかもしれません。たとえばロック・ファンなら絶対持つべきアルバムというか、みんなが持ってる名盤じゃなくて、ちょっと隠し持ってる自分だけのアルバムみたいなのがありますよね。そういうのが必要だし、それがなければ音楽はつまらないですよね。僕にとって、コリン・ウィルソンはそういう存在なんです。上手い小説より、こういう小説を読むとほっとしませんか。

初出　コリン・ウィルソン『宇宙ヴァンパイアー』（中村保男訳、新潮文庫、二〇一六）

# 共同体から受け継ぐナラティヴ

——マキシーン・ホン・キングストン『チャイナ・メン』をめぐって

《村上柴田翻訳堂》の主たる成果のひとつが、我々が敬愛する翻訳者・藤本和子さん訳によるマキシーン・ホン・キングストン『チャイナ・メン』（以前の邦題は『アメリカの中国人』）の復刊だった。《村上柴田翻訳堂》では村上・柴田が訳した以外の巻にはすべて我々の対話を解説代わりに掲載しており、この対話は二〇一六年一月十九日に新潮社クラブで行なわれた。

村上　この作品は柴田さんが推薦した作品ですね。

柴田　そうです。この『チャイナ・メン』（*China Men*）という作品は全米図書賞を受賞しているんですが、ノンフィクションの部門で獲《と》っているんです。

村上　それは意外ですね。

柴田　日本では『チャイナタウンの女武者』（一九七六年）というタイトルで出版されたキングストンの最初の作品（*The Woman Warrior*）も、続けて出版されたこの『チャイナ・メン』（一九八〇年）も、原書ではペーパーバック版の背表紙に Non-fiction Literature と書いてあるんです。それがまず驚きです。

村上　ノンフィクションというよりは完全にナラティヴの世界ですよね。

柴田　そうなんです。『チャイナ・メン』の方は、自分の父親を中心として家族の物語を描いていて、ある程度は事実に基づいているんですが、事実を書いているだけではこんなに魅力的な本にはならないと思うんですね。事実から幻想の方、神話の方へと地続きで流れていく感じが、僕はすごく好きなんです。『チャイナ・メン』という作品はこの一冊で構想されたわけではなくて、もともとは『チャイナタウンの女武者』と合わせて一冊にするつもりだったらしいのですが、『チャイナタウンの女武者』に女性の物語をまとめ、『チャイナ・メン』に男性の物語をまとめて、四年あいだを空けて刊行したようです。

**村上**　語り手はどちらも女の人ですね。

**柴田**　タイトルには一方に Woman とあり、もう一方には Men とあるわけですが、語り手がどちらも女性だというのは共通していますね。どちらも藤本和子さんが素晴らしい翻訳で原文の雰囲気を掬《すく》い上げています。

**村上**　僕はこの作品を今回初めて読んだんだけれども、翻訳が本当に素晴らしいですね。労作だと思う。この日本語を作り出すというのは相当な労働だったと思います。訳語の選び方がとてもうまいと思いました。中国語と英語の落としどころみたいなものをすごくうまく摑《つか》んでいて。「女武者」とか「鬼」とか、すごくいい言葉ですよね。

**柴田**　そういう言葉がぱっと目に入ってくるし、耳にも聞こえてきます。短い会話の再現の仕方もすごくうまいです。

**村上**　英語と中国語と日本語の三つを机に並べて訳文を作っていくわけだから、相当難しいはずですよね。漢字があってアルファベットもあるという作業です。リズムもとてもいいし、まず翻訳にとても感心しました。

## 移民、リアリズム、神話

**柴田**　内容に踏み込んでいきますが、この *China Men* というタイトルにキングストンのメッセージが込められていると思います。通常は Chinamen と一語で綴《つづ》りますが、チンク（Chink）やジャップ（Jap）という言葉ほどではないにせよ、蔑称《べっしょう》のニュアンスが強い言葉です。
**村上**　「支那人」みたいなニュアンスでしょうか。
**柴田**　おっしゃるとおりです。その Chinamen という言葉を、China Men と二語に分けているわけです。*Woman Warrior* という、もうひとつの二語とのバランスということはもちろんあるでしょうけれども、それとは別に、白人が押しつけてくるステレオタイプ的イメージとは別のものを提出しようという意図があるように思います。それがタイトルにも、内容にも現われています。

**村上** この作品にはナラティヴという言葉が一番近いと思ったんです。一種の語りなんですよね。もちろん文章で書かれてはいるんだけれども、語りというものを念頭において書かれていると思います。文章としてとても整っているんだけれど全体としては「語っている」という印象を与えますよね。先祖から伝わってきた話の流れを縦糸にして、横糸として想像力を注入しながら語っている。十九世紀のなかばからベトナム戦争までのアメリカ史を、中国人の視点から語り直しているわけですよね。

**柴田** マキシーン・ホン・キングストンという作家自身が、親なり祖父母から聞いた話を語り直す、あるいはナラティヴにしているわけですが、そもそも中国人はそういう営みをずっとやってきたんだという意識が彼女の中には強くあるように思います。父親がどうやってアメリカにたどり着いたかということがいろいろなバージョンで書かれていますが、ニューヨークにたどり着いたとか、サンフランシスコにたどり着いたとかいった具合に、それぞれ違っている。キングストンのインタビューを読んだことがあるのですが、インタビュアーは「お父さんは本当はどこにたどり着いたんですか」と聞きたがるのです。キングストンはそれに対して「うちの父はニューヨークにたどり着いたという話もしたし、サンフランシスコにたどり着いたという話もしていた」と答えます。「そのときはそれぞれ真実として話していたと思う」と。事実はひとっというところには落とそうとしない。それは単なるはぐらかしということではなくて、作家の想像力のなかではそういうものなのかなと、僕のように小説を書けない人間は思うのですが。

**村上**　日系アメリカ人の伝承のような話をいくつか読んだことがあるんですが、これほどイマジナティヴではないですね。

**柴田**　たぶん中国系がみなイマジナティヴというわけではないと思います。たとえばエィミ・タンの『ジョイ・ラック・クラブ』（一九八九年）も、母たちから聞いた話を、語り継がれてきた確固たる物語としてそのまま差し出すという構造でした。キングストンの態度とはずいぶん異なります。

**村上**　僕は思うんだけれど、移民の歴史というのは恨みの歴史でもありますよね。写実的な方法というのはその恨みをピンポイントで特定していくことができるんです。このポイントが恨みの元になったとか、これが差別の根源だとかいった具合に。ところがキングストンの方法だと、それがどんどん移動していくんです。それが面白かったし、何が真実かわからないということがリアリティとして胸に響くんですよね。リアリズムでは伝えきれないものがここにはあるという気がしました。

**柴田**　この作品は連作短篇集といっていいと思うんですが、一つひとつ読み進めていくうちに、ひとつの事実に収斂《しゅうれん》していくということではまったくありません。むしろ拡散していくわけですよね。何があったのかということはわからないんだけれど、しかし恨みとか痛みといったものはかたまりとして確実に伝わってきます。

**村上** 僕が特に感心したのは、鉄道を作るところ。大地との関わり方でいうと、中国にいる中国人とあんまり変わらないんですよね。アメリカの大地であれ中国の大地であれ。とにかく大地の感じというものはすごくリアルに伝わってきて、ある種伝説的、神話的なんですよね。

**柴田** あんまりいい言葉ではないですが、マジック・リアリズムという感じはしますね。何はともあれ紛れもなく鉄道を作ったという事実があって、その地平からそのまま伝説の次元、神話の次元に入っていきます。『チャイナ・メン』の次の作品 *Tripmaster Monkey: His Fake Book*（一九八九年）で彼女がやったことは、逆にアメリカの現代を神話的な世界、伝説的な世界へと持っていくということでしたが、そちらは少し、頭が勝っている感じを受けました。自分の生きている現代から神話を作ろうとする試みだと思うのですが。『チャイナ・メン』の方は父親の世界、祖父母の世界に想像力でもって入っていこうとする、はっきりとした意思のようなものが感じられて、それがいいのかもしれません。

**村上** 日系の一世でも二世でも「出稼ぎ」なんですよね。アメリカに骨を埋《うず》めようと思って来ているわけじゃなくて、金を持って帰ろうと思っていた。だから祖国とアメリカというのがはっきり分かれていた。キングストンの場合はそうではなくて、定まり方のなさが、すごく面白かった。どこかに定まってしまうと、視点がひとつになってしまうから。

**柴田** 中国系に限らず、移民系の作家の作品には、人々がアメリカに来る前の物語というものがまずあって、そしてアメリカに来た後の物語があり、それらがきれいに分かれがちです。でも、この人は少し違います。まず、一人の物語に限定されないです。し、一人の人間の物語も行ったり来たりします。Aという世代の人、Bという世代の人がいて、Aという人とBという人がいて、それぞれの物語が混じり合っています。だからなのか、固有名詞があまり頭に残りません。

**村上** この作品で取り上げられる時代の中国という国は、アメリカからは排斥されているし、日本からは侵略されているわけです。両方向から挟み撃ちにあっているようなところがあった。そういう立ち場もひしひしと感じるところが多かったです。

**柴田** そういう面と同時に、すごくユーモラスな面もあるんですよね。藤本さんの翻訳がそういうユーモアを見落とさずに掬い上げています。

**村上** 頭が変になってしまったおじさんが預金を全部おろしちゃうところとかね。ちょっとしたやりとりが可笑《おか》しいんだよね。

## 藤本和子という翻訳者

**柴田** 藤本さんの翻訳についてお話しさせてください。リチャード・ブローティガンの翻訳は、村上さんは以前から読んでらっしゃいましたよね。

**村上** もちろんです。

**柴田** あの翻訳が出てきたときに、新しさのようなものを感じましたか。

**村上** 藤本さんの翻訳で読んで興味を持って、それで原文を手に取ってみたという感じですね。まずは翻訳が最初だった。僕が大学生だった六〇年代の終わりから七〇年代のはじめにかけて、藤本さんの翻訳したブローティガンは、一種の、ガイディング・ライト（導きの光）のようなものでした。

**柴田** なるほど、そうですね。カルトというほど狭くないし、といってすごくメジャーというわけでもなかったけれど、みんなこっちに行こうという感じがありました。

**村上** それに飛田茂雄《しげお》さんや浅倉久志さんの翻訳したヴォネガット。翻訳者と作家の密な関係があって、非常に幸福な時代だったと思います。僕が翻訳に興味を持ったのは、そういう人たちの影響があったのかもしれない。

**柴田**　村上さんの訳文の影響源を探すのってすごく難しいですけれど、一番近いのは藤本さんかなと思うことがあります。会話なんかがすごく生き生きした感じだったり。むろん影響という言葉は安直に過ぎますが。

**村上**　生真面目《きまじめ》な翻訳にしたくないということは思いますね。

**柴田**　藤本さんの訳文って、日本語としてすごく自然というわけではないんですよね。

**村上**　翻訳というものは、日本語として自然なものにしようとは思わない方がいいと、いつも思っているんです。翻訳には翻訳の文体があるわけじゃないですか。

**柴田**　僕は文章のスピード感だったり、緻密《ちみつ》な感じ、緩い感じ、自然な感じなどということを、原文と等価に再現したいと思っています。自然な、誰にでもわかる文章が、自然でない訳文になってしまうことのないように気をつけたいと思っているわけです。ところが、藤本さんの翻訳を読んでいると、そのあたりのことを考えすぎてもよくないのかなと思います。訳文をつまらなくするというか。

**村上**　翻訳には翻訳の文体があっていい。僕が自分の小説を書くときの文体があり、そして僕が翻訳をするときの文体というものがもしあったとして、両者は当然違いますよね。会話がまず違ってくる。

## 共同体から受け継いだ家族の物語

**村上**　娯楽がない時代ですから、家族で語り合うということ自体が娯楽だったろうし、話のうまい人って、一家に一人くらい、いるじゃないですか。そうやって家族で何か物語を受け継ぐということが一種のトラディションだったんじゃないかな。血を受け継ぐようにナラティヴを受け継ぐという感覚がここにはあるんだけれども、そういう感じのナラティヴというのは、僕には書けないなと思いました。育ったのが小家族だったということが一因としてあります。

**柴田**　共同体から何か大きなものを受け継いでいるという語り、ということですね。

**村上**　環境の力というのは大きいし、僕が若いときにこの作品を読んで影響を受けたかというと、受けなかったと思う。だけどこういう作品があっていいと思う。小説家が小説を読むというのは二種類の読み方があると思うんです。「ここには何か学ぶべきことがある、取り上げるべき何かがある」と思って読む場合。そして「こういう書き方があるのか、それは面白い」と思って読む場合の二つがあって、僕にとってはキングストンは明らかに後者でした。

**柴田**　共同体から何か大きなものを受け取って、自分のフィルターを通して語り直すという作業は、女性作家の方が巧みな気がします。

**村上**　そうみたいですね。この作品、そしてこの家においては、語り手はだいたい女性みたいですよね。男は好き勝手に断片を撒《ま》き散らして、女の人が一生懸命それを集めて、組み立てているみたいな感じを受けます。中国人に特有なことなのか、この家庭に特有なことなのかはわからないけれど、考えてみればグレイス・ペイリーもそうですね。

**柴田**　乱暴な一般論ですが、男が語ると、もっと自分の物語になりがちだと思います。家族の物語、父母の物語という以上に、自分の語りというものが前面に出てきてしまう。僕が翻訳したサローヤンの『僕の名はアラム』も、家族の物語が語られるわけですが、キングストンの場合はもっと大きな、中国の歴史と一族の歴史全体を捉《とら》えようという意識がもっと強固だという気がします。加えて彼女の場合、話の上手な一人の親戚《しんせき》の話、という風には固定されません。フォーカスしないというか、ピントが動きつづけるというか。

## 神話的な想像力のもつ力

**村上** いま中国系、インド系の女性作家たちが地歩を築いていますね。その先駆けみたいな存在と考えていいんだろうか。

**柴田** そうですね。彼女のあとにエィミ・タンが登場して爆発的に売れました。彼女がやったことは、キングストンよりはもう少し敷居の低いことではありますが。あと中国系で現在活躍している人といえばイーユン・リーがいます。彼女も周縁にいる人を丹念に描きますが、キングストンが描いたような神話的な世界を目指しているわけではないですね。

**村上** 僕はこういう神話的な世界っていいなと思いますね。大学の創作科が力を持つ前の小説という感じがして。クリエイティヴ・ライティングが力を持ってからは、こういう小説は出にくくなったんじゃないだろうか。

**柴田** この一冊でもそうとう重厚だと思うんですが、もう一冊と合わせてひとつの作品として構想したというスケールはすごいですね。いい意味でフォーカスが定まらず、拡散する。登場する人々は固有名を持たないし、キャラクターもずれていくし、作品全体の構造としてもひとつの枠組みに収斂していくわけでもなく、あちこちに行って定まらない。定まらない強みだったり、定まらないこその広がりが魅力になっています。

**村上**　中国語で語られた物語を英語で語り直すというところがすごく面白い。言語的な置き換えでナラティヴの色彩が変わっていくという面白さがありました。

**柴田**　逆の方向もあって、ロビンソン・クルーソーを中国化したりもしています。言語を置き換えるときにも、いかにも「翻案」という感じで置き換えるのではなくて、良くも悪くも歪《ゆが》んだ想像力を通して語り直されているところがいいんですね。

**村上**　日系移民で、こういう柄の大きな物語を書く作家はいなかったんだろうか。

**柴田**　カレン・テイ・ヤマシタの『アイ・ホテル』（二〇一〇年、未訳）などは六百ページを超える大作で、一九七〇年前後のサンフランシスコの東洋人が経験した激変が壮大なスケールで活写されているんですが、あれにしても、綿密なリサーチから個人の物語をリアルに紡《つむ》ぎ出しているという感じで、幻想に向かっているというわけではないですね。ほかにはトシオ・モリ、ジョン・オカダ、ヒサエ・ヤマモト、ジョイ・コガワ、シンシア・カドハタなどがいますが、北米の日系人作家は幻想性・神話性よりリアリズムに向かいがちですね。もちろん中国系だってみんながみんなキングストンみたいにしなやかに幻想的であるわけじゃないですけど。

初出　マキシーン・ホン・キングストン『チャイナ・メン』（藤本和子訳、新潮文庫、二〇一六）

INTERLUDE

# 日本翻訳史　明治篇

柴田元幸

ここで柴田の独演を。二〇一七年四月八日、Rainy Day Bookstore & Cafe で行なった「日本翻訳史集中講義」の講義録である。日本の文芸翻訳がどのように始まったかをたどる内容だが、心情としては「明治の翻訳者はカッコいいなあ」ということに尽きる。『MONKEY』12、13号（二〇一七年六月、十月）に分けて掲載された。

## 明治時代から始まる日本の翻訳史

僕はいつもは自分が話すことが重要だという前提に立たず、聞いている人がつまらなそうな顔をしたら面白くするよう努力します。努力した結果もっとつまらなくなる可能性も大いにありますがとにかく努力します。でも今日の話のテーマは、僕にはとても重要なことなので、この話が重要であるという前提に立って、お話しします。なので、つまらないと思ったら自分が悪いと思ってください（笑）。

テーマは「日本の翻訳史」です。「昔の翻訳」と聞くと、たいていの人は、明治時代の、舞台はロンドンなのに登場人物は日本人の名前になっていたりする、黒岩涙香《くろいわるいこう》の翻訳のようなものを思い浮かべるんじゃないでしょうか。それも考えてみれば不思議な話で、涙香の翻訳はたかだか一五〇年くらい前の仕事です。日本は千年以上、中国を中心に外国の文化を取り入れてきたので、翻訳の歴史はもっと長いはず。なのに、明治以前の翻訳のことはつい忘れてしまう。それだけ近代の日本が、西洋に倣《なら》い、西洋に追いつこうとしてきたということですね。

　もっとも、外国文化が一部の教養人のものだった時代には、大衆に向けて外国語のものを日本語に直すという翻訳作業はかならずしも必要ありませんでした。中国の詩を読むにしても原文をそのまま読み、もう少しわかりやすくするにしても、返り点とかをつけて日本語の順番に読むくらいで、中国語を全面的に日本語に変換するという作業はなかった。そうした作業が必要になって、翻訳という営みが多くの人にとって問題になるのは、開国によって西洋文化が入ってきてからです。そう考えると、西洋文化の翻訳から日本の翻訳史が始まるとつい考えてしまうのも、まあそれなりに理由はあるわけです。

　一八五三年に黒船が来るまで、日本は二世紀くらいほとんど外国と交渉を持たずに自己完結していて、それなりに上手《うま》く行っていたわけですが、外圧が生じてとうとう国を開くしかなくなった。一八六八年から明治時代が始まり、最初の十年くらいは、とにかく西洋の植民地になってはならない、国を早急に西洋化せねば、というわけでまずは法学や医学、軍事関係など実学的なものがたくさん翻訳されました。明治十年代くらいから文学の翻訳がぼちぼち始まり、最初はいわゆる政治小説が多かったけれどだんだんいわゆる純文学も増えていって、明治二十年代は日本の翻訳文学史でも最も豊かな時期でした。明治の時代にすでに、僕を含め今の翻訳者が抱えているような問題はだいたいすべて、いまより先鋭的なかたちで現われています。翻訳という問題は、明治を見る方が今を見るよりずっと刺激的です。

## 江戸を引きずっていた翻訳

まず第一に、はじめのうちは西洋文学の翻訳といってもずいぶん江戸を引きずっていたという話をします。明治の翻訳者といえば、大衆文学では黒岩涙香、純文学では シェークスピアを翻訳した坪内逍遙《しょうよう》あたりの名前がまず浮かぶのではないかと思います。最初に、坪内逍遙の初期の訳業を見てみます。次ページ左の図版は表紙ですね。『自由太刀《じゆうのたち》餘波鋭鋒《なごりのきれあぢ》』というタイトルですが、表紙の上部分には「該撒奇談《しいざるきだん》」とあり、『ジュリアス・シーザー』のことです。明治十七年に翻訳されたこの訳書には、逍遙の附言が付いていました。

原本はもと台帳の粗なる者に似て、たゞ台辞《せりふ》のみを用ひて綴りなしたる者なれば、

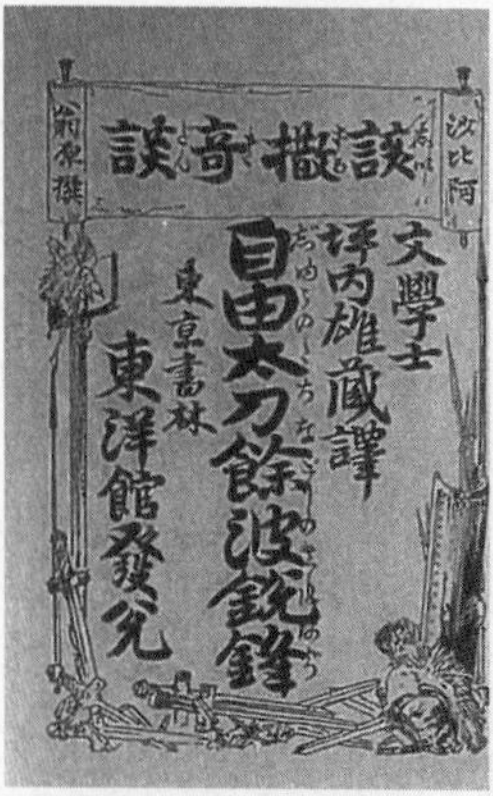

『自由太刀餘波鋭鋒』

坪内逍遙

所謂《いはゆる》戯曲にはあらず。こゝの院本《ゐんぽん》とは全く体裁を異にしたる者なるを、今此《この》国の人の為《た》めにわざと院本体に訳せしかば、原本と比べ見《みれ》ば或《あるい》は不都合の廉《かど》多かるべし。見ん人これを諒《りやう》せよ。

全文意味の通じ易《やす》きを専要とし、浄瑠璃《じやうるり》にてすめ易き所は之《これ》にしたがひ、台辞にして解し易き所は又之に従ふ。

出典　『自由太刀餘波鋭鋒』明治十七年（一八八四）
加藤周一・丸山真男校注『翻訳の思想』
（岩波書店、一九九一）

院本とは浄瑠璃《じょうるり》本《ぼん》のことです。「シェークスピアの原典はごく荒っぽい台本にすぎず、科白《せりふ》が並んでいるだけで、いわゆる戯曲ではありません。浄瑠璃本とはまったく体裁が違うんですが、日本の読者のことを考えて、浄瑠璃っぽく訳しました。原文と較《くら》べると、ここちょっとまずいんじゃないの、というところが出てくるかもしれませんけど、そのへんはどうぞご了解ください。まずはとにかく意味が通ることに努め、臨機応変に浄瑠璃ふうにしたり、西洋芝居ふうにしたりしましたけど、そのあたりもよろしくご理解を」といった感じでしょうか。シェークスピアは戯曲にあらず、ってすごい言い方ですけど、近代の戯曲ではト書きで動作や表情を細かく指定するのに対し、シェークスピアのト書きはごく大まかな状況説明と、登場人物については「入場」「退場」「死ぬ」程度しかないことを言っているんだと思います。

ではその「翻訳」、実際はどんな感じでしょうか。

該撒奇《しいざるき》談《だん》　自由太刀《じゆうのたち》餘波鋭鋒《なごりのきれあぢ》
第三齣《みまくめ》　第二場　公園演説の場
公園前の大街頭《おほどほり》、群《むら》がる府民、蜂《はち》のごとく、舞妻多須《ブルータス》、軻志亜須《カシアス》の前後を囲み、騒ぎ立ちて声々に、(府民) 名分《めいぶん》聞かん。主意を聞かん。殿下を殺せし所以《ゆゑん》をば、承らんと罵《のゝし》る声、さながら広き羅馬《ローマ》府の、百万の家一時《いつとき》に、崩るゝ許《ばかり》に騒がしき。舞妻多須は声はりあげ、(舞) 然らば人々　某《それがし》が、所以逐一《ちくいち》公演台にて、只今《たゞいま》演説致すべければ、いざとく我に随《したが》ひこられよ。イヤナニ軻志亜須氏、足下《そくか》は彼方の街頭にて、処をかへて演説あれ。あまりに聴衆多ければ、二ケ所に分つにあらざれば、十分主意の通じ難けん○ヤオレ人々、此《この》舞妻多須のいふ由《よし》を、聞かんと欲する輩《ともがら》は、皆此所《ここ》に止まられよ。又軻志亜須の演説を、聞かんと望む人々は、去て彼方《かなた》の街に出よ。両所に分れて獅威差《シーザー》を、誅殺《ちゆうさつ》なせし理由をば、詳《つまびらか》に是《これ》より演説なさん。（甲府民）某は舞妻多須どの、所論をば承らん。（乙府民）某は軻志亜須氏の説を聞きて、彼我の道理を比照し見ん。（丙）イヤ某は舞妻多須どの。（丁）イヤ某は軻志亜須氏、と思ひ〳〵に数万の人々、二つに別れて一半は、軻志亜須もろとも彼方へと、急ぎてこそは入りにける。舞妻多須は悠然と、歩みを進めて、見あぐる許《ばか》り高やかなる公演台によじのぼり、四方をキツと見回《まは》せば、ソリヤコソ弥々《いよ〳〵》舞妻多須氏が、公演台に登られしぞ。皆静まって聴聞せよ。謹聴せよや、と制する声しばしはなりも止まざりけり。舞妻多須は時分をはかりて朗らかに、（舞）ヤオレ人々静まり候《さうら》へ。某が演説を終るまで、謹しんでお聴なされ……

広場にものすごい群衆が集まって、訳《わけ》を聞かせろ、なんでシーザー様を殺したんだ、と、ローマの家が百万軒いっぺんに崩れるんじゃないかっていうほどの騒ぎ、そこでブルータスが声を張り上げて――もちろん拡声器とかないですよね――よぉしなら私が説明するから聞いてくれ、おいカシアス君、君はあっちへ行って演説したまえ(「足下」は「貴君」ですね)、こんなに大勢相手に一箇所じゃ無理だからさ、とにかく皆さん、なぜシーザーに天誅を加えたか話しますから聞いてくださいね、と言うと集まった人々も、よしじゃあ僕はブルータスを聞く、俺はカシアスだ、あとで情報交換しような、と二組に分かれて、ブルータスは芝居っ気たっぷりに演台にのぼって、さあ諸君、静かに聞いてくれ……。

では、原文はどうなっているか。たとえば一九三ページの「名分聞かん。主意を聞かん。殿下を殺せし所以をば、承らんと罵る声、さながら広き羅馬府の、百万の家一時に、崩る〻許に騒がしき」は、英語の原文(一九七ページ)では、“*Plebeians.* We will be satisfied! Let us be satisfied!”(納得させろ! 納得させてくれ)だけなんですね。わかりやすくするために坪内逍遙は浄瑠璃調に言葉を変え、説明を足しています。

この「初訳」からおよそ三十年後の大正二年に、逍遙は新訳を出しています。こちらはシェークスピア原本のスタイルをそのまま踏襲した、いわゆる翻訳らしい翻訳でした。

第二場　戸外の公会場。

ブルータスとカシヤスが出る。其後《その》に附きて多勢の市民。

こゝはローマの公会場で正面にはフォーラム（演壇）がある。

**市民ら**　其理由《わけ》を聞かして貰《もら》はう、理由《わけ》を聞かして貰はう。

**ブルー**　ぢや、従《つ》いて来て、聴いて下さい。……カシヤス、君は彼方《あッち》の街へ往つて下さい、聴衆を二手に分けよう。……予《わたし》の演説を聴かうとする諸君は此処にお留りなさい。カシヤスに従いて行く人達は彼方へお出でなさい。国家の為《ため》にシーザーを誅戮《ちゆうりく》した所以《ゆゑん》を演説しよう。

**市民一**　わしはブルータスの説を聴かう。

**市民二**　わたしはカシヤスのを聴かう。さうして双方のを比べて見ることにしよう、別々に聴いておいて。

カシヤス市民の若干をひきつれて入る。ブルータス演壇に上る。

**市民三**　ブルータスどのが登壇せられた。静かに静かに！

『ヂューリヤス・シーザー』大正二年（一九一三）

出典　坪内逍遥訳『シェークスピヤ全集』（創元社、一九五二）

## 〔ACT III〕

### [SCENE II]

*Enter* BRUTUS *and* CASSIUS, *with the* PLEBEIANS.

*Plebeians.* We will be satisfied! Let us be satisfied!

*Bru.* Then follow me, and give me audience, friends.
Cassius, go you into the other street,
And part the numbers.
Those that will hear me speak, let'em stay here;
Those that will follow Cassius, go with him;
And public reasons shall be rendered
Of Caesar's death.

*1. Pleb.* I will hear Brutus speak.

*2. Pleb.* I will hear Cassius, and compare their reasons,
When severally we hear them rendered.

[*Exit Cassius with some of the Plebeians. Brutus goes into the pulpit.*]

*3. Pleb.* The noble Brutus is ascended; silence!

『自由太刀……』バージョンでは「ヤオレ人々、此舞妻多須のいふ由を、聞かんと欲する輩は、皆此所に止まられよ」と力が入っているところ、こっちでは「ぢや、従いて来て、聴いて下さい」と実にあっさりしていてほとんど拍子抜けします。もうここに、江戸の匂《にお》いはない。浄瑠璃風旧訳の方は、逍遙がいかに気合いを入れて、いろいろ盛り込んでいたかがわかります。ただここで、江戸っぽくしないとみんなわからないだろうと思った時代から、三十年くらい経《た》っただけで、誰もが西洋のスタイルのままでわかるようになった、というふうには考えない方がいいかもしれない。つまり、明治の訳では誰にでもわかるかたちに訳者が落とし込み、大正の訳では、誰にでもわからないかもしれないが日本が列強の一国であるためにはこれくらいわかるべきなんだというところに落とし込んでいる、というくらいに考えておく方が妥当じゃないか。いずれにせよ、逍遙は大正期にシェークスピア全戯曲の翻訳を完成させていて、これは間違いなく偉業です。わからないところがあっても、カンニング的に既訳を覗《のぞ》く、なんていっさいできなかったんですから。

当時、シェークスピアの翻訳はいろんな形で新聞や雑誌に掲載されました。その時にどんな挿絵がついていたかを見ると、二〇〇ページの仮名垣魯文《かながきろぶん》訳『ハムレット』

の絵は歌舞伎《かぶき》みたいですよね。タイトルも『葉武列土倭錦絵』。明治十九年掲載だから、坪内訳『自由太刀……』の二年後ですね。まだ西洋文学の翻訳が爆発的に増える前です。

それに較べると明治三十六年の中島孤島訳の絵は、現代の少女漫画みたいですね。だんだん時代を経るにつれて西洋風になっていくかと思いきや、四十年の山岸荷葉訳の絵はまだ日本風だから、なかなか一概には言えないのかもしれない。

明治前半はいかに江戸を引きずっていたかということを、もうひとつ、別の例で確かめたいと思います。

二葉亭四迷といえば『浮雲』が近代小説のはしりと言われていますが、これは明治二十年に出版されていて、翌年の二十一年には、明治翻訳史で最も重要なランドマークといえるツルゲーネフの「あひゞき」二葉亭訳が出ます。二葉亭は『浮雲』を三年かけて書いていて、それと並行して「あひゞき」などの翻訳作業をやっていたんですね。

まずは『浮雲』の序文を見てください。

図版出典『図説　翻訳文学総合事典』（大空社）第1、2巻

山岸荷葉訳『沙翁悲劇はむれつと』
（明治40年10月）

仮名垣魯文訳『葉武列土倭錦絵』
（『東京絵入新聞』明治19年11月13日）

中島孤島訳『沙翁物語ハムレット及ヴェニスの商人』
（明治36年8月）

チャールズ・ワーグマン訳
〔ハムレットの独白〕
『The Japan Punch』
（明治７年１月）

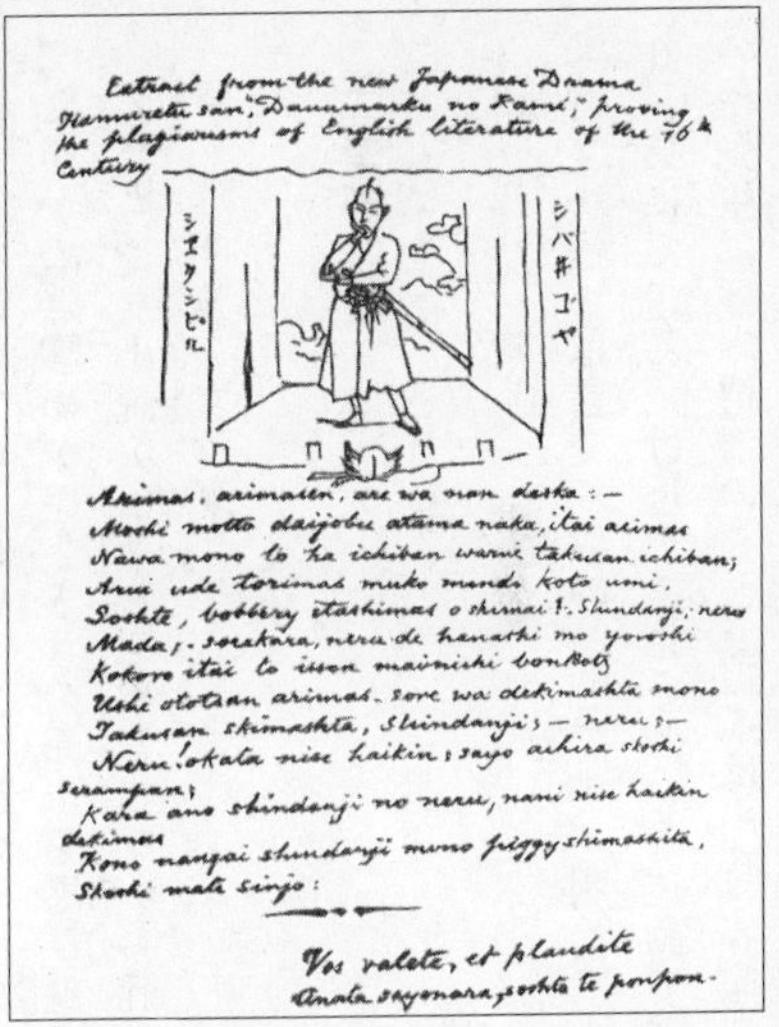
Extract from the new Japanese Drama "Hamureta san," "Danmaruku no Kami," proving the plagiarisms of English literature of the 16th Century



Arimas, arimasen, are wa nan deska :—
Moshi motto daijobu atama naka, itai arimas
Nawa mono to ka ichiban warui takusan ichiban;
Arui ude torimas muko mondo koto umi,
Soshte, bobbery itashimas o shimai ?. Shindanji, neru
Mada ;— sorekara, neru de hanashi mo yoroshi
Kokoro itai to isson mainichi bonkotz
Ushi ototsan arimas. sore wa dekimashta mono
Takusan shimashta, Shindanji ;— neru ;—
Neru! okata nise haikin ; sayo ashira shoshi
serampan ;
Kara ano shindanji no neru, nani nise haikin
dekimas
Kono nangai shindanji mono friggy shimashita,
Shoshi mate sinjo :

Vos valete, et plaudite
Anata sayonara, soshte te ponpon.

原名ハ英國の狂言作者セーキスピールが名作の正本
新聞記者チヨビスケリウの略説の写
名影則甚候
葉武列土《はむれつと》
西洋《せいやう》グウク の入冊

第序《だいぢよ》（丁抹國王城門外の場《でんまるくわうでうもんぐわいのば》）

本舞臺《ほんぶたい》三間《げん》の間正面遠見《あいだしやうめんとほみ》は王城《わうでう》大手《おほて》城《ぜう》門《もん》の書割《かきわり》處《どころ》〳〵は捨石《すていし》并《なら》べあり上手《かみて》は松《まつ》の立木《たちき》下手《しもて》よき處《ところ》は青漆《せいしつ》塗《ぬり》のホリスの番屋《ばんや》日覆《ひおほひ》より松の釣枝《つりえだ》さげて丁抹王《でんまるくわう》城《ぜう》堀端《ほりばた》夜更《よふけ》の体《てい》かざそめたる大調練《おほてうれん》風《かぜ》の音《おと》にて幕明《まくあ》く

（こんな事を書《かい》て居てハ一幕《ひとまく》が十日もかゝるゆゑちよいと脚色をかりざつとお噺《はな》しすませう）こゝへ（洞長飛軍《ほうちやうひぐん》）（丸勢理寸《まるせりす》）（邊鳴度《べかるど》）いづれも士《し》官《くわん》のこしらへにて出《で》て來《きた》り○此頃《このごろ》毎夜深更《まいよしんかう》になよび怪《あや》しき姿《すがた》のもの此堀端《このほりばた》を通行《つうかう》なすよし正《まさ》しく狐《こ》狸《り》の仕業《しわざ》ならん何《なに》にもせよ王城間近《わうぜうまぢか》く奇怪《きくわい》の振《ふる》ま

仮名垣魯文訳『葉武列土』（『平仮名絵入新聞』明治８年９月７日）

浮雲はしがき
薔薇《ばら》の花は頭《かしら》に咲《さい》て活人《くわつじん》は絵となる世の中独り文章而已《のみ》は黴《かび》の生えた陳奮翰《ちんぷんかん》の四角張りたるに頬返しを附けかね又は舌足らずの物言《ものいひ》を学びて口に涎《よだれ》を流すは拙《つたな》し是はどうでも言文一途《いつと》の事だと思立《おもひたつ》ては矢も楯《たて》もなく文明の風改良の熱一度に寄せ来るどさくさ紛れお先真闇三宝荒神《さきまつくらさんぽうくわうじん》さまと春のや先生を頼み奉《たてまつ》り欠硯《かけすゞり》に朧《おぼろ》の月の雫を受けて墨摺《すみすり》流す空のきほひ夕立の雨の一しきりさら〳〵さつと書流せばアラ無情始末《うたて》にゆかぬ浮雲めが艶《やさ》しき月の面影を思ひ懸《がけ》なく閉籠《とぢこめ》て黒白《あやめ》も分《わ》かぬ烏夜玉《うばたま》のやみらみつちやな小説が出来しぞやと我ながら肝を潰《つぶ》して此書の巻端に序するものは
明治丁亥《ひのとゐ》初夏
二葉亭四迷

二葉亭四迷『浮雲』明治二十年（一八八七）

「言文一途」は言文一致のことです。明治二十年代に盛んだった言文一致運動は、喋《しゃべ》り言葉にできるだけ近く書こうという運動で、二葉亭もその流れの中にいました。春のや先生は坪内逍遙のこと。逍遙は当時、文壇のドンみたいな人だったので、いろんなところに関わっていたんですね（今日の感覚からは理解しがたいですが、『浮雲』もはじめは逍遥の本名「坪内雄蔵」名義で発表されました）。「やみらみっちゃ」は「むちゃくちゃ」です。薔薇はきれいだし活人画も盛り上がってるのに文章だけは旧態依然、これではいかん、ここは言文一致だぜぃと思い立ち、バァーッと勢いで書いたら何じゃいこの代物《しろもの》は我ながらイヤソノ……という感じでしょうか。非常に自虐《じぎゃく》的な、いかにも二葉亭らしい味わいの文章ですが、西洋的だとか、近代小説のはしりだとかいう感じではないですよね。続く第一編の本文も実に愉快ですが、これもまるっきり江戸です。

　　第一編

　第一回　アヽラ怪《あや》しの人の挙動《ふるまひ》

千早振《ちはやふ》る神無月《かみなづき》も最早《もはや》跡二日の余波《なごり》となツた廿八日の午後三時頃に、神田見附《かんだみつけ》の内より、塗渡《とわた》る蟻《あり》、散る蜘蛛《くも》の子とうよ〳〵ぞよ〳〵沸出《わきい》で、来るのは、孰《いづ》れも頤《おとがひ》を気にし給ふ方々。しかし熟々《つら〳〵》見て篤《とく》と点検すると、是れにも種々《さま〴〵》種類のあるもので、まづ髭《ひげ》から書立てれば、口髭、頬髯、頤《あご》の鬚、暴《やけ》に興起《おや》した拿破崙髭《なぽれをんひげ》に、狆《ちん》の口めいた比斯馬克髭《びすまるくひげ》、そのほか矮鶏髭《ちゃぼひげ》、貉髭《むじなひげ》、ありやなしやの幻の髭と、濃くも淡《うす》くもいろ〳〵に生分《はえわか》る。髭に続いて差《ちが》ひのあるのは服飾《みなり》。白木屋《しろきや》仕込みの黒物《くろいもの》

二葉亭四迷

づくめには佛蘭西《ふらんす》皮の靴の配偶《めをと》はありうち、之を召す方様《かたさま》の鼻毛は延びて蜻蛉《とんぼ》をも釣るべしといふ。

二葉亭四迷『浮雲』第一編
明治二十年（一八八七）

「ありやなしやの幻の髭」とか、鼻毛でとんぼが釣れそうとか、滑稽味《こっけいみ》に富んだ文章ですが、近代小説というより、江戸の俗な文章の続きという感じが強くします。本人の言を信じるなら、坪内先生に言われて、三遊亭圓朝《えんちょう》（一八三九—一九〇〇）の落語の口調を真似《まね》て書いてみた文章だそうで——さもありなん。

このあと二葉亭は第二編を書きはじめますが、どうしてもやっぱり江戸を引きずってしまい、江戸からなんとか抜け出したいと思った。で、どうしたかというと、ロシア語で少し書いてみたんですね。

ご存知の方も多いと思いますが、村上春樹さんも第一作『風の歌を聴け』の最初の数ページを英語で書いていました。まだ『風の歌を聴け』というタイトルも付いていなかった時点で、生まれて初めて小説を書いてみたはいいが、いかにも日本文学という感じがして嫌だなあと思った村上さんは、オリベッティのタイプライターを引っぱり出してきて、書き出しの数ページを英語で書いてみた。そうすると、凝った表現を使えず、シンプルに語らざるをえない。それで日本文学臭さを抜くことができて、自分のスタイルに行き着くことができたと村上さんは言っています。二葉亭が一八八〇年代にやったことを、村上さんは一九七〇年代にやっていた。二人とも、彼らから見て手垢《てあか》の付いたスタイルから逃れようというときに、まず外国語で自分の文章を書いてみることを始めたというのは興味深いことだと思います。

で、ロシア語経由で書いてみたら、どうなったか。

第二編

第七回　団子坂《だんござか》の観菊《きくみ》

日曜日は近頃に無い天下晴れ、風も穏かで塵《ちり》も起《た》たず、暦を繰《くつ》て見れば、旧暦で菊月初旬《きくづきはじめ》といふ十一月二日の事ゆゑ、物観遊山《ものみゆさん》には持《もつ》て来いと云《い》ふ日和《ひより》。

園田一家《いつけ》の者は朝から観菊《きくみ》行《ゆき》の支度とりぐ〳〵。晴衣《はれぎ》の亘長《ゆきたけ》を気にしてのお勢《せい》のじれこみがお政《まさ》の肝癪《かんしやく》と成《なつ》て、廻りの髪結の来やうの遅いのがお鍋《なべ》の落度《おちど》となり、究《はて》竟《て》は万古《ばんこ》の茶瓶《きふす》が生れも付かぬ欠口《いぐち》になるやら、架棚《たな》の擂鉢《すりばち》が独手《ひとりで》に駈出《かけだ》すやら、ヤツサモツサ捏返《こねかへ》してゐる所へ生憎《あやにく》な来客、加之《しか》も名打《なうて》の長尻《ながツちり》で、アノ只今から団子坂へ参らうと存じて、といふ言葉にまで力瘤《ちからこぶ》を入れて見ても、まや薬ほども利《き》かず、平気で済まして便々とお神輿《みこし》を据ゑてゐられる、そのじれツたさもどかしさ。それでも宜《よ》くしたもので、案じるより産むが易く、客も其内に帰れば髪結も来る、ソコデソレ支度も調ひ、十一時頃には家内も漸《やうや》く静まツて、折節《をりふし》には高笑がするやうになツた。

『浮雲』第二編　明治二十一年（一八八八）

うーん、まだそんなに江戸が抜けていないですね（笑）。別に江戸を引きずっているのが悪いということではなく、これはこれで楽しいですが、二葉亭がやろうとしていた新しい文体の形成にはまだ達していないということです。それが、次の年に書いた第三編になるとがらっと変わります。

第三編

第十三回

心理の上から観《み》れば、智愚の別なく人咸《ことごと》く面白味は有る。内海文三《うつみぶんざう》の心状を観れば、それは解らう。

前回参看。文三は既にお勢に窘《たしな》められて、憤然として部屋へ駈戻ツた。さてそれからは独り演劇《しばゐ》、泡を噛《かむ》だり、拳《こぶし》を握ツたり。どう考へて見ても心外でたまらぬ。「本田さんが気に入りました、」それは一時の激語も、承知してゐるでもなく、又居ないでも無い。から、強《あなが》ち其計《そればかり》を怒ツた訳でもないが、只腹が立つ、まだ何か他《た》の事で、おそろしくお勢に欺《あざ》むかれたやうな心地がして、訳もなく腹が立つ。

『浮雲』第三編 明治二十二年(一八八九)

西洋的で近代的な文章を書くという目標は、第三編である程度達成されている感じです。なぜこれができたかというと、ツルゲーネフの「あひゞき」の翻訳を明治二十一年に発表しているんですね。「あひゞき」を訳し、西洋を体に取り込んだことで、ようやく江戸から抜け出ることができたようです。(本文三行目、「前回参看」のあとに白抜き読点が入っていますが、これについてはあとで触れます。)

この時代は、ほとんどの文化人にとって文語体で書いた方が楽だった時代です。だから二葉亭も割と無理して口語体で書いていた。まだ江戸を引きずっているわけです

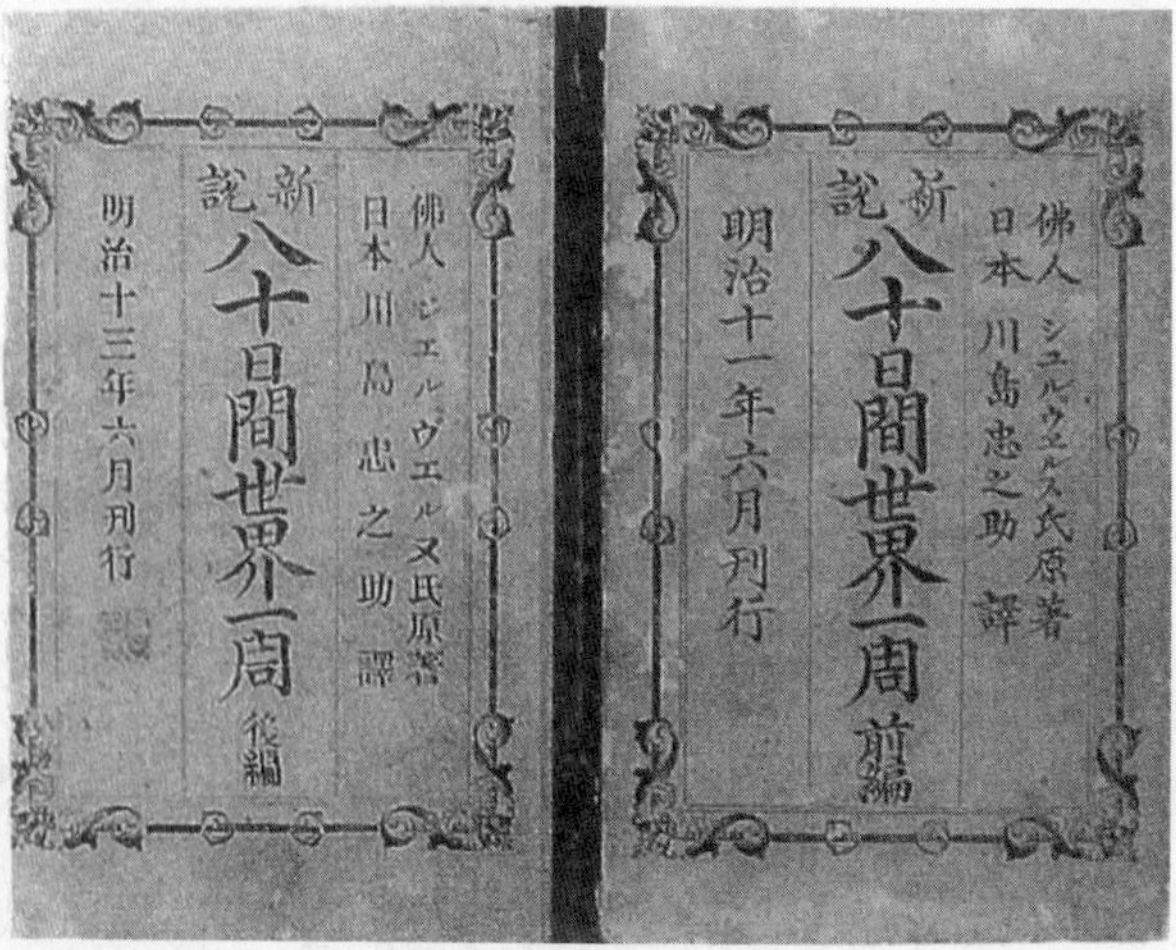

『八十日間世界一周』

から、西洋風の口語体はほとんど手本なしでやっていた。第三編の文章は当時からするとかなり異様な文章だっただろうと思われます。それは前年の「あひゞき」の翻訳についても言えることです。「あひゞき」についてては、このあと別個に取り上げます。「はじめは江戸を引きずっていた」という話はこれでおしまい。

## 小説の翻訳のはじまり

では、西洋小説の本格的な翻訳はいつ頃から始まったか。誰もが挙げるのが、川島忠之助訳、ジュール・ヴェルヌの『八十日間世界一周』です。前編と後編に分かれていて、前編が明治十一年、一八七八年刊で、二年後に後編が出ています。当時はまだ西洋人の名前に馴染《なじ》みがなかったというのが、この表紙からわかります。表紙の文字を彫った人が、作者名を間違えているんですね。ヌがスになっているのは、ただ単にまったくわからなかったからでしょう。本文ではヴエルヌ氏原著となっていますが、バイロンがビロンになっていたりする。当時は読み方がわからなかったんですね。で、書き出しはこうです。

新説八十日間世界一周　佛人　ジヱル《ママ》、ヴエルヌ氏　原著

第壱回

千八百七十二年中ニ龍動ボルリントン公園傍サヴヒルロー街第七番ニ於《おい》テ千八百十四年中シヱリダンガ物故セシ家ニ同府改進舎ノ社員ニテ自身ハ勉メテ行状ノ人ノ目ニ立タヌ様注意シアリシモ何時トナク奇僻家ノ名聞轟《とゞろ》キケルフアイリース フヲツグ氏ト称スル一紳士ゾ住ヒケル

ジユル・ヴエルヌ、川島忠之助訳『新説　八十日間世界一周』前編
明治十一年（一八七八）

「龍動」はロンドン。仕立屋が多いことで知られるロンドンのサヴィル・ローの、一八一四年に文人シェリダンが亡《な》くなった（現実には一八一六年没）家に、極力目立たないようにしていたのだけれどいつとはなしに変わり者の評判が轟くに至った、ファイリース・フォッグ（正しくはフィリアス・フォッグ。これは明治にしては珍しく過度に英語っぽく読もうとした結果ですね）という紳士が住んでいた……という始まり。文語体の典型のような訳文です。まずはこういう文章が、翻訳小説の出発点だったと考えていただければと思います。

## 聖書の翻訳

小説の翻訳についてさらに話を進める前に、ちょっと寄り道をして、聖書の翻訳を見ていただきます。

旧約聖書、新約聖書の翻訳は明治の翻訳史では大事な出来事です。新約の翻訳が明治十三年、旧約が二十年に完了されました。これらは文語訳聖書と言われ、今でも多くの人に愛されている聖書です。

創世記

第一章

一 元始《はじめ》に神《かみ》天地《てんち》を創造《つくり》たまへり　二 地《ち》は定形《かたち》なく曠空《むなし》くして黒暗淵《やみわだ》の面《おもて》にあり神《かみ》の霊水《れいみづ》の面《おもて》を覆《おほひ》たりき　三 神光《かみひかり》あれと言《いひ》たまひければ光《ひかり》ありき　四 神光《かみひかり》を善《よし》と観《み》たまへり神光《かみひかり》と暗《やみ》を分《わか》ちたまへり　五 神光《かみひかり》を昼《ひる》と名《なづ》け暗《やみ》を夜《よる》と名《なづ》けたまへり夕《ゆふ》あり朝《あさ》ありき是首《これはじめ》の日《ひ》なり

六 神言《かみいひ》たまひけるは水《みづ》の中《なか》に穹蒼《おほぞら》ありて水《みづ》と水《みづ》とを分《わか》つべし　七 神穹蒼《かみおほぞら》を作《つく》りて穹蒼《おほぞら》の下《した》の水《みづ》と穹蒼《おほぞら》の上《うへ》の水《みづ》とを判《わか》ちたまへり即《すなは》ち斯《かく》なりぬ　八 神穹蒼《かみおほぞら》を天《てん》と名《なづ》けたまへり夕《ゆふ》あり朝《あさ》ありき是二日《これふつか》なり

『舊新約聖書』日本聖書協会　明治二十年（一八八七）

格調高くて、日本語にしては珍しく声に出して読みたくなるような文章ですね。

戦後になってから、これではわかりづらかろうということで、口語訳が出版されました。これは文学者にはだいたい評判が悪く、丸谷才一さんなどは口語訳の日本語を口をきわめて罵《ののし》っています。では、そっちはどんな感じか。

創世記
第一章
一はじめに神《かみ》は天《てん》と地《ち》とを創造《そうぞう》された。二地《ち》は形《かたち》なく、むなしく、やみが淵《ふち》のおも
てにあり、神《かみ》の霊《れい》が水《みず》のおもてをおおっていた。
三神《かみ》は「光《ひかり》あれ」と言《い》われた。すると光《ひかり》があった。四神《かみ》はその光《ひかり》を見《み》て、良《よ》しとさ
れた。神《かみ》はその光《ひかり》とやみとを分《わ》けられた。五神《かみ》は光《ひかり》を昼《ひる》と名《な》づけ、やみを夜《よる》と名《な》づ
けられた。夕《ゆう》となり、また朝《あさ》となった。第《だい》一日《にち》である。
六神《かみ》はまた言《い》われた、「水《みず》の間《あいだ》におおぞらがあって、水《みず》と水《みず》とを分《わ》けよ」。七そのよ
うになった。神《かみ》はおおぞらを造《つく》って、おおぞらの下《した》の水《みず》とおおぞらの上《うえ》の水《みず》とを分《わ》
けられた。八神《かみ》はそのおおぞらを天《てん》と名《な》づけられた。夕《ゆう》となり、また朝《あさ》となった。
第《だい》二日《にち》である。

『口語聖書』日本聖書協会　昭和三十年（一九五五）

ノーナンセンスな文章だとは思いますけど、読んで気持ちよくなるような文章ではない。たとえば、文語訳では「即ち斯なりぬ」というのが、口語訳では「そのように

なった」となっていて、ちょっと白ける感じは否《いな》めないですね。

文語体の訳の方は、ルビの使い方が面白いです。「元始」に「はじめ」、「創造」に「つくり」、「定形」に「かたち」とルビがある。見た目にもわかりやすく、かつ日本語としての平明さが増して、漢語と和語という二つのスタイルを同時に駆使している見事さがあります。

ところがこの文語訳は、当時はむしろ格調が低いと言われることが多く、評判が悪かったそうです。漢語が少ない、日本語として優雅ではない、口語的すぎると言われたんですね。今からすると十分、文語体に思えるんですが。

もともと聖書の翻訳チームは日本人と英米人の混合で、チーム内に対立があったようです。英米人は平易に、誰でもわかるように訳そうとし、日本人はもっと漢語を増やさないと駄目だ、と言った。英米人からすると漢語は中国語なので、これは日本語の聖書であって中国語ではない、と日本人の要求をつっぱねる傾向があり、漢語を持ち上げる日本人と、和語を重視する英米人のせめぎ合いは、結局、英米人の勝利に終わったということです。

たぶんだからこそ、この文章は古びていない。なぜかというと、言文一致運動の結果、何が変わったといって、「漢語は古くさい」という意識が生じたことが最大の変化です。それまでは、「いい文章」「格調高い文章」であるためには漢語満載というのが一番手っとり早かった。文語訳聖書は幸か不幸か漢語に頼らなかったから、今でも瑞々《みずみず》しい文章になっているというわけです。

少し脱線しますが、漢語と和語のせめぎ合いという問題は、現代の翻訳でも、少なくとも英語の翻訳に関する限り変わっていません。英語は主に二つの言語から成り立っていて、ブリテン島でもともと使われていたシンプルなアングロ＝サクソン語がまずあって、そこに征服民族のラテン語、フランス語が入ってくる。たとえば、「得る」はアングロ＝サクソン系の英語だとgetですが、ラテン語起源の語ではobtainとかacquireなどがある。この対比は、大和《やまと》言葉と漢語の対比とほぼ同じだと思います。だから、英語から翻訳する時に、getやhaveだったら「得る」「持つ」ですが、acquireだったら「獲得する」、possessだったら「所有する」と訳し分ける。もちろん文脈でいくらでも変わってきますが、そういう原則はしっかりあるべきです。案外問題にされないことですが。

## 「あひゞき」が与えた影響

小説の翻訳の話に戻ります。明治の翻訳文学のランドマークはなんといっても「あひゞき」です。二葉亭がツルゲーネフのこの作品の翻訳を発表したのが明治二十一年。そして明治二十九年に新訳を出しています。この二つの訳を比べると、八年のあいだに言文一致運動を経て日本語がどう変わったか、ひとつの手がかりを見ることができます。

明治二十一年の初訳は、「私の訳文は我ながら不思議とソノ何んだが、是れでも原文は極めて面白いです」と相変わらず自虐的な前置きがついたあとに、こう始まります。

初訳　明治二十一年

秋九月中旬といふころ、一日自分がさる樺《かば》の林の中に座してゐたことが有ツた。今朝から小雨が降りそゝぎ、その晴れ間にはおり〳〵生ま煖《あたゝ》かな日かげも射して、まことに気まぐれな空ら合ひ。あわ〳〵しい白ら雲が空ら一面に棚引くかと思ふと、フトまたあちこち瞬く間雲切れがして、無理に押し分けたやうな雲間から澄みて怜《さ》悧《か》し気に見える人の眼の如《ごと》くに朗かに晴れた蒼空《あをそら》がのぞかれた。自分は座して、四顧《こ》して、そして耳を傾けてゐた。木の葉が頭上《づじやう》で幽《かす》かに戦《そよ》いだが、その音を聞たばかりでも季節は知られた。それは春先する、面白さうな、笑ふやうなさゞめきでもなく、夏のゆるやかなそよぎでもなく、永たらしい話し声でもなく、また末の秋のおど〳〵した、うそさぶさうなお饒舌《しゃべ》りでもなかツたが、只漸く聞取れるか聞取れぬ程のしめやかな私語の声で有つた。そよ吹く風は忍ぶやうに木末《こずゑ》を伝ツた。照ると曇るとで、雨にじめつく林の中のやうすが間断なく移り変ツた。或はそこに在りとある物総《すべ》て一時《いつとき》に微笑したやうに、隈《くま》なくあかみわたツて、さのみ繁くもない樺のほそ〴〵とした幹は思ひがけずも白絹《しらぎぬ》めく、やさしい光沢《つや》を帯び、地上に散り布《し》いた、細かな、落ち葉は俄《には》かに日に映じてまばゆきまでに金色《こんじき》を放ち、頭《かしら》をかきむしツたやうな「パアポロトニク」（蕨の類《るい》）のみごとな茎、加之《しかのみならず》も熟《つ》え過ぎた葡萄《ぶだう》めく色を帯びたのが、際限もなくもつれつからみつして、目前に透かして見られた。

ツルゲーネフ、二葉亭四迷訳「あひゞき」

改稿　明治二十九年

秋は九月中旬《なかば》の事で、一日《あるひ》自分がさる樺林の中《うち》に坐《すわ》つてゐたことが有つた。朝から小雨が降つて、その霽間《はれま》にはをり〳〵生暖な日景《ひかげ》も射すといふ気紛れな空合《そらあひ》である。耐力《たわい》の無い白雲が一面に空を蔽《おほ》ふかとすれば、ふとまた彼処此処《あちこち》一寸雲切《ちよいとくもぎれ》がして、その間から朗《ほがらか》に晴れた蒼空が美しい利口さうな眼のやうに見える。自分は坐つて、四方《あたり》を顧眄《みまは》して、耳を傾けてゐると、つい頭の上で木の葉が微《かすか》に戦《そよ》いでゐたが、それを聞いたばかりでも時節は知れた。春のは面白さうに笑ひさゞめくやうで、夏のは柔《やさ》しくそよ〳〵として、生温《なまぬる》い話声のやうで、秋の末となると、おど〳〵した薄寒《うそさむ》さうな音であるが、今はそれとは違つて、漸く聞取れるか聞取れぬ程の、睡《ね》むさうな、私語《さゝや》ぐやうな音である。力の無い風がそよ〳〵と木末《こずゑ》を吹いて通る。雨に濡れた林の中の光景《やうす》が照ると曇るとで間断なく変つてゐたが、或時は其処《そこ》に在るほどの物が一時《いつとき》に微笑でもしたやうに燦爛《きらきら》となると、むら〳〵と立《たつ》た樺の細い幹がふと白絹《しらぎぬ》のやうな柔《やさ》しい光沢《つや》を帯びて、其処らに落散《おちち》つた葉が急に斑《まだら》に金色《きんいろ》に光る、そこで頭の茸々《もじやもじや》したパアポロトニク蕨の類の美しい長い茎《ぢく》までが最《も》う秋だけに熟《つ》え過ぎた葡萄のやうに色づいて、際限《はてし》もなく縺《もつ》れつ絡《から》みつして目前に透《す》いて見える、

二十九年訳の「金色に光る」「目前に透いて見える」のあとは、普通の読点ではなく、白抜きの読点です。点と丸のあいだのものを作ろうとしたんですね。現代の翻訳者としては、実際にこういうものが定着していたら、とつくづく思います。これがあれば、少なくとも英語の、セミコロンに対応するものを我々も持つことができたのに

……。英語ではピリオドとカンマのほかに、コロンもセミコロンもある。コロンは「すなわち」を意味し、その前で漠然と言ったことを、後で具体的に言う。セミコロンは前後が緩やかに対比されているというサインです。どちらも日本語にはないので、つねに何か工夫を強いられる。僕はわりあいダッシュをよく使いますが、ダッシュ自体もたいていはダッシュで再現するから、下手をするとダッシュだらけになってしまうんですよね。

まあそれはともかく、二十一年版と二十九年版を較べると、二十九年の方がすんなり頭に入るでしょうね。二十一年の「自分は座して、四顧《しこ》して、そして耳を傾けてゐた」というのは読むとわかるけど聞いただけではわかりにくい。二十九年では「自分は坐つて、四方《あたり》を顧眄《みまは》して、耳を傾けてゐると」となっていてわかりやすい。じゃあ二十九年版の方がいいかというと、そう簡単には行かないところが面白いんです。

甲乙つけがたいけれど、個人的な好みからいうと、二十一年の方が「戦っている」感じがあっていい。新しいものを作ろうと頑張っている、その意気込みが感じられます。それが感動に繫《つな》がる。どんな分野でも、言い出しっぺの強みというか、まだ誰もやっていない新しいことをやろうとした人の強みがある。今読むと「あひゞき」は普通の文章、あるいはちょっと古い文章と思うわけですが、当時の文章としては全然普通ではなく、新しかった。あとから出てきた人に較べれば、テクニック的には劣るかもしれないけど、最初の人の苦労は、音楽でも文章でもあると思う。そういう感動が二十一年の訳にはある気がします。

「あひゞき」が後世に影響を与えたのは、なんといっても、この一節に見られるような自然描写です。明治三十一年に国木田独歩が『武蔵野』を書いていますが、第三章では「あひゞき」を一ページ以上引用し、「あひゞき」を読んで武蔵野の自然美や、落葉林の美しさがわかったと言っています。美しい風景があるから、そういう文章が生まれたのではなく、風景を愛でる文章があったから自然を見る目《め》が生まれてくる、と。これは二葉亭の文章の影響力を論じるときに誰もが触れるところです。

## 翻訳王と呼ばれた森田思軒《しけん》

講義の後半はまず、森田思軒と黒岩涙香という明治の重要な、そして対照的な翻訳者二人についてお話しします。先に結論めいたことを言ってしまうと、僕を含め二十一世紀日本の外国文学翻訳者は、翻訳の精神を誰よりもまず森田思軒から受け継いで

森田思軒

いると思います。にもかかわらず、実践している訳文自体は、精神としては思軒の正反対と言ってもよさそうな黒岩涙香の文章にはるかに近い、というねじれた事態になっています。二人とも明治二十年代から、新聞を主たる舞台として活躍し、森田思軒は翻訳王と言われていました。坪内逍遙は思軒のことをこんなふうに書いています。

美文を翻訳して原作者の現れ来れるかと思はしむる訳者は吾人之れをたゝへて如《によ》来《らい》と名づくべし。明治文壇幸ひにして已《すで》に三如来を得たり。英文如来を森田思軒氏とし独文如来を森鷗外《おうぐわい》氏とし、魯文如来を長谷川四迷氏とす。晩近《ばんきん》内田不知庵《ふちあん》、原抱一庵《はういつあん》等の諸氏、また大に翻訳に力を尽せり、文界遠からずして二三の新如来を加ふべし。

坪内逍遙「外国美文学の輸入」
『早稲田文学』三号　明治二十四年（一八九一）十一月

翻訳を読んで原文の声そのままと思えるなら、その訳者を如来と呼ぶべきであり、それが英文なら森田思軒、独文なら森鷗外、露文なら二葉亭四迷だというわけです。では、思軒自身は翻訳についてどう考えていたのでしょうか。「翻訳の心得」と題した文章が基本文献で、思軒の発言でまず目につくのは、とにかく極力直訳で行こう、という姿勢です。

原文に「心ニ印ス」とあらば、直ちに「心ニ印ス」と翻訳し度《た》し。其事恰《あた》かも「肝ニ銘ズ」と相符すればとて、「肝ニ銘ズ」とは翻訳す可《べか》らず。原文の儘《まま》「心ニ印ス」と書かば、啻《た》だ原文の「肝ニ銘ズ」の事を伝ゆるのみならず、西洋人は我の「肝ニ銘ズ」の場合に於ては「心ニ印ス」と言ふなりと其の意趣をも伝へ得るなり。

森田思軒「翻訳の心得」
『国民之友』十号 明治二十年(一八八七)十月二十一日

「心に印す」と直訳すればいい表現を、いかにも日本語らしく「肝に銘ず」と訳して「うーん、おれは上手い」などと悦に入ってはいけない。「心に印す」とそのまま訳せば、なるほど日本語で「肝」と言うところを西洋では「心」と言うわけか、と、意味のみならず彼我《ひが》の差異も伝わる、というのです。このように思軒は、原文と訳文の意味を等しくするのももちろん大事だけれど、西洋語と日本語がどう違っているのかもできれば伝えたい、ということを随所で言っています。

これは僕にも身に覚えがあります。以前、バリー・ユアグローの小説を訳したときに、ある登場人物が自分のことを責めている場面で、「僕なんか豆腐の角に頭をぶつけて死んじゃえばいいんだ」と訳したら、ある人に「アメリカ小説の翻訳に豆腐の角はないだろう」と言われました。それで僕は「アメリカでは *The Book of Tofu* という本が一九七五年に出てベストセラーになったし、しかもアメリカの豆腐は日本のより硬いから、頭ぶつけたらほんとに死ぬかもしれないんだぞ」と強弁したんですが、まあ森田思軒は許してくれなかったでしょうね（笑）。

いろいろ具体例を挙げた末に、翻訳の「心得」を思軒は以下の四つにまとめています。

左れば余は平素翻訳の心得を、大体下の如く確定し置き度《たく》思へり。

第一　経語、典語、詞語等、都《す》べて原文に無縁なる某国特種の語を混入せざる事。

第二　但《たゞ》し国々にて某《そ》の場合には是非某の語に限る語あり。斯《か》る場合には、其の語源は彼我相同じきや否やを問ふに違《いとま》あらず、必ず之を用ひねばならず。「陛下」は「陛の下」にて英の「マゼスチー」に異なり、「余」は「餘」にてアマレる人物の謙意なり、英の「アイ」に異なり抔《など》と云ふて、「陛下」「余」を翻訳に用ひざれば、却《かへつ》て謬《あや》まる。

第三　経語等のうち、某国のみに格別なる意趣思想を有さゞる成語と称すべきものあり。例せば「過《あやまち》ハ改ムルニ憚《はゞ》カルナカレ」は孔子の成語なれど、其の語中に支那に限ぎる特種の意趣もなければ、若《も》し是と同様の思想を述べたる西洋文あらば、直ちに此の成語を仮りて之を翻訳するも不可なし。

第四　之を要するに、翻訳の文は成る可く平易正常の語を択《えら》み、特種の由来理義を含まざる癖習なき語を択み、談話的の語を用て、文章的の道に由らば、庶《ねが》くは上乗に幾《ちか》からん。

森田思軒「翻訳の心得」

ルール1に出てくる「経語」「典語」あたりからもう現代の国語辞典には載っていないので厄介ですが、要するに翻訳テクストの言語とは関係ない文化に深く根ざした表現は避けよ、ということです。たとえば孟子の文章を訳すとして、「呉竹《くれたけ》の世」なんていういかにも日本的な表現を使ったらみんな爆笑するだろう、と別のところで思軒は言っています——まあ今日我々がこの例で爆笑するのは難しいですけど（笑）。

ルール2は、そうは言っても、「陛下」というのは階下の近臣を通してでしかお話しできない方、という意味だから西洋の君主には合わない、などといって majesty（君主に対する敬称）の訳語として使わないのはかえってあやまりである、ということですね。

ルール3。たとえば中国起源といっても内容的にはけっこう普遍的なこともある、出どころは孔子だとしても「過ちを改めることをはばかるな」という内容なら万国共通だろうから翻訳に使ってもいいんじゃないか。

ルール4は、要するに平易な言葉を使って、特定の文化に結びついていない語句を選び、口語的表現を活用しつつ文章の道にのっとって書けば上手く行くんじゃないか、という一般的なまとめですね。

森田思軒が挙げるいろんな例を見ると、西洋語を訳す際に西洋対日本という対比だけでなく、そこに中国、もしくは漢語が大きな要素としてあったことが窺《うかが》えます。明治時代に使われはじめた「自由」や「権利」といった言葉の出所は中国の古い文章だったりする。その一方で、一見古い漢文からとってきたように思える言葉が、日本人が独自に組み合わせて作った言葉だったりもします。「自由」や「恋愛」という語彙《ごい》もなかった当時の日本で、あっという間に訳語が出来ていったのは、日本人が漢語を使うことができて、日本語にない西洋の単語に対し、古い漢文から拝借したり、適当に漢字を組み合わせて簡潔な訳語を作れたことが大きいです。このあたりは柳父章《やなぶあきら》の『翻訳語成立事情』(岩波新書)などで詳しく述べられています。

孔子や孟子を例に挙げていることからも窺えるとおり、森田思軒は漢文の素養もある人で、漢語の使用について非常に意識的でした。ルール1などでは、漢語の濫用《らんよう》をいましめているわけですが、では本人は中国的、漢文的な言い方を避けたか? これが案外そうではなく、訳文を見るとけっこう漢語に頼っているんですよね。これについてはまたあとで触れることにして、次は坪内逍遙に宛《あ》てた思軒の手紙を見てみましょう。

　マクベスの訳、御苦心察し入候《いりさうらふ》。小生号を遂《おひ》て之を読みゆくうち、覚えず髀《ひ》をうちて、此《こ》処なり、先獲二我心一と独語するもの屢《しばし》ばに御座候。訳の難きは、其の一辞一句に就て之を邦語に翻へすの難きにあらず、唯《た》だ同じ意味ながら、斯《この》辞斯《この》句が、斯の場合に於《おけ》る気勢と声調とには将《は》た孰《い》づれの邦語か最も之に称《か》なふべきやを判断するの難きなり。其の一辞一句を善修するの難きに非ず、其の一辞一句が如何《いか》にせば一章と諧和《かいわ》し、一篇と好合し、承上起下、撇開推拓、転折過渡、皆な渾然《こんぜん》自然にして、之を読で目に礙《がい》せず、之を誦して口に戻《もと》らず、之を聞て耳に逆《さから》はず、而《し》かも其辞其句は依然仍《な》ほ原作の姿致と原作の力量とを備へて毫《がう》も欠損する所無かるべきかを研精するの難きなり。然れども我と彼との言語相殊《あひこと》なるの甚しき、到底画一の法を以《もつ》て之を律するべからざる者あり。故《ゆゑ》に時ありては、彼の名詞を以《もつ》て我の動詞となし、彼の形容詞を以て我の副詞となし、又た或は短句を伸べて長句となし、長句を縮めて短句となすの類《たぐひ》あることを免れず。然れども是れ皆な已《や》むことを得ずして之を為すものなり。故に之を為すには必ず確として之を為す所以の道理ありて存す。其の原作の辞を殺すは原作の句を活かす為めなり。原作の句を殺すは原作の気勢を活かす為めなり。或は力量を保つが為めに其辞を倒顛《たうてん》し、或は声調を保つが為めに其句を変換す。然れども畢竟《ひつきやう》犠牲を宰す《ころ》は犠牲よりも尊き神を敬するためなり。神無き祭壇には犠牲を献ぜず、已むを得ざるの故無くしては敢《あへ》て原作の隻辞《せきじ》を易《か》へず。是を訳者の徳操と為す。訳者は原作を訳して原作より劣らざるやう勉むるの義務あると共に、亦《ま》た原作より優らざるやう勉むるの義務あり。

森田思軒 坪内逍遙宛の書簡
『早稲田文学』二十三号 明治二十五年(一八九二)九月

最初は、逍遙のマクベス訳がいかに素晴らしいかを言ってるんですが、じきに翻訳とはいかにあるべきかをめぐる持論に変わっていきます。それにしても漢語が難しいですね。「承上起下、撇開推拓、転折過渡」とかサッパリわかりませんし、この文章が収録された加藤周一・丸山真男校注『翻訳の思想』(岩波書店)でも「不詳」と註《ちゅう》があったりします(笑)。まさしく「明治は遠くなりにけり」。でもまあ、言っていることはだいたいわかりますよね。「マクベスの御高訳、連載で拝読するなか、ハタと膝を打ち我が意を得たりと思うことしばしばでした。翻訳の難しさは単に語と語をどう対応させるかじゃなくて、どの語を選べば全体のトーンと調和するかが問題であって、耳にも口にも目にもフレンドリーな訳にするためにみんな苦労してるわけですよね。そうは言っても日本語と英語はそもそも根本から違うから、ひとつのルールで通そうと思っても無理、だから名詞を動詞にしたり、形容詞を副詞にしたり、長い言葉を短くしたり、その逆をやったりもする。でもそれをするには、ちゃんとした理由がなければ駄目です。必然性があるから変えるんです。一語単位で見れば変えてしまっていても、フレーズ単位で見ればその方が訳文が活きる、だから変える。フレーズ全体を変えてしまうかもしれないけど、それもあくまで原作の勢いを活かすため。語順を入れ替えたり、とにかく何か小さなものを殺すのはもっと大きなものに仕えるためです。これが翻訳者のモラルとして一番大事ですよね。訳文が原作より劣らないように訳者は努めるべきですけど、原作の上を行ってはいけません」――大まかに「翻訳」すればだいたいそんなところでしょうか。

この書簡のこの一節のなかに、今日文学の翻訳に携わる者の基本的な「心得」がほぼすべて収められていると思います。「其の原作の辞を殺すは原作の句を活かす為めなり。原作の句を殺すは原作の気勢を活かす為めなり」というのは、翻訳をする上で何より大事なことだと僕も思います。ただし、最後の「原作の上を行ってはいけない」というのは、まったく考えたことがありません。いくらがんばっても原作の上を行けたことなんかないので（笑）。

こういうふうに翻訳について非常にまじめに考え、翻訳理論などというものがまだなかった頃にこれだけ緻密《ちみつ》なことを言っていた森田思軒が、当時「翻訳王」と呼ばれたのも当然という気がします。

## 豪傑訳の代表、黒岩涙香

思軒の訳文は「周密文体」と言われました。一言一句を極力原文どおり丁寧に訳した文章ということです。そんなの当たり前じゃないか、と思われるかもしれませんが、それを当たり前にしたのが森田思軒なのです。それまでの翻訳では、変えたり、削ったりが普通だったから。なかでも極端に自由に変えた翻訳は「豪傑訳」と言われました。そういう自由な翻訳を実践したなかで、いまでも名前が残っているのが黒岩涙香です。

黒岩涙香は原文をずいぶん自由に変えていたとよく言われますが、本人もそういう印象を助長するようなことを言っています。

「後暗き日」を「法庭の美人」と訳すは頗《すこぶ》る不当なり否寧《いなむし》ろ僭越《せんゑつ》なり然れども本文に至つては其僭越焉《これ》よりも甚だしき者なり余は一たび読みて胸中に記憶する処に従ひ自由に筆を執り自由に文字を駢《なら》べたればなり、稿を起してより之を終るまで一たびも原書を窺はざればなり、原書を書斉《ママ》に遺し置きて筆を新聞社の編集《へんしふ》局にて執りたればなり、斯く原文に合ざるは言ふ迄も無く趣向も又原趣向に合はず之を訳と云

『法庭の美人』

黒岩涙香

ふは極めて不当なれど訳に非ずと云はば又剽窃《へうせつ》の譏《そし》り模倣《もはう》の嫌ひを免れず依《よつ》て強《しひ》て訳と云ふなり、本文既に斯くの如し故に其表題の原書と異るは咎《とが》むべし怪しむべからざるなり、不当と云はゞ云へ僭越と譏らば譏れ、余は翻訳者を以て自任する者にあらざるなり

『法庭の美人』H・コンウェイ著、黒岩涙香訳（薫志堂、明治二十二年〔一八八九〕五月）
伊藤秀雄『黒岩涙香伝』（国文社、一九七五）に引用

鴻巣友《こうのすゆ》季《き》子《こ》の『明治大正　翻訳ワンダーランド』（新潮新書）——ちなみにこの本は明治大正の翻訳を生き生きと紹介したと

ても面白い本です——などにも紹介されているこの文章は、涙香の出世作『法庭の美人』（原作 Hugh Conway, *Dark Days*, 1884）の序文です。「タイトルを変えてしまうなんて不当ですよね、我ながら僭越だと思います、でも本文はもっと変えてるんです、何せ翻訳してる間は原書を家に置いてオフィスで仕事してたんで、訳しはじめてから終わるまで一度も原文を見ませんでしたから。だからこれを翻訳って言うと実はまずいんですけど、創作だって言うと盗作だって言われるんで、あえて翻訳と呼ばせてもらいます。本文でもそうですから、タイトルが違うのも責められて当然です。でも私、翻訳者じゃないんで、そのへんはよろしく」といった感じでしょうか。もし現代の翻訳者が「訳しはじめてから終わるまで一度も原文を見ませんでした」なんて言ったらその瞬間で訳者生命が終わります（笑）。とにかく森田思軒の翻訳態度とまったく違うことがよくわかります。訳していた作品もかなり違っていて、森田思軒はかなりハイブラウで、代表的な訳業はジュール・ヴェルヌとヴィクトル・ユゴーでした（どちらも英語からの重訳）。一方、黒岩涙香は今では忘れられたような大衆小説を次から次へと訳していました。

## 二人の翻訳を比べる

では、実際に二人の訳を見てみましょう。まずは森田訳、現代では「盗まれた手紙」などと訳されているポーの探偵小説（一八四四）の一節です。

渠《かれ》は必ず初めより其の蔵匿《ざうとく》の処を尋常の曲隈辺隅《きよくわいへんぐう》に求むることを避けしならむ。思ふに渠の智恵は、其の宅裡《たくり》の最も探知し難き曲隈辺隅も捜索者の眼には尋常一様の公堂座敷の如く容易に探知さるべきを、予量《よりやう》したりしならむ。是を以て、余は宰相の、縦《たと》ひ故意に熟図《じゆくと》して斯の結果に至らざるまでも、必ず自然の序次《じよじ》として、其の蔵匿の法をば極めて簡単にするの、結果に至るべしと料《はか》りたり。

「秘密書類」E・A・ポー著、森田思軒訳（『名家談叢』明治二十九年（一八九六）一月）
出典　川戸道昭、榊原貴教編『復刻版　明治の翻訳ミステリー　翻訳編第二巻』
（五月書房、二〇〇一）

「盗まれた手紙」のこの場面は、食わせ者の大臣がある貴族の手紙を盗んでどこかに

It would imperatively lead him to despise all the ordinary *nooks* of concealment. *He* could not, I reflected, be so weak as not to see that the most intricate and remote recess of his hotel would be as open as his commonest closets to the eyes, to the probes, to the gimlets, and to the microscopes of the Prefect. I saw, in fine, that he would be driven, as a matter of course, to *simplicity*, if not deliberately induced to it as a matter of choice.

Edgar Allan Poe, "The Purloined Letter"

彼のことだ、ありきたりの隅の隠し場所など、当然見下してかかるだろう。相手はパリの警視総監。その眼力、探針、錐《きり》、顕微鏡をもってすれば、彼の住まいのどんなに込み入った、目につきにくい奥であっても、ごく当たり前のクローゼット同然に丸見えであるはず。ほかならぬ彼が、そのくらいのことを読めぬはずがない。要するに、べつに熟慮の末に選択せずとも、当然の流れとして、彼が単純な手に導かれることを僕は見てとったのだ。

（エドガー・アラン・ポー「盗まれた手紙」柴田試訳）

隠し、警察は大臣の家を隅から隅まで捜索するが見つからず、探偵のデュパンに相談したところ、大臣ほどの狡猾《こうかつ》な人間であれば、凝った場所などではなくまったく当たり前のところに隠したに違いないとデュパンは推理する……というくだりです。で、訳文は、後半はともかく、前半は「曲隈辺隅」「尋常一様」と四文字言葉が多く、「故意に熟図して」「自然の序次として」など二文字の漢語も多い。しかし当時はこれが凝りに凝った文章というわけではなく、ある程度の格調を目指せば自然にこういう方向に足が向いたんですね。この講義の前半でも、文語訳聖書が西洋人翻訳者たちの主張で漢語の多用を避けたために当時は格調が低いと言われたということをお話ししました。そして逆に当時は格調高く思えたこの手の文章は、言文一致運動の流れの中で急激に古くさくなっていき、古くさくなっていくあたりで森田思軒は亡くなってしまいます。

次に、黒岩涙香訳の『法庭の美人』です。先ほどの序文を読むと、訳文は原文とさぞ違うんだろうなと思ってしまいますが、実際読み較べてみると、案外違わないんです。訳している間、一回も原書を見なかったというのが信じられないくらいです。

余を愛する心はないのギャな、又も余を失望させるのギャなと言ひつゝ余は突《つ》と立《た》ゝんとせしにお璃巴《りは》は余の手を握り止《とゞ》め「勿体《もったい》ない今迄御恩になりまして和郎《あなた》の様なお心立《こゝろだて》の優しい方を何《ど》ふして愛せぬなどと申されませう妾《わらは》が今まで和郎のお手を振払はずに居ましたは和郎を愛する何よりの証拠《しようこ》で御座います　余「夫《それ》では今暇《いまいとま》と云つたは──　璃「サア和郎を愛すればこそ此切《これき》りお暇《いとま》をと申すので厶《ござ》います妾《わらは》は既に平《ひら》徳《のり》の如きに辱《はづか》しめられ汚《けが》らはしい身で厶《ござ》います此儘《このまゝ》和郎と一ツになれば清き和郎の名誉までも汚《けが》します　余「何を言ふのか余には少しも分らんよ和女《そなた》は平徳に辱められたと云ふが夫《それ》は欺《だま》されたと云ふもので辱められたのではない女の身で欺されるのはあり中《うち》の事夫《それ》が何で余の名誉を汚すものぞ　璃「イエ〳〵女の身では欺されるのが即ち辱しめられると云ふもので厶《ござ》います（後略）」

『法庭の美人』第十九回

出典『復刻版　明治の翻訳ミステリー　翻訳編第二巻』

黒岩涙香は地名や人名を日本的に変えた人でした。コンウェイ原作ではヒロインの名はフィリッパ（Philippa）ですが、翻訳ではお璃巴《りは》となり、ヒーローのベイジル（Basil）は卓三になっている。ほかにも、この小説に出てくる悪役の女性の名をなんと「お悪《あく》」にしていて、原典はどうなってるんだと思って見てみるとMrs. Wilsonです。これはウィルソン→悪《わる》→悪《あく》という連想かなと（笑）。だとしたら、そこまで工夫

"Basil," she said, softly, "all this must be forgotten. Say farewell; to-morrow we must part."

"Dearest, our lives henceforth are one."

"It can not be. Spare me, Basil! You have been kind to me. It can not be."

"Why? Tell me why."

"Why! need you ask? You bear an honored and respected name; and I, you know what I am—a shamed woman."

"A wronged woman, it may be, not a shamed one."

"Ah! Basil, in this world, when a woman is concerned, wronged and shamed mean the same thing. You have been as a brother to me. I came to you in my trouble; you saved my life—my reason. Be kinder still, and spare me the pain of paining you."

Hugh Conway, *Dark Days*

「ベイジル」と彼女は静かな声で言った。「何もかもお忘れいただくしかありません。さあ、さよならのお言葉を。明日にはお別れなのです」

「誰より愛《いと》しい君よ、僕たちの人生、これからはひとつだよ」

「いいえ、それは叶《かな》いません。どうかもうご勘弁を！　これまでずっと私に優しくして下さった貴方《あなた》ではありませんか。それは叶わないのです」

「なぜだ？　訳《わけ》を聞かせてくれ」

「なぜですって？　お訊《たず》ねになるまでもないでしょう？　貴方は名誉ある、立派な家柄の方。そして私は、私は……貴方もご承知のとおり、汚《よご》れた女です」

「たぶらかされた女ではあるかもしれん、だが汚れてなどいるものか」

「ああ、ベイジル！　この世間にあっては、たぶらかされたも汚れたも同じこと。貴方は兄のように接して下さいました。目の前が真っ暗だった私が貴方にすがり、貴方は私の命を、私の正気を救って下さった。お願いです、どうかもう一度お優しく、貴方を苦しめる苦しみから私をお助け下さい」

（ヒュー・コンウェイ『暗い日々』柴田試訳）

してどうすんだという感じですが（笑）。

この場面は、殺人を犯したらしいお璃巴を卓三は愛していて、罪人でもいいから結婚してくれ、ともう一度プロポーズするところです。たしかに一言一句が対応しているわけじゃないんですが、二三六ページ原文十一〜十二行目の"Ah! Basil, in this world, when a woman is concerned, wronged and shamed mean the same thing."などは、黒岩訳では「イエ〳〵女の身では欺されるのが即ち辱しめられると云ふものでムいます」となっていて、勘所はぴったり合っている。もし本当に「翻訳」中に原書を一度も見なかったとすれば、一読で体に物語をしみ込ませる能力が異様に高かった人ですね。

しかも、読み進めていくと、涙香は物語の弱いところで細部を足したりしています。スペインに逃れたお璃巴と卓三は、殺人の捜査が進んでいるイギリスで別の容疑者が捕まり裁判にかけられると知って、自首を決意します。原作では、二人と一緒にいる卓三、というかベイジル、のお母さんをスペインに置いていくんですが、涙香訳だと、お母さんが壁の向こうから二人の話を聞いていて、あとから追ってきて汽車を借り切ってしまい、乗る汽車がない！　裁判に間に合わない！　と二人が慌《あわ》てたり、とサスペンスがつけ加えられている。こういったあたり、不遜《ふそん》、図々《ずうずう》しさ、というより、とにかく熱意を感じます。まずは格調の思軒、情熱の涙香、と両方肯定的にまとめてしまっていいんじゃないかと思います。

もう少し後の時代の翻訳を見てみましょう。明治二十九年に出た森田思軒訳『十五少年』です。今は『十五少年漂流記』と言われているジュール・ヴェルヌの作品ですが、その書き出しが、思軒訳だとこうなります。

一千八百六十年三月九日の夜、弥天《びてん》の黒雲《こくうん》は低く下《た》れて海を圧し、闇々《あんあん》濛々《もうもう》咫尺《しせき》の外を弁ずべからざる中《うち》にありて、断帆怒濤《どとう》を掠《かす》めつゝ、東方に飛奔し去る一隻の小船《しょうせん》あり。時々《じじ》閃然《せんぜん》として横過する電光のために其《そ》の形を照し出《い》ださる。

森田思軒訳『十五少年』明治二十九年（一八九六）

あの少年小説がこれか、と唖然《あぜん》とさせられます（笑）。でもおそらく当時の読者は、一つひとつのフレーズの意味は正確にはわからなくても、文章の勢い、声調を感じとり、味わったのだと思います。漢文脈や日本文脈を持ち込みすぎる語句の使用を思軒はいましめたけれど、文章に格調を加える上ではやはり漢語の使用が彼のような教養の持ち主には有効だったし、読者にもそれを受け容《い》れる素養があったわけです。けれ

『十五少年』

ども、言文一致体に世が傾くなか、さっき言ったとおりこうした文体は急激に古びていきます。そうしたなかで、『十五少年』刊行の翌年に思軒は亡《な》くなります。残念なことに彼は早死にしたのです。一八六一年に生まれ、二葉亭四迷より三つ年上でしたが、一八九七年に亡くなりました。もうちょっと長生きしていたら、彼も世の流れに合わせて、口語体を使うようになっただろうと思います。そうなっていたら、思軒もいまこれほど忘れられてはいないでしょう。

一方、黒岩涙香は一八六二年生まれで、一九二〇年に亡くなりました。『十五少年』から五年後に出た涙香訳の『幽霊塔』（原作 A. M. Williamson, *A Woman in Grey*, 1898）では、現代の我々が使っている日本語まであと一歩という感じです。

「有名な幽霊塔が売物に出たな、新聞広告にも見えてゐる」
未だ多くの人が噂《うはさ》せぬ中《うち》に、直ちに買ひ取る気を起したのは、検事総長を辞して閑散に世を送つて居る叔父丸部《まるべ》朝夫《あさを》である。「アノ様な恐ろしい、アノ様な荒れ果てた屋敷を何故買ふか」など人に怪しまれるが夏蠅《うるさ》いとて、誰《たれ》にも話さず直ぐに余を呼び附けて一切買受けの任を引受けろと云はれた。余は早速家屋会社へ掛け合ひ夫々《それぞれ》の運びを附けた。

黒岩涙香訳『幽霊塔』明治三十四年（一九〇一）

この訳文はもうまるで原文のかたちをとどめていなくて、「直ちに」「直ぐに」「早速」といったたぐいの言葉が連発され、物語がスピーディに進んでいきます。森田の訳文とは本当に遠いところにいると感じます。でもまあ、『十五少年』よりははるかにわかりやすい——つまり現代の日本語に近い——ことは認めざるをえません。さきほども言いましたが、僕を含めて現代の翻訳者は、精神としては森田思軒に近く、訳文は黒岩涙香に近い。そういう皮肉な流れになっているんですね。

ただこの二人、顔を合わせても口も利《き》かなかったんじゃないかと思えますが、全然そんなことはありませんでした。むしろ涙香は、思軒の文章の品格に敬意を抱き、自ら経営する新聞『萬朝報《よろずちょうほう》』に破格の給料で彼を迎えています。このあたりは『森田思軒とその交友　龍渓・蘇峰・鷗外・天心・涙香』（松柏社）に詳しく、この本によると、思軒は腸チフスにかかって、主治医以外にもやはり仲好しだった森鷗外などが治療に努めたんですが、その甲斐《かい》なく亡くなったとき、涙香は新聞に追悼文を寄せ、その後も思軒の遺族を何かにつけて援助しました。また、森田思軒がもっと訳したいと思っていたヴィクトル・ユゴーは、その後涙香によって訳されています。当然ながらまったく違う訳になったわけですが、それが時代の流れともあいまってプラスにはたらいたようです。『森田思軒とその交友』で川戸道昭・榊原貴教はこうまとめています。「思軒も涙香も、ユゴーになりかわって日本の民衆に『社会組織』の真のありかたを問いただそうとしたのだ。ただ、違うのは、思軒は思軒の文体と翻訳態度をもって、また、涙香は涙香のそれをもって行ったことである。そのことが当時の読者にとってはどれほど幸運なことであったか。漢文脈の響きになれた明治二十年代の読者は、思軒の力強い文章をとおして、ユゴーの思想に親しんだ。漢文体が下火になり、言文一致体が大きな潮流となっていく明治三十年代の読者は、涙香の口語まじりのくだけた文章によりそれをわがものとしていった」(「思軒と涙香——受け継がれた志」)。

＊

この二人に限らず、明治の翻訳を読んでいて感じるのは、とにかくいろんな選択肢があったんだなあということです。若松賤子《しずこ》訳の『小公子』(明治三十年〔一八九七〕)でまっさきにみんな注目する「セドリックには誰も云ふて聞せる人が有ませんかつたから」の「〜ませんかつた」という言い方にしても、結局は歴史によって選ばれませんでしたが、もしかしたらこれが正統的物言いとして選ばれた可能性もなくはなかったと論じる人もいます(ちなみに森田思軒は若松訳『小公子』を激賞しています)。明治の翻訳を考える上でわくわくするのは、すべてどれが正解かわからない状態でやっていたということです。その後、二葉亭四迷的な翻訳が文学的とされ、ハイブラウな部分ではそっちに進み、大衆的な面では黒岩涙香的な訳が主流になったわけですが、もし言文一致の流れがあれほど大きくなければ、森田思軒のような漢文調がもっと続いたかもしれない。誰もがいろんなスタイルを使えたし、どれが主流・正解になってもおかしくないという緊迫感があった。「である」調か「ですます」調か、程度しか選択肢のない現代よりはるかにスリルを感じます。

## とにかく翻訳しつづけた森鷗外

明治翻訳史の締めくくりに、鷗外と漱石の話をしたいと思います。

一九五〇年代に岩波書店から出た『鷗外全集』を見ると、著作篇三十五巻、翻訳篇十八巻、と、翻訳は著作全体の三分の一をちょっと上回る量でした。近代以降の日本文学の作家でこれほど大量に翻訳をした人は、森鷗外と村上春樹以外いないと思います。このうち村上さんは愛情・敬意の持てる作品を訳し、訳すことで書き手としても励ましを得ている。理解しやすい翻訳態度ですよね。それに対して、鷗外の翻訳に対する姿勢はいまひとつ見えにくい。

もちろん鷗外にも、惚《ほ》れ抜いて訳した作品はあります。たとえばアンデルセン原作の『即興詩人』。「初版例言」で鷗外はこんなことを書いています。

一、即興詩人は瑾馬《デネマルク》の人 HANS CHRISTIAN ANDERSEN（1805-1875）の作にして、原本の初板は千八百三十四年に世に公にせられぬ。

二、此《この》訳は明治二十五年九月十日稿を起し、三十四年一月十五日完成す。殆《ほとん》ど九星霜を経たり。然《しか》れども軍職の身に在《あ》るを以て、稿を属《しょく》するは、大抵《たいてい》夜間、若《も》くは大祭日日曜日にして家に在り客に接せざる際に於《お》いてす。予は既に、歳月の久しき、嗜好《しこう》の屢〻《しばしば》変じ、文致の画一《かくいつ》なり難きを憾《うら》み、又筆を擱《お》くことの頻《しき》りにして、興《きょう》に乗じて揮瀉《きせき》すること能《あた》はざるを惜《をし》みたりき。世或《あるい》は予《よ》其《その》職を曠《むな》しくして、縦《ほしいまま》に述作に耽《ふけ》ると謂《い》ふ。冤《ゑん》も亦甚《またはなはだ》しきかな。

三、文中加特力教《カトリコオ》の語多し。印刷成れる後、我《わが》国公教会の定訳あるを知りぬ。而《しか》れども遂《つひ》に改刪《かいさん》すること能《あた》はず。

四、此書は印するに四号活字を以てせり。予の母の、年老い目力衰へて、毎《つね》に予の著作を読むことを嗜《たしな》めるは、此書に字形の大《おほい》なるを選みし所以《ゆゑん》の一《いつ》なり。夫《そ》れ字形は大なり。（後略）

アンデルセン著、森鷗外訳『即興詩人』初版例言　明治三十五年（一九〇二）

一から三は「九年もかかったのは、軍医だから忙しく、夜か日曜で客が来ないときにしか翻訳できないから。九年も経つと文体も変わるが、時間がないから一気に翻訳できないのが残念。本業をさぼって執筆ばかりやってるんじゃないかと世間は思ってるかもしれんが、下司の勘繰りにもほどがある」というところです。「老いたお母さんに読んでもらいたくて、大きい字で出した」と書いている四だけ妙に殊勝ですね。

『即興詩人』は非常に格調高い擬古文で訳されています。

わが最初の境界《きやうがい》

羅馬《ロオマ》に往《ゆ》きしことある人はピアツツア、バルベリイニを知りたるべし。こは貝殻持てるトリイトンの神の像に造り做《な》したる、美しき噴井《ふんせい》ある、大《おほい》なる広こうぢの名なり。貝殻よりは水湧《わ》き出《い》で、その高さ数尺《すしやく》に及べり。羅馬に往きしことなき人もかの広こうぢのさまをば銅板画にて見つることあらむ。かゝる画にはヰア、フエリチエの角なる家の見えぬこそ恨なれ。わがいふ家の石垣よりのぞきたる三条《みすぢ》の樋《ひ》の口は水を吐きて石盤に入らしむ。

『即興詩人』

このようにすべての作品を何年もかけて苦心し、寝る時間も削って訳したというのだったら、翻訳態度としてはわかりやすい。で、たしかに『即興詩人』やゲーテの『ファウスト』にはそういう気合いを感じるんですが、ほかはそうでもない気がする。この「そうでもない」方の翻訳者森鷗外を石川淳は絶賛したし、伊藤比呂美《いとうひろみ》さんが愛しているのもどうやらこっちの鷗外なんですね。『諸国物語』というアンソロジーを鷗外は作っていて、ドイツ語原典・ドイツ語訳をもとに世界のいろんな作家を訳しています。トルストイの「パアテル・セルギウス」、ドストエフスキーの「鱷《わに》」、ポーの「病院横町の殺人犯」(「モルグ街の殺人」)の冒頭を見てみます。

千八百四十何年と云ふ頃であつた。ペエテルブルクに世間の人を皆びつくりさせるやうな出来事があつた。美男子の侯爵で、甲騎兵連隊《れんたい》からお上《かみ》の護衛に出てゐる大隊の隊長である。この士官は今に侍従武官に任命せられるだらうと皆が評判してゐたのである。侍従武官にすると云ふ事はニコラウス第一世の時代には陸軍の将校として最も名誉ある抜擢《ばつてき》であつた。この士官は美貌《びぼう》の女官と結婚する事になつてゐた。女官は皇后陛下に特別に愛せられてゐる女であつた。

トルストイ著、森鷗外訳「パアテル・セルギウス」『諸国物語』大正四年(一九一五)

己《おれ》の友達で、同僚で、遠い親類にさへなつてゐる、学者のイワン・マトヱエヰッチユと云ふ男がゐる。その男の細君エレナ・イワノフナが一月十三日午後〇時三十分に突然かう云ふ事を言ひ出した。それは此間《このあひだ》から新道《しんみち》で見料《けんれう》を取つて見せてゐる大きい鰐《わに》を見に行きたいと云ふのである。夫は外国旅行をする筈《はず》で、もう汽車の切符を買つて隠しに入れてゐる。旅行は保養の為めと云ふよりは、寧《むし》ろ見聞を広めようと思つて企てたのである。さう云ふわけで、言はゞもう休暇を貰《もら》つてゐると看做《みな》しても好《い》いのだから、その日になんの用事もない。そこで細君の願を拒むどころでなく、却《かへつ》て自分までが、この珍らしい物を見たいと云ふ気になつた。

ドストエウスキイ著、森鷗外訳「鱷」『諸国物語』

千八百〇十〇年の春から夏に掛けてパリイに滞留してゐた時、己はオオギュスト・ドユパンと云ふ人と知合《しりあひ》になつた。まだ年の若いこの男は良家の子である。その家柄は貴族と云つても好い程である。然るに度々《たびたび》不運な目に逢つて、ひどく貧乏になつた。その為めに意志が全く挫《くじ》けてしまつて、自分で努力して生計の恢復《くわいふく》を謀《はか》らうともしなくなつた。幸《さいはひ》に債権者共が好意で父の遺産の一部を残して置いてくれたので、この男はその利足でけちな暮しをしてゐる。贅沢《ぜいたく》と云つては書物を買つて読む位のものである。この位の贅沢をするのはパリイではむづかしくはない。

ポオ著、森鷗外訳「病院横町の殺人犯」『諸国物語』

どの物語も淡々と語られ、どの作家も同じように訳されていて、僕の感覚で言うと、テキストファイルのような文体になっています。鷗外は全部ドイツ語から訳していたので、独訳版を見ないと何とも言えないんですけど、ポーに関しては少なくとも英語原文は一文一文がもっと長くて、こんなにテキパキと話を進める感じではありません。森田思軒訳の「盗まれた手紙」の英文もそうでしたよね。「病院横町の殺人犯」には、作者が冒頭で理屈を述べたところは不要と思ったので削ったという鷗外の断り書きがついていて、この作品にそれほど敬意は持っていなかっただろうなという印象を受けます。

とにかく軍医として忙しいし、創作もあるし、翻訳をやらないと食べていけないわけではなかったにもかかわらず、鷗外はそんなに好きではなかったかもしれない作品までどんどん訳していた。それが不思議です。その結果大したことない翻訳になっているんならまあわかりやすくて、やっぱり愛情がないと駄目だよねっていうところに落着くんですが、『諸国物語』を読んでみると、これがすごくいいんですね。均一の文体でいろんな人の作品が並んでいる感触が快い。これを石川淳が実に的確に評しています。先日、伊藤比呂美さんをインタビューしたときにも紹介したのですが（『MONKEY』12号「My Love 鷗外先生」）、ここでも引かせてください。

鷗外の翻訳では、原作の価値の高低とか紹介の意義の厚薄とかに係らず、どれもがおほむね訳者の好悪から離れて出来上つてゐるといふこの事実は、それらが享受者に及ぼすであらう影響を純粋ならしめる所以であつた。ときに好悪の情が仕事の中に混入したにしろ、その度合はまづ稀薄と見られる。

（中略）

好悪から離れてゐるだけに、態度が露骨にとがつてゐないだけに、そして再現の技倆《ぎりやう》が卓抜であるだけに、あらかじめ原作者を食つてゐるだけに、出来上つた翻訳作品からは訳者の影がうすれ、同時に原作者の名も忘れられがちになる。鷗外の翻訳が理想的なものだとは、このことである。仕合せにも、このとき享受者が相手にすべきものは作品自体よりほかにない。訳者が原作者をともに引きつれながら仕事の外に出てゐてくれるけはひなのだから、享受者はただちに作品の世界と清潔な交渉に入ることができる。

石川淳『森鷗外』（三笠書房、一九四一）

鷗外の翻訳は鷗外節ですらない文章になっている、翻訳者が自分の臭みを消しているばかりか作者まで消してくれているから、読者は作品そのものと向き合える、ということですね。「清潔な交渉」というのはたしかに『諸国物語』を読んだ実感にも合っている気がします。

## ほとんど翻訳をしなかった漱石

好きでもないかもしれない作品もガンガン訳していた鷗外と、ほとんど翻訳をしなかった漱石の対比が面白いなあと僕は思っています。漱石はとにかく翻訳ということに懐疑的でした。彼の小説の登場人物たちもそうです。

此《この》ハムレツトは動作が全く軽快で、心持が好《い》い。舞台の上を大《おほい》に動いて、又大いに動かせる。能掛りの入鹿《いるか》とは大変趣を異にしてゐる。ことに、ある時、ある場合に、舞台の真中《まんなか》に立つて、手を拡《ひろ》げて見たり、空を睨《にら》んで見たりするときは、観客の眼中に外《ほか》のものは一切入り込む余地のない位強烈な刺激を与へる。
其《その》代り台詞《せりふ》は日本語である。西洋語を日本語に訳した日本語である。口調には抑揚がある。節奏もある。ある所は能弁過ぎると思はれる位流暢《りうちやう》に出る。文章も立派である。それでゐて、気が乗らない。三四郎はハムレツトがもう少し日本人じみた事を云つて呉れゝば好《い》いと思つた。御母《おつか》さん、それぢや御父《おとつ》さんに済まないぢやありませんかと云ひさうな所で、急にアポロ抔《など》を引合に出して、呑気《のんき》に遣《や》つて仕舞ふ。それでゐて顔付《かほつき》は親子とも泣き出しさうである。

夏目漱石『三四郎』明治四十一年（一九〇八）

もちろん、登場人物がこう思っているからといって作者もそう思っていたとは言えませんが、この場合はそう言ってもよさそうな気がします。『それから』の代助についても、「彼は西洋の小説を読むたびに、そのうちに出て来る男女の情話が、あまりに露骨で、あまりに放肆《はうし》で、且《か》つあまりに直線的に濃厚なのを平生《へいぜい》から怪《あや》しんでゐた。原語で読めば兎《と》に角《かく》、日本には訳し得ぬ趣味のものと考へてゐた」と語り手は述べています（『それから』十三章　明治四十二年（一九〇九））。二〇一六年に発見された、漱石が愛媛県尋常中学校で教えていたとき（明治二十八〜二十九年〔一八九五―九六〕）に作った翻訳からもわかるように、翻訳の教育的意義ということは認めていたと思うんですが、翻訳において露呈する二つの文化の違い、という点にはどうも懐疑的な発言が目につきます。漱石自身、自分の作品を誰かが翻訳したいと言ってきても、「あれは大した出来ではないから」などと言って断ってしまう。もちろん、自分が翻訳することにも燃えませんでした。いわゆる訳書も一冊もない。その理由が、翻訳が

Dining one day at an alderman's in the city, Peter observed him expatiating, after the manner of his brethren, in the praises of his sirloin of beef. 'Beef,' said the sage magistrate, 'is the king of meat; beef comprehends in it the quintessence of partridge, and quail, and venison, and pheasant, and plum-pudding, and custard.' When Peter came home he would needs take the fancy of cooking up this doctrine into use, and apply the precept, in default of a sirloin, to his brown loaf. 'Bread,' says he, 'dear brothers, is the staff of life; in which bread is contained, *inclusive*, the quintessence of beef, mutton, veal, venison, partridge, plum-pudding, and custard; and, to render all complete, there is intermingled a due quantity of water, whose crudities are also corrected by yeast or barm, through which means it becomes a wholesome fermented liquor, diffused through the mass of the bread.'

夏目漱石「第四編　スキフトと厭世文学」『文学評論』
明治四十二年（一九〇九）
に引用されたスウィフト『桶物語《おけものがたり》』の一節

苦手だったからという話ならわかるんですけど、英文学講義録『文学評論』のなかの引用文訳を読むと、これが実に巧《うま》いんですよね。

一日《いちじつ》ピーターは市の助役の所で御馳走《ごちそう》になつたが此助役は弟共と同じ様に、しきりに牛の腰肉を賞め出《ほだ》した。賢明なる助役の言によると、「牛は肉中の王である。牛は鷓鴣《しやこ》、鶉《うづら》、鹿、雉《きじ》、を始めとして、プツヂング及びカスタードの精分迄悉《ことごと》く含んでゐる。」ピーターは家へ帰つてから、此論法を捏《こ》ね上《あ》げて、腰肉がないから、黒麵麭《くろパン》にでも応用してやらうと考へ出した。それで弟を呼んで斯《か》う云つた。「麵麭は命の本だ。麵麭のなかには麵麭があるばかりではない。牛、羊、犢《こうし》、鹿、鷓鴣、プツヂング、カスタードの精分がすつかり這入《はひ》つてゐる。のみならず、適当な水分さへあるから完全無欠なものだ。しかも其水分は通例の水つぽいものではない。麴《かうじ》をうまく混ぜて醱酵させて、結構な液体にしてそれを麵麭の中に一面に浸み込ましてある。」

これは『ガリヴァー旅行記』で知られるスウィフトの『桶物語』の一節です。巧いものですね。訳もいいですが、漱石はスウィフトには非常に共感していて、『文学評論』のスウィフト論も見事です。少し翻訳から離れますが、ごく一部を見てみましょう。

スヰフトは天性の諷刺《ふうし》家だと云つたが、それでは矢張りそんな呑気屋の一人ぢやないかと疳違《かんちがひ》をする人があると不可《いけ》ないから断つて置く。決してさうぢやない。彼のは迫つて喰ひ入るやうな諷刺である。何処《どこ》までも理は理、非は非、醜は醜として、一毫《いちがう》も仮借せぬ諷刺である。斯くの如く悪を憎み、醜を忌《い》む潔癖の態度を飽く迄も持してゐる。それで居て可笑《をか》しい事には矢張り無頓着である。たゞ彼の無頓着は感覚が鈍くて無頓着なのではない、感覚が鋭敏過ぎるから、無頓着にでもして居なければ居たたまれないのである。彼は現在に対して大不満である。大不平である。然しながら此大不満と大不平とは到底動かすべからざる大自然であつて、人間を作り易《か》へなければ如何《どう》することも出来ないと悟つて居る。

「スヰフトと厭世文学」

漱石はとかく人や物の本質を簡潔に言い切る人ですが、これなど何度読んでも感動します。これだけ書き手に共感していて、あの訳の腕前があれば、見事なスウィフト訳ができたと思うんですが……。もしかしたら、鷗外が次から次へと翻訳するのに費やしたエネルギーを、漱石は『文学論』（明治四十年〔一九〇七〕）においてすべての文学を（F+f）という形式に還元しようとする作業に費やしたと言ってもいいのかもしれません。雑な言い方ですが、このあまりに大きな対照のなかに、明治の日本人が西洋と向き合ったときに採りえた真摯《しんし》な態度の全振れ幅が収まっている気がします。

　最近池内紀《おさむ》編注で岩波文庫から三巻本が出た、鷗外の『椋鳥通信《むくどりつうしん》』（明治四十二年―大正三年〔一九〇九―一四〕）などは、まさに（F+f）の対極の作業という観がありまます。究極の定式化、対、究極の個別例羅列。鷗外はシベリア鉄道でドイツの新聞を取り寄せて、まるでツイートするみたいに、次から次に記事の内容を雑誌に紹介していました。どの箇所から引いてもいいんですが、たとえば「一九〇九年八月十三日発」の一部はこんな感じです。

○かん（Orientierung）の好い動物といふ話の中に、大海に浮ぶ亀が年々 Ascension 島の同じ岩を尋ね当てるといふことが書いてあつた。○ミユンヘンの日本美術展覧会は七月十日に開場する。○伯林 Lessingtheater の座主 Otto Brahm は諾威《ノルウエー》王から聖 Olaf 勲章を受けた。イプセン物興行の褒美であらう。○ Bregenz (Bodensee 附近）で見世物の象が夫婦で逃げて田畑を散歩したので一時大騒であつた。但し直《すぐ》に捕へられた。○七月八日に巴里の議会で、radical の Bos といふ議員が大蔵大臣 Caillaux に拳骨を喰はせた。大臣は決闘を申し込んだ。（此決闘は九日に無事に済んだ。）

森鷗外『椋鳥通信』

といった具合。まあなかには小説の素材になりそうな面白い話もあるんですけど、誰それが何をしたというだけの短いものも多く、なぜ鷗外がこれをしなくてはいけなかったのか不思議です。しかも鷗外はこれを匿名《とくめい》で連載していて、連載は人気がなかったそうです。当時の日本にはまだ、西洋に追いつき追い越すためには西洋のものをどしどし取り入れなくては、という空気があったのでしょうが、鷗外のこの百年早いツイートは、そういう次元を超えている気がします。

もちろん、つまらなくはないです。そこがまた不思議なんですけど、「（此決闘は九日に無事に済んだ。）」というあたりの淡いユーモアがやっぱり効いてるんでしょうか。漱石に会えたら「なぜそんなに翻訳に懐疑的だったんですか」と訊《き》いてみたいし、鷗外に会ったら「なんであんなに何でもかんでも翻訳し、紹介したんですか」と訊いてみたいです。たぶんどっちも、苦虫を噛《か》みつぶしたような顔で「おととい来やがれ」とでも言うでしょうが……。

主な参考文献

加藤周一・丸山真男校注『翻訳の思想』岩波書店、一九九一年／亀井俊介「日本の近代と翻訳」、『近代日本の翻訳文化』中央公論社、一九九四年／川村二郎「翻訳の日本語」、『日本語の世界15』中央公論社、一九八一年／川戸道昭・榊原貴教編著『図説翻訳文学総合事典』第1、2巻　大空社、ナダ出版センター、二〇〇九年／鈴木範久『聖書の日本語』岩波書店、二〇〇六年／柳父章・水野的・長沼美香子編『日本の翻訳論　アンソロジーと解題』法政大学出版局、二〇一〇年

※二〇一六年に発見された夏目漱石訳、アーサー・ヘルプス「秘密」については、熊本大五高記念館客員准教授の村田由美さんにご教示いただいた。この場を借りてお礼を申し上げます。

# 僕たちはこんな（風に）翻訳を読んできた（Ⅲ）

# 闇《やみ》のみなもとから救い出される

## ――ジェイムズ・ディッキー『救い出される』をめぐって

かつて『わが心の川』のタイトルで邦訳が刊行され、映画も作られた強い印象を残す作品を、『救い出される』と改題して《村上柴田翻訳堂》で復刊したときの対話。「三人はむずかしいが、四人は書きやすい」という話をはじめ、村上さんの実作者ならではの見解を聞くことができた。二〇一六年六月二十二日、新潮社クラブで行なった。

**村上**　僕がこの本を買ったのは学生のときのことだと思うんですが、学生とはいっても、もう国分寺でジャズの店を始めていた頃のことです。僕の住んでいたところと店のちょうど中間あたりに国分寺書店という古本屋があって――椎名誠《しいなまこと》さんが『さらば国分寺書店のオババ』で描いた店ですけど――僕の手元の本の見返しに国分寺書店のシールが貼《は》ってあります。店を始めたのが一九七三年だから、読んだのもその頃だと思います。

**柴田**　原書が七〇年刊行で、日本で翻訳されて出版されたのが七一年。ずいぶん早かったみたいですね。〈脱出〉というタイトルで映画化されたのが七二年。僕は原文も見てみましたが、なかなか翻訳しにくいだろうなという文章なのに、すごく読みやすい。このくらい原文が手強《てごわ》いもので、読みにくい翻訳になってしまったという本が当時たくさん出ていましたが。とても読みやすくて、かつ原文の複雑さにもきちんと付き合っています。

**村上**　僕はすごく面白く読んだけど、それほどたくさん売れたようではないですね。絶版になっているのは、本当にもったいないなと思って。

**柴田**　アメリカではニューヨーク・タイムズのベストセラー・リストに二十六週間も入っています。初版の二万五千部があっという間に売り切れてしまったと……。

**村上**　それまでは、アメリカ国内でもそんなに目立たない詩人だったわけですよね。

**柴田**　これがはじめて書いた小説で、何年もじっくり時間をかけて書いたみたいです。

## ジェイムズ・ディッキーとレイモンド・カーヴァー

**村上**　ディッキーはレイモンド・カーヴァーとけっこうつながりのある人なんですよ。カーヴァーの最初の奥さんであるメアリアンの妹で、エイミー・バークという女性がいるんだけれど、ディッキーはその人と恋人同士だったんです。彼女はブロードウェイの女優で、ディッキーのこの本が出たときのパーティで二人は知り合うんですね。それでディッキーはかなりの額のお金を彼女に渡していたという話もあります。そのエピソードを紹介しているのがカーヴァーの編集者で、盟友でもあったゴードン・リッシュなんですが、彼は当時雑誌『エスクァイア』のフィクションの担当で、ディッキーが詩の担当をやっていたんです。

**柴田**　ポエトリー・エディターですね。

**村上**　そうです。それでリッシュがエイミー・バークをパーティに連れて行って、二人は恋人同士になったというわけ。そのことと関係があるんだと思うんだけれど、その直後にカーヴァーの詩が『エスクァイア』に載っているんですよ。カーヴァーはその頃まだ無名だから、たぶんエイミーとリッシュがディッキーに推薦したんでしょうね。ディッキーはエイミーを映画の〈脱出〉に出演させようとしたりもしたみたいです。この小説の最初の方に広告モデルが登場しますけど、あの役で出せないかと思ったらしい。映画ではそのシーンがカットされてしまって実現しなかったわけですが。カーヴァーの伝記に、その辺りのことがいろいろ書かれています。その頃ディッキーはベストセラー作家の仲間入りをした詩人で、カーヴァーはまだほとんど誰にも知られていない無名の作家です。

**柴田**　長年詩を書いていたこともあって、文章の密度が高い小説だと思いました。

**村上**　描写が素晴らしいんです。ただ、手持ちのカードをこの作品で使い切ってしまっているという印象がなくもない。アウトドアとかカヌーとか狩りとか、彼としては重要なモチーフを全部使い切ってしまっている。手持ちの材料を全部ぶちこんで小説を書いてしまうと、あとが続かなくなるということがあります。

**柴田**　なるほど、そうかもしれません。ずいぶんあとになって書いた『白の海へ』という作品はまったくちがう素材で書かれています。第二次大戦中にB29が撃墜されて、砲撃手が東京をさまよい、生き延びて北海道まで達するさまが描かれています。サバイバルというテーマは本作と共通するところがあって、これはこれで読み応《ごた》えがありますが、描写のリアルさという点ではたしかにこっちの方が強いかもしれない。

**村上**　でもほかの小説はあまり話題にならなかったみたいだし、売れ行きももうひとつだったみたいですね。やっぱりこの作品が圧倒的に良かった。レイモンド・カーヴァーはあれだけたくさんの小説が書けたのに、なぜこの人はあまり書けなかったのかということを感じながら読んでいたんですが、カーヴァーは自分の切り取り方で、いろんな角度からどんどんカットして持ってくることができる人だった。この人は正面からひとつカットすることしかできなかったんじゃないだろうか。どっちがいいとか悪いとかという問題ではないんだけれど、プロのフィクション・ライターとそうではない人の違いということなのかな。詩人としての評価はどうなんですか？

**柴田**　けっこう賞もとっていますし、小説に専念するのが大変なくらい詩人としての仕事も多くて、それなりに評価されていたと考えてよいと思います。

## 何から「救い出される」のか

**村上**　タイトルについて触れておかなければなりません。翻訳は素晴らしいと思うんですが、もともとの『わが心の川』という邦題は、なんとなく腑《ふ》に落ちない感じを持っていました。復刊するにあたって読み直してみたのですが、改題してはどうかと編集部に提案しました。映画の邦題の〈脱出〉では、ほかにも同じものがありそうだし、元のタイトルの *Deliverance* という言葉を活《い》かして、「救出される」というニュアンスにするのがいいのではないかと思ったんです。オックスフォードの辞書を引くと、「the state of being rescued from danger, evil or pain」とあるんですね。「悪魔払い」という意味もなくはない。危険《デンジャー》と悪《イーヴル》と痛み《ペイン》という状態から救い出されるという語感が大事なのではないかと思う。

**柴田**　たしかに「救出」にしてしまうと、救出する側の話のように思えてしまうかもしれないですね。

**村上**　deliverance というのは、この小説にとって多くの意味が込められている言葉だと思うんですね。ひとつは、運命や何かしらの手によって窮地から救い出されるということ。もうひとつは主人公のエドが都会の凝り固まった社会から、より大きな野生の世界に救い出される、デリヴァーされるという、二つの意味があると思うんです。僕は題というのは本にとってとても大事なものだと思うんですが、まず正確じゃないといけないし、広がりを持たないといけない。たとえば『ライ麦畑でつかまえて』というタイトルは、優れた訳題だとは思うんですが、ニュアンスは少しずれている。でも題として既に定着してしまっているし、他の訳題にするのは難しい。だったらむしろ原題の『キャッチャー・イン・ザ・ライ』のままでいいんじゃないかと思ったわけです。

**柴田**　ディッキーのこの作品を読んでいるときは、まずは主人公たちが窮地から救い出されるという意味を念頭に置いて読むわけですが、読み終えると「社会的な箍《たが》の外に出る」という意味が前面に出てきます。それこそdeliverの「分娩《ぶんべん》させる」という意味もかかわってくる。文明対自然という図式がアメリカ文学にはよく現れて、自然の側に重きが置かれることが多いのですが、この作品もひとまずはその図式に則《のっと》っているように見えて、モラル的に考えるとけっこう厄介な問題を孕《はら》んでいます。じつはその過程で主人公は人を殺したりしていますから。その複雑さが強みなんだろうと思います。

**村上**　僕がこれを読んでいて強く思ったのは、ジョゼフ・コンラッドの『闇の奥』のことでした。でもあれは、上流に溯《さかのぼ》るという話です。それは悪《イーヴル》とか痛み《ペイン》のみなもとを探しにいくというものなわけです。それに対してこの作品は、それらを振り払うために川を下るという話なんです。それで「救出される、救い出される」という受け身《パッシヴ》な語感が大事なんじゃないかと思いました。

**柴田**　コンラッドの場合は「闇の奥《ハート・オブ・ダークネス》」、つまり闇の中心を志向しているわけですね。

**村上**　そう、みなもとなんですよ。

**柴田**　そしてもちろん、闇の中心と心の闇というものが重ね合わされています。この小説はその部分が少し微妙で、闇はむしろ外にある。

**村上**　基本的には闇の力を逃れるために川を下っていくという話なんじゃないのかなって僕は感じています。

**柴田**　闇から逃れようとする試みというのは、社会的な束縛の外に出ていくということでもあるんでしょうか。

**村上**　この物語の場合には、悪に対するにあたって、悪をもって対抗するわけですね。

その二重構造みたいなところが僕には非常に面白かったんです。

**柴田**　一方に社会があって、それが悪であり、もう一方に自然があって、そちらが善であるという単純な構造ではありませんね。

**村上**　主人公のエドには善と悪というものを取り払って、その上を超えていくようなところがあります。ほかの三人にはそれがうまくできない。ドルーは死んでしまうし、ルイスは無力化されてしまう。

**柴田**　ルイスはスケープゴートになって、彼が触媒になってエドが解放されます。四人というのは実に面白い構造ですよね。最初は気がつかないんですが、だんだん四人である意味がわかってきます。とりわけルイスが面白い。みんなが従うカリスマ的な人間として登場するのですが、ルイス自身が残りの三人を救い出してくれるわけではない。

**村上**　そのへんの話の展開のツイストが利《き》いている。人の強さというものの本質が問われます。

**柴田**　自然のなかに入っていって、社会的な道徳とかルールを超える掟《おきて》に支配される世界、原初的な力と力が衝突する世界に彼らは向かうわけですね。ヘミングウェイも文明を超えた掟というようなことを書きますが、もう少し象徴的なものになります。

ディッキーのこの作品の場合、文字どおり生きるか死ぬかという状況を、とても説得的に描いています。

**村上**　ヘミングウェイには悪に対抗するのに悪をもってするという発想はないですよね。

**柴田**　ないですね。ここに行けば浄化される、この儀式を経れば清められる、そういう発想です。ディッキー自身も戦争に行っていますが、その経験は『白の海へ』の方にダイレクトに反映されています。映画化された〈脱出〉ではバート・レイノルズがルイスを演じていて、実はディッキーはそれをぼろくそに言っているんです。晩年にソール・ベローに手紙を書いているのですが、「バート・レイノルズのような雄牛ほどの脳みそしかないやつが演《や》ったから、ただのマッチョになってしまった」と。もっと神秘性《ミスティーク》をもった人間としてルイスを描いたつもりだというんです。その神秘にほかの登場人物たちは惹《ひ》かれていく。

**村上**　映画としてはマッチョの方がわかりやすいんですけどね。

**柴田**　マッチョな人間が傷を負って無力化されるというのが、映画としてはやりやすい方法だろうなとは思います。ところが原作には、いわゆる自然派の、骨太で事実をゴリゴリ書いていく文章とは一味ちがう、厚みみたいなものがあります。

**村上**　何度も言うみたいですが、自然描写がほんとうに素晴らしい。ちょっと文章が長いかなと思うところはあるけれども、ただの冒険小説ではないんだというメッセージがひしひしと伝わってきます。ディッキーは一人称であるエドと同じように広告代理店に勤めていたみたいですね。軍隊に長くいて、学校で先生もやり、広告代理店に勤めてと、けっこういろいろなことをしている人です。

**柴田**　広告代理店の仕事は嫌で仕方がなかったようですね。その後は大学で教えながらスター詩人になり、女性にもモテて、お酒もいっぱい飲んで、という人で……。

**村上**　映画の音楽もよかったな。「デュエリング・バンジョーズ」(Dueling Banjos) はよくラジオで聴いたな。レコード屋でアルバイトしていた時に売った覚えもある。

**柴田**　ディッキー自身もブルーグラスのギターを弾くみたいですね。

文明対自然ということに話を戻すと、レスリー・フィードラーという評論家がいて、彼のアメリカ文学の基本的な見取り図は、まず文明のなかに男がいて、その男が女中心の規範に縛られた文明を逃れて自然の中に入っていくというものなんですね。そしてそこには別の男がいて——それはインディアンだったりするのですが——高次元の叡智《えいち》を授けてくれたり、一段高いところに引き上げてくれる。そういう構図なんです。マーク・トウェインの『ハックルベリー・フィンの冒険』の場合であればハックと、一緒に逃亡する黒人奴隷《どれい》のジムの関係ですね。ディッキーのこの作品も、主人公は広告代理店だとか家庭だとか、ある種の規範の中にいて、そこを脱出して自然に入っていきます。ところがそこは男が暴力的に男を犯すという、男性中心の社会の価値を転倒してしまうような世界です。そういう意味ではフィードラーの提示する見取り図を暴力的なところまで押し進めてひっくり返してしまうわけですが、最終的に登場人物が一段高い次元に達するという意味では図式通りというところもありますね。

**村上**　これを読んでいて思い出すのは、カーヴァーの短篇小説「足もとに流れる深い川」なんですよ。四人の男が釣りに行って死体を見つけるという話で、ちょっと似ているんです。カーヴァーがあの作品を書いたのはずっとあとのことなので、この作品に影響されたというわけではないと思うけれど、雰囲気がすごく似ている。男だけでステーションワゴンに乗ってアウトドアに行くというのはアメリカの一種のトラディションなんでしょうね。

**柴田**　暴力と出会う装置みたいなものでしょうか。

**村上**　「足もとに流れる深い川」では、女性がそのことに根本的な不満を持っていて、そこから展開していきます。男性作家であるカーヴァーが、そういった女性の根本的な不満を描くというのはとても興味深いんですが。この作品でも、エドの奥さんが

「どうしても行かなくちゃいけないの？」という場面があるけれど。そういえば、僕も昔よく、「どうしても行かなくちゃいけないんだ」とかいって、麻雀《マージャン》しに出かけて行ったな（笑）。

## 三人はむずかしいが、四人は書きやすい

**柴田**　この作品の語り手であるエドのキャラクターはよく練られていると思いました。作者ディッキーの単純な代理でもなく、エドという人物独自の視点がきちんと設定されています。

**村上**　エドというのは普通の人間であるということが強調されていますよね。特別なところのない、普通の男として。それがどんどん変貌《へんぼう》をとげていくところにこの作品の凄《すご》さがある。作者の感情移入というのはそんなにはない。

**柴田**　わかりやすくいえば、エドが考えられること、感じることができることしか書かれていません。大事なところで作者がエドに代わって巧みに全体を要約したり、整理してみせるということも一切やっていません。

**村上**　一人称小説でありながら、それほど作者が投影されていない。

**柴田**　一般的にアメリカの小説はそういったことが徹底されている印象があります。日本の小説の場合、登場人物が言っているように見えて、実は作者のメッセージらしいということが透けて見えてしまうことがあります。

**村上**　スコット・フィッツジェラルドの『グレート・ギャッツビー』でも「僕」であるニックが作者を投影しているわけではないですよね。『ギャッツビー』の一番大事なところは、作者の視点が分散されているところだと思うんです。ギャッツビーとニック・キャラウェイという具合に。

**柴田**　この小説の主たる登場人物が四人であるというところはどうなんでしょう。書き分けが難しい気もするのですが。

**村上**　いや、そんなことはないんですよ。四人しか出てこないという言い方もできるし、四つ設定すれば済む話ではあります。

**柴田**　そういうものですか。

**村上**　四人を書き分けるのはそれほど難しくない。この小説では場所も行動も限定されているし。むしろ書きやすいくらい。

**柴田**　これが三人だったらどうなんでしょう。

**村上**　話が全然違ってくると思います。三脚というものを考えてもらえばわかりますが、三というのは絶対的な数なんですよ。逆にいえば、相当にきちんと書き分けないと物語が安定しない。四人はもう少し幅がある。たとえば、この小説でもそうですが、四人のうちの二人を中心で書けば成立する。あとの二人はバイ・プレイヤーとして設定すればいい。ところが三人はそうはいかない。

**柴田**　ビートルズでいえばレノンとマッカートニーみたいなものですね（笑）。

**村上**　そうそう。三人は息苦しくなっちゃうというか、物語が閉じちゃうんです。テーブルは四脚なわけだけれども、足の長短があってガタガタしても、何か挟めば安定する。ところが三人だとそういうことも意外にやりにくいんですよね。男と女の話は別ですよ。トリュフォーの『突然炎のごとく』だっけ、あれはジュールとジムという二人の男とカトリーヌという一人の女で成り立っている。……麻雀なんかだと、四人揃《そろ》ってもだいたい一人変なやつがいて、「こいついやだな、場が乱れるよ、でも必ず来るんだよな」ってやつがいたりしますけど（笑）。三人はすぐ揃うんだけど、苦労して四人集めると必ず異分子が混ざってきて。四人の面白さってそこだよね。

## 山に暮らす人々を描く

**柴田**　ディッキー自身は南部のジョージア州アトランタ出身です。

**村上**　南部を旅したことはありますが、こんな奥深いところまで行ったことはないから、ちょっとわからないですけれど、人が全然ちがうんじゃないかという感じがする。暴力性みたいなものがむき出しであるという気がします。

**柴田**　《村上柴田翻訳堂》で以前に復刊したトマス・ハーディが描く自然というのも、もちろん人間の存在を超えたものではあるんですが、この小説の自然はちょっと様子がちがいますね。世界の闇と出会うと同時に人間のなかの闇にも出会うという感じがあります。コンラッドの描く闇と近い。ディッキーはジャック・ロンドンの『野生の呼び声』が七六年にテレビ映画化された際に脚本を書いたり、ペンギン版の『野生の呼び声』に序文を寄せたりもしているんですが、自然のことならばおれのほうが知っているという思いがありそうです。リアリストとしての自負がはっきり見てとれます。たとえばロンドンの描く狼《おおかみ》や犬は物語にとって都合のいい使われ方をしていて、擬人化しすぎているとも言っています。もちろん基本的には敬意を払っているんですが。

**村上**　フォークナーの描く自然というのも南部の自然ですね。闇をうちに抱えている作者の都合のいいように自然を描くということは、この人の場合は少ないですね。というところで似たものがある。アメリカ南部に限らず、アパラチア山脈みたいな、山のなかに住む人々には独特なものがありそうですね。閉鎖的な社会を作っていて、だいたい密造酒なんかを作っている。この作品にとっては舞台が南部であるということよりも、山に暮らす人々を描いているということのほうが重要かもしれない。

**柴田**　ほとんどサブスピーシーズ（亜種）というか、人間とはちがう次元のものを描いているという感じがあります。こんなこと書いて大丈夫なのかなと心配になるくらい。

**村上**　山のなかに暮らす人々からすれば、都会からやってきて何の目的もなくカヌーで川下りをするなんて、まったく理解できないことなんだと思う。ルイスは自然に歓喜したい、自然を克服するんだという目的を持っていますが、それすら理解できないでしょうね。

**柴田**　最初にバンジョーの達人みたいな子どもが出てきて、都会の側の人間と音楽で通じ合うんですが。

**村上**　印象的な場面ですよね。ドルーがマーティンのギターを弾いていて。

**柴田**　映画ではなぜかギブソンになってましたが（笑）。

**村上**　僕はこの小説を読んでいて一番感じたことは、パッセージ（Passage）ということです。通過していくこと――。ある一定の長さの川を、四人が三日間かけて通過していく。非常に単純な構成の話だと思うけど、小説としての流れの良さとかスピード感みたいなものに魅《ひ》かれました。もうひとつは一九七〇年代のはじめという時代性。ベトナム戦争が泥沼化してどうしようもなくなっていく時代の、人々の息苦しさというか、生きる価値をもとめて模索している様子がよく出ているように思いました。そして理不尽に降りかかってくる暴力。救い出されることを求めている人々の姿をとても強く感じます。

初出　ジェイムズ・ディッキー『救い出される』
（酒本雅之訳、新潮文庫、二〇一六）

# ラードナーの声を聴け

——リング・ラードナー『アリバイ・アイク　ラードナー傑作選』をめぐって

そういうふうに考えて選んだわけではないのだが、《村上柴田翻訳堂》で復刊した短篇集二冊が、かたやイギリスのトマス・ハーディ、かたやアメリカのリング・ラードナーだというのは、ハーディの章で述べた「イギリスは描写、アメリカは声」という対照性を浮かび上がらせる上で、なかなか適切な選択だったかもしれない。二〇一六年六月二十二日、新潮社クラブで行なった対話。

**柴田**　リング・ラードナーはマーク・トウェインとよく似たキャリアで、十代の頃から新聞にコラムを書くところから出発しています。ただ、同じように新聞で仕事を始めて、ジャーナリズムの「客観的」な書き方を学んだアーネスト・ヘミングウェイとはちがって、事実なのか法螺《ほら》話なのかわからない面白おかしい記事を主にスポーツについて書いていました。だんだん雑誌にも文章が載るようになっていって、いちおう「小説家」という感じになっていくわけですが、本人にはまったくそういうつもりがなくて、あくまで雑文業だという意識で書いていた。短編集を作ることになっても、大事なものだと思っていなかったから原稿も雑誌も保管していなくて、編集者が雑誌社に連絡して文章を集めたくらいでした。アメリカには「文学的でないものこそ文学だ」という傾向がありますけれど、ラードナーはその極端な例といっていいと思います。

**村上** 一八八五年の生まれですよね。スコット・フィッツジェラルドのひと世代上の人ということですけれど、けっこう雰囲気がちがいます。

**柴田** フィッツジェラルドたちはやはりモダニズム期に入った、文学を真剣に考える世代ですからね。でもラードナーはフィッツジェラルドとは仲良しだったみたいですし、ヘミングウェイも若いころにラードナーの文章に入れ込んでいたといいます。高校の新聞部で「リング・ラードナー・ジュニア」というペンネームで書いていたとか。J・D・サリンジャーの『キャッチャー・イン・ザ・ライ』（一九五一年）にもホールデンくんのお気に入りの作家として登場します。文章術のひとつのお手本のような存在だったのでしょう。

**村上** ノリがすごくいいですね。

**柴田** ほとんどお笑いの世界ですよね。純文学というよりは話芸といったほうがずっと近い。

**村上** みんな雑誌で読んでいたんだろうけれど、大事にとっておくような雑誌ではなくて、読み捨ててしまう雑誌でしょう。本人もたぶんそれを意識して書いているという気がする。潔《いさぎよ》さみたいなものがありますよね。

**柴田** アメリカはとにかく物理的に大きい国ですから、よその町で何が起きているかよくわからない。そうするとよその土地から来た人が「あっちでこんなことがあってさ」という語りを聞かせるという文化が確実にあった。マーク・トウェインあたりからそれが活字にもなっていきます。もしかするとラードナーはそうした文化の最後にあたる人なのかもしれません。

**村上** ヘミングウェイやフィッツジェラルドの時代になると「スリック・マガジン」〔比較的上質な紙を使った高級雑誌〕が生まれて、売れっ子作家たちが派手な生活を送るようになりますが、そのひとつ前の世代の語りという感じがします。ヘミングウェイもフィッツジェラルドもスリック・マガジンに売り込むことを念頭に置いて書いていますけれど、ラードナーの文章にはまったくそういう雰囲気がないですね。

**柴田** 新聞・雑誌のほかにラジオやテレビが出てきて、情報がどんどん共有されるようになり、アメリカという国がひとつになりつつあった時代になると、ラードナーがたくさん書いてきたような、眉唾《まゆつば》ものの法螺話がそれなりのもっともらしさを獲得できる時代ではなくなっていきますよね。

**村上** でも今回復刊したフィリップ・ロスの『素晴らしいアメリカ野球』（一九七三年）のルーツはラードナーといってもよさそうですね。

**柴田** あの作品の「スミティ」という語り手は、明らかにラードナーの作品の語り手を踏まえています。

**村上**　僕がラードナーに興味をもったのはやっぱりフィッツジェラルドとの絡《から》みで、フィッツジェラルドはラードナーの近所に住んでいて、スクリブナーズ〔ニューヨークの有力な出版社。正式にはチャールズ・スクリブナーズ・サンズ〕のマクスウェル・パーキンズ〔フィッツジェラルドやヘミングウェイのほか、トマス・ウルフなどを送り出したことで知られる名編集者〕にラードナーを売り込むんです。ラードナーは自分の書いたものが本になるなんて思ってもいなかったから、びっくりしたみたいですけれど。

## 短編小説のいる場所

**村上**　最後の「短編小説の書き方」、とても面白いですよね。こういう文章ってなかなか書けない。

**柴田**　実に面白いです。ギャグが効いていて。それと、短編小説のいる場所というのが現在とまったくちがうということもよくわかる。文壇にコネクションを持っていなくても、うまいこと雑誌に載ればけっこうなお金になるという世界だったんですね。

**村上**　高級住宅地グレートネック〔ニューヨーク州ロングアイランド〕のフィッツジェラルドの家の近くに住んでいたわけですから、お金もしっかり稼いでいた。

**柴田**　短編やコラムがお金になったという点は、今とはまったくちがいます。ジャック・ロンドンとかウィリアム・サローヤンのように、文学とまったく無縁の環境から出発して、こつこつ書いて雑誌社に送り、食べていけるようになるというパターンもあったし、トウェインやラードナー、ヘミングウェイのように、まず新聞で書き始めて、だんだん作家業に移っていくというパターンもあった。どちらにせよ書くだけで食っていけた時代があったということです。

**村上**　僕が一九八三年にレイモンド・カーヴァーに会った時に、彼はシラキュース大学で教員をしていて、大学で教えるということについて聞いてみたんですが、ヘミングウェイのようにジャーナリストから始めて、その後に作家になるなんていう時代はもう神話なんだ、そんな状況はもうありえないんだって、はっきり言っていました。いまはもう神話の時代は終って、大学の創作科で教えるしか道はないということでした。ジャーナリズムで食っていくのに比べると、いささか散文的ですけれど。

## 普通の文章が書けない！

**村上**　マクスウェル・パーキンズの評伝に面白い一節があるんです。「短編小説の書き方」が雑誌に載って、エドマンド・ウィルソン〔「ヴァニティ・フェア」などの編集長も務めた作家・批評家〕が絶賛するんですが、「ラードナーとわたしは石油汚職のことを話しはじめ、フィッツは椅子に座って居眠りしていた……作品のことが話題になると、ラードナーは素直な英語が書けないのが悩みの種だと言った。どういうことかと聞くと、こう答える。『こんなふうに書けないんだよ。〈わたしたちはフィッツジェラルドの家にいた。暖炉の火があかあかと燃えていた〉というような文章だ』」っていうんです〔A・スコット・バーグ著『名編集者パーキンズ』(上)草思社文庫〕。ラードナーにとっては普通の文章を書くほうがむずかしいんだよね（笑）。つい面白おかしくしてしまう。そういう書き方が染《し》み込んでいるんだよね。

**柴田**　マーク・トウェインも同じようなところから出発して、だんだん長編にシフトしていきましたが、ラードナーはこの語り口のまま通した。限界があったという言い方もできますが、良い悪いということではない。こういう話芸を面白がる空気があったというのは、いいなあと思います。

**村上**　トウェインの「私の農業新聞作り」〔『ジム・スマイリーの跳び蛙』所収、新潮文庫〕を思い出しました。あれも本当に可笑《おか》しかった。

**柴田**　ラードナーがトウェインに直接的な影響を受けているというよりは、ラードナーやトウェインのような書き手を生み出す空気があったと考えた方がいいでしょうね。

声の威勢のよさでぐいぐい押していくような伝統があったんだと思う。

**村上**　ロスの『素晴らしいアメリカ野球』みたいな突然変異の先祖返りを除けば、その後は消えてしまう語り口ですよね。ヘミングウェイの圧倒的な文体がそういう流れを押し去ってしまったんでしょう。あの人は徹底的におちみたいなものをどんどん削《そ》ぎ落としていった人だから。パーキンズが最初に感心したのは「金婚旅行」だったようです。途中までは何が言いたいのか全然わからなくて、不思議な話なんですが。

**柴田**　「金婚旅行」だとか「チャンピオン」なんかはけっこう暗い話ですよね。こういう作品を取り上げて、ラードナーはただのコメディアンではなかったんだと評価することも可能なんですが、何よりもまず声でぐいぐい持たせることができたということを評価すべきなのかなと思います。この声の勢いを翻訳するのはけっこう至難の技で、さすがは加島祥造さんだと思います。このだべっている感じを再現するのはかなりむずかしい。知的なギャグは、ルビだとか漢字とカタカナの使い分けの処理などで再現できるんですが、綴《つづ》りや文法のまちがいで笑いをとるような、あまり知性を感じさせない、コミカルな文章を翻訳するのはけっこうむずかしいですから。「散髪の間に」なんかも、本当にすばらしいです。僕、床屋の話ってとても好きで。カーヴァーの「静けさ」〔『愛について語るときに我々の語ること』所収、中央公論新社〕も好きだし、イギリスの名短編作家V・S・プリチェットにもいいものがあります（「床屋の話」、『燃える天使』所収、角川文庫）。よその土地からやってきた人が床屋に入っていって「この町にはこんなおかしなやつがいてさ」という話を聞かされるという形をとる。

**村上** アメリカの床屋ってたぶん、髪を切りに来たわけじゃないって人もいるんでしょうね。暇つぶしに。これを読むとそんな感じがする。

**柴田** アカペラの男声四重唱のことを「バーバー・カルテット」って呼んだりしますね。暇つぶしのおしゃべりの延長として始まったんだと思います。野球の話にしても、遠征先で起こった話という形をとります。列車のなかで何か起きるというパターンもある。ラードナーの作品には移動の感覚がいつもあります。

## アメリカの雑誌・新聞の文体

**柴田** 「この話もう聞かせたかね」（Stop Me——If You've Heard This One）とか「ここではお静かに」（Zone of Quiet）といったタイトルを眺めていると、カーヴァーのタイトルのつけ方とちょっと似たところがあるなと思ったんですが。

**村上** そういえばそうですね。「頼むから静かにしてくれ」（Will You Please Be Quiet,

Please?）とか。

**柴田**　カーヴァーってときどきセンテンスでタイトルをつけますよね。「サン・フランシスコで何をするの？」（What Do You Do in San Francisco?）とか。その感じも先祖はラードナーかなという気がするんです。語り口も含めて。

**村上**　「アラスカに何があるというのか？」（What's in Alaska?）とかね。カーヴァーは少年時代、スポーツ雑誌をよく読んでいたらしいんですよね。そこからある種の文体みたいなものを身につけたのかもしれない。純文学からというよりは、そういう「文化」みたいなものから教わったんでしょう。ワシントン州の田舎町の、人々がスポーツ雑誌とか漫画雑誌しか読まないような土地で育った人だから。

**柴田**　図らずもこの《村上柴田翻訳堂》というシリーズには『素晴らしいアメリカ野球』があって、ラードナーのこの作品も野球密度が濃いし、ある時期のアメリカ文学には野球がキーワードのひとつとしてあったのかなあという気がします。日本ではスポーツ・ライターの文体に伝統があるということはあまりなさそうですし、文章そのものが注目されることも少ないと思うんですが、ルポルタージュに書き手の個性が加わったような読みものがアメリカではジャンルとしてしっかり成立していたのではないかと思います。

**村上** スポーツに限らず、アメリカの雑誌にはそれぞれに独特の書き方、個性がありますよね。文体が機能している。日本の雑誌や新聞って、はっきりいって個性的な文体がない。文体がなければ文章はこしらえられないはずなんだけれども、でも、ないんですよ。存在しない。

**柴田** 日本では、括弧つきではありますけれども「客観的」「中立的」な文体が新聞の文章ということになるんでしょうね。だからなのか、新聞で文章の芸を磨いて、そこから作家になるという人が少ない。

**村上** そういう意味では、日本の雑誌とアメリカの雑誌は機能がちがうんだと思うんです。アメリカの雑誌や新聞って、報道するためというよりは、むしろ文体をバネにして何かを喚起するために書かれている感じがあります。ジャーナリズムの性質がちょっとちがう。コラムニストの伝統もしっかりとあるし。

**柴田** 日本にはエッセイストという人は存在しますが、どうしても身辺雑記を書くことになって、それはコラムとは少しちがう。

**村上** 文体で読ませるコラムみたいなものはなかなか見当たらないですよね。

## 長編小説という新しいシステム

**村上**　パーキンズはラードナーにコラムや短編だけではなく長編小説を書かせようと画策するんですが、それはやっぱりむずかしいことだったと思う。ラードナーは基本的に語りだけで持っていくスタイルだから、その文体だけで長いものを書くというのは簡単じゃない。語りってやっぱり息切れしちゃうんです。息が続く限りしか書けない。長編は一息で書くことはできません。

**柴田**　トウェインは一息で書ける短い語りから出発して、少しずつスパンを伸ばしていきます。西部を旅してきましたとか、ヨーロッパ旅行に行ってきましたとか、短いエピソードを連ねれば書けそうなテーマを選んで。そして長編のほうに向かっていきます。ラードナーも野球選手のエピソードをつなげて長編小説の方に向かいかけたんですが、結局そこから先には行かなかった。

**村上**　彼のヴォイスというのは饒舌《じょうぜつ》なものだと思うんですが、その文体のみで長いものを書くのはむずかしいと思う。ロスのヴォイスも饒舌ですが、彼の作品の場合は大きな仕掛けがひとつあるわけです。ヴォイスの芸だけじゃない。そういう仕掛けなしで物語の息を続かせることはできないと思う。『素晴らしいアメリカ野球』にはさまざまな視点が用意されているし、言葉遊びも持ち込まれているわけだけれども、言葉遊びと饒舌というのは別のものだからね。

**柴田**　ラードナーは、物語の大きな枠になるような仕掛けを発想できる人ではなかったですね。あと伝記的なことでいえば、一九一九年にブラック・ソックス事件という八百長絡みの一大スキャンダルがあって、ラードナーは野球に幻滅するんです。それで野球について書くという勢いが削がれてしまったらしいですね。

**村上**　彼自身がエドマンド・ウィルソンに語っているように、普通のことを普通に書くことができなかったというのは大きかったと思う。長いものを書くためには、普通の部分というものが必要なんです、絶対に。

**柴田**　野球選手やボクサーといった、語り手のお面をかぶって書くことはできるんだけれども、そのお面をとって何かを語るということができなかったんでしょうね。

**村上**　フィクションを書くというのはアーティフィシャルな作業ではあるんだけれども、といってアーティフィシャルな部分だけでは成り立たないんです。素の部分というものをはさまないといけない。野球でいえばカウントをとるためのカウント球みたいに。それが彼はできなかった。

**柴田**　二イニングしか投げられないピッチャーみたいなものですね。二イニングは見事に抑えるけど、完投はできない。

**村上**　フィッツジェラルドとかヘミングウェイの時代になると、長編小説で勝負して、短編小説で稼ぐという作家の生き方が登場するんですが、そこには対応できなかったということでしょうね。長編文化に行く前の世代というか。それ以前にも長編で勝負するという作家はいるんだけれども、特殊な人たちですよね。イーディス・ウォートンみたいな上流階級の人。貧乏してまで長編小説を書こうという人は少なかったんじゃないかな。

**柴田**　ジャック・ロンドンなんかはエネルギーのある人だから、短編の書き方で長編を書いてしまいましたが。

**村上**　彼はヴァイタリティのある人だから、例外的な存在なんじゃないかと僕は思うんです。長編を志向する野心的な若者や、それに対応するシステムが準備されるのはフィッツジェラルドやヘミングウェイの時代だと思う。そもそもラードナーという人には長編を書きたいという気持ちなんてなかったんじゃないかな。

**柴田**　十九世紀のアメリカでも長編小説はたくさん書かれたわけですが、村上さんのおっしゃる長編文化というのはそれとは違うんですか。

**村上**　もちろん長編小説はそれまでにも書かれていたけれども、この時期に「近代小説」が生まれたといってもいいと思うんです。僕の感じ方でいえばということだけれど。資本主義というシステムに長編小説という枠組みが乗っかってきたといってもいい。短編は生活するため、長編は大きな流れを作り出すためという風に、それぞれの役割分担もできあがる。彼はそういう時流には乗っかれなかったのかもしれない。僕が読んだ最初の彼の長いめの小説はたぶん『メジャー・リーグのうぬぼれルーキー』（一九一六年）だと思いますが、とても面白いんだけれども、ほかにももっと読んでみたいとはならなかった。面白いんだけれども、これはこれという感じ。ウラジミール・ホロヴィッツ〔一九〇三―一九八九年。ウクライナ生れのピアニスト〕がアート・テイタム〔一九〇九―一九五六年。アメリカのジャズ・ピアニスト〕のピアノを聞いたときの話があって、ホロヴィッツはそのテクニックにとても驚嘆するんですね。ところが、また聞きたいかと尋ねられると、「いや、一回で充分だ」っていうんですよ。それと似ているかもしれません。でも彼の短編が雑誌に載っていたら、僕は夢中で読んじゃうだろうし、それはやはり意味あることだと思います。雑誌を読んでいて、つい夢中になって読んでしまうなんていう小説は少ないから。

## 声を聞くこと

**柴田**　ラードナーの作品は、ページから声がぱっと立ち上がってきます。

**村上**　僕も小説を書くわけだけれど、スタイルはまったくちがうにもかかわらず、彼のヴォイスの力強さには感心するんですよね。小説というのは耳で書くんですよ。目で書いちゃいけないんです。といって書いたあとに音読してチェックするということではなくて、黙読しながら耳で立ち上げていくんです。そしてどれだけヴォイスが立ち上がってくるかということを確認する。立ち上がってこないなと思ったら、立ち上がってくるまで書き直すんです。ヴォイスを聴き分ける耳のよさというものは、ある人にはあるし、ない人にはずっとない。そして自分で言うのもなんだけど、僕は耳が悪くない方だと思う。目で見た時に声が聞こえてこないと物語は書けない。ラードナーという人は声が聞きとれるし、立ち上げることができる人なんです。間違いなく。カズオ・イシグロもそうですね。みんなすぐにヴォイスが立ち上がってくる。ロスなんかはもう、立ち上がり過ぎという感じだけれど（笑）。

**柴田**　同列に語るのはおこがましいですが、翻訳でも同じことかもしれません。推敲《すいこう》というのはそういうことなんでしょうね。目で確認しているんですが、じつは耳で聞いている。訳文から聞こえてくる声が原文と同じトーンで聞こえるかどうかをチェックしている。

**村上**　人の書いた本を読んでいる場合でも、それは基本的には目で読んでいるわけですが、本当は声を聞いているんです。聞こえてくる文章というものに人は反応するんだと思います。それはプロの小説家でも、できない人はいくら訓練してもできません。

**柴田**　そうか、それでヘミングウェイやフィッツジェラルドも、ラードナーの文章を一時期にしても手本にしたんでしょうね。なるほど、これが聞こえてくる文章か、というふうに。でもその後彼らは違う方向に進んでいって、ラードナーにはラードナーの立ち上がり方があり、ヘミングウェイにはヘミングウェイの立ち上がり方があるということになって、二十世紀の文学はヘミングウェイの立ち上がり方を選んだということなんでしょうね。

## 語りだけでは長編小説は書けない

**村上**　僕は「鏡」という作品を書いたことがありますが、あれは語りだけで書いた作品です。語りだけの作品って、いくつも書けるわけじゃないんですよね。僕の場合、「語り」は長編には必ず入ってきます。

**柴田**　『ねじまき鳥』の間宮中尉《ちゅうい》の語りだとか、『色彩を持たない多崎つくると、彼の巡礼の年』の灰田の語りなどですね。

**村上**　チェンジ・オブ・ペースなんです。長編小説にはそういうものが必要です。

**柴田**　語りというのはアメリカでもスタンドアップ・コメディなどのなかには生きているという感じはしますが、短編小説のなかには受け継がれなかったみたいですね。

**村上**　語りということでいえば、なんといっても『キャッチャー・イン・ザ・ライ』を思い出します。

**柴田**　そうですね。サリンジャーの初期の作品なんかほんとに声だけで勝負している感じがする。良くも悪くも洗練されていて、少し自意識過剰というか、神経症っぽいところが加わっていますが。

**村上**　『白鯨』（一八五一年）も語りですよね。

**柴田**　そうですね。特にイシュメールの部分。そこに雑学的なうんちくを織り交ぜたりして、エイハブ船長の鯨への挑戦という物語とは別の位相を作っています。

**村上**　ラードナーにはそういう総合性みたいなものを構築するヴィジョンは求めようもないですよね。彼のような作家もいるべきだと僕は思うんです。吉行淳之介さんは「マイナー・ポエット」という言葉を使っていたけれど、そうした存在は大事だと思う。本人は大変だったかもしれないけれど。ラードナーが日本の文芸誌に短編を送ったら、採用されたかな？

**柴田** 日本の場合は、「魂の声」でないといけないという傾向がありますからね。むずかしいかもしれません。

**村上** 僕は『風の歌を聴け』で群像新人文学賞をもらったんだけれど、あれも一種の語りみたいなものですよね。文体だけで持っていっているようなものだから。いま考えるとよく受賞できたなと思います（笑）。

初出　リング・ラードナー『アリバイ・アイク　ラードナー傑作選』
（加島祥造訳、新潮文庫、二〇一六）

INTERLUDE

# 切腹からメルトダウンまで

村上春樹

この文章はまず英訳バージョンが世に出た。二〇一八年、ペンギン・ブックス刊、ジェイ・ルービン編のアンソロジー*The Penguin Book of Japanese Short Stories* に収められた日本の短篇三十五本の序文として書かれ、村上作品英訳者の一人でもあるルービン氏が翻訳したのである。その後日本語バージョンが、『MONKEY』17号に掲載されたのち、アンソロジーの日本語版『ペンギン・ブックスが選んだ日本の名短篇29』が新潮社から刊行された際（二〇一九年）に当然ながら収録された。

一八七ページから始まる「日本翻訳史 明治篇」は、明治の翻訳者たちがいかに西洋文学の消化吸収に努めたかという話だったが、こちらは、そうやって訳された西洋文学にかなりの程度触発されて書かれた日本の小説を英語圏の読者に向けて紹介する文章であり、何となく合わせ鏡のような具合になっている。

ジャズ・ドラマーのバディー・リッチが入院したとき、受付の看護婦に「なにかアレルギーはおありですか?」と訊《き》かれて「カントリー&ウェスタン音楽」と答えたという話を聞いたことがあるが、僕の場合のそれはどうやら「私小説」ということになりそうだ。

実を言うと、僕は十代から二十代前半にかけて、日本の小説をほとんど読まなかった。そして少数の例外を別にすれば、近代・現代日本文学は退屈なものだと、かなり長いあいだ思い込んでいた。これにはいくつかの理由があるのだが、学校で課題として読まされた日本の小説が比較的つまらなかったということも、そのうちのひとつになっているかもしれない。それから僕にはこの「私小説アレルギー」が強くあって(今ではさすがにいくぶん弱まってきたが)、そのせいで若い頃はできるだけ日本文学には近づかないように意識的に努めてきた。あの独特の私小説的体質というのは、近代日本文学を通過し理解しようとするとき、避けて通ることのできないものだから。

もちろん読書というのはあくまで個人的な——更に言えば相当に利己的な——営為であって、すべての読書はそれぞれ独自の偏食傾向を有するものだし、その傾向を他人がよそから正しいだの正しくないだの、歪《ゆが》んでいるだの歪んでいないだのと、簡単に断ずることはできないはずだ。人には本来、読みたい本を読みたいだけ読み、それほど読みたくない本は読まずにおいていいという、固有の権利がある。それはこのきわめて不自由な世界において人が与えられた、数少ない貴重な自由のひとつであるはずだ（もちろんそう簡単にはいかない状況が世間に多々あることは確かだが）。

しかしそれと同時に、純粋な栄養学的見地からすれば、バランスのとれた情報や知識のインテイク（摂取）は言うまでもなく、人の知性や人格の形成にとって重要な意義を持っているわけだし、僕がそういう強い偏食傾向を持って読書生活を送ってきたことは、他人から非難されるいわれはないにせよ、あまり褒められたことではないような気がしないでもない。それに僕はいちおう日本人の小説家になったのだから——というか、なってしまったのだから——日本の小説についてほとんど何も知らないというのも、いささか問題になってくるかもしれない（バディー・リッチ氏がカントリー&ウェスタン音楽を聴かないのとは少し話が違うだろう）。

だから三十歳を過ぎてからは、できるだけ日本の小説を手に取るようになり、おかげで面白い小説をいくつも発見することになったのだが、それはあくまで後日のことであり、そのようなわけで、僕が十代の頃（あの数々の刺激に満ちた一九六〇年代のことだ）に読んだ日本の小説の数はそれほど多くはない。当時の若者のヒーローであった大江健三郎の作品は、友人に勧められていくつか読んだ。あるいは芥川龍之介、夏目漱石の作品も手にとって読んだ記憶はある。しかし志賀直哉《なおや》、川端康成《やすなり》、三島由紀夫といった作家たち——日本文学を代表するとされている重鎮の作家たちだ——の作品には、どうしても馴染《なじ》むことができなかった。なぜかはわからないが、そういう人たちの文章を長く読み続けることができないのだ。途中であきらめて放り出してしまうこともよくあった。たぶん個人的な相性がよくなかったのだろう。彼らは残念ながら「僕のための作家」ではなかったようだ。もちろん僕には彼らの才能や業績を誹《ひ》謗《ぼう》するようなつもりはまったくない。非難されるべきは僕の理解力の方かもしれないのだから（その可能性は大いにある）。

というわけで、個人的なことを言わせていただければ、僕は小説作法みたいなものを、日本の先輩作家諸氏からはほとんど学ぶことがなかった。小説の書き方を、何から何まで自分の力で見つけていかなくてはならなかった。それはある意味では——背負うべき荷物が少なかったという意味あいにおいては——良きことであったとも言えそうだが。

僕が作家としてデビューしたのは三十歳のときで、それ以来四十年近い歳月が経過したわけだが(平凡な感想だが、月日がたつのは本当に速い)、そのあとに出てきた若い作家たちの作品も、少数の例外は別にして、正直なところあまり熱心に読み込んではいない。決して避けているわけではないし、また興味がないわけでもないのだが、僕の場合、今となっては他人の作品を積極的に読んで情報を取り入れるというよりは、あくまで自分のやりたいことを絞って追求していくという態勢に、頭と身体が入ってしまっている。

「想像力とは記憶のことだ」というようなことをたしかジェームズ・ジョイスが言っていたが、それはまったくそのとおりで、僕らの記憶というものは(つまり想像力の源泉は)若いうちにしっかりと形づくられてしまっていて、ある年齢を過ぎると、それが大幅な変更を受けることは希《まれ》な出来事になってしまう。

ただの長々しい言い訳になってしまったような気はするのだが、そんなわけで僕は日本の近代・現代文学についてはそれほど(あるいはまったく)詳しくない。いちおうそのへんの事情は理解していただけただろうか？　そして――これはあくまで僕の勝手な推測に過ぎないのだが――この本（英語版）を手にとって読んでおられるみなさんのおおかたも僕と同じように、日本の近代・現代文学についてはそれほど（あるいはまったく）詳しくないのではあるまいか。その正否はともかく、僕としてはあくまで話法的見地から、とりあえずそのように仮定してみたいと思う。

つまり僕としては、一段高い場所に立ってみなさんに日本文学の案内みたいなことをするのではなく、「このジェイ・ルービン氏の編んだアンソロジーにどのように向き合っていけばいいのか、みなさんと一緒に考えてみましょう」という観点から――つまり読者諸氏とほぼ同じ地平に立って――序文を書いているということになるかもしれない。言うなれば、あなたがよく知らない異国の街を、いちおうその地の住民ではあるものの、またその国の言葉が不自由なく喋《しゃべ》れはするものの、それほど地理や歴史に明るいとは言えない人間が道案内をするみたいに。

実を言うと、僕は本書に収録された作品のほとんどを、生まれて初めて手にとって読んだ（ルービン氏の選択した三十五編の作品のうちで、僕がこれまでに読んだことのあるものはたった六作品しかなかった――僕自身の書いた作品をも含めてだ！）。

そんな作品が存在していることすら知らなかった、というものも少なくなかった。

しかし言い訳をするのではないが、そのぶん僕はとても新鮮な、まっさらな気持ちで――予断や偏見や思い入れなしに――それらの作品に臨むことができたということになるだろう。そしてそれは結果的にむしろ好ましいことであった、と言っていいかもしれない。未知なるものに巡り会うというのは、いつだって興味深い体験であるから。そしてもしこういう機会がなかったら（あるいはこういうタスクを与えられなかったら）、僕がこれらの作品に巡り会うことはまずなかったかもしれないのだ。

ただここで、ひとつ読者のみなさんに頭にとどめておいていただきたいのは、本書に収録された作品は、決して近代・現代日本文学を代表する作品――万人によって名作とみなされている定評ある作品――ばかりではないということだ。もちろん誰もが知っている「定番」もいくつか収められているが、率直に言って、そうではないものの方が数としては遥かに多い。そしてまた時代的に言っても、とても古いものととても新しいものが、文字通り隣り合って収められている。まるでiPodとSP蓄音機が店の同じ棚に並べられているみたいに。ルービン氏がどのような意図と基準をもってこれらの作品を選択したのかは、もちろんルービン氏本人に尋ねてみるしかないわけだが、いずれにせよこのような個人編纂《へんさん》のアンソロジーは、一般的公正さや世間常識よりはむしろ選者の個人的な意図、あるいはテイストが優先されてしかるべきものであり、その流れに沿って我々は本書を読み進めなくてはならない、ということになる。また本書のラインナップは——いくつか新訳のものがあるにせよ——既に英訳が発表されている作品を中心に構成されており、そこに「選択肢が限られている」という制約がある程度あったことも頭に留めておいていただきたい。

しかし何はともあれ、これがいささか型破りな作品の選択であり、かなりユニークな作家たちの組み合わせであるというのは、間違いないところだろう。日本人の平均的な読者はこのラインナップを目にしておそらく、多少の差こそあれ、首を傾げるに違いない。どうしてこれが入っているの？　どうしてあれが入っていないの？　と。

でもそれだけにかえって僕としては——日本文学にそれほど詳しいとは言えない人間としては——本書を通して読んでみて、とても新鮮で興味深かった。目を見開かされる部分もあり、「そうか、こういう日本文学の捉《とら》え方もあるんだ」「こういう日本文学の読み方もあるんだ」と妙に納得してしまうところもあった。なによりも「次はいったいどんなものが出てくるんだろう？」という好奇心がかき立てられた。

日本には昔から「福袋」という商品がある。お正月なんかに商店が特別に売り出すパッケージのことで、袋はしっかりと封をされ、中に何が入っているかは買い手には教えられない。大方の場合、いくつもの商品がまぜこぜに入っている。しかし総計すれば、それがとても「お買い得」なものであることだけははっきりしている。つまり福袋の値段よりは遥かに高価な額面のもの（たち）が中に収められているということだ（売り手はそれが「出血サービス」であることを強調し、保証する）。人々は列を作り、文字通り争ってその「福袋」を——中身が何であるのか知らないままに——買い求める。そしてそれは大型百貨店などの人気目玉商品になっている。それを買ってうちに持ち帰り、袋を開けて中に何が入っているのかを発見するのが、人々の毎年恒例の楽しみになっている。もちろんコストパフォーマンスの良さがこの「福袋」の人気の要になっているわけだが、しかし決してそればかりではない。「中に何が入っているのか教えてもらえない」というミステリアスな要素が多くの人々を強く、抗《あらが》いがたく惹《ひ》きつけるのだろう（僕自身は買ったことはないが……）。

たとえは少し不適当かもしれないが、この本を読み終えたあと、僕はついこの「福袋」のことを思い出してしまった。そういう良い意味でミステリアスな、そして射幸《しゃこう》的な楽しみが間違いなくここにはある。袋を開けて、中身を楽しんでいただければと思う。

テーマ別に各作品を見ていこう。

## 日本と西洋

ここには三人の高名な日本近代文学の作家の作品が収められている。どの作品にも西洋文化と日本の文化の大きな差違に戸惑う、知識・有閑階級の人々の様子が描かれている。三人のうち永井荷風（一八七九―一九五九）と夏目漱石（一八六七―一九一六）には、それぞれに外国に遊学した経験がある。夏目は官費留学生として「英語教育法研究」のためにイギリスに二年ばかり滞在した。荷風は父親の意思で実業を学ぶためにアメリカに四年滞在し、その後はフランスに渡って一年近くをそこで過ごした。当時の日本では、海外に遊学することは、よほどのエリートか金持ちにしか許されない特権的な行為だった。

もともとヨーロッパ志向だった荷風はアメリカの風土がもうひとつ肌に合わず、いろいろと神経を削ったようだったが、フランスに移ってからは、水を得た魚のように自由な生活を満喫した。しかしそのぶん、日本に戻ってからの精神的水位の調整にはずいぶん苦労することになった。自分の求める理想の世界と、自分が囚《とら》われている現実との相克《そうこく》。その相克が生み出す深い鬱屈《うっくつ》は、ここに収められた「監獄署の裏」（一九〇九）という作品からも読み取っていただけると思う。荷風は結局のところ、パリでの洒脱《しゃだつ》に退廃した自由な生活を、日本の風土に移し替えるに当たって、東京下町のカフェや売春宿やストリップ小屋にその土台を見いだすことになった。そして自らを、エリート世界から逸脱したアウトサイダーと見なした。彼が求めていた精神の自由は、当時の日本ではそのような場所にしか見いだすことができなかったからだ。彼は慶応大学教授の職を辞し、自らを「戯作者《げさくしゃ》」と呼び、生涯結婚することもなく、定職に就くこともなく、あえて権威を求めることもなく、自由に気ままな人生を送った。

それに比べれば漱石は、同じような屈託を抱えていたにせよ、あくまで「選良」としての人生を生きた。ロンドンに留学していたときには、生来の生真面目《きまじめ》な性格が災いして極度の神経衰弱に陥り、文部省から帰国命令を受けて日本に戻ってきたのだが、帰国後は東京帝国大学で教師の職に就いた。そしてその傍ら小説を発表するが（小説執筆は神経衰弱を和らげるための気分転換の手段であったと言われている）、それが評判になり、結局教授職に就くことを断って朝日新聞社（当時もっとも権威のある新聞社だった）に入社し、職業作家として同紙に連載小説を次々に発表することになる。彼が小説を書いていた時期は十年ほどに過ぎないが、そのあいだに発表した作品は世間の熱い注目を浴び、多くの意味合いにおいて、その後の日本文学の流れを設定することになった。『三四郎』(一九〇八)は漱石にとっては、キャリア中期の代表作に当たるわけだが、この小説は漱石の作品の中では、個人的にいちばん好きなものだ。田舎から出てきた青年が、都会の生活に面食らい戸惑う様が——それは日本の伝統的な生き方と、西洋文化とのあいだの葛藤《かっとう》に他ならない——とても生き生きと描かれている。三四郎がそこで感じたことは——そこにあるスリルや混乱や歓びや憂鬱《ゆううつ》は——当時の青年たちが多かれ少なかれみんな経験したことだった。

谷崎潤一郎(一八八六—一九六五)には留学の経験はないが、いわゆる「大正デモクラシー」(日露戦争と対中国戦争との合間の、束の間の平和な日々だ)の自由で洒脱な雰囲気の中で、洗練された文学基盤を築くことになった。もともとは裕福な家庭の子供だったが、父親が破産状態に陥り、学業の途中で退学し、そのまま奉公に出されるところだった。しかし学業に優れていたために、教師の厚意によってなんとか高等学校に進むことができた。本書に収められた「友田と松永の話」はいわば、一人の人間の人格が西側と東側に分裂する話で、ミステリー仕立てになっているが、きわめて奇抜な話であるにもかかわらず、そこには「こういうことって(多かれ少なかれ)あるかもな」というある種の切実さが漂っている。西洋側にも東洋側にも、どちらにも軸足を置ききれない当時の知識人の迷いと葛藤が、ここにはユニークな寓話《ぐうわ》というかたちで巧妙に描かれている。この作品は、一九二六年（この年の暮れに大正天皇が崩御し、年号が昭和に代わった。まさに時代の変わり目だ）に「主婦之友」という婦人雑誌に掲載された。

これらの作品に描かれているのは主に、第二次大戦以前の日本の文化的状況であり、日本が積極的に西洋文化を取り入れ、しかし天皇制という「国体」を厳しく維持しながら「富国強兵」に励んでいた時代だった。敗戦とアメリカによる占領期間のあとでは、そのような状況はかなり大きく様変わりしてしまったわけだが、現在においてもやはり、西洋的なるものと東洋的なるもののシステム・クラッシュは、かたちを変えて起こり続けている。それはあるときには興味深い刺激を生み出し、あるときには深い鬱屈を生み出すことになる。

谷崎について少し個人的なことを書かせていただく。僕が三十代半ばで「谷崎賞」を受賞したときには、谷崎夫人の松子さんは高齢だったがまだお元気で、授賞式にお見えになったとき、わざわざ僕のところに来られ、受賞作の『世界の終りとハードボイルド・ワンダーランド』のことを、「ずいぶん面白く読ませていただきました」と褒めてくださった。谷崎は僕の敬愛する作家でもあり、光栄に思ったことを覚えている。また僕が初めてニューヨークの「ザ・ニューヨーカー」本社を訪れたとき、当時の編集長のロバート・ゴットリーブ氏が僕を連れて社内をぐるりと案内してくれた。そして最後に自分のオフィスに戻ったのだが、書棚に谷崎の『細雪』(*The Makioka Sisters*)が三冊並んでいるのに僕は気づいた。同じ本が三冊も並んで置かれているのだ。僕が「どうして同じ本が三冊もここにあるのですか?」と尋ねると、彼はにっこり笑って言った。

「みんなにそれと同じ質問をしてもらいたいからさ。そうすれば、ぼくはこの小説がどれほど素晴らしいか、相手に説明することができる。そしてもし相手がこの本に興味を持てば、一冊進呈することもできる」

この言葉を聞いたら、谷崎はきっと喜んだことだろう。

## 忠実なる戦士

このジャンルには切腹を題材とする二つの作品が収められている。森鷗外《おうがい》(一八六二―一九二二)の「興津弥五右衛門の遺書」(一九一二)は江戸時代の武士の殉死を扱い、三島由紀夫(一九二五―一九七〇)の「憂国」(一九六一)は一九三六年に起こった二・二六事件(陸軍若手将校によるクーデター未遂事件)を背景にした切腹を扱っている。武士と軍人との違いはあるものの、「切腹」という特殊な自死の形態が持つ意味が、前者においてはあくまで淡々と（ほとんど事務的に）記され、そして後者においてはセクシュアルなまでに生々しく描かれている。

もともと切腹には「自らの腹をいさぎよく刃物で捌《さば》いて、（できれば）内臓を引きずり出し、潔白であることを主君に、あるいは世間に示す」という意味あいがある。武士にだけ許された名誉ある自殺法だ。それは処罰でもあり得たし、自発的な意思表示でもあり得た。いずれにせよ医学的見地からみれば、かなり効率の悪い死に方だし、時間がかかり、苦痛はきわめて大きい。頸《けい》動脈を切ったり、心臓を突いたりする方がずっと安らかに死ぬことができる。それでもおそらく効率が悪く、時間がかかるからこそだろう、武士は勇猛さと覚悟を世に示すためにも、その死の形態に固執するようになった（後年になって、苦痛を長引かせないために、腹に自ら刃物を突き立てた直後に、介添人が背後から首を刎《は》ねるというシステムが導入されることになったが）。

武士であることは――つまりエリートであることは――かくなる自死の機会がいつ訪れてもいいように覚悟していなくてはならないということを意味した。そしてそのような精神的緊張の継続と継承は当然のことながら、日本人のサイキ（精神）に少なからぬ影響を及ぼすことになったと言っても、言い過ぎにはなるまい。進んで腹を切るという姿勢は――肉体的に実際に腹を切る機会は今ではなくなってはいるが――日本人の魂にとってはひとつの美学として、今でもやはり機能し続けているように思える。現代のサラリーマンの世界においても、官僚の世界においても「腹を切る」「腹を切らされる」という表現は、「責任をとる」「責任をとらされる」という意味で一般的に、かなり頻繁に用いられている。

森鷗外はエリート軍人としてドイツに留学し、国際感覚を身につけた知識人だったが、明治天皇の死に殉じて腹を切った乃木希典将軍（夫人も同じく自死した）に深い感銘を受け、彼の葬儀にあわせてこの短編小説を書いた。興津弥五右衛門は実在した人物で、実際に割腹して死んだが、この遺書はおそらくは――基礎となる原型のようなものはあったかもしれないが基本的には――鷗外の創作であろうと推測される。遺書という淡々とした実務的形式をとりながらも、そこには終始ある種の抑制された血なまぐささが漂っている。文語体で書かれているために、現代ではこの小説を手にとる日本人はおそらく多くないだろうが、もう晩年に近い鷗外の筆が駸々《しんしん》と冴《さ》え渡る一品となっている。鷗外は生前の乃木将軍とも親交があり、その死におそらく深い共感を抱いたのだろう。彼はそれに続く中編小説「阿部一族」においても主君に殉じて切腹した武士の姿を描いているが、こちらはかなり血なまぐさい陰惨な話になっている。

ちなみに鷗外と並んで明治時代の文壇を支えた夏目漱石も、乃木将軍の殉死にインスパイアされて代表作『こゝろ』を書いている。

三島由紀夫は「憂国」にはモデルはいないと語っているが、「モデルであり得た人物はいた」というのが、本書を巡る一般的な定説になっている。実際に同じような行為に走った軍人夫婦は存在した。しかし主人公、武山信二中尉の悲壮な割腹と、その妻の麗子の自死を、どこまでも美化し純化して、文学として描ききった三島にとって、その純化物を現実のレベルに引きずり下ろされてしまうことは、やはり耐えがたかったのだろう。そしてこの作品を読み終えたとき、そこにモデルがいたかどうかは、確かにどうでもいいことのように感じられる。この作品の描く世界の美しさに惹かれる読者もおられるだろうし、ただ嫌悪感《けんおかん》を催すしかないという読者もおられるだろう。しかしその是非はともかく、ここに描かれたひとつの想念の徹底した純化ぶりに、文学として評価すべきものがあることは認めないわけにはいかないはずだ。

三島はこの作品を書いた九年後に、実際に自ら割腹して死んだ。国を憂《うれ》えての死だった。そのとき僕は二十一歳で、大学の食堂で昼食をとっているときに、そこに備え付けられたテレビでその様子を目にした。いったいそこで何が起こっているのか、そのときはほとんど理解できなかったし、事の次第がいちおう理解できてからも、その行為に切実な意味らしきものを見いだすことは、僕にはできなかった。ひとつの想念を文学として純化させることと、想念を行為として純化させることのあいだには、きわめて大きな違いがある。僕がその事件から得たものといえば、結局のところそのような認識だ。

## 男と女

「男と女」というジャンルには六編の作品が収録されているが、そのうちの五編は女性作家の手によって書かれたものだ。この圧倒的な偏りは何を意味しているのだろう？　男性と女性とのあいだの物語を描くには、女性の方がより適しているということなのだろうか。あるいはごく単純に、男性作家が女性の姿や心理を正確に描くのはとてもむずかしいということなのだろうか。それとも、長く続いてきた日本の男性中心社会にあっては、女性作家の視線の方がより鋭い批評精神を持ち合わせるようになったということなのだろうか。あるいは「それらのすべての総合（all the above）」ということなのだろうか？

津島佑子（一九四七―二〇一六）は一歳の時に、父であり有名作家である太宰治を亡《な》くし（愛人と心中した）、母子家庭で育ち、自らも夫と離婚し、ほとんど女手ひとつで子供たちを育てた。この「焰」（一九七九）という短編小説も、そのような日常生活のひとつの部分を緻密《ちみつ》に描いた、私小説的作風の作品になっている。母から子へと継続していく血。去って行く男たち。出所も行き場所も定かではない子供の無言の発熱が、最後の夜空の鮮やかな（そしてまた現場においては致死的な）爆発へと結びついていく。

河野多恵子（一九二六―二〇一五）は大正時代のいちばん最後の年に大阪で生まれた。谷崎潤一郎に憧《あこが》れ、そのモダニズムの傾向を色濃く受け継いだ。「箱の中」（一九七五）はずいぶん奇妙な話だが、ここに描かれている女性の（ほとんど意味のない）意地悪さというか、エキセントリシティーは、男性にはなかなか思いつけないもので、女性に言わせれば「これくらいのことはどこにでもあるわよ」ということになりそうだ。この話には男性は登場しないが、男性の不在そのものが逆にひとつのメッセージになっているような気さえする。箱の中ではいろんなことが起こっているらしい。

戦後の作家でもっとも文学的に力強い作家は誰かと訊かれると、まず中上健次（一九四六―一九九二）の名前が僕の頭に浮かぶ。人間像や情景を鉄釘でページに固く打ち付けていくようなパワフルな文体で、彼独自の世界を展開した。彼の故郷である紀州（和歌山県南部）がその物語のために強力なバックグラウンドとなった。実際に会って面と向かって話すと、作風から想像するよりずっと柔和でセンシティブな人だという印象を持った。脂ののりきっていた時期に病を得て夭逝《ようせい》したことが、たいへん惜しまれる。本書に収められた「残りの花」は一九八三年に書かれた。暗闇《くらやみ》の中で盲目の女と肌を重ね合う若い男。すべては豊穣《ほうじょう》なる大地から生まれ、骨となって大地に還っていく。暗闇からやってきたものは、また暗闇に還っていく。とても印象的な作品だ。

吉本ばなな（一九六四―）は高名な批評家・詩人である吉本隆明の次女として生まれた。一九八七年に「キッチン」で作家としてデビューし、その処女作は若い人々に支持され、圧倒的なベストセラーになり、海外でも評判になった。初期の作品群においては、若い女性がこの世界で生活を営んでいく様が、言葉が空間を自然にすり抜けて行くような感覚で、ヴィヴィッドに描かれていた。

この「ハチハニー」（一九九九）は『不倫と南米』というタイトルの短編集に収録されている。主人公の女性は愛情関係のトラブルを抱えて日本を離れ、友人の住むブエノスアイレスを訪れ、そこにしばらく滞在している。そしてその異国の地で、異国の風土や歴史や人々とふれあいながら、日本の日常生活における自らを外側からの眼差しで確認していく。いくらでもどろどろした話にしてしまえそうだが、そこに漂う静謐《せいひつ》であっさりとした感覚が、読者を不思議に説得してしまうところがある。吉本ばななの独自の世界だ。文学とはこういうものだ——というような旧来の決めつけは、彼女の小説にはまったく無縁のものである。

大庭みな子（一九三〇—二〇〇七）は海軍軍医の娘として東京に生まれ、父親の任地である広島県で少女時代を過ごし、十四歳のときに原爆投下を経験した。そしてその悲惨な光景を目にしたことは、彼女の作家としてのひとつの原点となった。余分な修飾を極力排し、乾いた的確な文体を用いて世界を鋭利に切り取っていくその文学手法は、高く評価された。「山姥の微笑」（一九七六）は山姥という日本古来の伝説をひとつの装置として、現代に生きる当たり前の一人の女性の生き方——それは演技的な生き方でもある——を浮き彫りにしていく。人々が目にする妖怪とは往々にして、暗い鏡に映る自らの姿に過ぎない。多くの女性は、作者の描く山姥の中に、自分のありの一面を見てとることになるかもしれない。山に生きればあやしい妖怪となり、里に生きれば普通の主婦と見なされる女性の像は、フェミニストでもある作者にとってのひとつの大事なモチーフとなった。

円地文子（一九〇五—一九八六）は劇作家としてデビューし、六十代になってから小説家として広く認められるようになった。彼女の書く少女小説は人気が高かった。また古典にも造詣《ぞうけい》が深く、彼女の現代語訳した『源氏物語』は評価が高い。この「二世の縁 拾遺」（一九五七）は、上田秋成（一七三四―一八〇九）の古典『春雨物語』の中に収められている「二世の縁」という短い怪奇譚《たん》をもとにして物語が進められる。そのことは知らず、僕も『騎士団長殺し』という長編小説の中で、この「二世の縁」をストラクチャーのひとつとして用いたことがある。戦争中に死亡した夫と、彼女に肉体関係を迫る老教授、その二人の男たちは秋成の残した「物語」というパイプを通って、暗闇の中で彼女の肌にじわじわと迫ってくる。しかしその正体は……。とてもよくつくられた怖い短編小説だ。鈴木清順がこの「二世の縁 拾遺」を〈木乃伊《ミイラ》の恋〉というタイトルでテレビ映画化したことがあり、なかなか良い面白い作品だったと記憶している。

## 自然と記憶

阿部昭（一九三四―一九八九）は東京の放送局に勤務し、ディレクターを務める傍ら小説を書いていたが、三十七歳のときに職を辞して専業作家となった。自らの家族や日常生活を題材とした私小説的作品が多く、「内向の世代」の一人と呼ばれることが多い。この「桃」（一九七二）においても、とくに何か特別な出来事が起こるわけではない。作者の頭の片隅にあるひとつの古い記憶が検証されるだけのことだ。いわゆる「心境小説」だ。しかしその記憶にはありありとした五感が伴っている。まるでモノクロームのフィルムにだんだん色が浮かび上がってくるように、記憶はページの上で実体をそなえていく。乳母車に積まれたたくさんの桃の匂《にお》いや、その重みや、あたりの空気の冷ややかさや、蛙《かえる》の鳴き声や、乳母車の立てる音がしっかり記憶と結びついている。しかしある日、その記憶に関してある重大な疑いが生まれる。そして作者は混乱する……。日本の小説のひとつのあり方を示した佳作である。

小川洋子（一九六二―）は一九八八年に作家としてデビューし、吉本ばななと共に新しい感覚を持った女性作家として注目され（二人はほとんど同時期に出てきた）、それ以降自分のペースを守って、着実に物語を語り続け、その物静かではあるけれど芯《しん》の強い文体と作風は、多くの読者に支持されている。

どのような街にも必ず「謎《なぞ》の屋敷」があり、その屋敷には必ず謎の住人が住んでいる。そして子供たちは否応《いやおう》なくそのような屋敷に引き寄せられていく。僕の住んでいた街にもそういう屋敷はあった。あなたの住んでいた街にもきっとひとつはあったはずだ。作者は物語というトンネルを通して、そのような屋敷にあなたをもう一度連れ戻す。この「『物理の館物語』」（二〇〇九）はそういう物語だ。物語の語り手の、心優しい視線の低さが印象的だ。

国木田独歩（一八七一―一九〇八）は森鷗外や夏目漱石とだいたい同世代の明治時代の作家だが、「文豪」とも呼ばれるその二人に比べれば、マイナー・ポエト（minor poet）という印象が強い。ロシア文学における（トルストイやドストエフスキーに対する）ツルゲーネフのような存在であるかもしれない。熱心なクリスチャンで、雑誌編集者としても活躍した。東京郊外の豊かな自然を鮮やかに描いた「武蔵野」が代表作で、この文体は日本の自然主義小説のひとつの指標ともなった。この「忘れえぬ人々」（一八九八）においても、作者がひとつひとつの場所や、一人ひとりの人物を描いていく筆致は今読んでもとても生き生きとしており、それらの姿が時代を超えて眼前に浮かび上がってくるところがある。最後のツイストもきいている。こういう切れの良い小ぶりな作品は、やはり漱石や鷗外には書くことのできない種類のものだろう。

「自然と記憶」と題したこのセクションに収められた次の作品「１９６３／１９８２年のイパネマ娘」（一九八二）は、僕が自分で書いた小説だが、あるときふと気が向いてぱらぱらと書いたシンプルな文章的スケッチのようなもので、書いたこと自体すっかり忘れてしまっていた。でもジェイ・ルービン氏はなぜかこの小品がとても気に入ったらしく、執拗《しつよう》に掲載を迫った。もちろんどんなものでも気に入っていただければ、作者としてはたいへん嬉《うれ》しいのだが、僕は正直なところ、今でも首を軽くひねり続けている。本当にこんなものでいいの？　読者のみなさんはどのように感じられますか？　気に入っていただければ、作者としてはもちろん嬉しいのだが。しかしそれはそれとして、この曲のスタン・ゲッツのソロはいつ聴いても素晴らしいですね。

柴田元幸は一九五四年東京生まれ。長年にわたって東京大学文学部で教鞭《きょうべん》をとっていたが、現在は退職して翻訳、著述、雑誌編集に携わっている。小柄な人だが、信じられぬほど旺盛《おうせい》なエネルギーでもって、主に現代アメリカ文学の翻訳と紹介を精力的に行い、翻訳という作業の概念を大きく変えてきた。僕（村上）とは三十年以上にわたって、翻訳作業において親しい協力関係にあり、僕にとっては翻訳の先生ともコーチとも言うべき役割を果たしてきてくれた。ポール・オースターやスティーヴン・ミルハウザー、スティーヴ・エリクソン、レアード・ハント、スチュアート・ダイベック、バリー・ユアグロー、レベッカ・ブラウンなどが――先鋭的なアメリカ現代作家たちだ――日本の読者の手にこれほど広く取られるようになったのは、彼の努力なくしてはなかったことだろう。柴田の訳したものであればなんでも読むというファンも少なくない。アメリカ文学に関係したエッセイを書くことも多いが、フィクションを書くことはとても珍しい。この「ケンブリッジ・サーカス」(二〇〇四)という短いスケッチ風の作品は、おそらくフィクションとエッセイの間に微妙に位置していると言っていいだろうが、視線の新鮮さと、センスの良さと、語りのうまさで読者の心を惹きつける。

## 近代的生活、その他のナンセンス

宇野浩二(一八九一—一九六一)は主に大正時代に活躍した作家で、いわゆる「私小説」作家の一人とされている。この「屋根裏の法学士」(一九一八)はごく初期の作品だが、読んでいてこっちがだんだん切なくなってくるような、まことに情けない話だ。大学を出たものの、自分の本当にやりたいことがうまく見つけられず、見つけたと思ってもうまくいかず、理想ばかり高くて、実力が伴わない。プライドだけは高いが、それに見合った才能もなく根気もない。夏目漱石が『それから』の中で描いたのは「高等遊民」の姿だが、この主人公はどう転んでも「高等」とは言い難い。下宿の押し入れに日がな寝転んで、頭の中で夢を描き、自分を評価してくれない世の中を見下しているばかりだ。自虐《じぎゃく》的私小説なのか、それとも風刺的ユーモア小説なのか、見定めがたいところがある。「でも、こういう人間って今でもいっぱいいますよ」と言われたらそれまでだけど……。

源氏鶏太（一九一二―一九八五）は主に昭和三十年代に、サラリーマンを主人公とした娯楽小説を商業雑誌向けに数多く書いて人気を得た作家だ。彼が活躍した時代は、日本経済が急速に発展した時代に重なっており、ネクタイを締めた都会のサラリーマンたちは当時の花形の職業だった。会社で日々仕事に精出す人々（そのおおかたはあまりぱっとしない人々だ）の切実な奮闘ぶりを、ユーモアの感覚を交えて描いたその作風は、人々の――おそらくは同じような境遇にある人々の――共感を呼んだ。しかし日本経済が高度成長期を通過してしまった現在、彼の作品を手に取る人はおそらくそれほど多くはないだろう。いわゆる「現代生活」のアクチュアルな現代性は時間の経過に従って薄れ、やがては消えてしまう。しかし今の若い人がこの「英語屋さん」（一九五一）を読めば、あるいはこういう（ある意味古風な）小説も逆にけっこう新鮮に読めてしまう、というようなこともあるのかもしれない。僕にはよくわからない。

別役実（一九三七―二〇二〇）は劇作家として知られる。満州に生まれ、終戦までそこで育った。サミュエル・ベケット風の不条理劇で、とくに一九六〇年代から七〇年代にかけて若者たちの熱心な支持を得て、人気を博した。小説も数多く発表しているが、子供向けの――あるいはそういう形式をとった――寓話的な物語が多い。この「工場のある街」（一九七三）もそのうちのひとつで、創作童話を朗読するテレビ番組のために書かれている。僕がこの話を読んで思ったのは、そういえば昔は（僕の子供時代には）もくもくと煙を出している工場がまわりにけっこうあったよな、ということだ。最近ではそういう光景をあまり目にしなくなった。製造業が産業の中心からだんだん外れ、環境に対する人々の意識も変化した。工場の煙突から出る黒い煙を見て、〈あの煙を見ていると、何か腹の底から、力が湧《わ》いてくるような気がします〉なんて言う人はもういないだろう。

現代の日本文学シーンでは数多くの女性作家が活躍しているが（男性作家の影が薄く見えてしまうほどだ）、川上未映子（一九七六―）はそのシーンの核心近くに位置する、新しい作家の一人だ。川上は小川洋子、吉本ばなな、川上弘美といった一九八〇年代から九〇年代初期に現れた女性作家群（とくに彼女たちがグループを組んでいるわけではないが）より、世代的にはひとつ下になる。彼女の書く小説を特徴づけているのは――僕が思うに――鋭い言語感覚（彼女は小説家になる以前に、詩人だった）と、その言語が切り拓《ひら》いていく物語の比較的ゆったりとした進み方だ。鋭さと緩やかさがひとつに結びつき、その組み合わせによって、そこに面白いグルーヴ感が生まれる。そしてそのグルーヴに身を委《ゆだ》ねていると、最後にはっとさせられる不穏なツイストが（往々にして）待ち受けている。この「愛の夢とか」は二〇一一年に書かれ、短編集のタイトル作となっている。隣家の年配の奥さんの弾くピアノ曲に心惹かれる主人公の女性は、これからいったいどこに行こうとしているのだろう？　静かで平和（そう）な住宅地の日常を描いた、一見ほんわかとした話だが、そこには何かしら不吉な気配が漂っているようだ。

星新一（一九二六―一九九七）は「ショートショート」という新しい小説の形式を日本に登場させた作家だ。いくつかの例外を別にすれば、数ページで終わる物語を彼は終生書き続け、そのスタイルが彼を有名にした。森鷗外は大伯父にあたり、父親は製薬会社の社長であり、本人も短期間その会社の社長を務めた。僕自身の感想を言わせていただくなら、彼の作品の優れたものには、見事に鋭い機知があり、あっと驚く仕掛けがある。僕も若い頃、そのような彼の作品を楽しんだ記憶がある。しかしそれと同時に「定型」を感じさせてしまう作品も、正直に言って少なくはなかった。それはこの種のプロット中心の話を書く――とりわけ多産な――作家には避けがたい宿命なのだろうが。「長編作家と同じような、原稿用紙一枚いくらという原稿料の計算のされ方は不公平だ」というのが星の積年の主張であったようだが、その主張はよく理解できる。あるいはそれが、多作に走らざるを得なかった理由のひとつなのかもしれない。「肩の上の秘書」は一九六一年に発表された。

## 恐怖

芥川龍之介（一八九二―一九二七）は夏目漱石の跡を継ぐようなかたちで出てきた作家で、大正期の日本文学を代表する優れた作品を残したが、神経を病み、昭和期に入ってすぐに自殺を遂げた。芥川はその生涯において、かなり作風を変化させているが、そこに一貫して見受けられるのは、暗闇の中に浮かぶ明かりの、短く儚《はかな》い美しさのようなものだ。彼の的確にして繊細な文章が、その明かりを一瞬手中に捕らえる。彼は若い時期に、古典に題材を得た物語を好んで書いたが、この「地獄変」（一九一八）もそのひとつだ。二十代半ばに書かれた作品だが、その才気が溢《あふ》れ出るような筆致は今も色褪《いろあ》せることはない。

澤西祐典（一九八六―）は本書に収められた作家の中では最も年若い作家だろう。

デビューしたのは二〇一一年、大学講師を務めながら、奇妙な味を持つ小説をコンスタントに文芸誌に発表し続けている。この「砂糖で満ちてゆく」（二〇一三）は「全身性糖化症」（一般に「糖皮病」と呼ばれる）という不治の奇病にかかった母親を看取る娘の話だ。〈母の体で、初めに砂糖に変わったのは膣だった〉というどきっとする文章で話は始まる。僕が最近読んだ中では最も強烈な出だしの文章だ。難病の母を看取る娘、という話の設定はどちらかといえばありがちなものだけれど、作者はあきらかにその「ありがちな」設定を装置として借用し、そこに「全身性糖化症」という架空の病気（たぶん架空なのだろう）を立ち上げることで、物語を静謐のうちに、そしてまたシュールレアリスティックにドライブしていく。結末はかなり衝撃的かもしれない。

内田百閒（一八八九―一九七一）は夏目漱石の弟子筋にあたり、同じ弟子である芥川龍之介とも仲が良かった。長いあいだ大学でドイツ語教師を務めた。酒を愛し、いつも借金に追われ、自由な生き方を好んだ作家で、いくぶんひねくれた目で世界を眺め、その愉快で闊達《かったつ》な随筆は今でも多くの人の手にとられている。長命だったこともあり、作品は数多いが、僕個人としては、怪奇な世界を描いた彼の一連の短編小説を愛好する。夏目漱石の『夢十夜』を思わせる不思議な世界が繰り広げられるが、漱石の研ぎ澄まされた神経症的なエッジはなく、そこにあるのはほとんど土俗的な、そしてユーモアの香りのする魑魅魍魎《ちみもうりょう》の饗宴《きょうえん》だ。「件《くだん》」（一九二一）もその代表的な作品のひとつだ。まさに内田にしか描けない世界である。「件」は漢字でにんべんに牛と書く。つまり人間と牛とのハイブリッドだ。タイトルの字を見ているだけで、少し気味悪くなってくる。

**災厄　天災及び人災**

日本は自然災害のきわめて多い国だ……と単純に言い切ってしまっていいものかどうか、僕にはわからないが、遥か昔から地震や噴火や津波が数多くあり、また台風の通り道にもあたり、それらの被害が甚大であったことは確かだ。そして我々が常に自然災害を身近に感じながら、そしてそれらに備えながら生活してきたというのは、間違いのないところだろう。そのような自然に対する恐《おそ》れと畏《おそ》れは、我々のメンタリティーに遺伝的に組み込まれてしまっているようだ。ただそのような自然災害の多さに比べて、外敵の侵略みたいなもの（人的災害）は歴史上ほとんど経験してこなかった。もちろん一九四五年の夏に広島と長崎に原爆が投下され、マッカーサー将軍を乗せた飛行機が厚木基地に降り立つまでは……ということだが。そして二〇一一年の東日本大震災においては、「天災」の副産物として、原子力発電所の事故という圧倒的な「人災」が追加されることになった。おそらくこの悲劇的な出来事によって、我々日本人のメンタリティーにもまたいくつかの更新がなされたはずだ。その「更新」がこれからどのような方向に進んでいくものか、我々は市民として、また作家として、しっかり見定めなくてはならないだろう。

**関東大震災、一九二三**

芥川龍之介は一九二三年九月一日に東京周辺を直撃した関東大震災についての記録を残している。日記を基にしたような、あくまで断片的な身辺雑記ではあるが、その場に居合わせたものでなくては書き記せない、はっとするような生々しい――そして同時に妙に日常的ともいえる――記述があちこちに見受けられる。そこにはまた作家としての目をもって、その巨大な災害を様々な角度から捉え、書き残そうとする姿勢も見受けられる。

災害の大きかつただけにこんどの大地震は、我我作家の心にも大きな動揺を与へた。我我ははげしい愛や、憎しみや、憐《あはれ》みや、不安を経験した。在来、我我のとりあつかった人間の心理は、どちらかといへばデリケエトなものである。それへ今度はもっと線の太い感情の曲線をゑがいたものが新《あらた》に加はるやうになるかも知れない。勿論《もちろん》その感情の波を起伏《きふく》させる段取りには大地震や火事を使ふのである。事実はどうなるかわからぬが、さういふ可能性はありさうである。

「震災の文芸に与ふる影響」と題した文章（一九二三）で彼はこのように述べている。それはまさに、現代に生きる作家である我々も同じように、深く心に感じたことだった。

「大地震」は一九二七年、芥川の死後に、「或阿呆《ある》の一生」の一部として発表されたものだが、本書では、大震災の翌年に書かれた「金将軍」を導入するために収められている。「金将軍」はとても不思議な話だ。僕はこんな物語を芥川が書いているということも知らなかったし、僕のまわりにもこの話を読んだことのある人は一人もいなかった。ジェイ・ルービン氏はいったいどこからこんなユニークな短編小説を見つけ出してきたのだろう？　日本が十六世紀末に朝鮮半島を軍事侵略する前後を描いた話だが、基本的には朝鮮の側から見た物語になっている。荒唐無稽《むけい》といえば荒唐無稽な怪異譚だが、政治的に読もうと思えば読めなくもない。芥川の生来の二重性が、ここにもちらりと顔を見せているようだ。芥川の同種の作品（昔話、あるいは古い説話のadaptation）にはもっと出来の良いものが数多くあると思うが、これはこれで独特の雰囲気を持つ知られざる小品だ。

**原爆、一九四五**

大田洋子（一九〇三―一九六三）は広島出身。戦争前から東京で女流作家として活動していたが、たまたま広島の妹宅に戻っているときに原爆投下を経験した。そしてそこで自分が目撃した悲惨きわまりない光景を、同時的に克明に記録した。当初の原稿にはアメリカ軍に対する激しい批判の部分が含まれていて、そのため占領軍の指示によって出版差し止め処分を受けた。「屍《しかばね》の街」（一九四八）には凄惨《せいさん》な記述が数多く含まれている。ところどころで読むのがつらくなる。言うまでもなく、書く方だってそれ以上につらかったはずだ。しかしこの世界には、文章という形でしか残せないものごとがあり、伝えられない感情があり、描けない情景がある。文章を職業とするものにとって、このような文章を読み通すことは貴重な体験となり、またひとつの自戒となる。

爆心地近くで被爆し、全身が焼けただれた裸の少年と作者とのあいだに、こんな会話が交わされる。

〈「僕死にそうです。死ぬかも知れないです。くるしいなア。」

「みんな死にそうなんだからがまんするのよ〔以下略〕」〉（傍点村上）

こんな会話は、そしてこんな（不気味な諧謔《かいぎゃく》さえ感じさせる）ロジックは、普通のフィクションの世界ではまず成立し得ないだろう。

青来有一（一九五八—）は長崎生まれで、爆心地の近くで育った。市役所勤めをしながら、文筆活動を続け、二〇〇一年に「聖水」で芥川賞を受賞、二〇一〇年に長崎原爆資料館長に就任した。「虫」（二〇〇五）は連作短編小説集『爆心』の中に収められている。作者はもちろん戦後生まれだが、故郷の土地で被爆した人々の記憶を、フィクションというかたちで語り継いでいく。歴史というものは我々の社会にとっての貴重な集合的記憶であり、誰かが語り継いで行かなければ、それはいつか消えてしまうことになる。あるいは誰かの手で都合良く書き換えられてしまうことになる。作者はここでは微小な虫という視点を得て、人と神との切実なせめぎ合い——語り手はクリスチャン、江戸時代の隠れ切支丹の末裔《まつえい》だ——に迫る。九州弁をしゃべるウマオイの姿が印象的だ。

## 戦後の日本

川端康成（一八九九―一九七二）は我が国を代表する作家の一人であり、ノーベル文学賞を受賞し、その後自死を遂げた（アーネスト・ヘミングウェイと同じように）。「五拾銭銀貨」（一九四六）は『掌の小説』と呼ばれる短い小説を集めた作品集に収められている。戦前と戦後でほとんどすべての物事ががらりと様変わりしてしまった。その変化を五拾銭銀貨を軸にして、とても穏やかに静かに――中産階級的にと言ってもいいかもしれない――ページの上に浮かびあがらせていく。ほとんど最後に、母が空襲で焼け死んでしまったことが（こっそりと）明らかにされる。あたりにはもう犬の姿さえ見当たらない。文章の芸のサンプルとでもいうべき小品だ。

野坂昭如《あきゆき》（一九三〇―二〇一五）が文壇デビューしたのは一九六三年の『エロ事師たち』で、エロティックな雑事をなりわいとする男の生き様を生々しく、またユーモラスに描いたこの破天荒な小説は、当時ずいぶん世間の話題になった。高校生のときに僕も面白く読んだ記憶がある。それまでの野坂は男性誌に軽薄な雑文を書き、あちこちのマスコミに顔を出して挑発的な発言をする、正体不明の黒眼鏡の男（常に「ブルース・ブラザース」のような濃いサングラスをかけていた）に過ぎなかったのだが、それ以降は実力のある個性的な小説家として一目置かれるようになった。しかし彼が本当の意味で真価を発揮したのは、戦争中の体験を基にした二つの心に響く小説、「火垂《ほた》るの墓」と「アメリカひじき」（いずれも一九六七）においてだった。戦争中まだ幼い少年であった彼は終生、戦争中の悲惨な体験の記憶を背負い続けると共に、一面の焦土と化した「なんにもない」日本に対するある種の憧憬《しょうけい》を抱き続けていた。そして自らを「焼け跡闇市派」と称し、戦後の日本社会の偽善性と、その繁栄の底の浅さを痛烈に批判した。

星野智幸（一九六五―）は大学卒業後に産経新聞社に就職したが、一九九一年に退職して職業作家となった。「ピンク」（二〇一四）が扱っているのは、戦後日本が到達したひとつの閉塞《へいそく》状況だ。戦後日本を支えた「平和と経済的繁栄」という二つの要素が行き詰まりを見せ、そこに異常気象が追い打ちをかけ、行き場を失った若者たちが、新しい波動を得るために「つむじ踊り」という回転運動にはまり込む。そしてより激しい自壊作用に絡《から》め取られていく。もちろんひとつの寓話に過ぎないのだが、ただのお話とは言い切れないリアルなものがこの短編作品には含まれている。僕（村上）の世代には「一面の焼け野原と化した日本」という原風景があった。前述した野坂の世代には一九六〇年代の高度成長と理想主義という原風景がある。しかし星野の世代には、語るに足る原風景のようなものは、あるいは存在しないのかもしれない。そのぶん――というか――ディストピアの風景の描写は切実で鮮やかだ。

**阪神・淡路大震災、一九九五**

村上春樹（一九四九―）は――つまり僕自身のことだが――少年時代を神戸で送った。一九九五年に神戸周辺で大きな地震が起こり、六五〇〇名に近い人々がその命を落としたとき、僕はマサチューセッツ州ケンブリッジに住んでいた。あちこちに黒煙の上がるその都市の光景を、CBSの朝のニュースで見ながら、遠く離れたところにいる自分に何もできないことがとても切なかった。両親が住んでいた家も――それは僕が育った家だ――地震のせいで大きく傾いてしまった。

僕にできることといえば、事態がいちおうの落ち着きを見せたあとで、その地震について物語を書くことくらいしかなかった。そしてその五年後に『神の子どもたちはみな踊る』（*After the Quake*）という連作短編小説集を書いた。僕がそこで行ったのは、（1）地震について直接の描写はしない、（2）神戸を舞台としては出さない、（3）しかしその地震によって人々が受けた様々な変更を、いくつかの物語として描くということだった。それが何かの役に立つのかどうか、僕にはわからない。しかしそのときの僕には、そうするのが（自分にとって）もっとも正しいことのように感じられたのだ。「ＵＦＯが釧路に降りる」（一九九九）もその中の一編だ。神戸の地震は北海道にどのような影響を及ぼしたのか？

**東日本大震災、二〇一一**

ここからの三編は、二〇一一年三月の東日本大震災を題材とした――あるいは背景とした――小説になっている。巨大な地震と、悪夢のような津波、そして「想定外」の原子力発電所のメルトダウン（それは七年以上を経た現在においてもまだ続いている）。圧倒的なスリー・ストライクだ。我々小説家はその出来事から何を学べばいいのか、そこから何を取り出せばいいのか、それをどのようなかたちに変えていけばいいのか……その結論を出すにはまだまだ時間がかかることだろう。そこにはとりあえず急を要する種類のタスクがあり、またじっくり腰を据えてなすべき種類のタスクがある。

佐伯一麦（一九五九―）は宮城県仙台市に生まれた。電気工として働きながら小説を書き、一九八四年に作家としてデビューした。自らのまわりに起こった出来事を題材とし、静かな筆致で世界を立ち上げていく。それがこの人のスタイルだ。電気工をしていた時代にアスベストを肺に吸い込み、そのために身体を壊した経験を持つ。「日和山」（二〇一二）は語りによる震災の伝承記録だ。著者は――自らも震災を現地で体験しているのだが――自らの口でそれを語るのではなく、まわりの人々に体験を語らせる。そしてそこに彼ら一人ひとりの人間性や暮らしぶりを立ち上げ、彼らの受けた衝撃や悲しみや、そして再生への姿勢を静かに浮き彫りにしていく。どこまでが事実であり、どこからがフィクションなのか、それを見分けるのはむずかしいが、そんな峻別《しゅんべつ》そのものがほとんど意味を持たない現実がそこにある。

松田青子（一九七九―）は二〇一〇年に作家としてデビューし、英米の作品の翻訳も行っている。この「マーガレットは植える」（二〇一二）は雑誌「早稲田文学」の増刊号「震災とフィクションの〝距離〟」に収められている。つまり東北の地震をテーマとして、あるいは背景として書かれたフィクションということになる。シュールレアリスティックな話だ。白髪混じりのかつらをかぶり、眼鏡をかけて変装し、額に皺《しわ》を描き、自らをマーガレットと名乗る女性（もちろん日本人）が、雇い主から送られてきた品物を指定されたとおり、片端から庭に植えていく。それが彼女の与えられた仕事だ。しかし植えるように指定されるものは美しい花から、だんだん醜いもの、汚いものへと変わっていく。そして最後は恐怖ばかりになってしまう。どのようにも解釈のできる寓話ではあるが、これを震災がもたらした心的状況ととるなら、地震そのものさえもがひとつの分離不可能な、巨大な寓話と化してしまうことになるのかもしれない。

佐藤友哉（一九八〇―）が地震（そしてそれが導き出した原発事故）を題材に紡《つむ》ぎ出すのもダークな寓話だ。普通の人々は放射能をかぶった食材や水をなんとか子供たちの口にさせまいと、痛ましいまでに努力する。そのために土地を離れ、海外に移住する人も少なくない。しかしこの「今まで通り」（二〇一二）の主人公である母親にとっては、そのような状況は、我が子を人知れず殺すための絶好の機会でしかない。こんなラッキーなことはない、と彼女は考える。そして表情ひとつ変えることなく、放射能に汚染されていそうな食べ物を淡々と幼い子供に与え続ける。ひどく後味の悪い話だ。そこではディストピアは既に、ディストピアでさえなくなってしまっている。そこに何かしらの出口は――現実的な、あるいは文芸的な脱出口は――示唆《しさ》されているのだろうか？

# 僕たちはこんな（風に）翻訳を読んできた（Ⅳ）

# 青春小説って、すごく大事なジャンルだと思う

——ジョン・ニコルズ『卵を産めない郭公』をめぐって

《村上柴田翻訳堂》は、絶版にしておくには惜しい翻訳作品を復刊することと、自分たちで新訳を作ることの二本立てであるわけだが、村上新訳はマッカラーズ『結婚式のメンバー』と、このジョン・ニコルズ『卵を産めない郭公』。切実さに上下の差はない、という村上発言にとりわけ共感した。二〇一七年一月三十一日、新潮社クラブで。

## 大学生の時に出会った本

**村上**　ジョン・ニコルズのこの作品は、早川書房から『くちづけ』というタイトルで一九七〇年に出ているんです。

**柴田**　原作は一九六五年に出版されていますね。

**村上**　この本を読んだのは二十歳ぐらいの時かな。僕も大学生だったし、アメリカの大学生活が書かれていて、ずいぶん違うもんだなと思った。少なくとも早稲田《わせだ》とはずいぶん違う（笑）。それ以後、とくに読み返したりはしなかったんだけど、なかなか面白い小説だったという記憶があって、そのまま手元に取ってありました。

**柴田**　この人の本でアメリカで一番よく知られているのは、たぶん七四年に出た *The Milagro Beanfield War*（ミラグロ豆畑戦争）ですね。これもめっぽう面白い小説です。

**村上**　ニューメキシコ三部作の一冊ですね。あとの二冊は全然知られていないけど。
**柴田**　悲劇を語ってもコミカルな要素があって、共同体全体が生き生きと描かれる上に、変わった魅力的なキャラクターがたくさん出てくる。ちょっとジョン・アーヴィングを思わせます。
**村上**　〈ミラグロ／奇跡の地〉というタイトルで、一九八八年にロバート・レッドフォードが監督して映画になっています。僕はこのころアメリカにいたので映画館で見ました。
**柴田**　僕も最近見ましたが、面白かったです。原作は六〇〇ページくらいあるんだけど、それを実にコンパクトに、過度に削らずに、うまく圧縮しています。
**村上**　寓話《ぐうわ》的な話ですよね、とても。
**柴田**　そうですね。『卵を産めない郭公』（*The Sterile Cuckoo*）の後で、実力が一気に開花したような作品です。
**村上**　六六年に *The Wizard of Loneliness* という本を書いて、八八年には〈さよなら魔法使い〉というタイトルで、ルーカス・ハースが出る映画になってる。結構、興行的にも成功をおさめたらしい。この人は映画の脚本の仕事もしていて、コスタ・ガヴラスの〈ミッシング〉で脚本を書いて、アカデミー賞を取っているんです。ただ、脚本家組合《ライターズ・ギルド》の関係で彼の名前では出ていないみたいだけど。

**柴田**　器用さもある人なんですね。

**村上**　ちょっと調べたら、今はニューメキシコ州のタオスに住んで、ソーシャルアクティビストとしても活動しているみたいですね。ソーシャルアクティビストって、社会活動家って訳すのかな。

**柴田**　そうですね。

**村上**　それから、この人を主人公にしたドキュメンタリー映画が撮られているんですよ。*The Milagro Man: The Irrepressible Multicultural Life and Literary Times of John Nichols*。三分二十秒のトレイラーがあって、結構、自分の生い立ちとかを語っている。

**柴田**　この人自身は白人で、アングロ＝サクソン系ですが、『ミラグロ豆畑戦争』ではメキシコ系の移民のことを内側から無理なく書いている。

**村上**　それから、ニューメキシコをテーマにしたノンフィクションをたくさん書いているんです。『秋の最後の美しい日々』と『もし山が死ぬなら』。ヘンリー・ソローの『ウォルデン』に似たいい文章だと、片岡義男さんが褒めています。最近はニューメキシコを扱ったノンフィクションというか、環境保護みたいなものに力を入れているみたいですね。

**柴田**　僕は、この『郭公』と『ミラグロ』と二冊しか読んでないですけど、十分残るに値する小説ですね。

**村上**　そうですね。『卵を産めない郭公』はずっと途切れずに出版されているし、立派なものだと思う。

ジョン・ニコルズは一九六二年に、ハミルトンカレッジというニューヨーク北部にあるリベラルアーツの大学を卒業しています。小さいけど良い大学で難関校です。リベラルアーツの小さい大学って、日本だと該当する所はあまりないですよね。

**柴田**　ダートマス大学とか、ああいう感じの大学でしょうか。

**村上**　ダートマスよりもっと小さいんです。日本では、プリンストンやハーバード、あるいはイェールなどに目が行くけど、アメリカではこういうリベラルアーツの文化というのはとても大事にされている。このハミルトンカレッジは、詩人のエズラ・パウンドも在籍していたことがあるんですね。たぶんこの小説は、ニコルズが卒業して三年後ぐらいに書かれたのではないかと。

**柴田**　二十五歳くらいでしょうか。

**村上**　おそらく自分の実体験が入っているからでしょうが、非常にすらすら書けています。とにかく書きたい気持ちが高まっていて、どんどん書き進めたんだろうという気がしますね。

## 六〇年代の青春

**村上**　今回、僕も柴田さんも当時の若者ことばなんかでわからないものがいっぱいあって、テッド・グーセン〔村上春樹作品の英訳者〕に相談したんです。テッドも六〇年代に大学時代を送った人だからと思ったんだけど、彼でもわからない言葉は結構ありましたね。卒業が六〇年代より後だし、ボキャブラリーがかなり違ったみたいです。

**柴田**　この小説で描かれている時代は、まだやっぱりお酒ですが、テッドの時代はもうドラッグです。この小説は六五年に出版されていて、舞台は六〇年代前半。若者の文化としては、エアポケット的なところですよね。

**村上**　そう、そう。ベトナム戦争が深刻化していくのは六〇年代半ば以降です。テッドのようにベトナム戦争の渦中にいた人たちの多くは、みんな髪の毛を伸ばしてマリファナを吸って……というカウンター・カルチャーに入り込んでいったわけです。でも、それ以前は、ドラッグはやらなくて、クリーンなアイビースタイルで、お酒を飲んで、結婚まではなるべくセックスはしないという文化なんです。そのへんはまったく違う。

**柴田** 五〇年代まで遡《さかのぼ》ると、『キャッチャー・イン・ザ・ライ』（一九五一年）がありますが、ここまで戻るとまた全然別の時代です。『キャッチャー』の女性版とも言うべきシルヴィア・プラスの『ベル・ジャー』は一九六三年刊ですが、これも時代の気分としては少し前に属していて、もっと大人の文化の締め付けがきついです。若者文化というのは、まだ生まれたばかりで、自由を求めてはいても、どうしたらいいか全然わからない。選択肢が見えないという息苦しさがある。

**村上** 五〇年代は、そういった締め付けに抵抗するビートニク文化とか、ロックンロール文化とか、そういうのが出てきたんだけど、この小説の舞台である六〇年から六三年までというのは、ほとんど無風に近い状態だった。

**柴田** なるほど。ビートニク文化は西海岸だし、東海岸のこういうエスタブリッシュメントに近いところでは、まだどうしたらいいかわからないという状態が続いていたんですね。後知恵的に見ると、「このあとに爆発が来るんだな」ということを予感させる小説ですが。

**村上** この小説には政治性というものがほとんど影も形もない。

**柴田**　たしかに、そうですね。

**村上**　まだ深刻な政治的なジレンマが生まれていない。そもそもハミルトンカレッジというのは、学生数が一八〇〇人ぐらいで、生徒と先生の比率が九対一ぐらい。ある意味で、非常にリッチな学校なんです。ちょっと調べてみたんですが、現在の授業料（tuition）が四万八〇〇〇ドル。それで寮費と食費が一万三〇〇〇ドル。年間六万一〇〇〇ドルで、すごく高い（笑）。四年で二五万ドルかかる。普通の中産階級の家には出せない額かもしれないです。この大学はオナイダ郡クリントン村の中にあるんですが、貧しい地区だと一世帯の平均所得が三万七〇〇〇ドルです。大学は丘の上にあって、その下の人たちが町民です。この小説の中にもある程度出てくるけど、学生と周りの町民が圧倒的に違う。地域の中では浮いた存在だったと思います。

**柴田**　ジョン・ニコルズは、今も社会的なものを書いているわけですが、さっき挙げた『ミラグロ』にしても、レジャーランドをつくろうとする白人の一握りの金持ちとスペイン系の貧しい庶民たちという構図がはっきりあって、庶民の側からしっかり書いている作品です。でも『郭公』はそういう社会性で勝負している本ではないですね。

**村上**　ジョン・ニコルズ自身もかなりいい家の生まれみたいですね。

**柴田**　だからあんまりお金のこととか、心配しないで大学生活を送ったんでしょう。

**村上**　この作品に出てくるプーキーもバーモントの女子大に通っています。ニューヨーク北部のハミルトンカレッジとその女子大を車で行き来していますから、たぶんベニントンカレッジじゃないかと推測されます。ベニントンは六九年までは女子大で、その後男女共学になります。ニューヨーク州とバーモント州の境にあって、やはりエリート校なんです。そして、すごくお金がかかる。ベニントンというのは、女性の作家ドナ・タートの出身校で、ジョナサン・リーセムとかブレット・イーストン・エリスもそうです。

**柴田**　バーナード・マラマッドも教えていたところじゃないですかね、たしか。六一年から八〇年代初頭まで。

**村上**　ブレット・イーストン・エリスは、『ルールズ・オブ・アトラクション』という小説で、おそらくベニントンをモデルにした大学生活のことを書いています。あれは、面白い小説です。エリスはドナ・タートと仲が良かったと聞きました。そういう風に考えていくと、じゃあ要するに、『卵を産めない郭公』という小説は、エリートお金持ち大学に通って好き勝手なことをしている、いいうちの男の子といいうちの女の子の話に過ぎないじゃないか、ということになってしまうわけで、血みどろのベトナム戦争に直面せざるを得なかったあとの世代からしたら、「ふん、気楽なものだよな」ということになるんだろうけど、でもそれぞれの世代はそれぞれの時代をそれぞれ切実に生きて行かなくちゃならないわけで、その「切実さ」には上下の差みたいなのはないはずだというのが僕の意見です。そしてこの小説からはその切実さが確実に感じとれる。

## サリンジャーとはどこが違うか

**柴田**　サリンジャーの『フラニーとズーイ』は五〇年代が舞台ですよね〔五五年と五七年に『ニューヨーカー』誌に発表、六一年刊行〕。五〇年代のあの息苦しさから見ると、締め付けが緩んできたこっちの時代の気楽さが見えて、六〇年代後半から見ると、政治的な意味での気楽さが見える。誰から見ても六〇年代初めは呑気《のんき》だと見えたんじゃないかなと思う。

**村上**　そうでしょうね。

**柴田**　でも今では、政治的にシリアスだったとか、あるいは五〇年代の青春のきつい苦悩とかいうのを、何というか、眉に唾《つば》つけて見るようになったというか、少なくとも自動的に英雄視はしなくなっているので、呑気だから価値がないというふうには思えない。ニコルズは、『フラニーとズーイ』をはじめとしてサリンジャーをすごく意識している気がします。書き出しの調子なんか、女の子がしゃべりまくって、語り手の男の子はそれを生々しく伝えて、自分の言葉は間接話法で簡潔に報告するだけという書き方です。サリンジャーの『ナイン・ストーリーズ』の中の「エズメに」の会話に通じるものがあると思いました。一流校の大学生男女が週末に会いに行きあう、という構図も『フラニー』と同じだし。フラニーたちは、もっとエスタブリッシュメントの真ん中のほうにいるわけですが。

**村上**　結局この話は、主人公が一人称です。アメリカでは一人称小説って多いですよね。一人称の主人公は、基本的にあんまりしゃべらない。饒舌《じょうぜつ》な人がいて、その饒舌な人を観察し、記録するというのが、主人公の役目なんです。そういうのが伝統的と言ったらいいかもしれない。この小説の第一章なんて、ほとんどプーキーのおしゃべりです。それを主人公の大学生ジェリー・ペインが一所懸命、書きとっている。そういう面で第一章というのは、訳していてとても面白かった。でもかなり難しかったんですよ、第一章を訳すのは。

**柴田**　いや、もうこのプーキーの言葉がね、大変です。

**村上**　どういうふうに訳していくか、彼女のロジックの回し方になかなか慣れなくて、それが結構大変だった。あとは割にスラスラ訳せるんだけど。

**柴田**　あと、ボキャブラリー的にも、今じゃ聞かないような言い方が多いですよね。

**村上**　それから、勝手に言葉をつくっているわけ。詩とか、手紙とか、やたらすごいんですよね。そういう独特のプーキー語みたいなのがあって、これは手ごわかった。一番手こずったのはなんといってもナンセンス詩でした。正確に訳そうとしても訳しようがないので、開き直って自由にやらせてもらいましたが。

**柴田**　語り手の男の子が大学に入ってから、すこし物語が停滞しますが、プーキーが出てきて、また動き出すという感じですね。

**村上**　そうですね。

**柴田**　聞き手兼当事者として、主人公のジェリー・ペインがいるわけだけど、やっぱり彼が聞き手になっているときが本領発揮という気がしました。

**村上**　成長していく青春物のパターンで、物語の流れの中でいろんな揺れがあるんだけど、その揺れ方がちょっと極端というか、今一つ説得力に欠ける部分がなくもないんですね。小説としての弱さみたいなのはところどころに見受けられる。でも読み終えたあとに、空気の塊みたいなものが、ポコポコッと頭の中に残ります。青春小説という括弧付きのジャンルで言えば、それはすごく大事なことなんです。

**柴田**　なるほど。

**村上**　こういう小説はぴたっとうまく書く必要はなくて、何かがあとに残ればいいものなんだと、僕は思います。大学時代、僕が二十歳ぐらいで読んで今でも記憶にちゃんと残っているというのは、この小説に何かそういう塊みたいなものがしっかりあったからだろうなという気がします。

**柴田**　最初はすごくコミカルに始まりますが、最後は二人の関係が行き詰ってすごく暗いところに行く。しかしそこでも、ふとコメディが顔を出したりしますよね。そういうところがいい。いったん暗くなったら、ひたすら真面目《まじめ》な話に収斂《しゅうれん》してしまうというんじゃなくて。

**村上**　そうですね。この人のユーモアの感覚が、なかなかいいんです。

**柴田**　そのへんも、ジョン・アーヴィングの前にジョン・アーヴィング的作家がいたのかみたいな感じです。

**村上**　そうだ、この最後にセントラルパークの回転木馬が出てくるじゃないですか。あれはサリンジャーだなと思って。

**柴田**　サリンジャーに喧嘩《けんか》を売っているのか、オマージュなのかわかんないけど、どっちかというと、喧嘩を売っている感じがしました（笑）。

**村上**　でも、この世代の人って、サリンジャーの影響を抜きにしては、この手の小説は書けなかったんでしょうね。

**柴田**　いや、ほんとにそうだと思います。

**村上**　ただ、サリンジャーは主人公ホールデン・コールフィールドが饒舌なわけですけど、この小説ではその役目がプーキーのほうに行っているわけです。そこはずいぶん違う。

**柴田**　サリンジャーだと、どんどん一人の人間の中で煮詰まっていく感じがしますが、これは何ていうか、もっと風通しがいいです。

**村上**　ただ、『キャッチャー』の場合は、小説の主体が分裂していって、もう収拾がつかなくなるという話です。こちらはプーキーという客体が分裂していって、収拾がつかなくなるというのを、主人公の男の子が見ているという設定なんだけど、そのへんの捌《さば》き方はいささか甘いかもしれない。分裂して収拾つかなくなっていく人格の、パセティックさみたいなものが今ひとつ描ききれていないと思うんです。『キャッチャー』の場合は、しっかりそれが描かれている。ニコルズの小説はそういうところが甘いと言えば甘いし、柴田さんが言うように、風通しがいいと言えば、風通しがいい。

**柴田**　主人公の男の子が結局生き残るわけだから。そのあたりの男の子の態度は、あっけにとられるぐらい正直だと思いました。

**村上**　青春時代というのは、もともとエゴイスティックなものだし、自分を客体化するということがなかなかできない。だから彼が経験する混乱というのは、たしかにそれ自体正直なものかもしれない。ただフィクションという形にするときには、やはりそこに一本、しっかり小説的に芯《しん》の通ったものが必要になる。『キャッチャー』には、それはあると思うんですよ。だから時代によっていくぶんの浮き沈みがあったとしても、あの本はやっぱりしっかりクラシックとして残る。とはいえ、この『郭公』には独自の素敵な持ち味はあるし、それは逆に『キャッチャー』には求めがたいものです。

## 時代が変わっても、青春小説は変わらない

**柴田**　僕はこの小説の映画版は見てないんですけど、プーキー役はデビューしたてのライザ・ミネリ。ピッタリだろうなと思います。

**村上**　うん。イメージ的にはすごくピッタリだったけど、当時のハリウッドだから『ティファニーで朝食を』を作り替えたような感じで、話の細部はしばしば作り替えられています（笑）。

**柴田**　映画の主題歌を聞くと、なんかマイルドなサウンドで……。

**村上** お金持ちの大学での男女の恋愛シーンが、とても美しく映像化されていた。

**柴田** そうですね。なんかトレイラーを見るだけで、「ああ、この次に『ある愛の詩《うた》』が来るわけね」と思いました（笑）。

**村上** 映画では、セクシャルな初々《ういうい》しさというのかな。そういうのがすごく良く出ていたよね。結局、二人ともバージンなわけですよ、たぶん。プーキーとジェリー、二人が初めてセックスする場面なんか、とてもきれいに撮れていて、好感が持てました。

**柴田** そのあたり、やっぱり今の小説では、まずありえないですね、そういうのをきれいに書くということ自体が（笑）。

**村上** ありえないです。

**柴田** 良いとか悪いとかはまったく抜きにして、六五年に書かれたという時代性は感じますね。

**村上** でも、この手の小説というのは、僕は時代が変わっても、シチュエーションが変化しても、本質はそんなに変わらないと思うんです。

**柴田** 例えば、今こういう青春小説を書いたら、もっと固有名詞がずらずら出てきますよね。歌や映画の題名とか、バンド名、商品名とか。人間と人間を差異化するのに、こいつはどういう音楽を聞いて、どういう映画を見ていてという話になると思いますが、ここではまだ商品で人を語らない。そこが、やっぱり今とずいぶん違います。でもそれはそんなに本質的なことじゃないかもしれない。

**村上**　この時代の田舎のリベラルアーツの大学はほとんどが寮生活だし、かなり純度は高かったと思います。今みたいにインターネットもないし、町に出ても遊ぶところもない。狭いコミュニティの中で肩寄せ合って生きている。

**柴田**　六五年って、ピンチョンが『競売ナンバー49の叫び』を出版した年ですね。

**村上**　そうなんだ。

**柴田**　『競売ナンバー』にはたぶん次の時代を予見したようなところがあると思いますけど、今ふうに固有名詞を羅列するというようなことは、やってないですね。

**村上**　消費文化と言うまでには行っていない世界の話なんですね。

**柴田**　いわゆる高度資本主義みたいなところまでは、行ってませんね。

**村上**　あるいは、そういうものから隔離された大学での四年間が、ある種のユートピアとして目指されていたのかもしれない。もうあとになると、隔離されなくなっちゃいますよね。セックスもフリーになりドラッグなんかもどんどん入ってくるし。

**柴田**　そうですね。

**村上**　僕は『ノルウェイの森』で、二十歳前後の大学生を主人公に書いたわけだけど、六九年、七〇年あたりです。でも、この時代のアメリカとは全然違いますよね。

**柴田**　プーキー的な魅力を持った登場人物は、『ノルウェイ』にも出てくる気もしますが、ちょっと違う……。

**村上**　そういう人ってどこにでもいるんです。僕の小説の主人公というのは、この小説の主人公に似ているとまでは言わないけれど、どっちかっていうと無口で、自分がしゃべるよりは、人の話を聞いて周りの人を観察するというタイプです。だから、どうしてもプーキー的な存在は必要になってきます。話をしっかりかき回す存在。それから、『ノルウェイの森』の永沢さんみたいな、自分というのを強く持っていて、すべてのことに自分なりの論理を、一家言を持っているような人も必要です。小説には出るべくして、そういうキャラクターが出てくるわけです。この小説の場合は、プーキーがそうだし、それから寮の仲間の二人組とか、ああいうとんでもない人々が必要になってくる。それはひとつのパターンなんですね。

**柴田**　たしかにそうですね。

**村上**　「青春小説」という括《くく》りの中でどんな世代にも、「俺がこいつを書いてやるんだ」という人は必ず出てきます。例えば、僕の前には村上龍《りゅう》の『限りなく透明に近いブルー』がありました。ロックとセックスの、ロックとファックの話ですよね。少しあとでは田中康夫の『なんとなく、クリスタル』。あれも徹底的に固有名詞を羅列していきます。そういうのも、自分の世代の固有の宣言なんですよね。

**柴田** 同じ青春小説でも、この二十年後のブレット・イーストン・エリスの『レス・ザン・ゼロ』あたりまで下ると、やはり結構変わっている気もします。

**村上** イノセントな状況みたいなものが、もうリアルな商品として成立しなくなったんでしょうね。大学生活ももうユートピア的な状況ではなくなってしまった。

**柴田** 若者が主人公でも、家族をテーマにしたものが圧倒的に増えてくるし。

**村上** 今の小説ってだんだん壊れていく話じゃなくて、壊れている人というのは初めから壊れているんですね。段階的に人間が成長していく話みたいなのは、書きづらいのかなという気はする。

**柴田** なるほど。

**村上** この小説の中で手紙が来るのを待つシーンがありますよね。今じゃ、ありえない（笑）。

**柴田** ありえないですね。それはもう、いつも思います、手紙を待つとか、電話を待つとか。

**村上** フェイスブックとか、メールとかがパッパッと来て、パパッと返事して、ケータイで連絡を取り合ってる。そういう状況だと、ある種の「心の溜《た》め」みたいなものは、なかなか描きにくいんです。たとえば詩を書いても、メールでは送りにくい。

**柴田**　たしかにそうですね。

**村上**　あと、セックスは六〇年代にはすごく貴重なものなんですよ。大事にしなくちゃいけないものだった。訳していて、それはずいぶん違うなという感じを持ちました。二人が週末をすごく楽しみに待っている（笑）。この楽しみ感が、いいなぁと思って。

**柴田**　いいですよね。

**村上**　今はこんなふうに書いても、リアルにならない。

**柴田**　今日の十代、二十代がこの本をどう読むのか、ちょっと見当もつかないです。

**村上**　それから、この二人はすごく一所懸命話しているんです。話すネタなくなっちゃうんじゃないかなと思うくらいに。今度会ったら、こういう話をしようとかずっと溜めているんです。だから二時間でも、三時間でも話せる。でも今、レストランに行っても、カップルはそれぞれケータイしてますよね。ほとんど話をしてない（笑）。今回この本を訳していて思ったのは、この時代の男女はほんとにしっかり話すよなと。

**柴田**　会話がこの小説の肝ですね。あまり普段はそういうことを言わないようにしてるんですけど、今回の小説の会話は、原書よりも村上さんの日本語のほうが生き生きしていると思いました。これはほんとに訳者によって変わってくるなと思った。

**村上** そう言われるとね、心苦しい(笑)。

**柴田** いや、もうとにかくノリで、勢い良くやらないとダメな本だと思いました。それから、タイトルなんかどうなんでしょうか。このなんか外したタイトルは。

**村上** 『卵を産めない郭公』。プーキーの詩から取ったフレーズですが、プーキーという女性を表わす言葉としては的を射ていると思う。

**柴田** あ、そうか……そこはまっすぐ取って、いいんですね。

**村上** 僕はそう思いますね。彼女が不妊症だったということではないです。

**柴田** なんかこう、彼女には先がない感じはありますが……。

**村上** あくまで寓意的で象徴的にだけど、そういうなんか根本的なところが機能しないということを暗示しているかもしれません。一種のメタファーとして。僕はそう感じているんですけど。

**柴田** 最後のほうになって、この言葉が「こう出てくるか」という感じで現われますよね。そこから、ラストへの展開はとてもいいと思います。でも実はこの小説は、書き出しの一番最初の段落で、一番最後のことを書いているんですよね。

**村上** そうですね。

**柴田**　何年か前に、こうこうこういうことがあったたって。

**村上**　しっかりネタバレから始まっているんですよね。

**柴田**　そういうことなんです。これがおもしろい。最初読んだときは、何のことか全然わからないけど、最後まで読んでから出だしに戻ると「ああ、そうか」と。ポール・オースターもこの手をよく使いますけど。そういえばオースターの自伝的文章でも、やっぱりオンボロ車でガールフレンドのところに出掛けていくという展開が出てきて、この小説と同じような青春をやっています（笑）。

## 一九六五年をめぐって

**柴田**　アメリカには、カレッジ・ノヴェルという分類がサブジャンルとしてあります。それだけ作品が多いんですね。研究書も何冊かありますが、基本的に男子学生と女子学生と教師しかいないわけですから、物語は限定的になってしまう。女子学生が、最初は男性教師を崇《あが》めているんだけど、そのうちにろくでもない男だということがわかり……当たり前だろと思うんだけど（笑）。

**村上**　ドナ・タートの『シークレット・ヒストリー』という作品も大学の話ですよね。

カレッジ・ノヴェルというよりミステリーですけど。

**柴田** ジョン・バースの『やぎ少年ジャイルズ』は、ユニバーシティを一種のユニバースと見立てて、一つの大学を神話世界として組み立てたという点、すごく野心的です。ちょっと機械的、図式的な感じはあるんですが。

**村上** いろいろあるんですね。

**柴田** ちょっと戻りますけど、やっぱり僕は一九六五年あたりの時代は、エアポケットだという点がすごく面白いです。年表を見ると、まだアガサ・クリスティとか、現役で書いているんです。ノーマン・メイラーはこの時代に現役バリバリです。

**村上** カポーティも書いてますね?

**柴田** カポーティも、まだ書いていますね。

**村上** サリンジャーも、まだ書いてる?

**柴田** サリンジャーの最後が『ハプワース』。あれが『ニューヨーカー』の一冊をほぼ占めるのがこの年です。

**村上** サリンジャーが書いた最後の年ですね。

**柴田** そう、最後の年です。

**村上** ヘミングウェイが自殺したのは六一年でしたか。

**柴田**　はい。モダニズムの巨人たちがいなくなって、次にいったい何が出てくるのか、まだ見えてきていない時代です。

**村上**　あのころは、ノーマン・メイラーが一番有望株でしたね。メイラーとゴア・ヴィダル。

**柴田**　そうですね。とにかくサリンジャーが何を書くんだろうとみんなが思っていて。アップダイクは着実に書いていますが。

**村上**　『ケンタウロス』が六三年だから、もう出ていたんだ。

**柴田**　だから、そのあたりが一番新しくて、もうちょっとすると、それまでひっそり書いていたカート・ヴォネガットやブローティガンが脚光を浴びます。

**村上**　あと、ジョン・バースとか六〇年代後半になってくると、いわゆる実験小説的なものが出て来る。カーヴァーの嫌いな（笑）。

**柴田**　バースは五〇年代から書いてますが、さっき言った『やぎ少年ジャイルズ』で一気に実験性を前面に出したのが一九六六年、ドナルド・バーセルミの最初の短篇集が六四年です。まあカーヴァーも「バーセルミだけはいい」と言っていますが（笑）。

**村上**　ちょうど六五年というと、ビーチ・ボーイズが出てきて少ししたころですね。

**柴田**　「サーフィン・U.S.A.」が六三年三月リリースです。

**村上**　六六年が「ペット・サウンズ」。このへんが分岐点ですね。

**柴田**　ビートルズがアメリカに進出したのが六四年。このへんが分岐点ですね。

**村上**　いわゆるブリティッシュ・インベージョン。

**柴田**　だからもう、ロックは確実に新しいものが始まっている感じがするんですよね。

**村上**　でも、この小説にはそういう音楽シーンはまったく出てこない。

**柴田**　やっぱり小説に音楽が出てくるのって、ちょっと時間がかかるんですね。六五年に出たピンチョンの『競売ナンバー49の叫び』にもロックバンドが出てくるんですが、作るんですよね。架空のバンドを。ピンチョンらしく、バンド名は「ザ・パラノイズ」（笑）。でも、二〇〇九年に『LAヴァイス』を出したときは、同じような時代を描いても、もうビートルズとか、現実の固有名詞をそのまま出していますね。

**村上**　エルビス・プレスリー、リック・ネルソン。それからニール・セダカとか、あいうポップソングがこのころは流行《はや》っていて、あるいはフォークソングのブームがあって、ギトギトしたロックンロールはあまり見向きされなくなっていた。そこにブリティッシュ・インベージョンが起こり、荒々しく洗練された響きを持つリバプールサウンドが入ってきて、全米を席巻《せっけん》します。そういう面では、六〇年代前半、六三年ぐらいまでは、アメリカにとっては言うなれば小春日和のような時代だった。政治的にいえば、ちょうどケネディーが大統領だった時期にあたります。服装も当時は、ボタンダウンシャツで、クルーカットみたいな穏やかなものでした。それが、ケネディーが暗殺され、ベトナム戦争が激化するにしたがって、あっという間に長髪でヒゲを生やした感じに変わってしまいます。まさに激動の時代です。

**柴田**　ほんとにそうですね。いまだから言えるのかもしれませんが、小春日和独特の緊張感を感じます。

## この小説を訳せて良かった

**村上**　でも、さっき柴田さんが言ったけど、この小説の中には五〇年代の社会的抑制というものが、あまり感じられませんよね。

**柴田**　世界のたがが外れかけているんじゃないでしょうか。何らかの壁があって、壁に体当たりしても始まらないという気分はまだあるけど。

**村上**　上から抑えつける権威みたいなのが、ここにはまったく書かれていない。親はいるけど、体制的な圧迫みたいなものは描かれていないんです。例えば、サリンジャーの『フラニー』には彼女を痛めつけている、ある種の観念とか、そういう何か漠然としたものというのがあるわけです。戦わなくちゃいけないものがある。でも、プーキーにはそういうものもありません。

**柴田**　ないですね。

**村上**　プーキーももちろん何かと戦ってはいるんだろうけど、それは戦いという視線では、捉《とら》えられていないんじゃないかな。

**柴田**　フラニーにしても、ホールデンにしても、周りの連中が大人も同世代も空虚な言葉を振り回していることが、もうイヤでしょうがないという気持ちがあるけど、そういう空虚な言葉もこの小説ではそれほど飛び交っていませんね。

**村上**　大人そのものが、ほとんど出てきませんよね。導いてくれるものが一人も現れない。

**柴田**　導く人、抑圧する人、どっちもいませんね。

**村上**　この *The Sterile Cuckoo* はなかなかいいタイトルだと思いますね。最初はドキッとするんだけど。

**柴田**　ケン・キージーの『カッコーの巣の上で』が六二年です。*One Flew Over the Cuckoo's Nest*。六三年から六四年にはブロードウェイの芝居にもなっているし、これを出したころは、たぶん、みんなの頭にあったと思うんです。

**村上**　サリンジャーに喧嘩を売っているだけじゃなくて……（笑）。

**柴田**　勝手な想像ですけど、編集者とかは、ちょっとケン・キージーに似すぎていませんかとか、言ったかもしれませんね。もっとも、『カッコーの巣の上で』が爆発的に読まれるようになるのは、ヒッピー文化が出てきてからだし、映画も七五年ですが。

**村上**　そうなんですね。

**柴田**　小説で六〇年代の若者の三大バイブルと言われたのは、『キャッチ＝22』と『カッコーの巣の上で』と『キャッチャー・イン・ザ・ライ』です。でもこの三冊で誰もが連想するのは、やっぱり六〇年代後半の激動期ですね。この六三年、四年あたりはまだちょっと違う空気。

**村上**　でも今回、この小説を訳せて良かった。ずっと気になっていた小説だったんだけど、なかなか新訳するきっかけがなくて。これは本当にいい機会でした。

**柴田**　僕も今回、ずっと翻訳したかったナサニエル・ウエストを訳すことができました。《村上柴田翻訳堂》で新訳・復刊したい作品はまだまだあるし、また候補を出し合いましょう。

初出　ジョン・ニコルズ『卵を産めない郭公』
（村上春樹訳、新潮文庫、二〇一七）

# 一九三〇年代アメリカの特異な作家
## ――ナサニエル・ウエスト『いなごの日／クール・ミリオン　ナサニエル・ウエスト傑作選』をめぐって

《村上柴田翻訳堂》、柴田の新訳はサローヤン『僕の名はアラム』と、このナサニエル・ウエストの中篇二作と短篇二作を収めた一冊。自分の話になってしまいますが、大学院生になって初めて書いた論文でウエストの『いなごの日』を取り上げたので、論じた作品を三十年以上経《た》ってから訳すことができてちょっとしみじみしました。

二〇一六年十二月十一日、新潮社クラブで。

## 生前・死後の評価

**村上**　あまり知られていない作家だと言っていいと思うんですが、この人は過小評価されていると考えていいんでしょうか。

**柴田**　生きているあいだは運に恵まれなかったということはありますね。一番最初の作品である『バルソー・スネルの夢の生』はおそろしくシュールな中編で、商業的に成功しないのも仕方ない作品でしたが、次の『孤独な娘』には絶賛書評も出たのに、出版社が倒産して、印刷した本のほとんどが債権者に差し押さえられてしまうという不幸に見舞われました。需要はあるのに、書店に並ばないという状態になってしまった。ウィリアム・カーロス・ウィリアムズやフィッツジェラルドといった先輩作家にも支持されていたし、もう少し注目されても不思議はなかったんですけど。この人が脚本を書いて一九三八年に上演された『グッド・ハンティング』という芝居にしても、何やかやトラブルがあって予定より一年くらい上演が遅れたことが不運につながりました。戦争の阿呆《あほ》らしさを徹底的に茶化した作品で、戦争反対の機運が強かった時期に上演されていれば反応も違っていたかもしれないんですが、ちょうど三八年九月のミュンヘン会談でヒトラーがズデーテン地方をドイツに併合したのを機に、アメリカでも戦争を肯定する機運が一気に高まりました。で、この厭戦劇《えんせんげき》は十一月に上演されて……二晩で終わってしまいました（笑）。読んでみると、個人的にはすごく面白いんですけど、イギリスやフランスの軍人が主たる登場人物になっていて、アメリカ人ははた迷惑な新聞記者一人だけで、この時期のアメリカで芝居としては受けないよなと思いました。

ただ、亡《な》くなってしばらく経って、ブラックユーモア文学が擡頭《たいとう》してくると、その先駆者のように見られて一定の評価を得て、特異な三〇年代作家として一目置かれるようになりました。その状況はずっと続いていると思います。

**村上**　小説家としてみると、この人の書き方は、自分の世界をわざわざ狭めるような書き方だと僕は思うんですよね。一作一作全然ちがうわけじゃないですか。それぞれに別々の仕掛けがあって。こういう小説の書き方をしていると疲れるだろうなと思う。

**柴田**　四作とも本当に違いますし、さっき触れた戯曲もまた全然違います。どれをと

って も「これがこの人の生の声」というふうには言えないですね。そこはリング・ラードナーについてお話しした時の話題と通じるかもしれません。ラードナーはいわゆる「普通の文章」が書けなかったから長編が書けなかった（「ラードナーの声を聴け」参照）。ウエストの場合も、まず何らかの仮面をかぶるところから始めないと小説が書けなかった。

**村上**　この人はどんな作家の本を読んでいたんだろう。

**柴田**　シュルレアリスムをはじめとするフランス文学に一番入れ込んでいましたね。ダダイスムとか。アメリカ文学より、フランスの前衛的な文学運動に影響を受けていると思います。『いなごの日』のトッド・ハケットも、画家としての自分の範はウィンズロー・ホーマーやトマス・ライダーのようなアメリカの画家じゃなくてゴヤやドーミエだと言っていますよね。ウエストも、求めているものは同時代のアメリカにはなかった。にもかかわらず、描く世界はとことんアメリカ的というか、アメリカン・ドリームが暗転してしまった世界を徹底的に描いている。アメリカ土着という路線ではもちろん行けないし、かといってアメリカから精神的に逃避するわけでもない。なかなか不思議な立場です。

**村上**　一九三〇年代はコミュニズムとあいまって、スタインベックのような文学の流れがはっきりありました。そしてヘミングウェイがその究極だった。その一方で非常にインテリジェントなエリーティズムのようなものもある。この人はそのどちらにも行きませんよね。労働者の方にもインテリジェンスの方にも行けない。一九二〇年代はフィッツジェラルドとジャズの時代だったと僕は思うんですが、次の三〇年代に成功したものは三つあると思っていて、それはヘミングウェイとコミュニズムとフレッド・アステアです。コミュニズムというのは資本主義に対抗するもうひとつの精神的支柱のような形で登場します。ヘミングウェイは文学における反エリーティズムの、一種のステートメントとして出てきた。そしてフレッド・アステアは、とにかく暗いことは全部忘れて、わぁっと行こうぜというムードを代表していた。この三つがアメリカの三〇年代でもっとも成功したものなんじゃないかと僕は思うんです。そして三〇年代のヘミングウェイで何がもっとも成功したかというと、『誰《た》がために鐘は鳴る』（一九四〇）です。そういう時代だとすると、ナサニエル・ウエストの居場所というのは、まずないですよね。

**柴田**　たしかに。しかもその三つと、真っ向から対立していたわけでもないのが皮肉なところです。コミュニズムともそれなりに関わりは持ったし、アメリカ東部のエリートとは人種的にも階級的にも距離を置かざるをえなかったし、大学時代から飲んだり騒いだりは大好きだったようです。ただ、シュルレアリスムやダダイスムに惹《ひ》かれていて芸術至上主義的なところがあって、コミュニズムの政治的な正当性は認めても、芸術においてプロレタリアートを善玉として描くべしというような流れに乗っかることはできなかった。あるいはまた、『いなごの日』はハリウッドを描いた作品ですが、フレッド・アステアのような世界とは全然違います。同じくハリウッドを描いた他作品、たとえばフィッツジェラルドの『ラスト・タイクーン』（未完）などと較《くら》べてみると、有名俳優や監督やプロデューサーなどではなく、映画界の最下層にいる人たちに目を向けていて、その限りでは、二〇年代的に華やかな世界ではなく社会の底辺に目が向いた三〇年代の流れと合っているんです。ただそこでも、同時代にもっとずっと読まれたスタインベックのように、底辺の人に共感を示したり感傷的に寄りそったりというところがないんですね。そういうのを自粛してしまう。そこがブラックユーモアの先駆者と目されるゆえんでもあるんでしょうが。

## ユダヤ人としてのウエスト

**柴田**　だいたいこの人は、小説家としてどう書くかというだけでなくて、人間としてどう振る舞えばいいのかわからなかった人という印象があります。本名はネイサン・ワインスタインという、いかにもユダヤ人らしい名前で、大学時代にはネイサン・フォン・ワレンスタイン＝ワインスタインという意図的に時代錯誤のペンネームを使い、最終的にはナサニエル・ウエストという名に改名する。どういう方向に自分を変えていきたかったのか、見えにくいところがあります。

**村上** この当時のユダヤ系の人は社会のメインストリームに入れないですよね。だから階級を上昇したいと思ったら、弁護士や医者のような専門職に就くしかない。『キャッチャー・イン・ザ・ライ』でホールデン・コールフィールドがハイスクールを放校になりますけど、どうしてあれが切実かというと、ユダヤ人が学校をきちんと卒業して専門職になれないとなると、非常にまずいからです。作家になるというのも一つの手なんだけど、この人も自分の居場所が見つけられなかった人だったということでしょうか。

**柴田** そうですね。同じ時代のユダヤ人系作家でも、いまはもう読まれませんがマイケル・ゴールドのようなはっきり共産党路線に沿ったプロレタリアート文学を書く人にはしっかり読者がいた。『金のないユダヤ人』（一九三〇）なんてベストセラーですからね。ウエストはそういう世界にも馴染《なじ》めなくて、逆にユダヤ人が世界転覆の陰謀を企んでいるのだと主張する人物を小説に登場させたりします。もちろん、サリンジャーがいかにもユダヤ系らしい実業家を皮肉って描いたりするのと同じで、あくまで皮肉だし、それももっとずっと強烈な皮肉ですが。

**村上**　でも、読んでいると何を皮肉っているのかわからなくなっちゃうようなところがあるんですよね。

**柴田**　そうなんです。普通、何かを皮肉る場合、Aを否定することで、暗にBを肯定するわけですが、ウエストの場合Aを否定していることはわかるけれども、何を肯定しているのかわからない。特に『クール・ミリオン』ではそうですね。まあそうやって「正解」を持たないところが、この人の魅力でもあるかもしれませんが。

**村上**　僕はサリンジャーの作品を訳して以来、アメリカにおけるユダヤ人の作家のポジショニングにすごく興味があるんです。サリンジャーもすごく苦労しました。ポジションを何とか見つけようとして苦闘するわけです。アングロ＝サクソンの作家にはあまりそういう苦闘はない気がするんです。カフカもひどく苦労した。フィリップ・ロスだってああして作風がどんどん変わるのは、そのことの影響だという気がする。

**柴田**　よく五〇年代はユダヤ系アメリカ作家の時代だと言われます。バーナード・マラマッドやソール・ベローといった作家たちのことを指すわけですが、同じユダヤ系でも、サリンジャーやノーマン・メイラーはそういう括《くく》りに馴染まないところがある。ウエストも同じでしょうね。

**村上**　こういう時代に生きていることにも納得できていないし、こういうものを書いている自分にも納得できていないという感じがするんですよね。小説っていうのは自分の視点がはっきりあって揺るがないぞとなると、どんどん外に広がっていくものなんですよ。だけど自分があっち行ったりこっち行ったりすると広がりようがないんです。サリンジャーの『ナイン・ストーリーズ』を読んでいると、あまりのばらばらぶりに驚くんだけれども、彼は非常に強固な文体を作っていく力があるから問題にならない。

カフカも、自分自身の視点はぶれない。作品はあっち行ったりこっち行ったりするんだけれど、統御する人はぶれない。性格だと思うんですけどね。彼はきちんとした職業を持っていて、毎日同じ時間に働き、「あの人がいないとオフィスがまわらない」というくらいにしっかりした人で。

**柴田**　ウエストは現実世界でも、カフカよりはるかに頼りなかったですね（笑）。

## ウエストとハリウッド

**柴田**　『いなごの日』を代表作と見る人も多いですが、こっちはいかがでしたか？

**村上**　小説としては『クール・ミリオン』よりはるかにまとまっていると思いますし、人物描写に、普通のように見えて普通じゃないところがあって面白かった。主人公である絵描きのトッド・ハケットは、何だかはっきりしないんです。『グレート・ギャツビー』のニック・キャラウェイにも似たところがあって、だけどニックの場合ははっきりしないということははっきりしている。『いなごの日』のトッドは、はっきりしないということもはっきりしない。それが面白いといえば面白い。分裂しているんです。

**柴田**　最初の稿ではトッド・ハケットではなく、この作品のなかでただ一人社会的成功者と言えるクロード・エスティーが視点人物でした。そしてタイトルは *The Cheated*（騙《だま》された人々）だった。アメリカン・ドリームという物語に騙された人たちを、騙されていない人間の視点から書こうとしたということですね。でもそれでは上手《うま》く行かなくて、トッドという、騙されているわけではないんだけれども、さりとて騙されている人たちと較べて何かを持っているかと言えば何も持っていない、そういうどっちつかずの人間を視点に据えることで、完成まで持っていけたということのようです。

**村上**　「いなごの日」というのは聖書の言葉ですよね。

**柴田**　モーセがエジプトの王に対して、われわれを解放せよ、さもなくばイナゴの大群が訪れてこの国を荒廃させるだろうと言ったというのがひとつ。もうひとつは黙示録にも世界の終わりのひとつの形としてイナゴの大群が出てきます。いずれにせよ、世界の終末というイメージがあります。

**村上**　それが最後の暴動のシーンにつながっていくということですよね。

**柴田**　はい。この人がもし時代の空気を捉《とら》えているとしたら、世界全体が破綻《はたん》してしまうかもしれないという不安や緊張を感じとっている点でしょうね。

**村上**　ファシズムとコミュニズムの間で不安が高まっていて、そのどちらとも戦えないし、どちらにも与《くみ》せないという、時代の皮膚感覚みたいなものをすごく感じます。ハリウッドということでいうと、当時ハリウッドに行く作家が大勢いましたが、ある程度お金を得ることはできても、あまりうまくいかないんですよね。ハリウッドに行って脚本の仕事をする一方で、マテリアルを集めて小説を書くというのがある種の定型だった。チャンドラーにしてもフィッツジェラルドにしてもそうでした。『いなごの日』もそのひとつと言っていいですよね。この人の場合、ハリウッドというシステムをシニカルに見ているという感じはなさそうです。ハリウッドというものを含んだ社会というものを、何とかくぐり抜けているという感じがします。

**柴田**　必ずしも映画産業に対してシニカルではないですね。ハリウッド自体の批判ということではなくて、アメリカン・ドリームの嘘《うそ》を描くのにハリウッドが最適ということなんだろうと思います。もちろん、自身ハリウッドに行ったことは、街全体が映画のセットであるような嘘っぽさをリアルに描く上で大いに役立っただろうと思いますが。

**村上**　ウエストのように東海岸から来た人にはそう感じられたでしょうね。ここに出てくる人たちはハリウッドの成功者というよりは、底辺の人たちですよね。どの程度までこの人の実体験なんだろう。

**柴田**　まず美術関係の半端《はんぱ》仕事をやっているトッドの位置というのは、シナリオ書きをやっていたウエスト自身より低いと思うけど、一大産業の周縁にいる一人という意味では、気分として大して変わらないんじゃないでしょうか。まったく溶け込んでいないわけではないけれども、さりとてすっかり馴染んでいるわけでもないという。あと、『いなごの日』にはホーマー・シンプソンという人物が出てきて、ホテルの会計係として飲んだくれの女性のホテル代を肩代わりしてやったりしますが、ウエスト自身、ホテルのマネージャーの仕事をやっていたことがあって、案外そんなところで実体験を素材に使っているらしいです。

**村上**　実際のところ、ハリウッドでは成功したんでしょうか。

**柴田**　脚本担当者の一人としてウエストがクレジットされている映画が何本かあります。当時は脚本を一人で書くということはあまりないですから、これだけでも上々の成果と言っていいと思います。ハリウッドに限っていえば、フィッツジェラルドより成功したと言ってもいいかもしれません。全然本人の名誉になりませんが、何しろアイデンティティが定まらない人だから、ハリウッドのように次から次へと仮面をかぶることを要求される場は、案外向いていたんじゃないかと思います。もちろん、本当に書きたいのは自分の小説であって、金が少し貯《た》まったらハリウッドを離れて執筆に専念する、といったサイクルをくり返していますが。

## 一九三〇年代という時代

**村上**　この人の書くものって、いい人が全然出てきませんね。ちょっと問題があるよなぁっていう奴《やつ》ばかり出てくる。

**柴田**　はい。それでも読んでいて嫌でないのは、問題がある奴を次々と書くことで俺は正しいんだというような視点がないからだと思います。さっきの、Aは否定するけれど肯定すべきBはないという話と通じますが。

**村上**　地獄巡りとまでは言わないけれども、表面下の世界を歩いているという感じがありますね。『いなごの日』は南カリフォルニアを舞台にしていて、それがはっきりと活《い》きていますよね。

**柴田**　地獄巡りというのは本当におっしゃるとおりで、ウエストにとってはハリウッドのみならず、三〇年代のアメリカ全体が地獄のようなものだったんじゃないのかなと思います。ヘミングウェイ的なものにも、コミュニズム的なものにも、フレッド・アステア的なものにも乗れないとなると。

**村上**　大恐慌《だいきょうこう》とパール・ハーバーに挟まれた、きわめて特殊な時代だったんだろうと思います。二〇年代の楽観主義が失われて、人々が力を求め出した。だから三〇年代のアメリカ文学はやっぱりヘミングウェイの一人勝ちなんじゃないのかなと僕は思うんですよね。スタインベックはもちろん評価されていたと思いますが、大衆という読者がいて、そのヒーローをひとり挙げるとするのであればヘミングウェイしかいないだろうと思う。そういう時代に生きるというのはきつかったかもしれない。対抗価値を打ち出していかないといけないんだけど、誰もそれができなかった。たとえばカフカみたいに非常に力のある作家がこの時代にいれば、もう一つ別の世界を打ち立てることができたかもしれないけれど、ウエストにそこまでの才能はなかったんだろうと思います。

**柴田**　そういう大きさはない人ですね。

**村上**　方向性としてはすごく面白い可能性を持っているなと思うんだけれど。対へミングウェイというポジショニングにおいて。スタインベック、ドス・パソスっていうのは、はっきりコミュニズムの側に行っている。それとは別の、もうひとつの方向性という意味での可能性があったと思う。

**柴田**　三〇年代の文学史を考えてみると、ほかによい作品が書かれなかったということでは全然ないんですけどね。フィッツジェラルドだって『夜はやさし』を一九三四年に書いた。フィッツジェラルドは「アメリカ人の人生に第二幕はない」と言ったとされますが、実はアメリカ作家にはむしろ珍しいくらい、作家としてはちゃんと第二幕があった。遺作の『ラスト・タイクーン』は未完ですが、部分部分は素晴らしい。

**村上**　ただし周囲の人はもうそういう風には見なくなってしまっていたということで

すよね。ビーチ・ボーイズの六〇年代後半のLPと同じで（笑）。当時は誰もそんなもの見向きもしなかった。

**柴田**　ええ。それとフォークナーだって『八月の光』が一九三二年、『アブサロム、アブサロム！』が一九三六年。三〇年代に大傑作を書いている。

**村上**　僕の感じ方で言えば、フォークナーはヘミングウェイが失速してきたと同時に出てきたというイメージなんですよ。

**柴田**　そうですね。フォークナーの場合、何と言ってもヘミングウェイよりはるかに模倣しづらいから、方向性を示したという感じはないですね。べつにそれが彼の不名誉ではありませんが。

**村上**　だからやっぱり三〇年代のアメリカ文学は、不毛の時代と言っては言い過ぎだけれども、ヘミングウェイの一人勝ちというイメージなんですよね。

**柴田**　二〇年代があまりにすごかったとも言えますね。ヘミングウェイ、フィッツジェラルド、フォークナー、トマス・ウルフといった人たちの「第一幕」のすごいところが次々に見られた。『緋文字』や『白鯨』を生んだ一八五〇年代と並んでアメリカ文学の黄金時代ですね。一九二五年なんて、一年のうちに『グレート・ギャッツビー』が出て、ヘミングウェイの『われらの時代』が出て、シオドア・ドライサーの『アメリカの悲劇』が出ていますから。

**村上**　ウエストは戦争がはじまる直前に亡くなっていますね。

**柴田**　フィッツジェラルドが亡くなった翌日なんですよ。フィッツジェラルドは体がぼろぼろになっていて心臓発作で亡くなりますが、ウエストは交通事故。これまた非常に彼らしいです。ひどく危なっかしい運転をする人だったみたいで、劇作家のリリアン・ヘルマンなんか「あなたの運転する車には二度と乗らない」と言ったそうです。しゃべっていると夢中になって、猛スピードのまま後ろを向いて運転し続けるんですね。アメリカってそういう人がけっこういますけど（笑）、ウエストは特に甚だしかったようです。救急車がすぐに来ていれば間に合った程度の怪我《けが》だったのですが、たまたま救急車が異様に少ない地域だったそうで、病院への到着が遅れてしまいました。ここでもやっぱり不運だったようです。

初出　ナサニエル・ウエスト『いなごの日／クール・ミリオン　ナサニエル・ウエスト傑作選』（柴田元幸訳、新潮文庫、二〇一七）

# INTERLUDE 翻訳の不思議

この対話は二〇一七年五月十日にRainy Day Bookstore & Cafeで行なわれ、『MONKEY』12号（二〇一七年六月、特集「翻訳は嫌い？」）に掲載された。OPENING SESSIONの「帰れ、あの翻訳」が《村上柴田翻訳堂》の旗揚げ・所信表明だったとすれば、こちらはそのひとまずの総括である。

## 二葉亭四迷との共通点

**柴田** 翻訳について今回まずおうかがいしようと思ったのは、二葉亭四迷のことです。村上さんが『風の歌を聴け』をお書きになったときに冒頭をいったん英語で書いていたように、二葉亭も『浮雲』第二編を書きはじめたとき、江戸的文章から逃れるためにロシア語で書いてみたそうです。自分を縛っているものの外に出る手段としての外国語の力を感じさせるエピソードだと思いますが、どう思われますか。

**村上** 小説文体というのがだんだんできてくると、その文体で書かないと小説ではないという決まりみたいなものができてしまうんです。僕がちょうど小説を書こうとした頃は、現代文学という縛りがあって、それじゃないと駄目、という雰囲気がありました。僕はそれを書くつもりがなかったし、書いても上手《うま》くいかなかったので、じゃあ英語で書いてみようと思った。そうすれば楽だろう、縛りから逃げられるだろうと思ったんです。それは二葉亭四迷も同じだったでしょうね。江戸の文章から抜け出すには別のシステムを持ってこないと抜け出せなかったのだと思う。僕の場合、翻訳と書くことが最初からやっぱりどこかでクロスしているんですね。

**柴田**　たぶん二葉亭より村上さんの方が営みとしては孤独だったと思います。二葉亭の頃は誰もが新しい文体を作ろうとしていたから。村上さんが一九七〇年代後半に小説を書きはじめられたときは、そうやって「みんなで頑張ろう」的な空気のなかにいらしたわけではないですよね。でも実はあの頃も、誰もが抜け出そうと思っている空気はあったのかな。

**村上**　あったかもしれないですね。あの頃は大江健三郎、中上健次、村上龍というメインストリームがあり、そこから抜け出そうとするには、たとえば筒井康隆《やすたか》的なサブジャンルに行くしかない。僕はサブジャンルに行くつもりはなかったので、そうなると新しい文体をこしらえるしかない。もともと僕は小説を書こうというつもりはなかったから、逆にそれができたんだろうなという気がします。アゴタ・クリストフも『悪童日記』を外国語で書いたんですよね。

**柴田**　ハンガリー語が母語だけれど、全篇フランス語で書いていますね。

**村上**　僕はそれを通してやるつもりはまったくなかったから、最初の文体のセッティングをすれば後は日本語でやれるだろうと思っていました。

**柴田**　クリストフの場合はハンガリー語から抜け出そうとしたわけではなく、フランス語で書かないと読者がいないから仕方なくそうした。その結果、新鮮な文体が生まれたという点では共通していますが。

村上さんは英語に通じていらしたからできたわけですけど、英語が得意でなかったら、ほかにやり方ってあったでしょうか。

**村上**　どうなんでしょうね。文体に対する提案といえば漱石が浮かびますが、漱石は漢文の知識と英文の知識、江戸時代の語りみたいな話芸を頭の中で一緒にして、観念的なハイブリッドがなされていたと思うんです。だから漱石は翻訳をする必要がなかった。鷗外は、僕はあまり読んでいないからわからないんですけど。

**柴田**　鷗外には漱石の英文学の代わりにドイツ文学があって、ハイブリッドということでいうと漱石と同じ構造です。

**村上**　でも鷗外の文章は決して新しくはないですよね。

**柴田**　『舞姫』のような文語体があったり、いわばテキストファイルのような淡々とした文章があったりいろいろですが、たしかに新しくはないかもしれない。

**村上**　文体に対する提案はないですよね。漱石の場合はそれがあった。

**柴田**　『諸国物語』などはむしろ文体なしで書こうとしているような文章ですね。

**村上**　漱石は文体に対してコンシャスだったと思うんです。だから彼を超える文体を作る人はその後現われなかった。少しずつバージョンアップしたけれど、志賀直哉も川端康成も根底にあるのは漱石の文体なんです。戦後、大江さんあたりから変わってくるわけだけど……。

**柴田**　鷗外と漱石の違いで僕が面白いなと思うのは、鷗外は翻訳をしまくったわけですけど、漱石はほとんどやっていない。自分の作品が英訳されるという話にもすごく懐疑的だったみたいです。それは文体の意識が強いということと根はひとつのような気がします。文体は意味とは別で、翻訳できるものは意味だから。

**村上**　なるほどね。僕は漱石のことを考えるといつも丸谷才一さんのことを考えてしまうんです。丸谷さんも漢学や日本の古典の素養が深い方で、それと英文学とを両方やっていた。昔は両方やらないと本人も落着かないし、周りも認めないところがあったから意識的におさえていたんじゃないかなという気がしなくはない。

**柴田**　かつては、漢文の素養が男性知識人としての必須《ひっす》の素養で、日本語の文学はむしろ女性的なものでした。丸谷さんの時代はもはや漢文の素養も日本の古典の素養も必須ではなくなっていたにもかかわらず、丸谷さんはそれを続けた。

**村上** 僕はそういうのがないんですよね。漢学、古典の素養はほとんどない。

**柴田** 今はある人の方が珍しいんじゃないでしょうか。

**村上** 僕らにしてみれば、特にそういう方面をおさえる必要もないですよね。

**柴田** 図式的にアナロジーを考えると、以前はそういうふうに漢学対日本の古典という対比だったのが、今はアメリカをはじめとする西洋の文学と、現在ではすでに昔のものになった日本近代文学の対比が……いや、それは違うか。

**村上** むしろ僕は、英独米仏露といったヨーロッパ・英米文学と、そのほかのエスニックというかワールドワイドな文学との拮抗《きっこう》の方が強いんじゃないかと思います。日本の伝統的なものは現代性が失われているのではと。もちろん『源氏物語』や『平家物語』を現代語訳するのが、今のひとつの流れになっているのだけれど。

**柴田** たしかに河出でいま出ている日本文学全集は翻訳という観点では画期的ですよね。で、その英独米仏露以外の文学のところに、ポップカルチャーを入れてもいいのかもしれないですね。英米のポップカルチャーもそっちに入る。

**村上** そうかもしれない。今のアメリカ文学にはエスニックカルチャーが侵食してきているし、どこからどこまでかという見極めもつかなくなってきているところがあります。

**柴田**　村上さんが書きはじめた頃は、アメリカ文学といっても、まとまったマイノリティ文学としてはせいぜいユダヤ系文学、黒人文学くらいで、あとは白人文学だったですよね。

**村上**　そうですね。

**柴田**　ポップカルチャーの影響は、ブローティガンやヴォネガットあたりから見えてきたくらいだった。

**村上**　ただガルシア＝マルケス、ボルヘスは力を持っていましたけどね。

**柴田**　なるほど、ラテンアメリカか。実に強力な他者の文学ですね。ガルシア＝マルケス、ボルヘスは一九六〇年代から七〇年代にかけて、日本でも英米でもすごく影響が大きかったですね。

**村上**　僕は、父親の専門が日本の古典だったので、鬱陶《うっとう》しいから日本のものには近づかなかったというのが大きい。

**柴田**　近づかなくてもなんとなく入ってきてしまうくらい近くにあったんですか。

**村上**　昔から親にいわゆる日本の古典を勉強で読まされたので、よく読んでいるんだけど、思い出したくないから逃げている（笑）。僕のところにも『雨月物語』を現代語訳しないかという話がなくはないけど、英語からの翻訳の方が楽でいいです。

## 古びる翻訳と古びない翻訳

**柴田**　音楽でも芸術でも古びるものと古びないものがあります。翻訳に関してはどういうものが古びて、どういうものが古びないかを言葉にできないか。名訳と聞いて僕がまず思い浮かべるのは、野崎孝《たかし》訳ジョン・バース『酔いどれ草の仲買人』、朱牟田夏雄訳ローレンス・スターン『トリストラム・シャンディ』、鷗外は美文なら『即興詩人』、スカスカ型なら『諸国物語』。これらに何が共通しているだろうと考えると、さっきの文体という話になるかもしれません。かならずしもその時代に属していなくて、もしかしたら原文にさえ属していないような独自の声が訳文にあるということ。

**村上**　僕も『酔いどれ草の仲買人』は素晴らしいと思うけれど、あの翻訳がはまっているのは一種の擬古文だからですよね。ジョン・バースは同時代的には書いていなくて、もともと古びたことを書いている。そのずらしている感覚が翻訳とぴたっとはまると、その翻訳は古びない。

**柴田**　それはすごくわかります。鷗外の『即興詩人』も完全に擬古文で、当時としても古い日本語で書いている。『トリストラム・シャンディ』はそこまではいかないけれど、決して同時代的な文ではない。ほかに村上さんが名訳といわれてパッと思いつく作品はありますか。

**村上**　中野好夫さんのコンラッドは今読んでも古くないと思います。

**柴田**　ええ、僕も中野訳『闇《やみ》の奥』からコンラッドに入りました。中野さんはコンラッドに限らず、どの訳もノーナンセンスで、学者の翻訳っぽくなくていいです。

**村上**　あと藤本和子さんのブローティガンがいいですね。

**柴田**　いいですよね。そのあたりになると、時代からずれた擬古文的な芸だけではないものがある。

**村上**　ブローティガンの翻訳は七〇年代以降ですから、半世紀は経《た》っていない。半世紀が検証の第一段階のゲートだとすると、それをくぐったものでいえば……ヴォネガットは五十年経ったかな？

**柴田**　『猫のゆりかご』伊藤典夫《のりお》訳が最初らしくて一九六八年ですから、ギリギリまだです。でもこのあいだラジオで名訳について話せと言われて、藤本訳ブローティガンを紹介したんですけど、今の人から見るとすぐにはピンとこないというか、藤本さんや村上さんが静かなユーモアみたいなものに市民権を与えたから、パッと新しいという感じはしないようでした。

**村上**　なるほど。今となっては、ですね。

**柴田**　はい。でもやっぱりじっくり読むと、言い出しっぺの強さというか、初めてやった人の強さはあると経験則的に思います。

話を戻すと、いわゆる擬古文にするとか、あるいは柳瀬尚紀《やなせなおき》みたいにすごい言葉遊びどの小説でもできるとは限らない芸をやってのけると名訳になる可能性が高いということはありそうですね。

**村上**　そういうところはありますね。

**柴田**　同時代的な文章で同時代的な内容のものを着実に訳しても、なかなか名訳とは言われにくいですかね。

**村上**　そうですね。同じ時代に書かれた同時代的なものを訳すというのはかなりリスクがある。それは僕がカーヴァーを訳して一番感じたことでした。どんどんカーヴァーの作品の立ち位置が変わっていったから、それが落着く前に訳したものを後になって読むと、ブレみたいなものを自分でも感じる。それでもやっぱり、できたばかりのホカホカのものを訳すのはすごく面白いですが。

**柴田**　カーヴァーという作家の個人の変遷《へんせん》とか成長ではなく、カーヴァーの置かれている文脈が変わると、作品の見え方が変わるから、訳も変わっていくということですか。

**村上**　そう。柴田さんはオースターを訳していて感じないですか。

**柴田**　うーん、ほとんどずっと同時代的に、といってもまあ一周遅れくらいで訳しているので、あわせてあまり意識せずに訳も変われるのかもしれません。オースターに関しては作家としての立ち位置もそんなに劇的に変化していないし。カーヴァーの場合は、彼が中堅作家くらいの頃から村上さんは訳されている。始められた時点では、たぶん、『頼むから静かにしてくれ』や『愛について語るときに我々の語ること』がすでに出ていましたよね。

**村上**　『頼むから静かにしてくれ』の頃のカーヴァーはカルト的な作家だったんですが、だんだんメインストリームになって、重鎮みたいになっていった。周りが認めなかったり、持て囃《はや》したり、また逆風が吹いたりと、かなり変わりました。この前、柴田さんとトークしたときに（本書「公開翻訳」）、カーヴァーの訳の一人称を、僕か、俺か、私にするかという話になりましたが、その選択も今だったら変わってくるかもしれないなと。

**柴田**　重鎮だと「私」、カルト的だと「俺」、とかそのへんにも影響するということですね。翻訳しているときはひたすらテキストと向き合っていて、その人がどういう文脈にいるかとかあんまり考えないと思うんですけど、それでもそういうことが、訳し方をどこかで縛っているんでしょうか。

**村上** うん。あと、昔の作家であれば、その作品が失敗作か成功作かがはっきりわかる。でも同時代の作家で、たとえば僕が訳しているティム・オブライエンは、作品によってどうしてもばらつきがある。それを追いかけていくのは難しいところがありますね。

## 名訳は迷惑？

**村上** 名訳とは何かという話に戻ると、ある種の邂逅《かいこう》というか、巡り合いというのも関係があると思うんです。野崎さんの訳にも、これはすごいと思うものと、今となっては古いというものに分かれています。それは相性としか呼べないんじゃないかという気がするんです。

**柴田** 僕は以前から、野崎孝さんはイギリス文学の方が向いていたのではないかと思っていました。だからバースの『酔いどれ草』の擬古文がはまっているんじゃないかと。

**村上**　なるほどね。あ、そうだ、僕が好きな訳というと、村上博基《ひろき》さんのジョン・ル・カレ。『スクールボーイ閣下』（ハヤカワ文庫NV）は何度も読んでいます。

**柴田**　すみません、読んでいないんですが、どういうふうにいいんですか。

**村上**　生き生きしているんです。ジョン・ル・カレはぐしゃぐしゃした変な文章を書く人なんですが、そのぐしゃぐしゃ性を突き抜けると、すごく感じるものがある。そのぐしゃぐしゃ性を村上さんはすごく理解していて、ジョン・ル・カレに対する愛情が満ちている。だから好きなんです。

**柴田**　妙に読み易《やす》くなっているとかではなく？

**村上**　むしろ読みにくいんです。何言っているかわからないんだけど、それを掻《か》き分けていくと、ああそうか、と。

**柴田**　原文と比べてみたりしたことあります？

**村上**　あります。僕も英語で読んだり日本語で読んだりしているので。

**柴田**　その村上博基さんの訳は、ぐしゃぐしゃさに忠実なわけですね。

**村上**　忠実です。端折《はしょ》ってないですね。作ってもないです。英語で読んでもぐしゃぐしゃしているし。

ミステリーの場合は、この人がこの作品を訳すというのが割と決まっていて、チャンドラーは清水俊二さん、ハメットは小鷹信光《こだかのぶみつ》さん、ロバート・B・パーカーは菊池光さん。純文学の場合、そこまで決まっていないですね。

**柴田**　たしかに。でも今、フィッツジェラルドの作品を村上さん以外が訳すのは勇気が要るんじゃないでしょうか。

**村上**　でも『グレート・ギャツビー』はいろんな人が訳しています。僕は、翻訳はいくつもある中から人が選ぶのが正道だと思っているんです。だから名訳はけっこう迷惑なんですよね。

**柴田**　名訳は迷惑、名文句ですね（笑）。

**村上**　名訳だというと、おそれいっちゃって、首に鈴をなかなかつけられない。みんなかしこまって、それをありがたがる。僕は、オリジナルテキストは交換できないけど、翻訳は交換可能、あるいは選択可能だと思っているから、名訳もいいけど、あまり奉《たてまつ》りすぎると、問題かなと思う。だから『ギャツビー』の翻訳がたくさん出るのは僕としてはいいことで、その中から選んでくれればいいわけだから。

**柴田**　そう思う反面、たとえば石井桃子の『クマのプーさん』の訳は本当に素晴らしくて、ああいうのは自分が手を出しても何も新しいことをできそうにないからやってもしょうがないと思うんです。でも、児童文学と純文学とでは翻訳でできることも違うかなあ。

**村上**　児童文学は難しいけど、詩の翻訳はいっぱいあっていいと思うんですよね。アンビギュアスなものだから、どうとでもとれるし、翻訳者の感性によって変わっていっていいんじゃないかと。

**柴田**　エリオット・ワインバーガーというアメリカの翻訳家が、詩は一本訳すだけじゃ駄目で、一冊訳さないと見えてこないと言っています。たしかに、芭蕉《ばしょう》の「古池や蛙《かわず》飛びこむ水の音」という一句を英語に訳しても、An old pond, a frog jumping in, the sound of water、それがどうしたっていう話で、これだけでこの人が偉大な詩人だと思う人は英語圏ではまずいない。でも『おくのほそ道』を通して読むと、すごさがだんだん見えてくる。

そういえばワインバーガーも、さっき村上さんがおっしゃったのとまったく同じように、「いかなる詩も、可能な限り何度も何度も訳されるべきである。同じ翻訳者が年月を超えてやってもいい。『決定的』翻訳なんてものを信じるのは原理主義者だけである」と書いています。

**村上**　僕が高校時代に読んだモームの文章で、翻訳不可能な文章はない、人間が書いた文章を人間が理解できないわけがないから、というのがあって、そうかあと思ったんですよね。

**柴田** ワインバーガーも「すべては翻訳可能である。『翻訳不可能』なものはまだ翻訳者を見つけていないだけである」と言っています。僕は翻訳論のアンソロジーを読んで、この人だけがピンときたのですが、「翻訳理論は、いかに美しくても、翻訳には役に立たない。動力学の法則が、料理の役に立つだろうか」などと言っているので、翻訳学の人たちには評判が悪いんです（笑）。

**村上** その人は「原文は決して翻訳に優《まさ》ってはいない」ということを言っていましたよね。それは本当かなあと思ったんですが。

**柴田** あ、あれはこのあいだお見せした僕の訳が悪くて、翻訳と原文の優劣を較べてもはじまらない、同じ原文に対する複数の翻訳の優劣を考えるべきだ、ということのようです。こうしてみると、翻訳ってほんとに責任重大ですね（笑）〔一連のワインバーガー発言、出典はEliot Weinberger, "3 Notes on Poetry: Translating", *Outside Stories: 1987-1991*, New Directions, 1992〕。

## 原文と翻訳を比べる？

**村上**　カズオ・イシグロの『浮世の画家』を飛田茂雄さんが訳したときに、翻訳をたたかれたことがありましたよね。でもたたいた人は、原文をあたっているのかどうかわからなかった。

**柴田**　あたっていなかったです。そういう書き方でしたから。

**村上**　それを読んだときに、原文を読まなくて翻訳を批判することは可能なのだろうか、と思ったんですけど、どうなんでしょうね。

**柴田**　だいたい訳を褒めるにしても、けなすにしても、原文を参照している人はほとんどいないですよね。鷗外の『即興詩人』を原文以上の名作だと言う人はいっぱいいるけど、デンマーク語の原文を読んでいる人はほとんどいない。鷗外はドイツ語訳から重訳していてドイツ語なら読める人はだいぶいるけれど、それでも独訳にあたって確かめる人はそんなにいないと思う。なのについ、原文以上の名訳だという言い方をしてしまう。それはたしかに変な話なんだけど、ただ、訳文を見ただけでも、これはたぶん良い訳だろうな、これはそうではないなというのは、かなりわかる気もする。

書評のように権力をふるう場合は、さすがに原文を見るべきじゃないかと思いますが。

**村上** 僕が翻訳したもので、ほかの人が前に翻訳したものがある場合、読んでみると、間違いがあったり、しょっちゅう抜かしていたりすることがあって、中にはボロボロのものもあります。でも多くの人がそっちの訳の方が良いと言うこともある。原文とあわせればどれだけ不正確かがわかると思うけど、逆に言えば、読み易ければ良いということにもなりかねない。それは非常に難しい問題です。

**柴田** 僕は英語からの翻訳を読むときは正確じゃなきゃ駄目だろうというモードで読みますけど、ロシア語やドイツ語は読めないので、その訳者が省くんだったら、省くこともあわせてその訳者を信用するしかないと思って読んでいます。そういうふうに信用できる訳者を選んで読んでいるともいえる。できれば原文に忠実にやってほしいなと思いますが。

岩野泡鳴という明治〜大正の文人がアーサー・シモンズの『象徴主義の文学運動』というフランス象徴主義に関する本を翻訳しているんですが、前書きでおれは原文に完璧《かんぺき》に忠実に訳しているからこれこそ原文の精神そのものだとか言って、ものすごく威張っている。でも実際に原文と比べると、英語が読めていないところがぼこぼこあって、名訳でもなんでもないいんだけど、迫力みたいなものはたしかに感じられて、それが当時の詩人たちにものすごい影響力を持ったそうです。だから正確でないものでも、人に作用を及ぼすことはあるんだなと思う。たぶんそれは、詩人たちがそういうものを求めている空気があって、そこに上手くはまったんだと思いますが。

## ギンズバーグの詩を訳して

**村上**　去年、柴田さんと一緒にギンズバーグの詩を訳していて、ある水域のラインまではきちんと訳さなければいけないけど、それを過ぎると好きにした方が詩の精神に近づくんじゃないかという気がしたんです。詩は、あるところでがらっと作り替えちゃうしかないというか。

**柴田**　僕もギンズバーグを訳して、改めて詩の翻訳は難しいなと思いました。以前、絵本作家のきたむらさとしさんと一緒に、左ページにエミリー・ディキンソンやルイス・キャロルなどの詩の原文、右ページに僕の翻訳、背景にきたむらさんの絵を載せるという仕事をしたことがあります（『アイスクリームの皇帝』河出書房新社）。きたむらさんは英語を読めるので、僕の翻訳を経ずに原文だけ読んで絵をつけたりして、ある意味で、原文を示した上で「翻訳」が二通り提示される本になった。さっき村上さんがおっしゃった、翻訳はいくつもあっていいというのと似たようなことが一冊で体現できて、こういうやり方はいいなと思いました。ほとんどの詩の翻訳の場合、原文もなく、絵もなく、ただ翻訳だけが活字であると、正直いって無理じゃないかと思うことが多いです。

**村上**　そうですね。

**柴田**　我々がやったギンズバーグの訳詩は、〈THE POET SPEAKS〉の公演（二〇一六年六月四日、すみだトリフォニーホール）でスクリーンに映し出され、その前にパティ・スミスが立って朗読したわけで、いわばパティ・スミスの存在と声が映画の絵と音みたいなもので、それにフィリップ・グラスのピアノも加わり、我々の訳は字幕のようなものだった。こういう形ならいいなと思いました。

**村上**　あれは複合芸術みたいになっていて面白かったですね。パティ・スミスの声に説得力があったし。

**柴田**　あの声は本当にすごいと思いました。

## オースターは訳せない？

**村上** この前のトークのときに時間がなくてしなかった質問があるんです。

**柴田** はい。

**村上** 柴田さんはポール・オースターみたいに非常に整合的な文章、ロジカルに翻訳できる文章を割に好んで翻訳しますよね。それと同時にマーク・トウェインとか、ほら話みたいな、話術がキモの話を訳すじゃないですか。その真ん中があまりない。

**柴田** たしかに。

**村上** なんでだろうなって、いつも不思議に思っていたんです。

**柴田** 普通の小説があまり好きじゃないのかな（笑）。

**村上** 普通っていうのは中道リアリズムみたいなの？

**柴田** そうです。

**村上** 極端ですよね。

**柴田** そうですかね。でも、黒原敏行さんあたりを見ていると、もっと極端な気がするんですが。

**村上** 黒原さんはある種一貫したものがある気がする。

**柴田** 僕は一貫性（笑）。

**村上** （笑）。でも不思議と、柴田さんの訳でほら話を読んでいると、整合的なほら話に聞こえる。ナサニエル・ウエストの『クール・ミリオン』は読んでいてすごく不思議な感じがしました。

**柴田** あれは、少年がどんどん出世していくという成功物語のフォーマットに、右翼が台頭してきた時代の空気を足してできたような話で、ある種、フォーミュラ的なところがあるから。あの時代の文脈に置いてみると、ああいう突拍子もない話が出てくるのも納得できるというか。

**村上** なるほど。

**柴田** まあそうはいっても、当時納得した読者はほとんどいなかったわけですけど（笑）。

僕が一番訳すのが苦手なのは、いわゆる強い悪文というか、崩れているのが強さになっている文章です。それを僕が訳すと、なんとなく理屈を通してしまう。スティーヴ・エリクソンあたりは時にボーダーラインで、僕は彼の作品のなかでは『ゼロヴィル』とか『黒い時計の旅』とか、比較的まとまっているものを訳しています。

**村上**　たぶん僕はオースターは訳せないだろうなって自分では思います。

**柴田**　それはどうしてですか。

**村上**　あまりにも整いすぎているから。

**柴田**　なるほど。村上さんとオースターの小説は全然違うけど、次はどうなるんだろうなって思わせる力は二人とも共通していると思います。

**村上**　うん。オースターもなんだかんだ言いながら、ページターナーなんですよね。だから読み出すとスラスラ読んじゃう。

**柴田**　ページターナーという意味では、さかのぼっていくと、たとえばチャンドラーなのかなと思います。もちろんチャンドラーはオースターほど整合性がなくて、それが強みになっている。書き手も次がどうなるのかよくわからないまま書いているかのようなスリルがありますね。

**村上**　チャンドラーは名文家だと思うんですけど、小説の中に必ず悪文ブロックがあって、わざと嫌がらせしているとしか思えないブロックが出てくる（笑）。部屋の描写とか、もうなんなんだこれはというほどしつこく、わけのわからない描写が続きます。それを抜けるとさーっと流れるんですけど、フィッツジェラルドもそうなんですよね。フィッツジェラルドは凝り過ぎブロック。ある意味で、チャンドラーとフィッツツジェラルドは似ているんです。

**柴田**　そうでしたか。僕はまだチャンドラー初心者で、四冊しか読んでいないのでまだまだ発見途上なんですが、いまはすごく面白い。最初に『大いなる眠り』を読んだときはさっぱりわからなかったけど、だんだんわかるようになって、あの突拍子もない比喩《ひゆ》も含めて、要するにこれは全部フィリップ・マーロウに世界がどう見えているかの話だと考えると、非常にしっくりきます。部屋の描写なんかも、金持ちの部屋を皮肉っぽく書いたりする。どういう部屋かということより、マーロウがその部屋をどう皮肉な目で見ているか、という方が大事な語りだという気がします。

**村上**　うん。僕は英語で読むときは、そういうブロックはいちいち読んでいられないから流し読みします。翻訳するときは一生懸命読み込むけど、まあ疲れる。いちいち間取りまで書くなよなとか思う（笑）。あと、チャンドラーは繰り返しが多いんです。He complained とあったとして、少し後にまた同じく complained と出てきたり、murmured が何度も出てきたりして、訳すときに困るんです。そこらへんは編集者が細かくチェックしていないのかな。

**柴田**　僕もそれは本人より編集者の問題かなと思いました。

**村上**　さすがに純文学系はそういうのはないですね。

**柴田**　純文学ではむしろヘミングウェイが、said を murmured や complained と言い換えるより said の繰り返しの方がいいんだみたいな美学を提示したから。逆に大衆小説の方がいろいろ言い換えますね。

**村上**　そうですね。

**柴田**　僕、今、レアード・ハントの *Neverhome* を訳しているんですけど〔その後『ネバーホーム』として朝日新聞出版より刊行〕、レアード・ハントは細かい意味より、声をどう訳すかが問題なので、上手く乗れれば訳すのに案外時間はかからないんですが、スティーヴン・ミルハウザーはものすごく時間がかかる。

**村上**　ミルハウザーの文章は割にロジカルでしょう。

**柴田**　意味はわかるんですけど、それを一読で頭に入る日本語にするのに手間がかかるんです。オースターの英語は読める日本語にするのに、そこまで手間はかからない。

**村上**　コンラッドの方が時間がかかるんじゃない？

**柴田**　あ、めちゃくちゃかかります。『ロード・ジム』はピンチョンの次に大変でした。でもコンラッド、主要作品が絶版になってしまうようだったら手を挙げたいですね。

あと、ジャック・ロンドンは一番勢いで読めそうだし訳せそうなのに、訳すのに意外と時間がかかる。あれはなぜなのかなあ。

**村上**　僕も『MONKEY』7号で「病者クーラウ」を訳しましたが、大変でしたよ。

**柴田**　ですよね。あの人の文章はごつごつしているんだけど、伝えるべきリアリティはがっちりある。それをしっかり再現するのに手間がかかるのかもしれない。ジャック・ロンドン、もっと訳したいです。

**村上**　僕はエルモア・レナードもやりたいし、マッカラーズももっとやりたいし、まだまだたくさんあります。あとは時間ですね〔その後村上はレナード『オンブレ』、マッカラーズ『心は孤独な狩人』を訳出した〕。

**柴田**　《村上柴田翻訳堂》、十冊が出て一区切りではありますが、これで終わらず続けていければと思っています。今日はありがとうございました。

# 僕たちはこんな（風に）翻訳を読んできた（V）

# 小説に大事なのは礼儀正しさ

## ――ジョン・チーヴァー『巨大なラジオ／泳ぐ人』をめぐって

『MONKEY』15号（二〇一八年六月）の、村上訳ジョン・チーヴァー短篇・エッセイを核に据えて一九五〇年代アメリカ短篇を考える特集「アメリカ短篇小説の黄金時代」で行なった対話。二〇一八年四月二十六日、Rainy Day Bookstore & Cafe にて。その後新潮社から、チーヴァーの短篇・エッセイを二十本収めた『巨大なラジオ／泳ぐ人』が刊行され、巻末にこの対話も収録された。

## ひとつの世界を書き続けた作家

**柴田**　今日は最初にチーヴァーの話を伺って、同時代の作家の話や五〇年代という時代全体についてお話を伺いたいと思います。

**村上**　主に短篇小説の話ですね。

**柴田**　はい。チーヴァーは昔から読んでいらしたんですか。

**村上**　そんなに熱心には読んでいなくて、ある時点で読んだときに、うわぁ、面白いなあと。ジョン・チーヴァーは日本でポツポツと紹介されても、すぐ絶版になってしまって、長篇は角川が出していたんだけど、短篇集はまとまった形ではなかなか出なかった。チーヴァーの真骨頂は短篇にあるわけだから、日本ではどちらかというと不幸な作家だったんです。

**柴田**　短篇小説家としてのチーヴァーの特色を言葉にするとどんな感じになりますか。

**村上** ある意味で典型的な短篇作家ではないんですよね。なぜかというと彼はほぼひとつの世界を中心に据えて、中産階級、郊外、東海岸、特にニューヨークの北の方のコミュニティの在り方をずっと書いている。だから今アメリカ人に聞くと、チーヴァーはたしかに上手《うま》いけど世界が狭い、と言う人が多い。僕の考える短篇小説家はいろんな観点、引き出しを持っていて、それを代わり番こに書いていく。サリンジャーにしてもチーヴァーのように一点集中みたいなことはあんまりしていない。そういう意味では、割と特殊な立ち位置を持つ作家なんじゃないかと。

**柴田** 村上さんがやはり訳されているレイモンド・カーヴァーは地域的には太平洋岸の北の方で、労働者階級の人たちのことを書いていて、その意味ではやはり限定的ですが、小説世界の広がりという意味では違いますか。[1]

**村上** カーヴァーは自分の人生のいろんなフェーズを書いているんです。少年時代、結婚して生活苦にあえいでいる頃、大学に入ってアカデミックな世界を知りはじめている頃、アル中になって家庭生活がめちゃくちゃになっていた頃、テスと出会って再生した頃、といくつかのフェーズを書き分けている。でもチーヴァーは場所もフェーズもだいたい同じ。小説家として考えてみると、そんなことができる人って普通いないです。いろんな仕掛けを持っていないと、短篇小説だけで食っていくことはできない。チーヴァーは長篇も書いてますけど、短篇が本領の人ですから。

**柴田** 長篇デビュー作の『ワップショット家の人びと』（一九五七）を読んでも、いろんな人のエピソードが並んでいますよね。

**村上** チーヴァーの長い小説って構造的には短篇小説を組み合わせたものですよね。

**柴田** なるほど。僕はなんとなく、チーヴァーの短篇はストーリーが割と古典的でしっかりしているから、今の短篇に慣れている人には、話が出来すぎているという反応もあるのかなあと思ったんですが。

**村上** でも途中で逸《そ》れていくから、出来すぎていないですよ。あるときは逸れてシュールになるし、あるときは奇妙な物語になる。その逸れ方がすごくナチュラルで自然なんです。普通じゃない。だからチーヴァーを読んで訳して小説の勉強になるかと訊《き》かれると、あんまりならない（笑）。ただチーヴァーみたいなはぐらかし方はとてもできないにせよ、はぐらかすポイントの摑《つか》み方とかスペースのとり方なんかは勉強になるかなと思う。

**柴田** はぐらかすというのは、ストーリーが意外な展開をするとかではない？

**村上** もちろん意外な展開もあるんだけど、ストーリーだけが変化しているのではなく、ストーリーそのもののある種の肌触りというか、そういうものが微妙に変化しているんです。水の流れが変わると同時に、その温度や質感が変わっていくみたいに。そういう意味では非常に筋のいい作家です。頭で考えて小説を書いてない。

**柴田** たとえば「泳ぐ人」（一九六四）という短篇で、主人公の男が最初はどこに行っても歓迎されていたけど、だんだん歓迎されなくなって、道路を渡るあたりから世界がガラッと変わる。あれはそういう変化の割とわかりやすい例ということですか。

**村上** そうですね。あれは時間の流れがどこかで狂っている。一日の話なのに伸び縮みがあって、その辺の不気味さをああいうふうに表現するのは難しいし、普通の人にはまず書けないですね。

**柴田** ああいういわゆるリアリズムの枠から外れて幻想的といえそうな展開になる話はそう多くないけど、そうなっている「泳ぐ人」と「巨大なラジオ」（一九四七）の二本はチーヴァーの代表的な作品ですね。

**村上** 見事にリープしている小説ですね。ほかの作品はあそこまでリープしていない。

**柴田** たとえばもうひとつの代表作「カントリー・ハズバンド」（一九五四）などはリアリズムの枠に入っているけれど、そう言われてみればところどころたしかに奇妙ですね。

**村上** 飛行機事故から始まるところがすごいです。それが後になって一切出てこないんですよね。普通だったらあれがトラウマになって記憶が蘇《よみがえ》るとか、仕掛けがあるんだけど、それがなくて、ただ異界に放り込まれて帰ってきたというのかな。

**柴田**　家族も友人も事故の話を聞いてもなんとも思わないし、誰もわかってくれない。

**村上**　オデュッセウスみたいなもので、偉大で困難な旅から帰ってくると、そこが別の場所になっている、そういうひやりとした恐怖感がありますよね。[2]

## 窓のない地下室で書く

**柴田**　今回『ＭＯＮＫＥＹ』で何本かチーヴァーの短篇を収録させていただくということで、いかにもチーヴァーらしい「巨大なラジオ」と「泳ぐ人」は迷わず選びましたけど、そのほかはちょっと外しすぎたかなという反省がなくはないんです。「引っ越し日」（一九五二）は珍しく労働者階級の視点から書いているし、「パーシー」（一九六八）は女性が前面に出てくる。今回短篇集を読み直して、こういうチーヴァーがあることがすごく新鮮に感じられたので選んだんです。まあチーヴァーのいろんな面を見てはもらえると思いますが。「引っ越し日」はアパートメントハウスの管理者の視点から、上の人をすごくリアルに描き分けていますよね。

**村上**　ひとつの建物に焦点をしぼり、その状況がすごく上手く描かれているのが面白かったです。ある種アメリカの社会のシステムがよく見える。アパートメントハウスという立体的な枠の中のヒエラルキーが鮮やかに描かれている。

**柴田**　住んでいる人たちのヒエラルキーがあり、スーパーインテンダントとかジャニターとか、住人に仕える人たちのあいだにもヒエラルキーがある。そこがリアルに描かれていました。あれはソ連で初めて訳されたチーヴァーの短篇だそうです。

**村上**　そうなんですか。チーヴァーはソ連ですごく人気があったんだよね。

**柴田**　とにかく一人熱心な翻訳者がいて、読んですぐ訳しはじめたそうです。「引っ越し日」はやっぱり労働者からの視点ということで選ばれたんだろうと思います。[3]

**村上**　チーヴァーは階層に敏感な作家ですね。本人もいろんな階層を抜けてきたから、階層の落差が生み出す痛み、ヒリヒリ感、そういう原点を自分の中に持っているんでしょうね。

**柴田**　『ニューヨーカー』のレギュラー作家だったという点だけを見れば作家としてはエリートですが、エッセイには背広一着しか持ってなかったと書いていますね。

**村上**　本当に貧乏だったみたいです。彼のメモワールを読んでいると、『ニューヨーカー』の原稿料がすごく安いから、生活できなくて大変だという話ばかりなんですよ。

僕は高いと思っていたけど（笑）。

**柴田**　僕もそう思います（笑）。

**村上**　それでも『サタデー・イブニング・ポスト』[4]から三、四倍のギャラを出すから専属にならないかという話が来ても、『ニューヨーカー』が好きだから離れなかった。「なぜ私は短編小説を書くのか?」というエッセイで、スーツを着て下に降りて行くとあったから、なんだろうと思っていたんですが、ニューヨークのチーヴァーのアパートメントには奥さんと子供が二人いて狭いから仕事ができなくて、地下にあった世帯別のストレージに机を置いて仕事をしていたそうです。スーツを着てエレベーターに乗って地下に降りて、窓もないストレージで仕事をして、食事時になると、またスーツを着てエレベーターに乗って家に戻るという生活を長いあいだ続けていた。そんな物置きみたいなところでよく小説が書けるなあと思うけど、決して裕福ではなかったんですよね。

**柴田**　そうでしたか。

**村上**　お父さんがお金持ちのセールスマンだったけど、途中で破産状態みたいになって、学校に行けなくなったから、ハイスクールをドロップアウトしなくてはならなかった。

**柴田**　だからほとんどの作品で中流階級を書いていても、そこに安住している人より、そこから落ちていく人、そこにのぼれない人に目が行っているんですかね。

**村上**　そうですね。チーヴァー自身も高級住宅街に住んではいたけれど、長年知り合いの家を借りて住んでいて、自分の家を持ったのは長篇『ファルコナー』[5]（一九七七）を書いてお金を儲《もう》けてからでした。それまではいつ家を出て行けと言われるかわからないような生活をしていたから、不安感が強かった。途中でチーヴァーは同性愛傾向がだんだん強くなってくるし、アルコール中毒になっちゃうし、なかなか経済的にも恵まれないし、いろいろ大変な人生を送ってきた。

**柴田**　僕が七〇年代の後半に知った頃は、七〇〇ページくらいの短篇選集が出て評判になって、短篇の大家という印象でした。[6]

**村上**　アメリカ人の多くは、チーヴァーといえば金持ち階級で、いわゆるＷＡＳＰの世界をのうのうと書いていたというイメージを持っているけれど、本当はそうじゃないんです。

**柴田**　なるほど。後年にはイタリアにも行っていて、イタリアを舞台にした短篇もありますね。

**村上**　多いですね。イタリアが好きだったみたいです（笑）。

**柴田**　ナサニエル・ホーソーンやヘンリー・ジェームズなど、アメリカ人作家がイタリアを舞台にして書くという一種の型があります。長い歴史とか、何百年も続いているコミュニティの感覚とか、アメリカにないものを書こうとするとイタリアになるのか、チーヴァーのイタリアものもいつもとはちょっと毛色が違いますね。

**村上**　イタリアは生活費が安かったことも大きいみたいです（笑）。フィッツジェラルドなんかとは違って、それほど優雅に暮らしていたというのでもないみたいですね。

**柴田**　そういえば村上さんもイタリアにいらしたんですよね。日本とは違う場という感覚ってありましたか。

**村上**　うーん、なんでイタリアに行ったんだったっけな（笑）。どこでもよかったけど、たまたま友だちがいたからというのはあるけど。小説書くのはどこでもできるので、どこ行ってもいいんですよね。あとは、食べ物が美味《おい》しいところの方がいいかなあ（笑）。

## 短篇小説を成り立たせていたのは雑誌だった

**柴田**　チーヴァーの作品は初期から「グッバイ、マイ・ブラザー」（一九五一、村上訳邦題「ぼくの弟」[7]などすごくいいものがありますが、時代に沿ってチーヴァーを読んでいくと、どのくらい変化を感じますか。選集を読むと、最初からけっこう出来上がっているなという印象ですが。

**村上**　出来上がっていますね。文芸批評家のマルカム・カウリーに認められて、『ニュー・リパブリック』誌でデビューしたのが、ハイスクールをドロップアウトした十八歳のときで、天才だと言われました。けっこう後の方で書いた「パーシー」にしても「泳ぐ人」にしても、最初の方にあったとしてもおかしくないと思います。逆に「ぼくの弟」が後にあってもおかしくない。そういう意味では不思議ですね。最初は下手でだんだん洗練されてきて、そのぶん最初の荒々しさが減ってくるというのがだいたいの短篇作家のパターンだけど、ある意味で彼は最初から完成されている。

**柴田**　かなり後の方、七〇年発表の「四番目の警報」あたりになると、時代に自分が追いつけていないかもしれないというチーヴァーの不安がちょっと感じられます。

**村上**　カウンターカルチャーについていけなかった。

**柴田**　ええ。あの頃からドナルド・バーセルミあたりが『ニューヨーカー』の常連になってくる。『ニューヨーカー』はほかの小さい文芸誌に比べれば保守的ですけど、バーセルミみたいな前衛の人をしょっちゅう起用したのは時代のなせる業というか。

**村上**　あの頃は実験小説の作家の勢いがあったから、チーヴァーはもう時代遅れという空気があったんでしょうね。[8]

**柴田**　今回選集を読み進めていて、なんで飽きないんだろうって不思議だったんです。村上さんもおっしゃったように、ほとんど同じ舞台で同じような人たちを同じ視点で書いても、反復感がない。

**村上**　もうそれは個人的才能としか言えないんじゃないかな。どんなものからでも話を作っていける才能は、ある人にはあるけれど、ない人にはない。何を書いても同じみたいになっちゃう人がほとんどです。これはもう資質の問題としか言いようがない。今回僕も訳していて、いくら訳しても、まだもっと訳したいという気持ちになっちゃうんです。一つひとつの作品に何かしらそれぞれの手《て》応《ごた》えがあります。

チーヴァーは思いついたことをどんどんジャーナルに記録して、そこから短篇をこしらえていったけど、僕はそういうジャーナルをつけない人間なので、どの程度そういうのが役に立つのかわからないんです。僕の場合は基本的に長篇作家ですから、短篇小説は書きたくなったら書くし、書きたくないときは書かない。そういうのは楽だけど、短篇小説で飯を食っている人はコンスタントに書いていないと収入がないわけだから、そうはいかない。短篇集ははっきり言ってそんなに数は売れないから、雑誌収入でほぼ生きているわけですよね。フィッツジェラルドは生活費を稼ぐために書き散らしたけど、六割五分は一流半から二流品でした。チーヴァーの場合はそういうのはほとんどないです。水準はしっかり維持されている。

**柴田**　なるほど、そうですね。

**村上**　フィッツジェラルドは自分が書きたいのは長篇だと言って、生活費を稼ぐために短篇を書いたけど、そうしていくうちにだんだん人生がおかしくなっていった。チーヴァーは長篇も評価されたけれど、逆に長篇は収入を得ることを目的として書いたみたいです。敢《あ》えて書かなくても、短篇を書いていれば、彼はよかったんじゃないかな。彼の長篇小説にはたしかに、ちょっと無理をしているかなという印象がなくはない。

**柴田**　そもそも職業的な短篇作家が成り立っていたのは、チーヴァーがほとんど最後という気がするんです。要するにかなりのクオリティのある短篇小説がちゃんと読者のいる雑誌に載って読まれ、作家の生活も成り立つという状況って、今のアメリカにはもうまったくないじゃないですか。昔は、ジャック・ロンドンやウィリアム・サローヤンもそうやって短篇をとにかく売って食べていたけど。[9]

**村上**　そうですね。『ニューヨーカー』もサリンジャーの『フラニーとズーイ』を全部載せるぐらいだから相当根性入ってましたよね。

**柴田**　『ニューヨーカー』も二十年くらい前までは、日本だとほとんど中篇だなっていうものを載せていましたけど、最近は本当に短いものばかりですね。

**村上**　ウィリアム・ショーンが『ニューヨーカー』の編集長をやったり、ギングリッチが『エスクァイア』をやったりした頃は、そういう雑誌を買って短篇を読むというのが都市生活者の大事なスタイルだったんです。それが五〇年代にピークに達して、その後はだんだん、雑誌はとにかく定期購読者を増やせ、広告を集めろ、中身はそれらしいものを入れておけばいい、という経営方針に変わっていく。そういう流れが七〇年代、八〇年代に加速していったんだけど、いまはインターネットが中心になったから、雑誌を定期購読する人がいなくなって真っ青になっている。それはある意味、しょうがないといえばしょうがない。長年のツケがまわってきたみたいなところはあります。で、こう言っちゃなんだけど、バーセルミの短篇を真剣に読むために『ニューヨーカー』を買っていた人はそんなにいないと思うんだよね。

**柴田**　うーん。

**村上**　でも『ニューヨーカー』を読むというライフスタイルがあって、そこにバーセルミが載っていてかっこいいというのがあった。でもそれでは自然な雑誌の形ではなくなっていく。

**柴田**　なるほど。五〇年代はまだ中身に頭が行っていたと。

**村上**　サリンジャーが書き、チーヴァーが書き、カポーティが書き、フラナリー・オコナーも書いていた。そういう勢いがありました。そしてそれらは実際によく読まれていたと思う。

**柴田**　『ＭＯＮＫＥＹ』は今回、「アメリカ短篇小説の黄金時代」という特集タイトルにしたんですが、作品を一本訳したウィリアム・ゴイエンがまさにそういうことを言っています。彼自身は五〇年代に『マドモワゼル』[11]が書かせてくれたことに感謝していて、ほかにも多くの作家が『マドモワゼル』に助けられたと言っている。『プレイボーイ』創刊は五三年ですけど、この創刊号にも短篇が三つ入っています。まあどれも旧作ですけど、[12]ヌードと同じくらい小説にも気合が入っている。

**村上**　ラルフ・エリソンやボールドウィンが書いていてもおかしくないですよね。[13]結局あの頃のアメリカはどこに行っても雑誌が置いてあったし、歯科医の待合室でもコミュートする電車の中でも人は雑誌を読んでいた。サリンジャーの『キャッチャー・イン・ザ・ライ』（一九五一）でもホールデンは列車に乗る前に三冊くらい雑誌を買います。そういう文化があった。

**柴田**　枠組みがあったことは間違いないんですけど、そこで書かれる作品もそういう枠に似合うような、ストーリーもはっきりあるものが多くて、短篇小説は芸術でもあり商品でもあったという気がすごくするんです。

## アメリカ文化の本質は「異質なもの」が入ってくること

**柴田**　村上さんは五〇年代と聞いてどういうことを思い浮かべますか。

**村上**　まず感じるのは、いわゆる東部のエスタブリッシュメントと、南部からの新しい血の流入、その二つですね。東部はチーヴァーみたいなアングロ＝サクソン系とユダヤ系の作家が組み合わさって、インテリジェントな階級となる。五〇年代の東部は特にユダヤ系の作家の勢いの良さが特殊です。やっと発言権ができて自分たちが出ていく舞台ができたという、力強さを感じます。

**柴田**　マラマッドやフィリップ・ロスとかですね[14]？

**村上**　マラマッドはあの頃、随分書いていましたよね。

**柴田**　短篇が素晴らしいです[15]。

**村上**　南部からはマッカラーズ、カポーティ、フォークナーのような荒っぽい風が吹いてきて、東部と南部がとてもいい具合にお互いを刺激していた。僕はカポーティやマッカラーズが南部に落着いているんじゃなくて、ニューヨークに出てきて、そこで違和感を覚えながらも創作活動を続けている感じが、割に好ましいと思っていて。そうした南部からの文化の流入は、六〇年代にラテンアメリカ文学のガルシア＝マルケスやボルヘスが入り込んできたときのインパクトに匹敵するんじゃないかと。

**柴田**　フォークナーは二〇年代から書いてはいるんですが、彼がアメリカで広く読まれるようになったのは、四六年にマルカム・カウリーによって『ポータブル・フォークナー』[16]が編まれてからです。他に五〇年代といえば、西からビートジェネレーションが出てきて、やがて東海岸に移ってきました。一方で黒人作家をめぐる状況はなかなか難しくて、ボールドウィンはアメリカでは暮らせないと言って四八年にパリに行ってしまうし、ラルフ・エリソンは五二年に『見えない人間』を書いた後書けなくなった。

**村上**　五〇年代の作家で僕が一生懸命訳しているのは、カポーティ、サリンジャー、マッカラーズ、チャンドラー、あとは今回のチーヴァー。意外に訳してないかも(笑)。

**柴田**　それだけ訳していれば十分じゃないですか(笑)。そういえばなんとなく、はぐれもの感がある人たちですね。マッカラーズとカポーティはジェンダーからして揺れている感じだし。

**村上**　やっぱり僕が思うのは、アメリカの文化は本質的に異質なものが入ってくる文化なんですよね。外国か国内の辺境から、そういうものが入ってこないと動かない文化だと思うんです。そういう意味では、チーヴァーは本来動かない作家なんだけど、そこが逆に今となっては新鮮かもしれない。

結局、五〇年代は資本集中の時代で、ニューヨークやロサンゼルスの大都市に資本が集中し、そこにたくさんの職が生まれ、それまでとは違った流れがアメリカに出てきて、知的なカルチャーというか、渦が大都市中心にならざるをえなかった。そういう渦の中に多くの作家が飛び込んで行くわけだけど、チーヴァーはその渦から少し離れていたと思う。若い頃はアパートメントハウスに住んでいたけど、ある地点から郊外住宅地に行って、美味しい空気を吸って、適当にコミュートするという生活に入った。彼はちょっと外れるんです。都市からも土着からも距離を置いていた。そういう作家ってほかにいないんですよ。少なくともそういう生活をしているということを書こうとする作家はいない。

**柴田**　たしかに。そもそもアメリカで郊外の人口が爆発的に増えるのが四〇年代の末くらいからで、レヴィットタウン[17]のような膨大な数の建売住宅が建って、それまで街がなかったところに街ができてみんな通勤しはじめた。ただチーヴァーの場合、そういう郊外生活者の気分を代表して語っているというより、そこからはみ出しかけている人にむしろ目が行っている。

**村上**　そうですね。だいたいこの時代のニューヨークの作家はハンプトンなんかにウィークエンドハウスを持っていて週末に通うという生活をしていたけど、チーヴァーの場合は郊外住宅地に本拠地を持っていて、用事があればニューヨークに出ていく。流れが逆なんですよね。

**柴田**　登場人物が何時何分の列車に乗って、という話が多いですよね。

**村上**　そう。で、みんなコックやメイドがいて、すぐカクテルパーティがあって（笑）。日本では、コミュートする高級住宅地があるという状況はほとんど一度もなかったですよね。

**柴田**　ええ、郊外という言葉の意味が日本とは全然違いますね。英語のミドルクラスにしても、日本の中流と違ってけっこうお金持ちです。これまでのお話ではっきりしましたが、村上さんはチーヴァーが何かの中心にいたとか、何かをリードしていた人というより、はぐれていた人というイメージで捉《とら》えているんですね。

**村上**　ええ、非常にインディペンデントな人と僕は捉えているんですよ。依《よ》って立つべきものを持たなかった。

**柴田**　なるほど。だからこそ訳す気になる。

**村上**　そうですね。主張があるわけでもないし、これを書きたいというのもないし、何か新しい手法を考案したわけでもないし、強固な個人力で生き残ってきた人です。そのぶん意外にホネがしっかりしている。

**柴田**　昔ちょっとチーヴァーを読んだ、という読者と話すと、あれは白人のミドルクラスの男性で、ゲイだったからその点はちょっと興味深いけど……くらいの片付け方をされかねない。でもそういう考え方だと見えないものがあるというのは、すごく勇気づけられます。

**村上**　とらえどころがないところがあって、小説家として読むと非常に面白い作家です。批評家が読むとポイントが掴みづらくてそれほど面白くないかもしれない。アップダイクなんかはとらえどころ満載（笑）。

**柴田**　（笑）。僕、実はアップダイク[18]の長篇は読めたことないんです。

**村上**　僕はアップダイクの長篇はけっこう楽しんで読んだけど、短篇はいつも退屈だなあって読んでました。あと、マラマッドはフェイブル（寓話《ぐうわ》）みたいなのが強いけど、チーヴァーにはそれもない。

**柴田**　強いて言えば「泳ぐ人」は、新天地を切り拓《ひら》くアメリカ人精神の神話性みたいなものをゆるく使うけど、それもひねりがありますよね。

**村上**　うん。その神話性のまさに暗転ですね。サリンジャーの短篇はいいものはいいんだけど、こう書いておけばいいだろうという感じの作話性が感じられるものもあるし、何度も読んでいると透けて見えてくるところがある。チーヴァーにはそういうところはないんです。

**柴田**　僕はサリンジャーは会話の切れ味がすごいと思うんですが、チーヴァーはそういう凄《すご》みとは違いますね。

**村上**　特に会話は鋭くないし、違いますね。あと、この人は自伝的なものを小説に随分入れているんだけど、どこまでがフィクションで、どこからが自伝的かわからないんです。「パーシー」がほとんど現実のままだと伝記にあってびっくりしたんですよ。そこらへんは摑みどころがない作家です。奥が上手く見えない。

**柴田**　伯母さんの話を書いたんですよね。作家によっては、ここは自分のことを書いているだろうなと匂っちゃう作家もいるけど、チーヴァーは見分けがつかないですね。

**村上**　そうですね。

**柴田**　チーヴァーについて批判的な人は、労働者階級や黒人、あるいは女性の視点から書けなかったとかそういうことを言いますけど、どうなんでしょうか。

**村上**　アメリカの大学の文学部に行くと、どういう視点からどういう目的を持って書いているかとか、なんとかイズムに基づいて書いているからいいんだとか言わないと誰も納得してくれないけど、チーヴァーはそういうことがまったくできない人だから、きっとチーヴァーがいいなんて教室で言ったら反論がいっぱいくると思う（笑）。

**柴田**　たしかにチーヴァーに関する学術論文は少ないですね。

**村上**　ゲイであるということはポイントだけど、ゲイの小説をいっぱい書いているわけではない。

**柴田**　「バベルの塔のクランシー」[19]（一九五一）などはなかなかいいですけどね。

**村上**　そういうポイントがほとんど取れない作家なんですよ。

**柴田**　それを言えば村上さんもポイント取れないんじゃないですか。

**村上**　うん、でも僕の場合は日本人であることがポイントなんですよ。あと、マジッククリアリズム、ポストモダニズムという視点で捉えられているところもあるので、そのへんでいくらかポイントを稼いでる（笑）。

**柴田**　（笑）。三月にイギリスのニューカッスルであった学会で、ある人が村上はもっと女性のことを女性の視点から書くべきだと言ったんです。そうしたら僕が発表を聞いて感心したAstrid Lacという理論派の若手学者が、何を書くべきか批評家が勝手に決めるのはよくない、“Fiction has its own truth.”（フィクションにはそれ独自の真実がある）と言って反論したので、けっこう安心しました。

**村上**　よかったですね。そうしたコレクトネスの流れが去ったときには、チーヴァーもまた復活があるんじゃないかなと思っているんです。

## 小説というのは「引っかかり」がないと駄目

**柴田**　チーヴァーの文章自体は、オーソドックスと言っていいですよね。

**村上**　闊達《かったつ》ない文章です。書きすぎもせず、書き足りないところもない。物語を語るにはまったく不足のない文体です。だけど、名文家かと言われると、サリンジャーのキレとかカポーティの華麗さはない。文章的にはそんなに難しくないと思う。本人もたぶんそれ以上のものを求めていなかったんじゃないかな。

**柴田**　難解ではないですね。

**村上**　フィッツジェラルドの文章みたいに、詰めていくとどこに行ったかわからなくなるという文章ではないし、ヘミングウェイみたいにブツ切れで即物的な文章でもない。

**柴田**　村上さんの訳を拝見していると、割と長めのセンテンスをだいたい半分くらいで切って、順番を変えずに訳していらして、流れが忠実に再現されていると思いました。

**村上**　たしかにできるだけ順番を変えないようにしましたね。こういう文章って流れを変にいじっちゃいけないんです。

**柴田**　今回それを強く感じました。

**村上**　ここはどうしてもわからんというようなややこしいところがないのは、コミュートする電車の中で雑誌を読む人が、なんなんだこれはとなると困っちゃうからかと。

**柴田**　そういう意味ではチーヴァーの文章は商品でもあったと言えると思う。

**村上**　ただ小説というのは引っかかりがないと駄目なんですよね。どこかで引っかかってもらわないと困るけど、引っかかりすぎてもらっても困る。チーヴァーはその辺の呼吸をすごく上手に摑んでいる人だと思います。上手いなぁと感心してしまいます。とにかくあまり難しい言葉が出てこなかった。

**柴田**　出てこないですね。僕にはアップダイクより百倍読みやすいです（笑）。アップダイクの文章はすごく外しが多い気がするし、流れないんです。

**村上**　そう考えると、五〇年代の典型的な短篇作家は誰かと言われると、だんだんわからなくなってくるんですよね。

**柴田**　僕は一番強烈な一人を選ぶとすればフラナリー・オコナーだと思うんだけれども、彼女はどういう流れにも属していない。南部、カトリックというレッテルを貼《は》ってオコナーがわかるかと言われると、わかった気にはならない。[20]

**村上**　僕らがあまり知らない典型的な風俗作家が当時はいたのかもしれない。たとえばジョン・オハラとか、アーウィン・ショーみたいな系列で。

**柴田**　ええ、今は読まれないような。でもそうですね、五〇年代はマラマッドがいて、カポーティがいて、というふうに並べるしかないという気がします。

**村上**　僕が個人的に短篇小説家として一番好きなのはカポーティです。非常に完成された短篇を書く人だと思う。サリンジャーは短篇作家としてはムラがありすぎるなあという気がします。

**柴田**　そうやって並べると、やっぱりチーヴァーも欠かせないですね。

**村上**　ひとつの世界を持っている人ですし、欠かせないです。典型的な五〇年代作家とは言えないだろうけど、彼を抜きにしては五〇年代のアメリカ文学は語れないかもしれない。特にアイゼンハワー政権下のアメリカ社会の空気みたいなものは。

**柴田**　ところで五〇年代はジャズにとってどういう時代だったんですか。

**村上**　四〇年代はジャズにとってはクリエイティブな時代でしたか。ビバップが入ってきて、マグマのように噴き出た。それが冷めて、いろいろ形づけられ、洗練されていくのが五〇年代でした。ビバップは黒人が作ったものだけど、それを洗練化していくのは白人の方が上手かった。でもそこで起きた白人と黒人の葛藤《かっとう》は、多くの場合お互い技術を交流しあうという比較的良い方向に行った。五〇年代はクリエイティビティと洗練化が上手く歩調を合わせていた時代で、その頃に出されたジャズのレコードはあまりハズレがない。六〇年代になるとまたクリエイティブな動きが起こってくるわけだけど、そのぶんハズレは多くなるんです。小説も五〇年代はハズレがない時代な気がします。

**柴田**　本当にそうですね。行きづまり感もまだ五〇年代にはない。

**村上**　ないですね。だから小説もメイラー、カポーティ、サリンジャー、マッカラーズと、五〇年代は質のいいものがまとまって出てきている。六〇年代はそれがはじけて、ばらけてきます。そういう意味ではチーヴァーは五〇年代のまとまり性の中にうまく自分のポジションをこしらえながら、個人性をしっかり打ち出してきた人だと僕は思う。そのポジション取りが上手かったので、六〇年代にもかなりしっかり生き残ることができた。

**柴田**　なるほど。チーヴァーと一番似たような印象を持たれるジャズミュージシャンはいますか。

**村上**　白人でピアニストのアル・ヘイグかな。スタン・ゲッツと一緒にやった人ですけど、非常に知的で自分の世界を持って完結していて、趣味のいいスタイルを持つピアニストです。バップから出てきた人だけど、七〇年代まで生き残りました。

**柴田**　今度チーヴァーと聞き合わせてみます。

## 「背筋が通った短篇」はいくつ訳しても飽きない

**柴田**　五〇年代のテレビには『パパは何でも知っている』[21]のように幸せな核家族像を前面に打ち出した番組がたくさんありましたが、それの文学版どころか反対にあるのがチーヴァーという感じでしょうか。

**村上**　そうですね。どの短篇も影の部分が肝《きも》になっている話だと思うんです。

**柴田**　そういえばハッピーエンドってほとんどないですよね。

**村上**　ないですね。

**柴田**　「林檎《りんご》の中の虫」（一九五八）などは幸せな人たちのことを書いているけれど……。

**村上**　でもその幸福はあくまで皮相的なものですね。文体はユーモラスだけど、きつい皮肉が込められている。最後は「幸福に幸福に幸福に暮らしたのでした」で終わる、完璧《かんぺき》にアイロニカルな世界。長篇の『ブリット・パーク』（一九六九）もそう。

**柴田**　だいたいが暗い終わり方をするのに、またかと思わないのが不思議です。センチメンタルな言い方をすると、いつもどこか優しい目があるというか。

**村上**　僕は、大事なのは礼儀じゃないかと思う。チーヴァーの小説に出てくる登場人物の多くは、礼儀をわきまえている。どの小説でも基本的な礼儀正しさを感じるんです。その礼儀が話の暗さを救っているんじゃないかと僕は感じる。礼儀正しい小説はあんまりないんですよね。

**柴田**　礼儀正しさというのは登場人物の振る舞いのことですか。

**村上**　上手く言えないんだけど、文章を書く姿勢というか心持ちというか。

**柴田**　ヴォネガットがディーセンシー（decency＝まっとうさ）という言葉を使いま

すが、それとも違いますか。

**村上**　似ているかもしれない。チーヴァーの小説では泥棒に入る話でも、盗み方が礼儀正しい。そういうところじゃないかな。お金に困ってコソ泥しても、ある種の礼儀正しさというか律儀《りちぎ》さがある。浮気しても割に礼儀正しい。悪徳とか背徳とか、そういうものが顔をのぞかせても、なぜかドロドロしない。常に最低限のモラルが守られている。僕はそういうモラリスティックなもの、あるいは礼儀正しさは意外に有効性を持つと思う。少なくともそういう小説があっていいと思う。

**柴田**　その礼儀正しさを英語でいうと、ポライトネス（politeness）ではないですよね。

**村上**　違いますね。ディーセンシーかモラリティ（morality＝倫理性）か、プリンシプル（principle＝主義）。そういう資質が問わず語らずチーヴァーには具《そな》わっている気がする。五〇年代という、人々がまとまりを指向する時代であったからこそ、ある種の自然なプリンシプルが維持できたんじゃないかなと。それが短篇小説一つひとつに背筋みたいなものを与えているんじゃないかと僕は感じたんです。だから彼の作品をいくつ訳しても飽きることがなくて、もっと訳したいなあと思う。背筋が通ってないと、もういいやって気になるから。

**柴田**　五〇年代というのは、何が正しいかが、ある程度わかっている気になれた時代だったということでしょうか。
**村上**　そうですね。生まれたときから、育っていく過程で良くも悪くもそういうものを植え付けられたところがあるんじゃないかな。僕は今だってそういうものが小説にはすごく大事だと思っているんです。モラリティをもってしないと描ききれない非モラルな状況があります。アイロニーをもってしか語れない幸福や安寧《あんねい》があり、ユーモアと優しさをもってしか語れない絶望や暗転がある。僕はそう思っていつも小説を書いています。
**柴田**　今日はありがとうございました。

**1**　サリンジャーは代表的短篇集『ナイン・ストーリーズ』が一九五三年刊で、ごく大まかにチーヴァーと同世代と言えるが（チーヴァーは一九一二年生まれ、サリンジャーは一九一九年）、カーヴァーは一九三八年生まれで世代もひとつ下。
**2**　「カントリー・ハズバンド」はチーヴァー短篇のなかでは最長の部類に属す作品で、飛行機事故で危うく死にかけた男が家に帰ってくるが、家族はみなそれぞれの悩みや問題を抱えていて聞く耳を持たず、やがて男自身も自分の問題がどんどん膨らんでいく。
**3**　それに加えて、「引っ越し日」をはじめチーヴァーをいち早くロシア語に訳したタチアナ・リトヴィノフは、チーヴァーに宛てて書いた手紙のなかで、あなたの作品はロシア人にアピールする、なぜなら私たちには、共感を伴った皮肉な目というチェーホフ的伝統があるから、と述べている（Blake Bailey, *Cheever: A Life*, 2009による）。

**4**　一八二一年創刊、一九二〇年代から五〇年代にかけて非常によく読まれた雑誌。『ニューヨーカー』より大衆的なテイストだったがフィッツジェラルド、フォークナーといった「純文学作家」の作品もしばしば掲載。ジャック・ロンドン「野生の呼び声」は一九〇三年にこの雑誌に連載された。

**5**　『ファルコナー』は殺人罪で服役中の大学教授の話で、同性愛のテーマもはっきり取り上げ、刊行当時非常に高く評価された。

**6**　一九四六年から七二年にかけて書かれた六十一本の短篇を集めた一九七八年刊の *The Stories of John Cheever* は当時非常な評判を呼び、ピュリツァー賞も受賞。

**7**　「ぼくの弟」はひとまず享楽的と言っていい家族のなかで一人だけ禁欲的な弟がいて、その弟と家族間の複雑な関係が主題。

**8**　チーヴァーの短篇が『ニューヨーカー』に頻繁に載ったのは一九四〇年代後半〜六〇年代なかば、バーセルミの短篇は六〇年代なかば〜八〇年代なかば。現在では村上春樹、ロベルト・ボラーニョ、アリス・マンローなどの短篇がたびたび載るが、「専属作家」として『ニューヨーカー』に年じゅう作品が載る作家はいない。

**9**　ロンドンは生涯、どの短篇がどの雑誌に何ドルで売れたかを克明に記録していた。サローヤンは一九三四年、『ストーリー』誌に「空中ブランコに乗る大胆な若者」が載って一躍脚光を浴びた。文芸誌に載った短篇で作家としてのキャリアが一気に始動しうる環境がかつてはあった。

**10** ウィリアム・ショーンは一九五二年から八七年まで『ニューヨーカー』編集長、アーノルド・ギングリッチは一九三三年に『エスクァイア』を創刊、他界する七六年まで出版人。

**11** 『マドモワゼル』は一九三五年創刊、基本的にはファッション誌だが良質の短篇を載せることでも知られていた。

**12** ボッカチオ『デカメロン』のなかの艶話、コナン・ドイルのシャーロック・ホームズ物、アンブローズ・ビアス「空中の騎手」。

**13** どちらも五〇年代を代表する黒人作家。ボールドウィンは一九六四年にエッセイ「ブルースの効用」を『プレイボーイ』に発表、エリソンは後年（一九八二）『プレイボーイ』にインタビューが掲載された。

**14** リチャード・ライト、ボールドウィン、エリソンが「黒人作家三羽烏」扱いされたように、マラマッド、ロス、ソール・ベローは「ユダヤ系作家三羽烏」ともてはやされた。お笑い三人組じゃないんだから、と本人たちは嫌がったが……。

**15** 代表的短篇集は『魔法の樽』（一九五八／阿部公彦訳、岩波文庫）。

**16** フォークナーの全作品を、ミシシッピ州ヨクナパトーファ郡という架空の土地を主たる舞台とする一冊の本と見なし、錯綜した物語を時系列順に整理して七五〇ページにまとめたアンソロジーで、それまで敬して遠ざけられがちだったフォークナーがアメリカで読まれる大きなきっかけを作った。

**17** レヴィットタウンは不動産開発業者ウィリアム・レヴィットが作った、いくつかの郊外建売住宅群。同じ建物がはてしなく並ぶ空中写真で知られ、一九四七～五一年に作られたニューヨーク州郊外のレヴィットタウンが一番有名。

18　ジョン・アップダイク、『走れウサギ』(*Rabbit, Run*, 1960)で始まる「ウサギ」シリーズなどで広く知られ、長年アメリカ文壇の大御所的存在だった。

19　アパートメントハウスのエレベーター係と、そこに住むゲイの男性とのかかわりを描いた短篇。

20　謎を含んだ啓示的瞬間が結末近くにたびたび生じる短篇が多い、ということは一応言える。『フラナリー・オコナー全短篇』(横山貞子訳、ちくま文庫、上下巻)。

21　テレビ版は一九五四～六〇年にアメリカで放映。日本でも一九五〇年代後半～六〇年代前半に放映されて広く見られた。

# 短篇小説のつくり方

——グレイス・ペイリー『その日の後刻に』をめぐって

『ＭＯＮＫＥＹ』９号（二〇一六年六月）の、村上訳グレイス・ペイリー短篇・エッセイ・インタビューを中心に組んだ特集「短篇小説のつくり方」で行なった対話。村上さんがどのように短篇を書くのか、ということも大きな話題となった。二〇一六年三月十六日、Rainy Day Bookstore & Cafe にて。その後文藝春秋から、ペイリーの短篇・エッセイ十七本とロング・インタビューを収めた『その日の後刻に』が刊行、二〇年五月に文庫化された（文春文庫）。

## 主流になれない人たちの文学

**柴田**　今回村上さんに訳していただいたグレイス・ペイリーの短篇の作り方は、およそ標準的ではなく、かなり変わった例だと思います。村上さんからご覧になって、ペイリーの短篇の作り方、書き方はどれくらい不思議なものなんでしょうか？

**村上**　あくまで個人的な感想ですが、レイモンド・カーヴァーとグレイス・ペイリーを並べると、ちょうどいい両極じゃないかという気がするんです。短篇小説の書き方という意味では二人とも主流じゃない。コンサバでもなく、アヴァンギャルドでもない。非常にインディビジュアルな作風で短篇を書いていて、長篇は書いていない。そういう意味でとても魅《ひ》かれました。一九八〇年代に二人を発見して、この人たちはすごいなと思いました。

**柴田**　その場合の主流というのは、たとえばヘミングウェイですか？[1]

**村上**　ヘミングウェイはもちろん根っこにあるんだけど、ここで僕の言う主流は漠然と、アメリカの大学の創作科的な短篇小説の作り方のことです。短篇小説はこういうふうに書くんですよ、みたいなコンセンサスに対抗するものとして僕はこの二人を挙げました。

**柴田**　その二人は二人でまた対照的ですね。

**村上**　太平洋側で生まれたアイリッシュ系の白人と、ロシアから来たユダヤ人。全然違いますね。アメリカの主流にはなれない人たちの文学です。それにどちらも学歴がほとんどない。

**柴田**　たしかに彼らはアメリカ文学の主流ではないし、彼らが書いている人たちもアメリカ社会の主流ではないですね。

**村上**　そうですね。マテリアルの特異性にとどまらず、二人とも自分で文体を作っている。そういう自分で身銭を切って作った文体に魅かれるんです。文体というのはだいたいの人が学んで上手《うま》くなっていくものだけど、学んでも上手くならない人はいる。女の人を口説くのと同じで、下手な人は下手で、もともと天才的に上手い人は上手い(笑)。

僕は翻訳もするけど一応小説家だから、いくらこの短篇上手いなと思っても、「おっ」という刺激がないと翻訳はできない。ジョン・アップダイクやジョイス・キャロル・オーツの短篇を翻訳するかというとしないです。[2]驚きみたいなものはあまりないから。僕にとってどれだけ身につくかつかないかが大事。ペイリーは身につくんですよ。

**柴田**　なるほど。

**村上**　何かを学ぶというより、身に沁《し》みる。そういうのがない小説はいくら上手くても駄目です。中には、文体は大したことないけど、話が面白いという人はいますよ。ティム・オブライエン[3]の短篇は特に文体が面白いわけじゃないけど、説得力があります。

**柴田**　デニス・ジョンソンの『ジーザス・サン』は逆に文体が立っていますね。

**村上**　あの人は長篇になると文体はもう一つだけど……。

**柴田**　あの短篇集は特別ですね。トム・ジョーンズはデニス・ジョンソンがもっと壊れたみたいな感じで、彼の短篇もすごいですね。[4]

**村上**　ジュノ・ディアスも短篇がいいなと思います。

**柴田**　『オスカー・ワオの短く凄《すさ》まじい人生』ばかり話題になるけど、短篇もいいですよね。[5]

## ペイリーの良さは一篇だけではわからない

**柴田**　村上さんはペイリーにお会いになってますよね。

**村上**　一回リーディングの会場で会って短く話したんだけど、ニューヨークで育ったユダヤ系のご婦人ってちょっと変な喋《しゃべ》り方をするし、一風変わったユーモアもあって、何言ってるかほとんどわからなかったな（笑）。

**柴田**　早口そうですしね。

**村上**　そう。だからニコニコして帰ってきました。

**柴田**　その頃はまだ村上作品は英訳されてなかった？

**村上**　クノップフからいくつかは出ていたけど、まだそれほど一般的に読まれていなかったですね。会ったのは九五年くらいだったので、『ねじまき鳥クロニクル』を書いている時期でした。

**柴田**　ペイリーがもし村上作品を読んでいれば、話も違ったでしょうね。残念です。じゃあペイリーに会った印象は、いかにもユダヤ系の威勢のいいおばちゃんという感じですか？

**村上**　矍鑠《かくしゃく》として、白髪できりっとしていて、あまり僕と共通点は見いだせなかった（笑）。

**柴田**　（笑）。村上さんが最初に訳出されたペイリーの短篇は一緒に作ったアンソロジー『and Other Stories』[6]の中の「サミュエル」と「生きること」ですよね。

**村上**　そうですね。カーヴァーなんかは最初はそれほど上手じゃなくて、それからだんだん上手くなっていくのですが、ペイリーに関しては最初から出来上がっていた。それまで何も書いたことがなくて、ぱっと書いたにしてはスタイルがかちっとできている。不思議ですね。

**柴田**　しかも最初の短篇集が一九五九年で、この号（『ＭＯＮＫＥＹ』９号）で何篇か訳していただいた最後の三冊目が八五年だから、二十六年も隔たってるわけだけど、そんなに変わっていないですよね。[7]

**村上**　自分のスタイルを苦労して少しずつ見つけていったというよりは、最初からぴょんと完成形で出てきたみたいに書いています。

**柴田**　なるほど。

**村上**　ペイリーの小説を読んでいると、分裂症的傾向があると感じることがある。たとえば床にいろんなものをぱっとぶちまけるじゃないですか、そこから選んで組み合わせると小説が出来るとすると、選び方と組み合わせ方が普通の人の感覚ではない。本能的なもの、天性的なものがすごく強いと思う。

**柴田** 今回訳していただいた「庭の中で」なども、こう始まってここで終わるのかと唖然《あぜん》とします。

**村上** 普通の人には考えつかないですよね。ロジックの組み合わせや順番の入れ替わり、脱線の仕方とか普通の人にはできない。

**柴田** 訳していただいたインタビューの中でペイリーは、最初の頃は雑誌社に短篇を送っても断られまくったと言っていますね。やっぱりあの面白さや新しさは、誰にでもわかるものではないんでしょうか。

**村上** ペイリーの良さは作品を系統的に読めばだいたい見えてくるけど、ひとつだけ読んでもなんのことだかよくわからないんだと思う。だから一冊の本になって初めて「そういうことか」と受け入れられるようになった。

**柴田** 訳している最中はどんな感じがしましたか？

**村上** いや、なにしろ骨だらけの文章なので、身も心も疲れますよ。『最後の瞬間のすごく大きな変化』、『人生のちょっとした煩《わずら》い』と二冊訳して、へとへとになりました。

**柴田**　（笑）

**村上**　編集担当だった岡みどりさんもペイリーが好きで、僕を励ましてくれていたんですけど、後回しにしているうちに、岡さんが亡《な》くなって、ますます足が遠のいていきました。でも今回『ＭＯＮＫＥＹ』でやってみようかということになって、訳しはじめたらやはり面白かった。苦労も多いけど、途中でやだな、やめたいなとは思わなかったです。そのスタイルに自分が入っていくと、なんとなく流れが摑《つか》めてくる気がしたんです。

**柴田**　カーヴァーの方が訳していて、もう少しわかる感じですか？

**村上**　わかります。ただ省略が多いので、その省略をどういうふうに補うかという作業は難しいけど、それも慣れてしまえばそんなに難しくない。ペイリーは本当に骨っぽいです。

## ストーリーテラーとしての本能

**柴田**　ペイリーはニューヨークの下町に住んでいたユダヤ系中流階級の女性で、政治的には進歩的、政治活動にも熱心でイデオロギーがすごくはっきりしているわけですが、小説を読むと、そういうイデオロギーや価値判断はいい意味で見えにくくなっている。そういう人だったらプロパガンダ小説とは行かないまでも、この手の人間は悪者で、この手の人間は善人、という書き方になりそうなものだけど、そういうのはない。エッセイの「旅行しているとき」では、人種差別のあった時代にバスの有色人種用の席から動かなかった自分の母親をヒーローとして書いているけど、小説ではそういうことやりませんよね。

**村上** やっぱりストーリーテリングに頭が行ってるから、そういう主義主張みたいなのは物語性に比べると二の次なんじゃないかな。小説に関して言えば、語り手としての本能が勝っているんでしょうね。

**柴田** ストーリーテラーとしての本能ですか？

**村上** そうですね。ペイリーは大家族で育って、一家で話を交換するという習慣が出来ていた。インタビューでも、最近の若い作家は大家族というものを知らないでしょう、と言っていますよね。中産階級の核家族で育ったら、本当に面白い話の交換がないだろう、ということです。

**柴田** つまり、前の時代の方がよかったと言っていて、インタビューではそういうことをはっきり言うんだけど、小説ではこっちよりこっちの方がいいみたいな比較は抑えられています。

**村上**　そうですね。彼女は大人になってからは、大家族から拡大家族の方向に行くわけですよね。いろんな人たちと話を交換して、面白い話があれば物語を書いた。カーヴァーも友だちと面白い話を交換して、その話、オレがもらった、というようなことをやっていましたが、ペイリーの場合は、もっとアットホームな感じがあります。

**柴田**　ペイリーの方が、登場人物たちのコミュニティが密ですよね。カーヴァーは友だちと話を交換したりはするけど、書かれている人間は丸裸にされているというか、孤立していることが多い。

**村上**　もうひとつ極端に違うのは、カーヴァーは子供たちから逃げたい解放されたいと思っていたけど、ペイリーは子供たちにできるだけ近づいていたいと思う人だった。そして共通しているのは、二人とも短篇専業作家というところです。自分は長篇を書く暇がないから短篇書くんだと言っていたけど、実際のところ長篇を書くのは二人とも難しかったんじゃないかなと思う。本当に長篇を書きたい人は、何をしていても書きますから。

**柴田**　カーヴァーは、世界が意味を成している、筋が通っていると思う人間じゃないと長篇は書けないと言っていて、ペイリーは政治活動で忙しいから長篇を書く時間がないと言っていましたけど、それだけじゃないってことですね。

**村上** 二人とも本来的に長篇に向いていなかったんじゃないかと思う。長篇というのは総合的な一本の太いラインが必要だし、二人ともそういう太いラインよりはもっと個別的な断片的な視覚的刺激みたいなものにどんどん魅かれていく方だから、もし時間があったとしても長篇は書かなかったかもしれない。

## 短篇小説の在り方を変えたヘミングウェイとフィッツジェラルド

**村上** 短篇集の中から二つか三つ訳すのは簡単だけど、一冊分を訳すのはけっこう骨が折れるものです。というのも、短篇集の中にはつまんないものも交じっているから。ところが、カーヴァーとペイリーに関しては、本一冊が丸ごとの作品として成立しているんです。そこがすぐれた短篇専門の作家と、長篇も短篇も書く作家の違うところじゃないかな。

**柴田** フィッツジェラルドはどうですか？

**村上** フィッツジェラルドの短篇が十あったら、訳す価値があるのは三から三・五くらいで、あとはなくてもいいなと思う。一冊を全部訳すか、セレクションで訳すかの選択も短篇小説では大事になってくる。柴田さんはどっちかというとセレクションを大事にしますよね。

**柴田**　そうですね。生きている作家だとこれからも広がっていく可能性があるからあまり崩したくないんですけど、古い作家だと一冊しか出せない可能性も大きいので、とにかく一番いいのを読んでもらいたいからセレクトします。

**村上**　サリンジャーの『ナイン・ストーリーズ』は『セブン・ストーリーズ』でもいいんじゃないかな、と僕は思っていました（笑）。

**柴田**　僕は『エイト……』かな。最後の「テディ」は訳していて辛《つら》かった（笑）。

**村上**　ちょっと作り過ぎだよね。

**柴田**　あの世界に入り込んでしまったから、サリンジャーはその後書けなかったんだろうなって思いました。

**村上**　グレイス・ペイリーみたいに、開きなおって好きなこと書いたらよかったのにね。

**柴田**　サリンジャーは初期にはもっと耳を頼りに書いていました。十九世紀のメルヴィルやホーソーンは、現実の人間が喋っているように書くことを目指さなかったけど、マーク・トウェインあたりからだんだん、人が実際に喋っているような書き方になってきて、[8]それが最高度に洗練されたのが初期のサリンジャーでした。

**村上**　カーヴァーとペイリーを訳していて、感心するのはこの短篇はしんどいなということがないんですね。出来がほかに比べるとそれほどよくないかなというものでも、訳していて楽しい。そこが短篇作家のすごいところ。

**柴田**　ほかにそういう短篇作家はいますか？　チェーホフは？

**村上**　はっきり言ってチェーホフはそんなに上手いと僕は思わないんです。少なくとも今の時点から見れば。あと吉行淳之介をみんな上手いと言うけど、そんなに上手いと思わない。でもどちらもそれほど上手くないところがいいんですよね。『若い読者のための短編小説案内』でも紹介しましたが、短篇が上手いのは安岡章太郎、小島信夫、それから長谷川四郎。最近の人のことはよくわからないな。あまり読んでないので。

**柴田**　ジャック・ロンドンも短篇をたくさん書いていますが、いままで話題にしてきた短篇とはだいぶ違っていて、もっと古風に、まとまった世界を緻密《ちみつ》に書いている。個人の切り口がすぱっとあって、世界のある一面を切り取るというのは、ヘミングウェイの後から始まっている気がします[9]。

**村上**　ヘミングウェイのニック・アダムズもの[10]を読んだ人と読まない人とでは短篇小

説に対する考え方が違ってくると僕は思うんです。あれは本当に素晴らしいし、短篇小説というもののすごくきっちりとした手本になっている。あと僕自身について言えば、フィッツジェラルドの「リッチ・ボーイ」を読んだのと読まなかったのでは、僕の中での短篇小説の在り方が違ったなと思う。

**柴田**　ヘミングウェイの最初の短篇集 *In Our Time* は一九二五年に出たのですが、その前年にもっと短い版を出していて、最初はスケッチというか描写から始めた人でした。[11] フィッツジェラルドはもっと物語から始まっていますね。

**村上**　そうですね。「リッチ・ボーイ」は僕も訳したけど、どこから見ても見事に書けている。その書き込み方は、短篇の原型として、一種の黄金律として、今でも僕の中に残っています。

**柴田**　「バビロンに帰る」はどうですか？

**村上**　とてもよく書けてるけど、「リッチ・ボーイ」の盛り込み方、膨らませ方の妙に僕はどうしても魅かれるんです。あれはまさに芸術品ですよ。

**柴田**　「リッツくらい大きなダイアモンド」という短篇は不思議だなと前から思っているのですが、あれは彼の中でも異色ですか？[12]

**村上**　異色です。あと映画になった「ベンジャミン・バトン」[13] も。フィッツジェラルドは時々変なのを書くんです。

## 村上流短篇小説の書き方

**村上**　僕は短篇を書こうと思ったら、必ずまとめて書きます。ばらばらには書かず、六つか七つ、ざっと書いてしまう。

**柴田**　それはなぜでしょうか？

**村上**　そういう書き方しかできないんです。僕はたぶん本来的には長篇作家なんでしょうね、一息にまとめて短篇を書く方が楽なんです。短篇を書くサイクルに入ると、短篇のモードが出来て、二、三週間に一本というペースで書いていく。『女のいない男たち』も『東京奇譚集』も『神の子どもたちはみな踊る』も一気に書いています。

**柴田**　村上さんは初期の短篇集からすでに統一感がありましたよね。『神の子どもたちはみな踊る』からそれがいっそう強まった気がします。

**村上**　テーマを設定して書いているからですね。もしそうじゃなくて、この雑誌から依頼されたから書きましょう、みたいにばらばらにやっていたら、うまく頭がまとまらない。

**柴田**　テーマがあっても、結末まで見えて書きはじめるわけではないですよね。書き出すときにどこに行くかわからないというのはすごく楽しいことですか？

**村上**　楽しいですね。いったいこれはどんな話になるんだろうと、楽しみながら書いていくんだけど、短篇は二週間くらいで書いちゃえるから、二週間後には行き先がわかります。長篇は二年先までわからなかったりするから大変です。そういう意味では短篇は楽。ひとつの短篇を書いたあと、まだアイドリングが続いているうちに次を書きはじめると、またすぐに書ける。僕にとっては、短篇って、何かきっかけがあれば書けてしまうものなんです。『東京奇譚集』のときはキーになる言葉を二十数個選んで、これとこれとこれで一篇を書く、次はこれとこれとこれというふうに決めて書いていきました。すごく即興的に。

**柴田**　それで思い出したんですけど、たぶん初めて村上さんがワープロを使った現場を僕は見ていて、突然村上さんがキーボードを叩《たた》いて「僕が森を歩いていたら熊《くま》が出てきて〜」と書きはじめて、ああ、作家はすぐ物語が出てくるものなんだ、と驚いたのが印象に残っています。

**村上**　一九八〇年代、買ったばかりでまだ使っていなかった富士通のワープロを新潮社クラブに持っていったときですね。スティーヴン・キングの『ミザリー』[14]じゃないけど、何か書けと言われれば、わりにその場でするする書けちゃうんですよ。

**柴田**　それは子供の頃からですか？

**村上**　そんなことはないです。三十を過ぎてからです。

**柴田**　作家になってから、ロックされていたものが外れたみたいな感じなんでしょうか？

**村上**　ペイリーさんみたいに分裂症っぽいのかもしれない（笑）。なんにも訓練していないのに、そういうのができちゃうのも不思議だなと思います。

昔は短篇からふくらませて長篇を書くということもありましたが、最近はないですね。『女のいない男たち』のいくつかの短篇について、「続編はないんですか？」と訊《き》かれるんですけど、もうひとつそういう気がしないんです。たぶん僕の中での短篇の位置が変わってきたんだと思います。

**柴田**　それは短篇集としてのまとまりの深まりと関係していますか？

**村上**　前よりも短篇として完結しちゃっているという気がするんです。その中ですぽっと納まっちゃう。『ねじまき鳥クロニクル』の元になった「ねじまき鳥と火曜日の女たち」は一応短篇として終わっているけど、実は終わっていなかった。だから書いてみたいなと思ったんだけど、『女のいない男たち』とか『東京奇譚集』の中にはそういうタイプの短篇はないかもしれない。

## 『ニューヨーカー』とKindleのバラ売りについて

**柴田**　はじめから特定の媒体の注文を受けて書く日本的な書き方と、村上さんのように自分のペースで書いてあとから売り込むアメリカ的な書き方とではずいぶん違いますが、短篇小説というもの自体、日本と日本以外で違うという感覚はありますか？

**村上**　これはあくまで僕の個人的な意見ですが、日本のいわゆる文芸誌的短篇小説と、アメリカの短篇小説では目指しているものが少し違うと思うんです。アメリカの「創作科系」の短篇小説には僕もちょくちょく辟易《へきえき》させられるけど、日本の文芸誌的短篇小説にも少なからず辟易する。いかにも「それっぽい」というか。ただアメリカは多民族国家だから、どこかでそういう体制を突き崩すものが出てくる。でも日本の出版社はほとんどが東京に集まっていて、その狭い中でやりとりしているから、やっぱり煮詰まってくるというか、定型的に似通ってくるところがありますよね。容《い》れ物《もの》自体にそういう色が付いてしまっている。そしてそういう容れ物の中にはうまく収まりきらないタイプの作品もあるはずです。

**柴田**　アメリカの創作科風、日本の文芸誌風、どっちも短篇はこう書くものだという無言の圧力があって、それに抗《あらが》わないで書いているのが嫌、ということでしょうか？

**村上**　アメリカの場合は自分の家族を書いたり、マイノリティの苦悩を書いたり、読んでいて正直、「またこれかよ」というのがある。もちろんそうじゃないものもあります。でも、「またこれかよ」というのが、創作科では高く評価されたりします。

**柴田**　なるほど。

**村上**　ほかに違いといえば、毎週送られてくる『ニューヨーカー』を読んで、これ面白いなというのはちょくちょくあるけど、日本の文芸誌をぱらぱら読んでいてこれ面白いなというのがあるかと言われると、あまりない。

**柴田**　（笑）。『ニューヨーカー』は、趣味的に僕はあまり合わないんですけど、いい短篇を作家が書いたらエージェントはまず『ニューヨーカー』に持っていく、というふうに特権的な位置にあるみたいですね。

**村上**　それはクオリティが高くなりますよね。

**柴田**　日本の文芸誌は、短篇を掲載して作家を食べさせていくという側面もあるみたいで、そこもアメリカとは違いますね。半世紀くらい前までは、アメリカでも作家が短篇を書いて食べていくというシステムがあって、ロンドンやサローヤンもみんな短篇を雑誌に送って掲載されると、いい稿料を最初からもらっていました。

**村上**　フィッツジェラルドもそうでした。

**柴田**　いまは『ニューヨーカー』と『ハーパーズ』くらいですかね、しっかり原稿料が出るのは。

**村上**　『エスクァイア』にももう小説は載ってないしね。『エスクァイア』にしろ『ニューヨーカー』にしろ、ほとんど中間層による定期購読ですから、結局、アメリカの短篇小説マーケットは中産階級が支えていたんですよね。でも中間層がやせ細ってきているぶん、短篇小説を読む人の数がどんどん減ってきている。若い人は今、雑誌なんて買わない。ただ日本の場合、もともと定期購読が少ないし、文芸誌は実際ほとんど読まれていない。だから逆に言えばダメージは少ない（笑）。そう考えると、アメリカの方が短篇小説の置かれた状況は切実かもしれない。

**柴田**　でもアメリカの僕のエージェントは短篇を書け書けと言うんです。短篇はすぐに売れるから、エージェントにはおいしい。だから短篇を書くとすごく喜ぶ。

**柴田**　でもアメリカで作家を大成させようと思うと、まずは長篇を書けと言いますよね。

**村上**　そうですね。長篇書いて名前が売れたら短篇を書けとエージェントはよく言いますね。

あと、今問題になっているのが、Kindleの短篇小説のバラ売りです。CDのアルバムから一曲売りするみたいに、この短篇だけを売りませんかという誘いが僕のところにも来ます。短篇集は全部読んでほしいというのが書く側の気持ちだからと言って断っているけど、これからはそういう読み方になってくるのかもしれない。

**柴田**　やっぱり『ナイン・ストーリーズ』はナイン・ストーリーズのままがいいかも（笑）。

## 短篇はいいところがひとつあればいい

**村上**　僕、短篇はひとつだけでも、ここいいじゃんという部分があれば、それでいいと思っているんです。グレイス・ペイリーの短篇はそうですね。

**柴田**　なるほど。

**村上**　僕も自分が昔書いた短篇小説を読んでみると、下手だなと思う。でも自分で言うのもなんだけど、下手だけど、ここいいじゃんっていうのがひとつくらいある。今書くとこれは書けないかもな、というのがどこかにある。だからある意味で、残ることには残る。たとえば「午後の最後の芝生」という短篇小説が好きな人、けっこういるんですけど、僕、自分ではあれ嫌いなんです。今書くならもっとずっとうまく書けると思うし、読んでいてイライラするけど、それでもいいところはある。

**柴田**　そうなんですか！

**村上**　短篇小説というのはそういうものなんです。長篇小説は長い時間の中で流れができているから、部分的に書き直せないけど、短篇小説は書き直せます。この前、郡山で「四月のある晴れた朝に100パーセントの女の子に出会うことについて」を朗読する前に、練習で読みながらどんどん書き直していきました。以前、神戸で「めくらやなぎと眠る女」を朗読したときも、一晩でずいぶん書き直しました。昔書いたものって、読むのが辛いですね。少しずつ少しずつ、僕もカーヴァー的にうまく書けるように上達してきたんだと思いたいですが。

**柴田**　短篇に限って、作家志望の人たちに勧められること、勧められないことってありますか。

**村上**　短篇小説について言えば、自分のシステムを作らないと絶対駄目です。僕の場合は、システムがはじめからだいたい決まっていました。最初に書いたのが「中国行きのスロウ・ボート」、それから「貧乏な叔母さんの話」でしたが、とにかくタイトルだけを決めて、その語感を頼りに、筋もわからないまま書きはじめました。この題からどんな話ができるだろうと。

**柴田** その後もずっとそうですか?

**村上** ほぼそうですね。もちろんタイトルから書かないものもあります。たとえば「四月のある晴れた朝に100パーセントの女の子に出会うことについて」は、実際に僕が道を歩いていて、向こうから女の子が歩いてきて、何か書かなくちゃと思って書いた。でも基本的に言えば、僕にとって短篇小説というのは、一種のゲーム感覚というか、ひとつの言葉から、ひとつの断片からどんな話を紡《つむ》げるかという実験であることが多いですね。ほかの人はあまりそういう書き方をしないかもしれないけれど、僕としてはそういう書き方が一番楽しいんです。なんにせよ「これは私にしかできない」という個性的なシステムを自分の中にこしらえてしまうこと、それが何より大事です。言い換えれば、どこにでもあるような小説を書かないこと。たとえ上手くなくてもいいから、自分にしか書けない物語を創《つく》り出すこと。ペイリーやカーヴァーがやってきたのも、まさにそれなのです。

1 文学臭をとことん削いだヘミングウェイ短篇の簡潔な文体は、こと短篇小説の書き方ということに関しては世界的な影響力を持ったと言ってよい。

**2**　ジョン・アップダイク（一九三二―二〇〇九）は郊外に住む中流階級の人々の生活を描き、長年アメリカ文壇の大御所だった。ジョイス・キャロル・オーツ（一九三八―　）は非常に多作な作家として知られ、ゴシック的な短篇が特に評価が高い。邦訳に『とうもろこしの乙女、あるいは七つの悪夢　ジョイス・キャロル・オーツ傑作選』（栩木玲子訳、河出書房新社）など。

**3**　ティム・オブライエン（一九四六―　）はベトナム戦争の体験に基づく作品が多い作家で、村上訳多数。短篇小説では、連作短篇集『本当の戦争の話をしよう』（村上訳、文春文庫）がその代表作。

**4**　ジョンソン、ジョーンズ、ともにいささか壊れた、危ない人を描く短篇が秀逸。ジョンソン『ジーザス・サン』（柴田訳、白水社）、ジョーンズ『拳闘士の休息』（岸本佐知子訳、河出文庫）など。

**5**　『オスカー・ワオ』で一躍時代の寵児となったドミニカ系アメリカ人作家ジュノ・ディアスの短篇集は『こうしてお前は彼女にフラれる』（都甲幸治・久保尚美訳、新潮社）など。

**6**　一九八八年、村上・柴田・畑中佳樹・斎藤英治・川本三郎の五人で作ったアメリカ短篇アンソロジー（文藝春秋）。

**7**　『人生のちょっとした煩い』が一九五九年刊、『最後の瞬間のすごく大きな変化』が一九七四年、『その日の後刻に』が一九八五年。

**8**　マーク・トウェインはたとえば、『ハックルベリー・フィンの冒険』（一八八四／八五）の冒頭に「説明」を加え、作品内でいくつもの方言が使い分けられていることを強調している。「わざわざこうした断りを添えるのは、そうしないと、これらの登場人物たちがみな同じに喋ろうと努めていてそれが上手く行っていないと考える読者が続出すると思うからである」

**9**　ジャック・ロンドンは一八七六年生まれで一八九〇年代から作品を発表しはじめ、ヘミングウェイは一八九九年生まれで一九二〇年から作品を発表しはじめた。この差は大きい。

**10**　ヘミングウェイはニック・アダムズの少年〜青年時代を描いた短篇をいくつか書いており、作者の死後 *The Nick Adams Stories* と題された一冊にまとめられて刊行され、非常に広く読まれた。

**11**　一九二四年に出た、小文字で *in our time* と表記されたスケッチ集（邦訳『*in our time*』柴田訳、ヴィレッジブックス）に、「インディアン村」をはじめとする本格的短篇が何本か加えられて、古典的名著とされる二五年版 *In Our Time*（邦訳「われらの時代」高見浩訳、『われらの時代　男だけの世界　ヘミングウェイ全短編1』所収、新潮文庫）が出来上がった。

**12**　「リッチ・ボーイ」は『ザ・スコット・フィッツジェラルド・ブック』、「バビロンに帰る」は『バビロンに帰る　ザ・スコット・フィッツジェラルド・ブック2』、「リッツくらい大きなダイアモンド」は『冬の夢』所収（三巻とも村上春樹翻訳ライブラリー、中央公論新社）。

**13**　『ベンジャミン・バトン　数奇な人生』（都甲幸治訳、イースト・プレス／永山篤一訳、角川文庫）。だんだんと若くなっていくまさに「数奇な人生」の話だが、若さということにフィッツジェラルドが大きな意味を見ていたことを思えば、独特の切実さが感じられもする。

**14**　熱狂的ファンが作家を監禁して小説を書かせる話（矢野浩三郎訳、文春文庫）。

**15**　「午後の最後の芝生」は『中国行きのスロウ・ボート』（一九八三）に収められた、読者のあいだで人気の高い初期短篇。

# CLOSING SESSION　翻訳にプリンシプルはない

文庫増補版を出すにあたって、全体の総括を試みた対話。これだけ対話を重ねてきて、行き着いたところが「プリンシプルはない」かよ!と思われる方もいらっしゃるかもしれないが、でも本当に翻訳とはそういうものだと思うのです……向きあう作品は、一つひとつ違うのだから。

二〇二一年三月二十六日、Rainy Day Bookstore & Cafeにて。『MONKEY』24号(二〇二一年六月)初出。

**柴田**　さて、最後の対談になります。村上さんとはここ数年、こうして翻訳について語り合う機会が多かったですし、翻訳をチェックさせていただく立場ではもう数十年のお付き合いですが、村上さんご自身はそういう長い時間を経て、翻訳についての考え方が変わってきたということはありますか？

**村上**　翻訳に対する見方が変わったかというと、もちろん少しずつは変わっていくんです。ただ、僕の場合は、ほとんど趣味の翻訳だから（笑）、基本理念のようなものはないんですよね。

**柴田**　使命感とかそういうものも——

**村上**　原則《プリンシプル》とか、そういうものはあまりなくて、僕の場合、あくまでフェイス・トゥ・フェイスで、そのテキストに合わせてやっていくという感じだから。

**柴田**　つまり、翻訳はこうあるべきだ、みたいなものはない。

**村上**　ないですね。テキストと向かい合って、どういう文章で、どんな流れを作っていくかというのは、その作品と僕とのあいだで決まっていくことであって、一般原則のようなものは成り立ちにくい。スコット・フィッツジェラルドの場合だと、とにかくその文章の流れと綺麗《きれい》さ、響きみたいなものをなんとか日本語に移し替えようという仕事になるし、レイモンド・カーヴァーであれば、彼の世界をどれだけリアルに立ち上げていけるかという作業になります。

**柴田**　その都度何を優先させるか、ということですね。

**村上**　だから、ガラッと変えちゃう場合もあるし、ガチガチに直訳で行くという場合もありますよね。それは自然に決まることだから。

**柴田**　村上さんは言うまでもなく小説家でもあるわけですが、そういう立場からテキストをみて、「ここは要らないんじゃないかな」とか「ここはもうちょっと書いてほしかったな」とかいう風に思うことはあるものですか。

**村上**　「けっこう下手だよなぁ」と思うことはあるけど（笑）。それは直さないですよ。直したらバランスが狂ってしまうから。たとえばカーヴァーの初期の習作なんかは、かなり――

**柴田**　『ビギナーズ』ですね。

**村上** そう、下手なんだけど、それを直しちゃうと意味なくなってしまう。だから、僕の小説を翻訳してもらうときも、できるだけ忠実にやってほしいと言っています。

**柴田** 村上さんは訳す側でもあるし、訳される側でもあるわけです。いろんな翻訳者と接してらっしゃるでしょうが、どういう翻訳者がいい翻訳者ですか。

**村上** やっぱり忠実に訳してくれるということと、読みやすいことですよね。英語はともかく、ほかの言語だと評価しようがないんですが、忠実で読みやすいということがわかれば、それでいいと思っています。文通したり、メールのやりとりをしたりすれば、なんとなくわかるんです。あ、この人は真面目《まじめ》な人だなとか、この人はちょっとチャラチャラしてるなとかね(笑)。

## いい翻訳者の定義とは

**柴田** 僕はもっぱら翻訳する側であり、作家に質問する側なので、作家にはじめて質問するときは、かなり神経を使います。それで翻訳者としての評価が決まるようなものだから。

**村上** いっぱい聞いてくる人と全然聞いてこない人ではっきり分かれるんですよね。

**柴田** 参考までにお聞きしますが、いっぱい聞いてくればいいというものでもない？

**村上** 僕だって翻訳する時は一所懸命考えるんだから、それくらいは考えてくれよなということはあるかなあ。

**柴田** 解釈のようなことを聞かれることもありますか。つまり、「村上さんはここで何を言わんとしているんですか」というような。

**村上** 少しはありますね。

**柴田** それはやっぱり翻訳者が読者として考えてほしいことですよね。

**村上** そうですね。本人の口からは言えないことがありますから。

**柴田** 村上さんの小説の翻訳者は熱意とか作品に対する愛情みたいなものがあることが多いですか。

**村上** そうですね。好きでやっている翻訳と、割り振られてやっている翻訳というのはやっぱり違いますから。僕も好きなものしかやってないから、それはよくわかる。「趣味の翻訳」というか、もう気分は「盆栽としての翻訳」というくらい（笑）。

**柴田** 何ですか、それ（笑）。

**村上** 縁側で座って盆栽をいじっているような感覚なんですよね。

**柴田** 長年たくさん「盆栽」を作ってこられたわけで、あの盆栽はうまくいったなとか、あれはちょっと今一つだったなとか、振り返ったときの満足感とか悔いなんかはあるものですか。

**村上** それはないですね。みんなやっぱり一所懸命やったから。誤訳はあるにしても、それはしょうがない。一所懸命やったという手ごたえはね、それぞれにあります。好きじゃないものを翻訳しなくちゃいけない境遇というのは、これはけっこうきついだろうなというふうに思います。だから、もし翻訳を本当にやりたいのなら、やっぱり好きでできる環境を作っていかないと難しいだろうなと思います。

**柴田** ジェイ・ルービンも「翻訳者になりたいんですが、どうしたらいいですか」と相談された時には「まずはとにかく翻訳を職業と考えるな」と答えると言っていましたね。

**村上** 職業としてはあまり割のいい職業ではないと思います。

**柴田** カズオ・イシグロが来日したとき、「今、作家になりたい人間はたくさんいるけれど、小説を書きたいと思ってる人間はそんなにいない」というようなことを言っていました。要するに一種のステータス、セレブリティのような存在として作家になりたいと思っている人は多いけれど、実際に作家になったら、ほとんどの時間机に向かって一人で物を書いているわけで、そういうことをする覚悟がある人はあまりいないということですが、翻訳者についてはどうなのかなあ。翻訳者志望の人はずいぶん多いみたいですが、何かアドバイスはありますか。作家になりたい人へのアドバイスは一冊本にしてらっしゃるわけで（『職業としての小説家』新潮文庫）、そこではまずたくさん本を読むというところが出発点でしたが。

**村上**　現実的なことを言えば、僕が翻訳するときに一番気をつけているのは、同じ文章を二度読ませないっていうことなんですよね。文章があって、「え、これどういうこと？」と思ってもう一回読み直すことってあるじゃないですか。あれはやっぱりまずいと思うんです。

**柴田**　僕も大学で翻訳の読書会をやっていて、「ちょっとここがわかりにくいんじゃない？」って言ったら、その学生が「二度読めばわかりますよね」と言ったのでちょっとキレかけた（笑）。

**村上**　二度読ませちゃダメなんですよ。文章を分けてもひっくり返しても何してもいいから、一度で読ませないとダメですよね。

## オリジナルをつなぐものとしての翻訳

**村上**　僕は、若いときはやっぱりコンテンポラリーな同時代なものをどんどんどん訳していきたいという気持ちがすごく強くて、カーヴァーとかティム・オブライエンとか、そういった作家たちを一所懸命翻訳していました。柴田さんがポール・オースターとかミルハウザーを翻訳していたみたいに。新刊を買って面白いものをどんどん訳していこうと思ってやっていたんだけれど、ある程度年を取ってくると、そんなにたくさん新刊書が読めなくなるんですよね。それは若い翻訳者に任せて、僕は古典を訳していきたいなという気持ちがいまは強いです。

**柴田**　古典や準古典みたいなものを訳されるときは既訳があるわけですが、参照することもありますか。

**村上**　見ないですね。最後まで翻訳して、それからざっと確認するくらいです。

**柴田**　僕も今、『ガリバー旅行記』と『リア王』を並行してやっているんですが、既訳を見てもよくなければ役に立たないし、よかったとしても真似《まね》をするわけにはいかないので、あまり精神衛生的によくないですね。

**村上**　そうですね。あまりよくないですね。

**柴田**　逆に、すでにある翻訳がいいから、自分で翻訳する必要はないと思うこともありますか。

**村上**　それはないですね。僕は翻訳というのは賞味期限があると思っているから、どんなにいい訳でも賞味期限が来れば鮮度が落ちちゃうんです。オリジナルのテキストは鮮度が落ちないけれど、翻訳というのは二次商品だから、どうしても落ちます。オリジナルの言語と「再生言語」とのあいだのギャップがあって、そのギャップが腐敗しやすいんですよね。義歯の継ぎ目みたいに。夾雑物《きょうざつぶつ》が入って腐敗しやすい。いくらきれいに磨いてもね。だから僕が訳しているものも、柴田さんが訳しているものも、五十年経《た》てばある程度古びます。それはもうしょうがないんですよね。

**柴田**　そうですね。

**村上**　ただ、歴史的な価値は残りますよね。上田敏とか黒岩涙香《るいこう》とか、歴史的な価値が残る翻訳というのはありますよね。

**柴田**　日本の翻訳史を考えれば、森鷗外はすごく重要ですが、村上さんの翻訳も同じように日本翻訳史の中で確固とした位置を占めることになると思います。

**村上**　鷗外の翻訳って、翻訳としてのアクチュアリティはそんなにないけど、芸術作品として読めるという部分がありますよね。

**柴田**　そうなんです。彼が訳すとドストエフスキーだろうがポーだろうが、そんなに変わらない文体になります。

**村上**　「文体が古びる」というけれど、古び過ぎると歴史的価値が出てくるんですよね。今の人はもうその文体では書けないわけだから。「秋の日のヴィオロンの……」なんて、いまはもう書けないじゃないですか。

**柴田**　日本翻訳史の流れの中で村上さんの位置というのは、たとえば上田敏といったような翻訳者とどう根本的に違うのかと考えるんですけど、ご自分ではどう思われますか。

**村上**　僕の小説を読む人がリファレンスみたいな感じで読むということはあると思います。

**柴田**　村上春樹の文学を考える上で。

**村上**　そう。リファレンスみたいな感じで読む。それが一つ。もう一つは、例えば僕とカーヴァーとか、僕とオブライエンとか、その同時代的なぶつかりみたいなものに興味を持って読む人もいるだろうと思います。フィッツジェラルドやチャンドラー、カポーティ、サリンジャーとか、僕が好きで翻訳した古典については、次の新しい翻訳が出るまでのつなぎとして生きるかもしれません。また誰か別の人が翻訳するまでのつなぎとして。

**柴田**　翻訳が必ず古びるのであれば、すべての翻訳はつなぎというわけですね。

**村上**　それが僕の考え方ですね。やっぱりオリジナルというのは強いですよ。

## アメリカの作家からライフスタイルを学んだ

**柴田**　明治や大正の翻訳者にとって、西洋というのははるか上にあって仰ぎ見るものだったと思うんです。

**村上**　そうですね。

**柴田**　ひるがえって村上さんにとって、アメリカ文学とか、あるいはジャズなんかも含めたアメリカ文化全体でもいいのですが、どういう視線で見ていたのでしょうか。

**村上**　僕は日本の近代文学というのはほとんど読まないし、ほとんど何も学ばなかったので、どこから学ぶかというと、日本文学以外の何かから学ぶしかなかった。僕の場合はたまたま英語で本を読むことができたから、そっちに行っちゃったということです。物の考え方とか視線とか、あるいは小説家のライフスタイルみたいなものを学んだ。日本って文芸誌で仕事を回すということが可能な社会じゃないですか。僕はそういうのではなく書下ろし一本で行きたかったのは、アメリカの作家がそうだったからです。

**柴田** なるほど。

**村上** アメリカの作家はアドバンス（印税の前払い金）をもらって長編を書くじゃないですか。僕の場合はアドバンスなんてどこもくれなかったから、自分でお金を貯めてやるしかなかったので、そういうサイクルを作り出したわけですが、そういったことも含めてライフスタイルを学んだんだと思います。

**柴田** エージェントもご自分で見つけて。

**村上** そう。いまの僕の場合は、英語の訳稿を完成させて、それをエージェントのビンキー（アマンダ・アーバン）のところに持っていくわけです。彼女がアメリカの作家を扱うのと同じ要領でやっているわけです。それをやらないとダメですね。

**柴田** 英語圏の編集者は、原稿にも平気で手を入れようとするじゃないですか。「この段落は要らない」とか、段落まではいかないにしても「このセンテンス、さっきの繰り返しだから削る」ぐらいのことは平気で言ってくる。そういうときはどうするんですか。

**村上** 『ニューヨーカー』なんかはかなりヘビー・エディティングですね。だけど、『ニューヨーカー』に限らず、雑誌全般に関しては編集者を信用して任せているんです。というのは、それが彼らのやりかただから。ただし、それがクノップフに移って単行本を編集する段階では全部チェックします。

**柴田**　ジャック・ロンドンと同じですね。

**村上**　『ニューヨーカー』のエディティングの六割ぐらいに対しては、「まあ、それはなくてもいいかな」とか「英語の読者、外国の読者は日本のこの描写は要らないよな」とか「この冗談は関係ないよな」といったふうに応じますが、四割ぐらいは「ここはちょっとやっぱり残してほしい」というふうに言います。でも雑誌はある程度しょうがないと思ってるんです。勝負は単行本だから。

**柴田**　ちょっと話が逸《そ》れますが、日本の作家と対談したのって、中上健次くらいですか。

**村上**　あとは（村上）龍くらいかな。古川日出男君とか川上未映子さんといった聞き手にインタビューを受けることはあるけれど、対談という形はそれくらいかなあ……。そういえば五木寛之さんと対談したことがありました。

**柴田**　対談の依頼はほとんど断っているということですか。

**村上**　そうですね。アメリカでは対談ってないですよね、ほとんど。

**柴田**　少ないですね。

**村上**　日本の文芸界というのは、雑誌を埋めるものがないと、「対談やってください」

っていって作家を二人呼んで、お茶菓子でも出しておけば何か喋《しゃべ》るだろうぐらいの感じだからさ。怠慢だと思うんですよね。外国で本当に対談をやるとなったら、真剣にやって、喧嘩《けんか》になったりもするじゃないですか。

**柴田**　お互いすごく準備して、何度も繰り返し会ったり、原稿にたくさん手を入れたり、大ごとですよね。ある編集者がポール・オースターに『ソフィーの選択』のウィリアム・スタイロンと対談してくれって言ってきて、そのときオースターは長編にかかりっきりだったので断ったそうなんです。でもスタイロンのほうがずっと偉いわけで、オースターは悪いと思って、「すみませんけど、今忙しいから断りました」と連絡したら、「いや、君なら断ってくれると思ったから、君を指名したんだ」と答えたという話があります（笑）。

**村上**　いいですね。

**柴田**　アメリカの小説家からライフスタイルのようなものも含めてさまざまなものを受けとったとして、ご自分の文章にも、なんというか——英語的な組み立てのようなものが入ってると思われますか。たとえば『一人称単数』所収の短編「チャーリー・パーカー・プレイズ・ボサノヴァ」の中で、ほとんどリフレインのように「これは信じたほうがいい」というフレーズが出てきます。あれって英語の“You better believe it.” という言い方の、いわば翻訳ですよね。

**村上** はい。

**柴田** それをひとつの例として、何かこう、文章を組み立てる道具のレベルで英語が入っているのかなと思うんです。

**村上** それはありますね。でもそれ以上のことはわからないんですよね。英語にも本当にピンからキリまであります。だから、影響を受けているかというと、ちょっとわからない。ただ、僕は日本語のある種の、言葉への寄りかかり性みたいなものがあまり好きじゃないんです。たとえばこう、字面の美しさに酔うとかね。もう少し即物的なもののほうが合っているみたいです。即物的なことを並べることによって、別のものを立ち上げていくという形が好きなんです。日本文学のある種のものというのは、音の響きとか字面とか、そういうものに寄りかかるところがあると思うんです。僕は戦後の日本文学で一番文章的にうまいと思うのは、安岡章太郎と藤沢周平なんですが、あの二人は寄りかかってないんだよね。そういう人たちから学んだというわけではないんだけど。

**柴田** 即物的というのは――

**村上** 何ていうのかな、二十六文字のアルファベットだけで作っていく、そういう潔《いさぎよ》さみたいなものがけっこう好きみたいです。

## 原文で読む喜び

**柴田**　僕はほとんど職業病的に、他人が英語から日本語に訳したものって読めないんです。なんというか、損した気になる（笑）。

**村上**　わかります。

**柴田**　基本的には、自分で英語で読みたいんです。原文がドイツ語とかイタリア語とかだったら、進んで翻訳者に身を預けるわけですけど、英語だとそれができない。

**村上**　人が訳したものを読んでると、おいしいところを持っていかれたみたいな気がしますね。一番ジューシーなところを食べられてしまって、残りが出てきたみたいに。そのジューシーさって何かっていうと、原文でしか読み取れないものなんですよね。あと、やっぱり翻訳者のセンスについていけないという場合もある。

**柴田**　それじゃあ、今でも外国文学、少なくとも英語の小説を読まれるときは、原書が多いですか。

**村上**　オースターは全部柴田さんの翻訳で読んでますよ。

**柴田**　ああよかった。「オースターはやっぱり原文でないと」とか言われたら、ちょっとショックです（笑）。

**村上**　ははは。

**柴田**　僕もそういう傾向が大学生の頃くらいからあって、やっぱり原書で読みたいなあと思っていたんです。でも、その頃に藤本和子さんの翻訳と村上さんの翻訳は、あ、これは原書で読まなくていいと思った記憶があります。

**村上**　とにかく高校の終わりから大学ぐらいは英語でよく本を読みましたよね。英語で読まないと損みたいな感じで。バルザックなんかも英語で読んだりしましたね。

**柴田**　僕も『罪と罰』を英語で読みました。

**村上**　ええ。フローベールの『感情教育』も英語で読んだ。

**柴田**　高校の頃から英語で小説を読んでいたというのは、いわゆる英語が好きで英語がものすごく読めたというのとも違うんでしょうか。

**村上**　好奇心ですね。人の読めないものを読んでいるんだという喜びがあったと思います。その頃って翻訳がすごく少ないわけです。翻訳されていない小説がもうゴロゴロしていて、それが読めるというのはすごく新鮮な気分でしたね。学校の成績は悪かったですけれど。柴田さん、成績よかったでしょう。

**柴田**　僕はそうですね、英語の成績はよかったですね。文法とか、好きなんで。
**村上**　文法、好きですよね。前置詞とか（笑）。
**柴田**　そう、すみません（笑）。
**村上**　僕はもう、ほとんどゴリゴリという感じで読んでいたんです。でも、ゴリゴリで読んでてもね、伝わってくるんです。原文の、ある種の熱気みたいなものが。それが面白かった。
**柴田**　人の翻訳を読むのは損した気がするという話を敷衍《ふえん》すると、僕はどこか、自分の翻訳がベストだと思っているみたいです。少なくとも正確さに関しては。
**村上**　僕の場合は、原文を読んで受け取ったものを、自分の言葉で移し替えたいという欲求がすごくあるんですよね。そのテキストが本当に好きになった場合の話ですが。
**柴田**　そのテキストを客観的によく読めてるかどうかということではなく――
**村上**　ではなくて。
**柴田**　自分の言葉で移し替えるということ自体に意味があるわけですね。
**村上**　インターフェイスみたいなものとしてね。
**柴田**　僕はもっと傲慢《ごうまん》かもしれないなぁ。自分の読み方が客観的に一番正しいはずだと思っている節がある（笑）。

**村上** 僕はそんなこと思ったことないなあ。

**柴田** 日本翻訳大賞というのをやっているんですよ。一緒に運営している翻訳者仲間たちと、あの翻訳がいい、この翻訳がいいみたいなことを言い合うわけですけれど、そこでの自分の言動を一歩引いて見ると、すごく意地悪な選考委員の評みたいなことを言っているなと思うことがあるんですよね。自分が正しいという前提で物を言っている。

**村上** 厳しいんでしょうね。

**柴田** ええ。自分に甘く他人に厳しい。全然相対的に考えられないみたいです。

**村上** 英語以外の翻訳だと別にかまわない。

**柴田** そうなんです。英語以外の翻訳だとむしろ、「あ、この人が訳してくれてよかったな」と思える翻訳もたくさんあるんですが、「この人が訳してくれてよかったな」という英語の翻訳者はなかなかいません。藤本訳、村上訳、最近では岸本佐知子さんの翻訳なども、すごくいいです。

**村上** 岸本さんはいいですよね。あとジョゼフ・コンラッドの『ロード・ジム』はどうしても途中までしか読めなかったんだけど、柴田さんの訳で初めて最後まで読み通せました。

柴田 ありがとうございます（笑）。

初出 『ＭＯＮＫＥＹ』24号（二〇二一年六月）

# あとがき

村上春樹

柴田元幸さんと一緒に――あるいはちょくちょくと協力しながら――翻訳の仕事をするようになって、もうずいぶん長い歳月が経過した。35年くらいになるだろうか？　英語的なクリシェで言えば、「橋の下を多くの水が流れた」ということになる。

しかしまあ、どれほどの量の水が流れたにせよ、そのあいだ僕も柴田さんも、そんな流れとはあまり関係なく、ただ地道にこつこつとたくさんの翻訳を仕上げてきた（もちろん僕の仕事量は、柴田さんのそれにはとても及ばないけれど）。そして少なくとも僕の記憶している限りでは、洪水で橋が流されたり、欄干から誰かが水に落っこちたりというような不測の事態も起こらなかった。ありがたいことに。

自慢するわけでもなく、弁解するわけでもないのだが、翻訳というのはとても根気のいる仕事だ。時間も手間もかかる。集中力も必要だ。そして特殊な場合を除いて、それほど多くの収入が見込めるわけでもない。あくまで裏方の手仕事なので、脚光を浴びるような機会も希《まれ》だ。言い換えれば、翻訳という作業自体がもともと好きでなければ、長く続けられる仕事ではない。

もし僕と柴田さんとのあいだに、何かしら共通点があるとすれば、何かの加減で、我々の血液だかなんだかに「翻訳好き」という遺伝子が紛れ込んでしまったらしいというあたりだろう。僕も柴田さんも、暇さえあれば——いや、それほど暇がなくても——ついつい翻訳をやってしまうし、いったんやり出すとなかなかやめられない。こうなると、仕事というよりは、ほとんど趣味の領域に近いかもしれない。ある人は詰め将棋に没頭するし、ある人はレゴ作りに、ある人は鮎《あゆ》釣りに没頭する。そして僕らはついつい翻訳に夢中になってしまう。ただそれだけのことなのかもしれない。まあ、誰かに迷惑をかけるような趣味ではないので、それは良かったと思うけど。

僕は小説を書くことがいちおう本職だが、「曲がりなりにも、こうして翻訳ができてよかったなあ」とよく思う。翻訳をすることで、ずいぶん多くの大事なことを――小説に関する大事なことを――学べたからだ。いくつになっても、学ぶべきことはいっぱいある。翻訳作業は僕に常にそのことを教えてくれる。

柴田さんは僕よりいくらか年下だが、翻訳者としての僕にとってはまさに師匠格の人で、この人の並外れた「翻訳力」には常に舌を巻いてきた。僕が柴田さんから学んだのは、一字一句をおろそかにしない正確さであり、わからないものがあれば、それにしつこく嚙《か》みついていくbite（嚙みつき）力だ。そしてまたテキストに対する深い思い入れ。

これからも我々の橋の下を多くの水が流れ、我々の趣味的作業がより豊かな実を結んでいくことを、心から望んでいる。

この作品は二〇一九年五月スイッチ・パブリッシングより刊行された。文庫化にあたって増補した。

本当《ほんとう》の翻訳《ほんやく》の話《はなし》をしよう　増補版

新潮文庫　む－5－44

令和三年七月一日発行
令和五年一月二十日二刷

著者　村《むら》上《かみ》春《はる》樹《き》　柴《しば》田《た》元《もと》幸《ゆき》
発行者　佐藤隆信
発行所　株式会社新潮社


郵便番号　一六二―八七一一
東京都新宿区矢来町七一
電話　編集部(〇三)三二六六―五四四〇
　　　読者係(〇三)三二六六―五一一一
https://www.shinchosha.co.jp


価格はカバーに表示してあります。

乱丁・落丁本は、ご面倒ですが小社読者係宛ご送付ください。送料小社負担にてお取替えいたします。

印刷・錦明印刷株式会社　製本・錦明印刷株式会社



ISBN978-4-10-100176-0 C0195